W0335352

ullstein

Das Buch

Sommer 1990: Die 22-jährige Kathrin Bahrenbeck versucht, die Gurkenfabrik ihres Vaters nach der Wende wieder zu einem Familienbetrieb zu machen. Ihr zuständiger Bankberater ist der 25-jährige Julian Albrecht, der aus Köln für den »Aufbau Ost« nach Lübbenau im Spreewald gekommen ist. Kathrin kann den vermeintlich arroganten Schnösel nicht leiden und macht sich widerwillig daran, mit seiner Hilfe einen Businessplan zu erstellen. Bis sie herausfindet, dass sich hinter der attraktiven, aber selbstgefälligen Fassade ein wirklich netter Mensch verbirgt. Gerade als beiden klar wird, dass sie sich rettungslos ineinander verliebt haben, reißt sie ein Schicksalsschlag auseinander.

Sommer 2015: 25 Jahre später treffen sich Kathrin und Julian zufällig bei einer Abendveranstaltung in Berlin. Kathrin hat das Erbe ihres Vaters angetreten und die Leitung der Gurkenfabrik übernommen. Julian lebt in Köln. Beide haben Familien gegründet, ein eigenes Leben aufgebaut – und beide trifft das plötzliche Wiedersehen wie ein Blitz …

Die Autorin

Heike Wanner arbeitet als Angestellte bei einer Fluggesellschaft und lebt in der Nähe von Wiesbaden. Sie ist verheiratet und hat einen Sohn.
Weitere Informationen unter www.heike-wanner.de

In unserem Hause sind von Heike Wanner erschienen:
Der Tod des Traumprinzen · *Frauenzimmer frei*
Für immer und eh nicht · *Rosen, Tulpen, Nelken*
Weibersommer · *Eine Handvoll Sommerglück*

Heike Wanner

Liebe in Sommergrün

Roman

Ullstein

Besuchen Sie uns im Internet:
www.ullstein-taschenbuch.de

MIX
Papier aus verantwortungsvollen Quellen
FSC® C083411

Originalausgabe im Ullstein Taschenbuch
1. Auflage April 2016
© Ullstein Buchverlage GmbH, Berlin 2016
Umschlaggestaltung: ZERO Werbeagentur, München
Titelabbildung: © GettyImages/C.Aranega
Satz: LVD GmbH, Berlin
Gesetzt aus der Dante
Druck und Bindearbeiten: CPI books GmbH, Leck
Printed in Germany
ISBN 978-3-548-28762-1

Liebe sagt man, schön und richtig,
ist ein Ding, was äußerst wichtig.
Nicht nur zieht man in Betracht,
was man selber damit macht.
Nein, man ist in solchen Sachen
auch gespannt, was andre machen.

(Wilhelm Busch)

Prolog

Mit ihren 22 Jahren glaubte Kathrin Bahrenbeck, alles über die Liebe zu wissen.

Zwar hatte sie bislang nur wenige eigene praktische Erfahrungen sammeln können, und diese auch nur mit einem einzigen Mann. Aber dafür kannte sie die Theorie. Schon seit einigen Jahren sammelte sie nämlich Zitate über das Leben im Allgemeinen und die Liebe im Speziellen. Besonders schöne Texte schrieb sie in ein rosarotes Ringbuch, das ihre Großmutter ihr zum zwölften Geburtstag geschenkt hatte.

Jeder Spruch bekam seine eigene Seite, fein säuberlich notiert und mit selbst gemalten Zeichnungen verziert. Kathrin hütete dieses Buch wie einen kleinen, sehr persönlichen Schatz. Ab und zu holte sie den Ordner hervor, blätterte durch die Seiten und grübelte über den tieferen Sinn der Sprüche nach.

Manchmal kam sie dabei zu einer neuen Erkenntnis, manchmal nicht. Doch das störte sie nicht – schließlich war sie jung und hatte noch viel Zeit für neue Gefühle und Gedanken.

Außerdem gab es ja Bücher. Kathrin war eine leidenschaftliche Leserin und verschlang jeden Liebesroman-Klassiker, den sie in die Finger bekommen konnte.

Im Gegensatz zu den Sprüchen hatten alle diese Bücher eine klare Botschaft für sie. Von »Anna Karenina« lernte Kathrin zum Beispiel, dass unglücklich Verliebte an einer verbotenen

Liebe und ihren Konsequenzen unweigerlich zerbrechen mussten. »Romeo und Julia« bestätigten diese Theorie.

Doch gleichzeitig kam Scarlett O'Hara aus »Vom Winde verweht« daher und bewies ihr, dass starke, unabhängige Frauen jeden Schicksalsschlag meistern konnten. Auch in den »Dornenvögeln« wimmelte es nur so von weiblichen Romangestalten, die sich trotz unglücklicher Liebe und anderer Katastrophen nicht unterkriegen ließen.

Liebe, so schloss Kathrin daraus, war gut und schön. Aber sie war nicht alles. Man durfte sich selbst und seine eigenen Ziele deshalb nicht aufgeben. Auch ein Leben ohne die große Liebe konnte lebenswert sein.

»Dass uns eine Sache fehlt, sollte uns nicht davon abhalten, alles andere zu genießen«, hatte schon Jane Austen geschrieben, und Kathrin lebte eine Weile ganz gut nach diesem Motto.

Doch dann kam der Sommer 1990. Und Julian.

Und nichts, aber auch gar nichts – kein Buch, kein Zitat und keine persönliche Erfahrung – hatte sie auf das vorbereiten können, was sie mit ihm erleben sollte.

1. Teil: 1990

1

Die Liebe ist eine Reise in ein gänzlich neues Leben.
(Ernst Bloch)

»Hier ist das Erste Deutsche Fernsehen mit der Tagesschau.«

Die vertraute Fanfare ertönte, während gleichzeitig zehn kleine gelbe Buchstaben, die zusammen das Wort »Tagesschau« bildeten, von oben ins Bild schwebten und direkt vor einer blauen Weltkarte zum Stehen kamen.

»Mit der D-Mark zur Einheit – seit heute haben alle DDR-Bürger nur noch die harte Währung im Portemonnaie«, kommentierte eine sonore Männerstimme aus dem Hintergrund die Szene, die gleich darauf zu sehen war: zahlreiche Menschen, die sich um eine weiße Tischplatte voller frischer Geldscheine drängten.

»Ende der Kontrollen«, fuhr die Stimme fort, nachdem das Bild gewechselt hatte. Nun war das große Schiebefenster einer Grenzstation zu erkennen, das gerade durch ein Rollo verschlossen wurde. »Die Schalter sind geschlossen, die letzten DDR-Grenzer machen das Licht aus.«

Ende des Kurzfilms, die Regie schaltete ins Studio. Der Nachrichtensprecher, der ein dunkelblaues Jackett und eine gleichfarbige Krawatte trug, lächelte freundlich in die Kamera und nahm einige Zettel vom Tisch auf.

»Guten Abend, meine Damen und Herren.« Es folgte eine kurze, wohl dosierte Pause. »Mit der Einführung einer gemeinsamen Währung und der Aufhebung der Grenzkontrollen zum heutigen 1. Juli 1990 ist die Einheit Deutschlands praktisch vollzogen. Der Staatsvertrag über die Wirtschafts-, Währungs- und Sozialunion zwischen der Bundesrepublik Deutschland und der Deutschen Demokratischen Republik ist in Kraft getreten, und das ...«

»Oh, die Nachrichten haben schon begonnen.« Renate Bahrenbeck kam mit einem Tablett voller Bowle-Gläser ins Wohnzimmer und stellte es auf dem Sofatisch ab. Dann wandte sie sich an ihre Tochter Kathrin. »Kannst du das bitte ein wenig lauter machen, Kathi?«

»Wie?« Zerstreut blickte die Angesprochene von ihrem Buch auf.

»Warum musst du denn so genau zuhören?«, wollte Opa Paul wissen. »Die bringen doch nur das, was du gestern Nacht alles selbst miterlebt hast.«

Er deutete Richtung Fernseher, wo inzwischen Bilder von Freudenfeiern, Hupkonzerten, spontanen Feuerwerken und knallenden Sektkorken zu sehen waren.

»Oder heute Morgen«, ergänzte Kathrins Vater Jürgen. »Bei der Auszahlungsstelle der Bank war schon vor acht Uhr die Hölle los. Sie haben sogar Gratiskaffee ausgeteilt.«

»Ich habe gehört, die sind mit einem umgebauten Bus gekommen. Stimmt das?«

»Ja. Wie hätten sie auch sonst so schnell einen Geldschalter für unser kleines Dorf organisieren können?«

»Unglaublich.« Oma Elisabeth legte ihre Stricksachen zur Seite. »Wir leben wieder in einem freien Land! Dass ich das noch erleben darf«, murmelte sie gerührt.

»Also wirklich, Elli!« Opa Paul schüttelte den Kopf. »Das weißt du doch schon seit ein paar Monaten. Es besteht also gar kein Grund, jetzt in Tränen auszubrechen.«

»Das tue ich doch gar nicht!«

»Aber ich gleich, wenn ihr nicht alle auf der Stelle still seid«, ging Renate verärgert dazwischen.

Sie war ein zurückhaltender und freundlicher Mensch, der nur selten laut wurde. Deshalb unterbrachen die übrigen Familienmitglieder ihren Wortwechsel auch sofort und warfen ihr erstaunte Blicke zu.

»Es gibt Leute in diesem Raum, die würden gern in Ruhe die Nachrichten anschauen«, fügte Renate etwas sanfter hinzu. »Danach können wir uns unterhalten, so lange wir wollen. Oder bis die Bowle ausgetrunken ist.«

Kathrin lächelte amüsiert. Sie hatte es sich auf ihrem Lieblingsplatz bequem gemacht, einem alten Ledersessel, der in einer Ecke des Zimmers zwischen Fernseher und Fenster stand. Von hier aus hatte sie die gesamte Familie gut im Blick.

Ihre Großeltern und ihre Eltern waren, wie jeden Abend um diese Zeit, im Wohnzimmer versammelt. Zur Feier des Tages stand heute eine Mandarinen-Bowle auf dem Tisch.

Ihre Mutter füllte gerade die ersten Gläser. Oma Elisabeth und Opa Paul teilten sich das Ledersofa. Elisabeth saß aufrecht und mit mehreren Kissen als Stütze im Rücken, Opa Paul hingegen lag schon schläfrig auf der anderen Seite der Polster und hatte seine Füße auf den Oberschenkeln seiner Frau abgelegt. Mit sanften, kreisenden Bewegungen massierte Elisabeth seine Fußsohlen – eine liebevolle Geste, die sich jeden Abend wiederholte.

Ebenso vertraut war Kathrin der Anblick ihres Vaters, der es sich im alten Schaukelstuhl gemütlich gemacht hatte. Auf seinen Knien lag die Fernsehzeitung, die er jeden Tag aufs Neue durchblätterte, nur um irgendwann enttäuscht festzustellen, dass schon wieder nichts Vernünftiges auf dem Programm stand.

Jürgen Bahrenbeck war vor wenigen Wochen 46 Jahre alt geworden und hatte seinen Geburtstag zum ersten Mal in seinem Leben groß gefeiert. Fast das ganze Dorf war eingeladen gewesen.

»In diesem Jahr wird Geschichte geschrieben«, hatte Jürgen gemeint. »Deshalb müssen wir das festlich begehen. Mir ist es völlig egal, dass es kein runder Geburtstag ist. Oder dass meine Haare weniger werden, die Augen schwächer und mein Bauch dicker.«

So schlimm fand Kathrin die Alterserscheinungen bei ihrem Vater gar nicht. Sicher, er hatte mittlerweile eine Halbglatze, eine Brille und ein paar Kilos zu viel auf der Waage – aber welcher Mann hatte das nicht in seinem Alter? Und wen, außer ihn selbst, störte das schon?

»Kathi?« Die Stimme ihrer Mutter riss Kathrin aus ihren Überlegungen. »Machst du bitte lauter?«

»Ja, klar.« Sie griff nach der Fernbedienung, die neben ihr auf der Lehne lag. Immer noch waren Bilder von jubelnden Menschen, nächtlichen Partys und Autokorsos zu sehen.

»… wirklich ein historischer Tag für Deutschland«, fasste der Nachrichtensprecher zusammen.

Historisch.

Dieses Wort hatte Kathrin in den letzten Monaten oft gehört.

Alles war historisch: das Ende des politischen Systems der DDR, der Fall der Mauer, die spontanen Fahrten über die Grenze, ausgiebige Einkaufstouren, glückliche Familientreffen und natürlich das alles überlagernde, unglaubliche Gefühl von Freiheit. Das Leben veränderte sich, auch wenn die Neuerungen hier auf dem Land, mitten im Spreewald, nur allmählich ankamen.

Aber sie kamen.

Die Straßen wurden saniert und das alte Rathaus instandgesetzt. Plötzlich gab es Produkte im Dorfladen, die man vorher nur aus dem Westfernsehen gekannt hatte. In Lübben, der nächstgrößeren Stadt, eröffnete sogar ein Supermarkt. Westdeutsche Zeitungen lagen im Kiosk aus, das Radio spielte den ganzen Tag über amerikanische Popmusik, und inmitten dieser euphorischen Stimmung hatten sich Kathrins Eltern vor drei Wochen sogar dazu hinreißen lassen, einen modernen Farbfernseher zu kaufen.

Ja, das war wohl wirklich alles historisch zu nennen. Aber auch abenteuerlich, berauschend und wundervoll – besonders dann, wenn man erst 22 Jahre alt war und diese Entwicklungen in vollen Zügen genießen konnte.

Kathrin seufzte zufrieden und steckte ihre Nase wieder ins Buch. *Friedhof der Kuscheltiere* von Stephen King.

Noch so eine bedeutsame Veränderung: Inzwischen waren die Bücher westlicher Autoren in jeder Buchhandlung vorrätig und sogar bezahlbar. Ein paradiesischer Zustand für Kathrin, die jede freie Minute zum Lesen nutzte. Auch jetzt nahm die gruselige Geschichte sie sofort wieder gefangen. Dieser Roman war wirklich unglaublich spannend!

So spannend, dass es ihr ohne weiteres gelang, die Stimme des Nachrichtensprechers und die Unterhaltung ihrer Familie auszublenden. Zumindest bis zu dem Moment, als der Wetterdienst für morgen einen schönen, warmen Tag voraussagte und ihr Vater daraufhin die Fernsehzeitung neben sich auf den Boden warf.

»Dann können wir morgen mit der Aussaat auf den letzten Gurkenfeldern beginnen«, verkündete er.

»Du kannst nicht aufs Feld, du musst morgen mit mir zur Bank«, sagte Renate. »Hast du das etwa vergessen? Wir haben um acht Uhr einen Termin wegen des Darlehens und des Unternehmenskonzepts für die Gurkenfabrik.«

»Unternehmenskonzept?«, wunderte sich Oma Elli. »Was bedeutet das noch mal?«

»Dass wir uns unsere Gurkenfabrik vom Staat zurückholen, sobald das rechtlich möglich ist«, erklärte Opa Paul seiner Frau. »Und dass wir sie modernisieren werden. Aber dafür brauchen wir einen guten Plan und einen Kredit.«

»Wenn du so gründlich informiert bist, kannst du ja mit Renate zur Bank gehen, Vati«, sagte Jürgen. »Ich hasse die Gespräche mit diesen eingebildeten Schlipsträgern aus Westdeutschland.«

»Nee, lass mal!« Opa Paul winkte ab. »Da übernehme ich lieber die Aussaat. Dieser ganze Papierkram ist nichts für mich.«

»Ich helfe dir, Opa.« Kathrin klappte ihr Buch zu. »Wir treffen uns um sieben vor der Scheune.«

»Gehst du noch aus?«, wollte Renate wissen, als ihre Tochter sich erhob und die Strickjacke zuknöpfte.

Kathrin nickte. »Ja, ich treffe mich mit Maik und den anderen am Badesee. Wir wollen noch ein wenig feiern.«

»Dann trinkst du gar keine Mandarinen-Bowle mit uns?« Oma Elli klang enttäuscht.

»Also, eigentlich …« Kathrin zögerte.

Am See warteten ihre Freunde auf sie. Einer von ihnen, Frank, hatte seit ein paar Tagen einen neuen tragbaren Kassettenrecorder mit Batteriebetrieb. Maik wollte Decken mitbringen. Sie selbst hatte dicke Wachskerzen und Fackeln besorgt, andere wollten sich um die Getränke kümmern. Am beliebtesten waren derzeit Cola mit Kirschgeschmack und dieser süße italienische Wein. Wie hieß der noch? Lambrusco?

»Lass sie nur!«, sagte Renate, die die Zurückhaltung ihrer Tochter richtig deutete. »Sie ist doch bei ihren Freunden viel besser aufgehoben als hier bei uns.«

»Na gut. Aber zieh dir noch eine warme Jacke über!«, ermahnte Oma Elli ihre Enkelin. »Am Wasser kann es frisch werden.«

»Und steck den Schlüssel ein«, fügte Renate hinzu. »Wir sind nicht ewig wach, schließlich haben wir morgen früh einen wichtigen Termin.«

Julian Albrecht warf einen flüchtigen Blick auf seine Armbanduhr. Gleich halb neun, und noch immer hatte er etliche Kilometer zu fahren. Gott sei Dank wurde es um diese Jahreszeit erst gegen zehn Uhr abends dunkel! Oder kam die Dämmerung in Ostdeutschland etwa früher als in Köln? Gingen die Uhren hier wortwörtlich anders?

»Höchstwahrscheinlich schon«, murmelte er.

Schließlich hatte diese Region jahrzehntelang im Dämmerschlaf gelegen. DDR. Ostzone. Dunkeldeutschland.

Und er mittendrin!

Grinsend schüttelte er den Kopf. Worauf hatte er sich da bloß eingelassen? Er, Julian Albrecht, 25 Jahre alt, geboren und aufgewachsen im vornehmen Kölner Stadtteil Lindenthal, hatte nach seinem Studienabschluss in Betriebswirtschaft nichts Besseres zu tun, als für eine westdeutsche Bank nach Ostdeutschland zu ziehen und dort Entwicklungshelfer für ahnungslose Bankkunden zu spielen.

Aber wie hätte er auch ablehnen sollen, als sein Vorgesetzter vor ein paar Wochen auf ihn zugekommen war und ihn gefragt hatte, ob er nicht für ein Jahr in den Spreewald gehen wollte, um dort kleine und mittlere Unternehmer beim Aufbau ihrer Geschäfte zu beraten? Die Aussicht auf eine schnelle Beförderung und die nicht zu verachtenden finanziellen Anreize hatten eindeutig für diesen Job gesprochen. Außerdem war Julian ein abenteuerlustiger Mensch, und die neue Aufgabe reizte ihn.

Aufbauhilfe Ost – so hieß das in der nüchternen Bankensprache. Wie sich das alles tatsächlich entwickelte, würden wohl erst die nächsten Wochen zeigen.

Er gähnte herzhaft und schaltete das Autoradio ein. Ein übereifrig klingender Moderator kündigte den Hit *Mich zu lieben* von Rockhaus an. Julian hatte noch nie von dieser Band gehört.

Der Song startete mit Gitarren, Schlagzeug und Bässen. Danach kamen sogar Geigen hinzu. Gar nicht mal so übel! Aber dann begann der schreckliche Gesang. Das war ja kaum zum Aushalten!

Julians rechte Hand tastete zum Beifahrersitz und kramte wahllos eine CD aus einer kleinen Ledertasche hervor. Er öffnete die Plastikhülle und schob die CD in den dafür vorgesehenen Schlitz am Autoradio. Gleich darauf erklang *Don't worry, be happy* von Bobby McFerrin.

Schon viel besser!

Die Audio-Sonderausstattung inklusive CD-Player hatte ihn fast 3000 DM extra gekostet, aber sie war ihr Geld wert gewesen. Fröhlich begann er mitzupfeifen und klopfte mit den Händen den Takt aufs Lenkrad. Die Musik vertrieb die Müdigkeit, die sich jetzt doch in ihm ausbreitete.

Das war nicht verwunderlich, schließlich hatte er die letzte Nacht durchgefeiert. Keine Einheits-Party, sondern eher ein feucht-fröhlicher Abschied von seinen Freunden in Köln. Jetzt würde es länger dauern, bis sie sich alle wieder treffen konnten.

Nur Helen, seine Verlobte, wollte ihn so schnell wie möglich in Ostdeutschland besuchen. Aber selbst bis zu diesem Wiedersehen würden zwei lange Wochen vergehen. Wie sollte er die Zeit bloß überstehen?

Um sich auf andere Gedanken zu bringen, ließ Julian seinen Blick nach rechts und links der Autobahn schweifen. Felder,

Wiesen, Laternenmasten und ab und zu eine kleine Ortschaft. Inzwischen gingen immer mehr Lichter an. Eigentlich sah es hier nicht anders aus als zu Beginn seiner Reise in Köln über Dortmund, Bielefeld, Hannover nach Braunschweig.

Bis dahin hatte er sich ausgekannt. Bei Helmstedt hatte er die ehemalige Zonengrenze überquert. Es war ein merkwürdiges Gefühl gewesen, an den verlassenen Grenzgebäuden vorbeizufahren.

Danach waren Ortsschilder gekommen, die er nicht kannte. Wolmirstedt, Ludwigsfelde, Königswusterhausen. Auch die Automarken hatten sich geändert. Statt VW und Opel waren nun zahlreiche Trabis und Wartburgs unterwegs. Für Julians aufgemotzten Golf war das keine Herausforderung. Er konnte sie alle mühelos überholen.

Die Musik wechselte nun von Bobby McFerrin nacheinander zu Robin Beck, Phil Collins und Roxette. Und dann endlich, kurz bevor die CD zu Ende gelaufen war, kam das erste Hinweisschild auf Lübben im Spreewald.

Langsam fuhr Julian durch die leeren Straßen des kleinen Städtchens.

Er passierte ein altes Schloss und mehrere Kirchen, bevor es über die Spree ging. Zur besseren Orientierung hatte er sich den Zettel mit der Wegbeschreibung ans Lenkrad geklemmt und hielt nun Ausschau nach der Elisenstraße Nummer drei.

Da, dort musste es sein!

Er setzte den Blinker und bog links ab. Die Gegend wirkte wenig einladend. Graue Mehrfamilienhäuser reihten sich aneinander, Stromleitungen führten überirdisch von Haus zu Haus, und überall blätterte der Putz von den Wänden. Aber wenigstens gab es genügend Parkplätze!

Bei Mutschke klingeln stand auf seinem Zettel.

Julian fand den Namen rechts unten auf dem Klingelschild. Vorsichtig drückte er den Knopf. Gleich darauf öffnete sich ein Fenster im Erdgeschoss.

»Was ist?«, fragte eine ältere Frau mit Lockenwicklern in den Haaren.

»Mein Name ist Julian Albrecht.« Julian trat einen Schritt zurück, um die Frau besser sehen zu können.

»Ach, endlich! Ich dachte schon, Sie kommen gar nicht mehr.«

Sie sagte »ganüscht mea« und verschluckte die Hälfte der Buchstaben.

»Sind Sie Frau Mutschke?«

»Ja, die bin ich. Warten Sie, junger Mann, ich mache Ihnen auf.« Der Kopf verschwand, und wenige Minuten später öffnete sich die Eingangstür.

Frau Mutschke war in einen gelben Frotteebademantel gehüllt, ihre Füße steckten in dicken Fellpantoffeln. »Ich war gerade in der Wanne«, entschuldigte sie ihren Aufzug. »Ich sehe nicht immer so aus.«

Julian lächelte verständnisvoll, zog es aber vor, diese Bemerkung nicht zu kommentieren.

»Sie wollen bestimmt so schnell wie möglich in Ihre Wohnung.« Frau Mutschke holte einen Schlüssel aus der Seitentasche ihres Bademantels. »Die ist im dritten Stock. Kommen Sie!« Sie bedeutete Julian, ihr zu folgen.

Langsam stiegen die beiden eine abgetretene Holztreppe hinauf. Im Hausflur roch es nach verbranntem Fisch und Reinigungsmitteln. Frau Mutschke begann schon im ersten Stock, nach Luft zu schnappen. Hinter irgendeiner Tür weinte ein Baby, aus einer anderen Wohnung waren laute Stimmen zu hören.

»Das sind die Försters. Die streiten immer am Sonntagabend«, erklärte Frau Mutschke und fügte dann etwas leiser hinzu: »Er trinkt ganz gern mal ein bisschen zu viel. Aber keine Angst, die vertragen sich auch wieder.«

»Gut!« Julian bemühte sich um ein weiteres unverbindliches Lächeln.

»So, da wären wir.« Umständlich öffnete Frau Mutschke die rechte Eingangstür im dritten Stock. »Zwei Räume, Küche, Bad, möbliert und mit Balkon.«

»Gehört die Wohnung Ihnen?«

»Gott bewahre! Ich bin nur die Verwalterin. Hier im Haus sind noch zwei andere Wohnungen an die Bank vermietet. Da wohnen bestimmt Kollegen von Ihnen.«

»Kann sein.« Julian versuchte, sich an Frau Mutschke vorbei in die Wohnung zu drücken, doch seine neue Bekanntschaft machte keine Anstalten, zur Seite zu treten.

»Soll ich Ihnen noch schnell alles zeigen?«, wollte sie wissen.

»Das müssen Sie nicht, ich komme schon zurecht.«

»Brauchen Sie Hilfe mit dem Gepäck?«

»Nein. Ich habe nicht viel dabei, nur einen Koffer.«

»Das ist aber wenig für ein Jahr, finden Sie nicht?«

»Ich bekomme in zwei Wochen Besuch von meiner Verlobten, sie bringt mir den Rest. Ich muss mir hier doch erst einmal einen Überblick verschaffen, was ich noch alles benötige.«

»Na gut. Sie müssen es ja wissen.« Achselzuckend wandte Frau Mutschke sich ab. »Die Lehmann kommt übrigens jeden zweiten Morgen um zehn.«

»Die … wer?«

»Frau Lehmann, Ihre Putzfrau. Die Wäsche macht sie auch. Sie hat einen Schlüssel.«

»Kann ich mein Auto vor dem Haus stehen lassen?«

»Ja, klar. Ist ja genug Platz.« Frau Mutschke schob ihre Hände in die Taschen des Bademantels. »Die Briefkästen sind unten, gleich neben der Treppe. Die Mülltonnen stehen im Hof. Ein Keller gehört auch zur Wohnung, der ist komplett leer. Von zehn Uhr abends bis sechs Uhr morgens herrscht Nachtruhe. Mit dem Treppenputzen haben Sie nichts zu tun, das erledigt die Lehmann. Und Ihre Miete und die sonstigen Nebenkosten übernimmt ja die Bank«, leierte sie herunter. »Somit ist jetzt alles geklärt, oder?«

»Ja, ich denke schon.«

»Wenn noch was ist, wissen Sie ja, wo Sie mich finden. Gute Nacht, junger Mann!«

Erleichtert ließ Julian die Tür hinter sich ins Schloss fallen. Sofort wurde es dunkel im Eingangsbereich. Er tastete nach dem Lichtschalter, und gleich darauf erstrahlte seine neue Wohnung im hellen Licht einer nackten Glühbirne.

Fassungslos schaute er sich um.

Sein erster Blick fiel auf das Tapetenmuster: verschnörkelte goldene Rauten auf gelbem Untergrund. Davor standen ein Spiegelschrank, ein Kleiderständer und eine niedrige Kommode, alles in Schwarz gehalten. Der graue Teppichboden schien neu zu sein, er verströmte einen durchdringenden Geruch nach Gummi.

Vier dunkelbraune Türen gingen vom Flur ab, zwei rechts und zwei links. Julian öffnete die erste Tür auf der linken Seite und landete in einem schmalen, spärlich eingerichteten Bad: grüne Bodenfliesen, gelbe Wandkacheln, ein Waschbecken, eine Toilette und eine überdimensional große Badewanne. Der Wasserhahn tropfte und ließ sich auch durch sanfte Gewalt nicht zudrehen.

»Ein Fall für Frau Mutschke«, murmelte Julian und machte sich auf den Weg in den nächsten Raum. Offensichtlich das Wohnzimmer.

Hier waren die Wände mit derselben Tapete verkleidet wie

im Eingangsbereich. Der helle Teppich hatte schon bessere Tage gesehen. Ein brauner, kastenförmiger Schrank, ein viel zu weich aussehendes Plüschsofa mit grünem Samtbezug, eine Stehlampe mit braunen Troddeln und ein vertrockneter Gummibaum vermittelten ein trostloses Bild.

Auch die Küche wirkte wenig einladend. Sie war möbliert mit Einbauschränken aus grauem furnierten Holz, einem Gasherd, einem riesigen Warmwasser-Boiler und einem Küchentisch mit roten Plastikstühlen. Der Boden war gefliest, die Wände hell gestrichen.

Die letzte Tür führte ins Schlafzimmer: ein niedriges Doppelbett, das frisch bezogen worden war. Zwei Nachttische, ein Kleiderschrank, alles aus weißem Kunststoff. Über dem Bett hing ein gesticktes Bild, das einen bunten Blumenstrauß zeigte. Es war der einzige Farbtupfer im Raum.

Julian öffnete ein Fenster und ließ sich dann aufs Bett sinken. Nachdenklich starrte er auf das Bild mit den Blumen und überlegte, ob er es abhängen sollte. Durch das geöffnete Fenster drangen Geräusche von der Straße herauf: das Knattern eines Mofas, wütendes Hundegebell und gleich darauf die zeternde Stimme eines Mannes. Für ihn klang das wie fremde, unfreundliche Laute in einer ihm völlig unbekannten Welt.

Vielleicht hätte er doch einen der Vorbereitungskurse besuchen sollen, die in der Bank angeboten worden waren! Dann wäre er vermutlich weniger irritiert gewesen. Doch er hatte geglaubt, dass das nicht nötig wäre, schließlich war er bislang überall zurechtgekommen.

Was ja auch stimmte.

Aber das hier – der Fischgeruch, das alte Treppenhaus und sein neues, wenig einladendes Zuhause – erschien ihm mit einem Mal wie eine Reise mit der Zeitmaschine zurück in eine entfernte Vergangenheit. Heftige Sehnsucht überkam ihn –

nach Helen und nach seinem bequemen, luxuriösen Leben, das er in Köln zurückgelassen hatte.

Der tolle Job als Finanzierungsberater.

Seine elegant eingerichtete Wohnung.

Die lauen Sommerabende am Rheinufer.

Worauf hatte er sich hier bloß eingelassen?

2

Bekanntschaften, wenn sie sich auch gleichgültig ankündigen, haben oft die wichtigsten Folgen.
(Johann Wolfgang von Goethe)

»Der Bankberater, bei dem wir gleich einen Termin haben, heißt …« Renate Bahrenbeck klappte einen schmalen Aktenordner auf und ließ ihren Finger suchend über ein Schreiben gleiten. »Ah, hier steht es: Julian Albrecht.«

»Nie gehört.« Jürgen stopfte sich den Rest seines Marmeladenbrots in den Mund.

»Er ist ja auch neu, genau genommen ist heute sein erster Arbeitstag. Er soll sehr kompetent sein, das hat mir die Zweigstellenleiterin versichert.«

»Für mich sind diese Typen aus dem Westen alle gleich: humorlos, eingebildet und überheblich. Die wissen alles besser.«

»Also wirklich, Jürgen! Wenn du mit dieser Einstellung in das Gespräch gehst, können wir gleich einpacken.«

»Warum muss ich überhaupt mit? Ich verstehe doch gar nichts von diesen Dingen.« Trübsinnig ließ Jürgen seinen Blick durch die Küche schweifen. Seine Augen blieben an Kathrin hängen, die sich am Herd gerade heißes Wasser in ihre Tasse schenkte. »Warum kann Kathi nicht mitgehen? Sie hat immerhin eine kaufmännische Lehre gemacht und kann mitreden.«

»Aber du bist derjenige, der den Kredit aufnehmen wird. Deshalb musst du persönlich erscheinen«, erklärte Kathrin und trat zu ihren Eltern an den Frühstückstisch. Im Stehen bestrich sie sich eine Scheibe Brot mit Butter und garnierte sie mit mehreren Klecksen Marmelade.

»Wie war es gestern Abend?«, fragte Renate. »Ich habe dich gar nicht nach Hause kommen hören.«

»Ich schon«, bemerkte Jürgen. »Es war kurz vor zwei, falls das jemand wissen will.«

»Es war total schön«, erzählte Kathrin, ohne den Einwurf ihres Vaters zu beachten. »Nachts wurde es ein wenig frisch, aber wir hatten trotzdem viel Spaß.«

»Hat Maik dich nach Hause gebracht?«

»Klar.«

»Und?« Erwartungsvoll blickte Renate ihre Tochter an.

»Und was?«

»Wollte er nicht ... äh ... ich meine ...«

Kathrin verdrehte die Augen. »Das mit Maik und mir ist vorbei, wie oft muss ich euch das noch sagen? Wir sind lediglich gute Freunde.«

»Er ist so ein netter Junge.«

»Trotzdem will ich nicht mit ihm zusammen sein. Außerdem ist das sowieso allein meine Angelegenheit.« Sie wischte sich die Hände an ihrer Hose ab. »Und jetzt entschuldigt mich, ich nehme das Frühstück mit in die Scheune. Der Traktor gibt seit Freitag komische Geräusche von sich, ich muss das überprüfen.«

Nachdenklich schaute Renate ihrer Tochter hinterher. »Sie interessiert sich viel zu sehr für unseren Hof und die Felder, und viel zu wenig für Dinge, die in ihrem Alter normal wären.«

Jürgen ließ seine Kaffeetasse sinken. »Zum Beispiel?«

»Ihr Aussehen. Kleidung. Jungs. Eine eigene Familie.«

»Hm«, machte Jürgen.

»Mit zweiundzwanzig waren wir beide schon verheiratet.«

»Die Zeiten ändern sich.«

»Ich weiß.« Renate seufzte und begann, das Frühstücksgeschirr abzuräumen. »Gerade deshalb würde ich ihr einen lieben Menschen wünschen, der diese Veränderungen mit ihr zusammen erlebt.«

»Nun, Maik ist anscheinend nicht dieser Mensch, das hast du ja gerade gehört.«

»Leider. Dass die zwei sich getrennt haben, tut mir immer noch sehr leid.« Ihr Blick fiel auf die Wanduhr. »Aber jetzt beeil dich mal und trink deinen Kaffee aus! Wir müssen pünktlich los.«

Ein Beratungsgespräch um acht Uhr morgens. An seinem ersten Tag in völlig neuer Umgebung. Ohne Computer und die gewohnten Arbeitsunterlagen. Wer hatte eigentlich einen dermaßen blöden Termin vereinbart?

Julian schenkte sich die dritte Tasse Kaffee ein, doch auch die half ihm nicht viel. Immer noch war er hundemüde. Er hatte die halbe Nacht wach gelegen, war bereits vor sieben Uhr aufgestanden und hatte sich nach einer schnellen, lauwarmen Dusche in seiner Badewanne gleich auf den Weg in die Bank gemacht.

Zum einen, weil er sich mit allem vertraut machen wollte. Doch viel gab es nicht, was er kennenlernen musste. Die Schalterhalle lag um diese Uhrzeit noch verlassen da. Die Büros und Besprechungsräume hinter den Schaltern waren nur spärlich eingerichtet. Seine Kollegen aus der Kölner EDV-Abteilung waren gerade dabei, drei neue Computer zu installieren.

»Wir warten noch auf die Möbel aus Westdeutschland. Die Lieferung wird heute im Laufe des Tages eintreffen. Eigentlich hätte das alles längst erledigt sein sollen. Es tut mir sehr leid, dass Ihr erster Arbeitstag bei uns mitten im Chaos beginnt«, hatte ihm Frau Körner, die Filialleiterin, bei einem ersten Rundgang erklärt. Sie war eine dezent geschminkte, pummelige Mittvierzigerin mit Dauerwelle und starkem Berliner Akzent, die anscheinend gern und viel redete.

»Aber vielleicht möchten Sie ja die Zeit nutzen und sich bei Ihren Lieben melden?«, hatte sie noch hinzugefügt und auf eines der Telefone im Besprechungszimmer gedeutet.

»Gute Idee.«

Das Telefonat mit seiner Verlobten war der zweite Grund gewesen, der Julian veranlasst hatte, schon vor acht im Büro zu sein. Da seine Wohnung in der Elisenstraße noch nicht über einen Telefonanschluss verfügte, hatten Helen und er ausgemacht, dass er sich an seinem ersten Arbeitstag von der Bank aus bei ihr melden würde.

Zuerst hatte es eine Weile gedauert, bis er eine freie Leitung bekam. Und dann hatte Helen kaum zugehört, als er ihr von seinen ersten Eindrücken und Erlebnissen erzählen wollte. Stattdessen hatte sie ihn schon nach wenigen Sätzen unterbrochen.

»Meine Schwester hat heute Morgen endlich ihr Baby bekommen! Ist das nicht toll? Es ist ein Junge, fünfundfünfzig Zentimeter, vier Kilo, und angeblich hat er ganz viele dunkle Haare auf dem Kopf. Er heißt Felix. Ist das nicht süß? Ich werde nächste Woche nach Hamburg fahren und sie besuchen.«

Schnell hatte Julian feststellen müssen, dass mit Helen heute nicht vernünftig zu reden war. Deshalb hatte er das Gespräch nach wenigen Minuten beendet und sich vorgenommen, sie erst am nächsten Tag wieder anzurufen. Bis dahin würde sich ihre Aufregung hoffentlich gelegt haben.

Warum konnten sich Frauen beim Thema Baby eigentlich immer so begeistern? Sogar Helen, die sonst eher sachlich und kühl blieb, schien von der Geburt des Kleinen regelrecht hingerissen zu sein. Das musste wohl mit den vielzitierten weiblichen Hormonen zusammenhängen.

Grinsend schüttelte er den Kopf. Es war dringend Zeit für ein anderes, sachlicheres Thema.

Da ihm nichts Besseres einfiel, setzte er sich mit der Kaffeetasse in der Hand an den Besprechungstisch und studierte die Unterlagen, die dort ausgebreitet lagen. Bald schon hatte er sich in den ersten Fall vertieft.

Jürgen und Renate Bahrenbeck, beide Jahrgang 1944, hatten ein größeres Darlehen beantragt, das sie in eine neue Firma investieren wollten. Sie konnten sich sehr gute Chancen ausrechnen, im Zuge der Rückübertragung von verstaatlichtem Eigentum ihren ehemaligen Familienbetrieb, eine Gurkeneinlegerei, zurückzufordern.

Julian stutzte.

Gurkeneinlegerei.

Was für ein komisches Wort!

Das Ehepaar Bahrenbeck hatte ehrgeizige Pläne. Gemeinsam mit Tochter Kathrin (22 Jahre alt, Kauffrau und derzeit im elterlichen Betrieb beschäftigt) und den Eltern von Jürgen Bahrenbeck (beide Rentner) wollte die Familie die Fabrik von Grund auf sanieren und dann groß ins Geschäft mit Sauerkonserven einsteigen.

Julian seufzte leise. Saure Gurken aus dem Spreewald – langweiliger und provinzieller ging es ja wohl kaum!

Er legte die Papiere zur Seite und ging zum Waschbecken in einer Ecke des Zimmers, um den Rest Kaffee wegzuschütten und seine Tasse auszuspülen.

»Wir haben auch noch keine Küche«, hatte Frau Körner bei ihrem Rundgang gesagt und entschuldigend gelächelt. »Die kommt hoffentlich heute zusammen mit den anderen Möbeln aus Westdeutschland.«

Während er die Tasse unter den laufenden Wasserhahn hielt, warf er einen kurzen Blick in den Spiegel über dem Waschbecken. Die schlaflose Nacht war ihm kaum anzusehen. Seine blonden Haare lagen perfekt, die blauen Augen strahlten hell und wach, und seine Haut hatte immer noch den leichten Bronzeton vom letzten Urlaub auf Gran Canaria.

»Die Bahrenbecks sind da«, informierte ihn Frau Körner in diesem Moment.

In ihrer Stimme lagen Respekt und sogar ein wenig Bewunderung. Die Bahrenbecks waren eine alteingesessene, bekannte Familie im Spreewald, hatte sie ihm vorhin verraten. »Schon seit vielen Generationen machen die was mit Gurken.«

Julian hatte nur schwer ein Grinsen unterdrücken können. Der Gurken-Clan also. Geachtet und beliebt …

»Sie können reinkommen.«

Er stellte die Tasse beiseite, setzte ein geschäftsmäßiges Lächeln auf und drehte sich um.

Das Ehepaar Bahrenbeck stand bereits in der Tür. Herr Bahrenbeck, ein untersetzter Typ mit Geheimratsecken und viel zu großem Brillengestell, trug eine dunkle Hose und ein blaues Hemd, dessen Ärmel er sich bis zu den Ellbogen hochgekrempelt hatte. Es war ihm anzusehen, dass er sich in seiner Kleidung und vermutlich auch in dieser Umgebung nicht besonders wohl fühlte.

Ganz anders seine Frau, die Julian mit einem zurückhaltenden, aber freundlichen Lächeln begrüßte. Renate Bahrenbeck gab in ihrem grünen Sommerkleid eine gute Figur ab. Ihre kinnlangen, dunkelblonden Haare waren nur vereinzelt von grauen Strähnen durchzogen. Ihre Gesichtszüge waren ebenmäßig und attraktiv, und ihre sanften blaugrauen Augen waren in diesem Moment erwartungsvoll auf Julian gerichtet.

Er räusperte sich.

»Guten Morgen! Nehmen Sie doch bitte Platz.«

Danach arbeitete er die üblichen Gesprächsfloskeln ab, prüfte ausführlich die finanzielle Situation der Familie und stellte ihnen verschiedene Tilgungspläne vor. Dann kam er auf die bevorstehende Rückübertragung der enteigneten Fabrik zu sprechen.

»Die entsprechende gesetzliche Regelung wird in den nächsten Wochen erwartet. Ich denke, danach ist Ihr Fall nur noch reine Formsache.«

Renate Bahrenbeck nickte aufmerksam. »Ich habe alle erforderlichen Unterlagen für den Antrag zusammengesucht.« Sie deutete auf den schmalen Aktenordner in ihrer Tasche.

Julian atmete auf. Diese Frau dachte offensichtlich mit. Das Projekt würde ihn deshalb wohl nicht länger als nötig beschäftigen. Es gab weiß Gott interessantere Themen …

»Aber bei der Erstellung des Unternehmenskonzepts könnten wir Hilfe brauchen«, fuhr Frau Bahrenbeck fort. »So etwas haben wir noch nie gemacht.«

»Dann fragen Sie doch …« Julian blätterte in seinen Unterlagen. »Fragen Sie doch Ihre Tochter, ob sie Ihnen helfen kann!«

»Unsere Kathi?« Zum ersten Mal sagte jetzt Jürgen Bahrenbeck etwas. »Nee, die kann das nicht.«

»Aber sie hat doch eine entsprechende Ausbildung absolviert.«

»Das reicht leider nicht. Sie wissen doch selbst am besten, welche hohen Anforderungen Ihre Bank stellt.« Renate Bahrenbeck machte ein bekümmertes Gesicht. »Wir hatten gehofft, dass Sie uns unterstützen.«

»Natürlich tut er das«, kam Frau Körners Stimme von der Tür. Sie kam mit zwei Kaffeetassen ins Zimmer und stellte diese auf dem Besprechungstisch ab. »Zeit für eine kleine Pause! Milch und Zucker?«

»Nein danke«, sagte Renate Bahrenbeck. »Wir trinken den Kaffee schwarz.«

»Dieser junge Mann hier hat eine hervorragende Ausbildung genossen.« Frau Körner klopfte Julian auf die Schulter. »Und er wird sich sehr gern um Ihr Unternehmenskonzept kümmern, habe ich recht?«

Ihr Ton war immer noch freundlich, aber auch sehr bestimmt. Kurzzeitig überlegte Julian, ob er es trotzdem auf einen Widerspruch ankommen lassen sollte, entschied sich aber dagegen. Er wollte nicht gleich am ersten Tag eine Diskussion beginnen – erst recht nicht, wenn er die hierarchischen Verhältnisse hier in der Bank noch nicht richtig durchschaut hatte.

»Gern«, stimmte er deshalb ohne große Begeisterung zu.

»Fein!« Renate Bahrenbeck strahlte. »Wollen Sie später mit rauskommen und sich alles anschauen?«

»Wie … später? Aber … aber ich muss doch arbeiten.« Julian warf Frau Körner einen hilfesuchenden Blick zu.

Doch anscheinend hielt die Filialleiterin den Vorschlag für eine gute Idee. »Natürlich müssen Sie arbeiten«, sagte sie, fügte jedoch hinzu: »Aber gegen einen Außentermin an der frischen Luft ist doch gar nichts einzuwenden.«

»Ich habe diesen Tag eigentlich ganz anders geplant.«

»Ich weiß. Aber Sie werden noch lange genug hier herumsitzen, wenn erst alles komplett eingerichtet ist und die Computer funktionieren. Außerdem: Wenn später die Möbel kommen, sind Sie hier sowieso nur im Weg. Nutzen Sie deshalb die Chance und schauen Sie sich ein wenig bei uns im schönen Spreewald um!«

»Wir zeigen Ihnen alles«, versicherte Renate Bahrenbeck ihm mit einem fröhlichen Lächeln. »Heute passt es sehr gut, nicht wahr, Jürgen?«

»Hm?« Der Angesprochene blickte von seiner Kaffeetasse auf. Anscheinend hatte er gar nicht zugehört.

»Wir zeigen Herrn Albrecht heute den Hof und die Gurkenfelder«, wiederholte seine Frau geduldig. »Dann kann er sich einen ersten Eindruck verschaffen, wofür wir den Kredit brauchen.«

»Heute ist es aber ungünstig. Ich muss raus auf die Felder. Wegen der Aussaat, das weißt du doch.«

»Wenn das so ist, dann sollten wir den Ausflug lieber verschieben«, warf Julian hastig ein.

»Nichts da!«, widersprach Frau Bahrenbeck. »Mit der Aussaat sind die anderen bestimmt schon fertig, wenn wir zurückkommen.«

»Na dann ...« Wieder klopfte Frau Körner Julian auf die Schulter. »Dann machen Sie sich mal einen schönen Tag, junger Mann!«

3

Liebe auf den ersten Blick – das geht
über alle Erfahrung hinaus.
(Oscar Wilde)

Um kurz nach zwölf Uhr kamen Kathrin und Opa Paul von den Feldern zurück. Kathrin parkte den Traktor in der Scheune und schaltete den Motor aus. Trotz der Reparaturversuche vom Morgen hatte das Getriebe während der gesamten Fahrt merkwürdige Geräusche von sich gegeben. Das war ärgerlich und bedenklich zugleich, denn wenn das Fahrzeug kaputtging und nicht mehr zu reparieren war, würden sie ein neues kaufen müssen. Und das würde ein empfindliches Loch in ihre Kasse reißen.

Sie öffnete die Verkleidung des Motors und schaute ratlos auf die vielen Drähte und Schläuche. Sie hatte doch bereits alles überprüft. Woran konnte es bloß liegen?

»Pass auf deine Finger auf! Der Motor ist noch heiß«, warnte Opa Paul, nachdem er um einiges langsamer als seine Enkelin vom Traktor geklettert war.

»Ich weiß.« Mit einer ungeduldigen Bewegung rieb sich Kathrin die Nase und strich eine Haarsträhne aus ihrer Stirn. »So ein blödes Ding!«

Opa Paul lachte. »Jetzt hast du Ölflecken auf der Nase.«

»Na und? Es sieht ja keiner.«

»Da seid ihr ja! Das trifft sich gut.« Oma Elisabeth stand mit einem Albino-Kaninchen auf dem Arm im Scheunentor.

»Wieso trägst du Fridolin mit dir herum?«, wollte Opa Paul wissen.

»Weil er sich schon wieder im Gemüsegarten an den Kräutern zu schaffen gemacht hat. Ich nehme ihn gleich mit rein, da kann er wenigstens keinen Unsinn anstellen.«

»Hast du zufällig frischen Kaffee gekocht?«

Elisabeth nickte.

»Du bist die wunderbarste Frau der Welt, weißt du das eigentlich?«, flötete Opa Paul.

»Du brauchst dir gar keine Mühe zu geben. Der Kaffee ist nicht für dich, sondern für unseren Gast.«

Kathrin runzelte die Stirn. »Besuch? Den hat Mutti heute Morgen gar nicht erwähnt.«

»Das hat sich auch ganz kurzfristig ergeben. Sie hat vorhin von der Bank aus angerufen. Anscheinend ist ihr Gespräch dort gut gelaufen, und jetzt will sie dem Bankberater die Fabrik und die Felder zeigen.«

»Muss das sein?«

Kathrin ahnte bereits, dass die Betreuung des Beraters an ihr hängen bleiben würde. Ihre Mutter wusste zwar viel über Landwirtschaft, konnte jedoch nicht gut erklären. Und ihr Vater war fremden Menschen gegenüber immer extrem reserviert. Er würde sich mit diesem »Schlipsträger« sicherlich nicht abgeben.

»Ich glaube, das ist –«

Doch Oma Elisabeth kam nicht mehr dazu, ihre Einschätzung mit den anderen zu teilen, denn in diesem Moment fuhren im Hof zwei Autos vor: der graue Trabi von Kathrins Eltern und ein weißer Golf mit westdeutschem Kennzeichen.

Mit unverhohlener Neugier betrachtete Kathrin den fremden Wagen. Die Reifen waren breiter als gewöhnlich, das Auspuffrohr größer, die Fenster schwarz getönt, und an der Antenne baumelte ein Fuchsschwanz. Ein typisches West-Auto.

Blöde und protzig. Sie unterdrückte ein verächtliches Schnauben und folgte ihren Großeltern nach draußen.

Der Typ, der gerade aus dem Wagen stieg, wirkte genauso angeberisch wie sein Auto. Er trug einen hellen Anzug und eine schmale, weinrote Lederkrawatte. Seine blonden Haare waren sorgfältig nach hinten geföhnt, die Augen hinter der verspiegelten Sonnenbrille verborgen, und seine Gesichtsfarbe hatte exakt den dunklen Braunton, den die Haut immer dann annahm, wenn man den ganzen Tag faul in der Sonne liegen konnte. Viel zu intensiv und zu gleichmäßig, um von normaler, alltäglicher Bewegung an der frischen Luft zu kommen.

Alles in allem: der perfekte eingebildete Schnösel.

Solche Typen konnte Kathrin überhaupt nicht leiden. Üblicherweise hätte sie ihn auch keines Blickes mehr gewürdigt. Aber leider lag der Fall diesmal anders – schließlich war ihre Familie auf die Hilfe der Bank angewiesen. Also musste sie sich wohl oder übel zusammennehmen.

Sie strich sich noch einmal die Haare aus der Stirn und zog ihre Bluse zurecht. Dann schob sie ihre Hände in die Hosentaschen, hob den Kopf ein wenig höher als nötig und setzte einen betont freundlichen Gesichtsausdruck auf.

»Willkommen auf unserem Hof!« Renate Bahrenbeck trat zu Julian ans Auto.

»Es ist nett hier«, stellte er anerkennend fest.

Seine Behauptung war nicht nur höflich gemeint. Die Landschaft mit ihren saftig grünen Auen, den kleinen Wäldern und den vielen Feldern gefiel ihm tatsächlich. Auch der Hof der Bahrenbecks schien idyllisch zu sein: ein zweistöckiges Wohnhaus mit einem großen Gemüsegarten, eine Blumenwiese mit

Obstbäumen und eine riesige alte Scheune. Ein Hahn stolzierte mit seinen Hühnern Richtung Feld, und in der Luft hing der Duft nach Mist und frisch gemähtem Gras.

Erst auf den zweiten Blick bemerkte Julian zahlreiche Risse im Mauerwerk und einige ausgebesserte Stellen an Fenstern und Türen. Auch das Dach der Scheune war anscheinend schon mehrmals geflickt worden. Zwar war alles sauber und aufgeräumt, doch über den schlechten Zustand der Gebäude konnte das nicht hinwegtäuschen. Kein Wunder, dass die Familie Bahrenbeck dringend Geld benötigte!

Renate zeigte auf ein älteres Ehepaar, das sich ihnen langsam näherte. »Das sind meine Schwiegereltern, Paul und Elisabeth Bahrenbeck.« Sie winkte die beiden zu sich heran. »Das ist Herr Albrecht von der Bank. Er will sich unbedingt mal unseren Hof und die Felder anschauen.«

Hatte sie gerade *unbedingt* gesagt? Wohl eher gezwungenermaßen! Trotzdem nickte Julian und lächelte freundlich.

Paul und Elisabeth grüßten schüchtern zurück. Beide hatten graue Haare und rosige, wettergegerbte Gesichter. Die ältere Dame trug einen bunten Arbeitskittel und hatte ein Kaninchen auf dem Arm. Auch ihr Mann war zweckmäßig gekleidet: Jeans, grüner Pulli und Strohhut, alles leicht zerknittert.

»Und da kommt ja auch Kathrin«, bemerkte Renate.

Julian folgte ihrem Blick.

Die junge Frau schlenderte ohne große Eile auf die Autos zu, die Hände in den Hosentaschen vergraben.

Sie ähnelte ihrer Mutter, allerdings war sie größer als diese, und ihre Gesichtszüge waren nicht ganz so weich und ebenmäßig. Auch ihre Kleidung wirkte wesentlich lässiger. Ihre Beine steckten in Jeans und grünen Gummistiefeln, die blaue, kurzärmelige Bluse war an den Rändern ausgefranst, und ihr Gesicht war mit schwarzen Flecken übersät. Dazu braune, lange Haare, die zu einem unordentlichen Zopf geflochten waren, und klare, grüne Augen, die ihn kühl und distanziert musterten.

Jetzt verzog sie ihren Mund zu einem Lächeln – doch falls das ein freundlicher Gesichtsausdruck werden sollte, so misslang er ihr gründlich.

»Hi!«, brummte sie kurz angebunden und mit überraschend tiefer Stimme.

Er konnte sich die offensichtliche Abneigung zwar nicht erklären, beschloss aber, ihr Verhalten zu ignorieren. Stattdessen schob er die Sonnenbrille in seine Haare zurück und streckte die rechte Hand aus. »Hallo! Schön, Sie kennenzulernen.«

»Ja, ja.« Ihr Blick blieb kurz an seinen Augen hängen, dann betrachtete sie seine Krawatte und übersah dabei geflissentlich die höfliche Geste.

»Ist Ihnen heute schon ein Farbeimer explodiert?«, fragte er und deutete auf Kathrins verschmutztes Gesicht.

»Nö.« Ihre Miene verfinsterte sich. Aber zumindest schüttelte sie jetzt doch seine Hand. »Das ist Motoröl«, erklärte sie dabei. »Wenn man das mal abgekriegt hat, ist es schnell überall. Übrigens jetzt auch an *Ihren* Fingern.«

Hastig zog Julian seine Hand zurück und betrachtete stirnrunzelnd die Ölflecken auf seiner Haut. Er war sich mit einem Mal ziemlich sicher, dass sie das absichtlich gemacht hatte.

»Also wirklich, Kathrin!«, rief Renate Bahrenbeck. »Wie gedankenlos von dir!«

»Tut mir leid. Mit viel Spülmittel geht das wieder ab, keine Sorge.«

»Sie können sich im Haus die Hände waschen«, schlug Renate vor. Das Verhalten ihrer Tochter schien ihr peinlich zu sein. »Und dann machen wir einen Rundgang über den Hof. Nach dem Mittagessen kann Kathi Ihnen den Rest zeigen.«

»War ja klar«, murmelte Kathrin.

»Mittagessen?« So lange wollte Julian eigentlich gar nicht bleiben.

»Natürlich. Sie haben doch gehört, was Frau Körner gesagt hat. Sie sollen sich einen schönen Tag bei uns im Spreewald machen. Ein gutes Mittagessen gehört dazu.« Renate drehte sich zu ihrer Schwiegermutter um. »Wir haben doch genug, nicht wahr?«

»Aber sicher.«

»Oh, äh … danke!« Julian gab sich angesichts der ehrlichen Gastfreundschaft der Familie Bahrenbeck geschlagen.

»Na, dann kommen Sie mal herein!«

Renate hakte sich bei ihrem Mann unter und deutete den anderen an, ihr zu folgen. Paul und Elisabeth machten sich ebenfalls auf den Weg ins Haus. Das Schlusslicht bildeten Kathrin und Julian.

Ein sehr schweigsames Schlusslicht.

»Was gibt es denn zu essen?«, fragte er, um die Stille zu überbrücken.

Kathrin blieb stehen. Ein teuflisches Grinsen umspielte ihren Mund. »Was schon?«, brummte sie. »Haben Sie das Kaninchen auf dem Arm meiner Großmutter nicht gesehen?«

»Und Sie haben wirklich geglaubt, dass wir den armen Fridolin braten?« Elisabeth Bahrenbeck nahm ihre Brille ab und wischte sich die Lachtränen aus den Augen.

»Na ja«, meinte Julian und legte seinen Löffel beiseite. »Ich hatte keinen Grund, das nicht zu glauben, oder? Sie sind mit dem Tier geradewegs in die Küche spaziert, und danach habe ich ihn nicht mehr gesehen.«

»Fridolin ist unser einziges Haustier. Absolut zahm, aber leider auch sehr verfressen. Wir sperren ihn gern mal im Haus ein, damit er nicht unseren Gemüsegarten plündert.«

»Und ich habe mich schon gewundert, warum Sie den Eintopf auf Ihrem Teller so kritisch untersucht haben.« Renate schüttelte lächelnd den Kopf.

»Die Schmorgurken waren köstlich«, versicherte Julian ihr. »Gerade die richtige Mischung aus süß und sauer. Ich liebe diese einfachen Gerichte.«

Oma Elisabeth lief vor Freude rot an. »Danke!«

Kathrin knüllte ihre Papierserviette zusammen und unterdrückte eine spitze Bemerkung.

Ich liebe diese einfachen Gerichte.

So ein Schleimer!

Und überhaupt: Einfaches Gericht?

Hatte er eigentlich eine Ahnung davon, wie viel Zeit es kostete, die Gurken zu schälen, klein zu schneiden, den Speck und die Zwiebeln zu würfeln und alles auf kleiner Flamme langsam garzuschmoren? Ganz zu schweigen von den Kartoffeln, die man zeitgleich zubereiten musste.

Oder – was in ihren Augen noch schlimmer wäre – setzte er etwa *einfach* mit *billig* gleich?

Sicher, die Gurken und die Kartoffeln waren aus eigener Ernte und hatten deshalb kaum Geld gekostet. Dafür aber viel Arbeit! Doch was wusste dieser Stadtbewohner schon von den Mühen der Landwirtschaft? Sein Essen kam vermutlich fein säuberlich verpackt aus dem Tiefkühlregal eines Supermarkts und trug so Namen wie »Nasi Goreng« oder »Chili con Carne«.

»Jetzt gibt es Nachtisch.« Ihre Großmutter stellte eine Schüssel mit eingemachten Birnen auf den Tisch.

»Ich möchte nicht mehr, danke!« Kathrin schob den Teller beiseite. Vor lauter Ärger war ihr der Appetit vergangen.

»Hast du dir schon eine Tour zurechtgelegt für heute Nachmittag?«, wollte ihr Vater wissen.

»Nö.«

»Am besten fängst du an der Fabrik an und fährst dann durch die Gurkenfelder zum Gutshof.«

»Gutshof?«, wiederholte Julian Albrecht.

»Alter Familienbesitz«, antwortete Paul Bahrenbeck knapp, aber nicht ohne Stolz. »Steht leer. Leider zu groß und zu teuer im Unterhalt.«

»Warum muss ich ihm denn das Gut zeigen?«, maulte Kathrin. »Das steht doch momentan gar nicht zur Diskussion.«

»Doch. Wenn es zu Ihren Vermögenswerten gehört, kann es eventuell als Sicherheit für das Darlehen herangezogen werden«, erklärte Julian ihr.

»Niemals!« Kathrin sprang auf.

Jetzt gab sie sich keine Mühe mehr, ihre schlechte Laune zu verbergen. Sie fühlte sich persönlich getroffen. Der alte Gutshof war ihr Schatz. Ihr Rückzugsort. Ihr Märchenschloss. Das ließ sie sich von keinem nehmen!

Julian schenkte ihr ein gönnerhaftes Lächeln. »Was beliehen wird und was nicht, das müssen Sie schon mir und der Bank überlassen.«

»Ach wirklich? Also echt, ich finde das …«

Ein warnender Blick ihrer Mutter brachte Kathrin zum Schweigen. Missmutig verschränkte sie die Arme vor der Brust, ließ sich auf ihren Stuhl zurückfallen und beobachtete das muntere Treiben am Tisch mit mürrischem Gesichtsausdruck.

»Wollen wir mein Auto nehmen?«, fragte Julian, nachdem er den Nachtisch aufgegessen hatte. Auffallend langsam und viel zu genießerisch für ihren Geschmack. Das hatte er sicherlich extra gemacht.

»Haben Sie keine Angst, dass Ihr toller Wagen schmutzig wird? Wäre schade um die breiten Reifen. Die Wege über unsere Felder sind stark verschmutzt.«

»Das lassen Sie mal mein Problem sein. Schließlich gibt es auch hier so etwas wie Waschstraßen, oder?«, antwortete er und sah ihr dabei direkt in die Augen.

»Kann sein.«

Verlegen schaute sie zu Boden. Sie ärgerte sich furchtbar darüber, dass sie seinem Blick nicht standhalten konnte. Aber irgendetwas in seinem Gesicht machte sie nervös, und dummerweise erkannte sie ausgerechnet in diesem Moment den Grund dafür.

Es waren seine Augen.

Die waren wirklich außergewöhnlich – strahlend blau, fast türkisfarben, und mit einem Ausdruck, der längst nicht so arrogant wirkte, wie der Rest von ihm es vermuten ließ. Sondern warm und irgendwie faszinierend. Was übrigens auch für seine dunkle, wohlklingende Stimme galt …

Ärgerlich rief sie sich zu Vernunft. Warum machte sie sich eigentlich Gedanken über seine Augen und den Klang seiner Stimme? Auch *die* würden sie nicht dazu bringen können, nett zu ihm zu sein.

Sein plötzliches Auftauchen hatte ihre Tagesplanung durcheinandergebracht. Eigentlich hatte sie sich um den kaputten Traktor kümmern wollen. Maik hätte ihr sicherlich gern dabei geholfen, er war schließlich Mechaniker. Und außerdem immer noch in sie verliebt, wie er ihr schon mehrmals versichert hatte.

Zuletzt gestern Abend.

»Wollen wir?« Julian erhob sich.

»Von mir aus.«

Je eher sie loskamen, umso schneller waren sie wieder zurück. Vielleicht konnte sie sich danach ja noch mit Maik treffen.

Den ganzen Nachmittag über blieb Kathrin Bahrenbeck auf Distanz und redete nur das Nötigste.

Das war zwar nicht gerade wenig, denn bei ihrer Rundfahrt gab es einiges zu zeigen und zu erklären. Darüber hinaus jedoch konnte Julian ihr weder eine private Bemerkung noch ein Lächeln entlocken.

Am Ende ignorierte er ihr Verhalten, so gut er konnte. Von so einer mürrischen Ossine ließ er sich doch nicht seine gute Laune verderben! Stattdessen lauschte er ihren Ausführungen, die überraschenderweise interessant waren, und vergnügte sich ansonsten damit, sie ab und zu von Kopf bis Fuß zu mustern. Das lohnte sich durchaus.

Als Erstes hatte sie ihn durch die leeren Hallen der Gurkenfabrik geführt. »Seit einem halben Jahr stehen die Maschinen still«, hatte sie erzählt. »Wir hoffen, dass sich das bald wieder ändern wird.«

Dann waren sie zu den Gurken- und Kräuterfeldern gefahren – endlos erscheinende, sonnenbeschienene Flächen, auf denen es intensiv nach Dill, Lauch und nasser Erde roch. »Warum so viele Kräuter?«, hatte Julian wissen wollen.

»Jeder Landwirt im Spreewald hat sein eigenes Rezept für das Einlegen der Sauerprodukte, und Kräuter sind dabei die wichtigste Zutat.«

»Haben Sie auch so ein Familienrezept?«

»Natürlich.«

Nach dieser kurzen Antwort hatte sie sich wieder ins Auto gesetzt. »So, nun noch der alte Gutshof, und dann sind wir fertig.« Die Erleichterung über das bevorstehende Ende ihres Ausflugs war ihr deutlich anzusehen.

Julian folgte ihr und startete den Wagen.

Er hatte nur unklare Vorstellungen davon, was ihn auf dem Hof erwartete. Vermutlich ein verfallenes Gebäude, das seine besten Zeiten längst hinter sich hatte, auch wenn das die Familie Bahrenbeck nicht wahrhaben wollte.

Doch als sie jetzt über eine lange Allee fuhren, die auf beiden Seiten von hohen Birkenbäumen gesäumt war, konnte er seine Überraschung nicht verbergen.

»Das nenne ich ja mal eine imposante Anfahrt!«

Die dichten Baumkronen schirmten das Sonnenlicht fast vollständig ab und formten einen schattigen, grünen Tunnel.

Bald kam am Ende der Straße das Gebäude in Sicht.

»Willkommen auf Gut Tarnow!« Zum ersten Mal an diesem Nachmittag klang Kathrins Tonfall nicht mehr geschäftsmäßig, sondern verriet grenzenlosen Stolz.

Julian steuerte das Auto durch einen parkähnlichen Garten und hielt direkt vor der breiten, geschwungenen Eingangstreppe des Hauses. Er stieg aus, ohne weiter auf seine Begleiterin zu achten.

»Wow!«, war alles, was er sagen konnte.

Diesen Anblick hatte er nicht erwartet.

Der alte Gutshof war baufällig, keine Frage. An den Mauern blätterte der Putz ab, der irgendwann einmal hellgelb gewesen sein musste. Das Dach war moosbewachsen, einige Fenster im Dachgeschoss mit Holzlatten verriegelt, und in den Mauerspalten wucherte das Unkraut.

Dennoch brauchte es nicht viel Fantasie, um sich vorzustellen, wie schön dieser Ort einmal gewesen war – und sicherlich nach gründlicher Renovierung wieder sein würde. Das Gebäude mit seinen vielen kleinen Erkern und den hohen Fenstern wirkte wie ein verwunschenes Schloss. Der riesige Garten vor dem Haus war verwildert, doch gerade das machte seinen Reiz aus. Es blühte und grünte wild durcheinander, in der Mitte der Wiese war sogar ein alter Springbrunnen aus grauem Stein zu erkennen. Links und rechts des Hauses wuchsen Eichen, die jetzt, im Hochsommer, kühlen Schatten spendeten.

»Hinter dem Haus sind noch mehr Eichen und ein kleiner Weiher«, erzählte Kathrin, die inzwischen auch ausgestiegen war und seine Begeisterung neugierig verfolgte.

»Das ist einfach … toll«, sagte er und drehte sich einmal um seine eigene Achse. »Das ist kein Garten, das ist ja fast schon ein Park … und dann das alte Mauerwerk … Ist das da drüben eine Kapelle?«

Sie nickte.

Langsam stieg er die Eingangstreppe hinauf und drehte sich auf einer der mittleren Stufen zu ihr um. »Können wir reingehen?«

»Nein.«

»Warum nicht?«

»Ich habe leider den Schlüssel vergessen. Außerdem gibt es da drinnen nichts zu sehen.«

Inzwischen hatte er die Haustür erreicht und spähte durch ein buntes Glasfenster ins Innere des Hauses. »Ich finde schon, dass es hier einiges zu sehen gibt: den alten Kronleuchter zum Beispiel, den Kamin oder die Holztreppe mit dem geschnitzten Geländer. Irgendwie sieht das gar nicht verlassen aus …«

Plötzlich schob sich Kathrins Gestalt zwischen Julian und die Tür. Ihre Augen funkelten böse. »Schon mal was von Privatsphäre gehört?«, fauchte sie.

Er trat einen Schritt zurück und hob beschwichtigend die Hände. »Was ist denn so schlimm an meiner Frage? Ich will doch nur mal einen Blick hineinwerfen.«

»Ich sagte: Nein!«

»Das war nicht zu überhören.«

»Die Besichtigung ist beendet. Kommen Sie!«

Ihre betont zur Schau gestellte Ablehnung ging ihm langsam auf die Nerven. Er war es nicht gewohnt, so unfreundlich behandelt zu werden, schon gar nicht von einer Frau. Normalerweise genügte ein bittender Augenaufschlag, und er bekam, was er wollte.

Vermutlich war es an der Zeit, diese Taktik auch hier einzusetzen. Ein bisschen Vertraulichkeit konnte nicht schaden.

»Können wir das nicht lassen?«, fragte er deshalb.

»Was denn?«

»Dieses blöde Siezen. Wir sind doch fast gleich alt.«

»Ich soll du sagen?« Damit hatte sie wohl nicht gerechnet. Verlegen biss sie sich auf die Unterlippe.

»Warum nicht? Ich denke, wir werden in nächster Zeit öfter miteinander zu tun haben.«

»Das befürchte ich auch.« Immer noch zögerte sie. »Aber von mir aus, dann sagen wir ab jetzt du.«

»Jetzt fehlt nur noch der Schnaps und ein Verbrüderungskuss«, sagte er leise und feuerte gleichzeitig einen intensiven Blick auf sie ab. So einen, den er sich für besonders schwierige Fälle aufsparte.

Auf ihrem Gesicht spiegelten sich Überraschung und Erstaunen, dann lief sie feuerrot an. »Darauf kannst du lange warten!«

»Warum so zickig?« Er zog spielerisch an einer Haarsträhne, die sich aus ihrem Zopf gelöst hatte.

Hastig trat sie einen Schritt zurück und wäre dabei fast die Treppe hinuntergestürzt. Julian erwischte sie gerade noch am Arm.

»Lass das!«, fauchte sie.

»Was? Das Haare-Ziehen oder das Festhalten?«

»Ich brauche weder einen Frisör noch einen Retter.« Wütend schüttelte sie seine Hand ab. »Und jetzt sollten wir nach Hause fahren.«

»Wie du willst.«

Auf dem Heimweg schwiegen beide.

4

Das hat man doch nicht in seiner Macht,
in wen man sich verliebt.
(Henrik Ibsen)

Immer wenn Kathrin zu Hause für ein paar Minuten ihre Ruhe haben wollte, zog sie sich in die hinterste Ecke des Viehstalls zurück.

Hier, zwischen den Strohballen, umgeben von zehn Milchkühen, einem Kälbchen und Erich, dem Zuchtbullen, fühlte sie sich frei und unbeobachtet – obwohl zwölf Paar Kuhaugen jede ihrer Bewegungen neugierig verfolgten.

Doch das störte sie nicht, sie genoss die Gegenwart der Tiere sogar. Das Rascheln der Strohhalme, der schnaufende Atem und der warme Milchgeruch, der von den Kühen ausging, hatten etwas Besänftigendes an sich. Und Ruhe konnte sie jetzt dringend gebrauchen, um über den vergangenen Tag nachzudenken.

Julian war erst kurz vor dem Abendessen gefahren, nachdem er sich noch die Wirtschaftsbücher und die Kalkulationen für den Umbau der Gurkenfabrik angeschaut hatte. Natürlich war es wieder Kathrin gewesen, die ihm alles erklären musste. Und zu allem Überfluss hatte er dann auch noch vorgeschlagen, dass sie die nächsten Vormittage bei ihm in der Bank verbringen sollte, damit sie das neue Unternehmenskonzept gemeinsam erstellen konnten. Ihre Eltern hatten das für eine sehr gute Idee gehalten.

Kathrin schnaubte entnervt, und die Kühe blickten überrascht von ihrem Futtertrog auf.

Sie wollte nicht nach Lübben in die Bank. Schon gar nicht für mehrere Tage.

Und sein doofes Unternehmenskonzept konnte er genauso gut allein machen. Was verstand sie schon davon?

»Nichts«, murmelte sie und ließ sich nach hinten ins Stroh fallen.

Bis hierher war sie sich über ihre Gefühle im Klaren.

Da war Entrüstung darüber, dass ihre Eltern ohne zu fragen über ihren Tag bestimmt hatten. Ärger über die vertane Zeit. Widerwillen gegen die Zusammenarbeit mit diesem blöden Angeber.

Gedankenverloren zupfte sie mehrere Halme aus dem Strohballen heraus, steckte sich einen davon in den Mund und kaute langsam darauf herum.

Jetzt wurde es komplizierter.

Denn dieser blöde Angeber hatte die schönsten blauen Augen, die sie je gesehen hatte. Und einen Blick, der ihre Knie zum Zittern brachte.

Und das war gar nicht gut!

Sie hoffte inständig, dass er ihre Verwirrung beim alten Gutshof nicht bemerkt hatte. Aber sie wusste auch, dass sie ihre Gefühle nicht besonders gut verbergen konnte.

Natürlich würde er jetzt glauben, dass sie – wie alle anderen Frauen – mit ein bisschen verführerischer Augenklimperei zu beeinflussen war.

»Aber das bin ich nicht«, murmelte sie.

Es war alles eine Frage der Zeit, redete sie sich ein. Wenn sie sich erst an den Anblick dieser Augen gewöhnt hatte, würde es sicherlich besser werden. Sie musste sich nur auf etwas anderes konzentrieren.

Notfalls auf das Unternehmenskonzept.

Es konnte nie schaden, etwas Neues zu lernen, besonders in diesen Zeiten. Je eher er begriff, dass sie sich nicht von ihm blenden ließ, umso leichter würde ihr die Zusammenarbeit fallen. Und am Ende würde sie sogar noch von seinem Wissen profitieren. Es kam also darauf an, ihn von jetzt an möglichst noch sachlicher und reservierter zu behandeln, als sie das ohnehin schon tat.

Sie nickte, sehr zufrieden mit dem Ergebnis ihrer Grübelei.

»Gab's bei euch kein Abendessen?«, kam plötzlich eine Stimme von der Tür her.

Maik, ihr Exfreund, kam fröhlich grinsend durch den Stall auf sie zugeschlendert und zog ihr den Strohhalm aus dem Mund. Er war ein großer, athletisch gebauter Typ mit grauen Augen und dunkelblonden Locken, die ihm ständig ins Gesicht fielen. Auch jetzt strich er sich mit einer ungeduldigen Geste, die sie schon Hunderte Male an ihm beobachtet hatte, die Haare aus der Stirn.

»Habe ich doch gewusst, dass ich dich hier finde«, stellte er zufrieden fest. Maik war einer der wenigen, der Kathrins Vorliebe für einsame Verstecke kannte.

Sie richtete sich auf und zupfte das Stroh von der Kleidung. »Natürlich gab es was zu essen, was denkst du denn?«

»Warum kaust du dann den Kühen das Fressen weg? Komm doch lieber mit ins Dorf! Ich spendiere dir ein Eis.«

»Eigentlich wollte ich noch einen Blick auf den Motor unseres Traktors werfen. Der macht es nicht mehr lange, fürchte ich.«

»Soll ich mal gucken?«

Kathrin hatte gehofft, dass er das fragen würde. Maik war ein gewissenhafter und guter Mechaniker, der ihr schon oft geholfen hatte.

Er hielt ihr seine Hand hin und zog sie auf die Füße.

»Du bist ein Schatz!«

»Weiß ich«, sagte er grinsend. »Ich gehe schon mal vor. Holst du uns was zu trinken?«

»Eine Cola?«

»Gern. Hast du auch Schokolade?«

»Bestimmt liegt welche im Kühlschrank.«

»Perfekt! Wir sehen uns.«

»Ja.« Lächelnd blickte sie ihm hinterher. Typisch Maik!

Er war der netteste Mensch, den sie kannte. Bescheiden, unkompliziert und immer freundlich. Auf ihn konnte sie sich in jeder Situation verlassen. Selbst jetzt noch, wo eine zweijährige Beziehung hinter ihnen lag und seit der Trennung gerade mal sechs Wochen vergangen waren.

Ach, verdammt! Warum nur konnten ihre Knie bei *seinem* Anblick nicht zittern?

Am nächsten Morgen stand Kathrin wie verabredet um zehn Uhr in Julians Büro.

»Ah, da bist du ja!« Er nickte zur Begrüßung und deutete auf einen Besucherstuhl, der vor seinem Schreibtisch stand. »Setz dich doch.«

Sie ignorierte seine Aufforderung und sah sich stattdessen zunächst einmal gründlich um. Die schlichten, grauen Büromöbel mussten neu sein, es roch stark nach Pappe und Plastik. Zahlreiche Umzugskartons stapelten sich vor einer Regalwand. Auf dem Schreibtisch war ein Computer installiert worden, dessen Monitor weit in den Raum hineinragte.

»Setz dich!«, wiederholte er und zog die Tastatur zu sich heran.

»Danke.«

Jetzt folgte sie seiner Aufforderung und stellte ihre Tasche neben sich. Die knappe Begrüßung und die geschäftsmäßige

Atmosphäre halfen ihr ein wenig über ihre Unsicherheit hinweg. Vielleicht würde das Ganze doch leichter werden als befürchtet.

»Projekt Nummer 73/1990, Gurkeneinlegerei Bahrenbeck, Tarnow im Spreewald«, murmelte er, während er Wort für Wort eintippte. »Sachbearbeiter Julian Albrecht … Nun, dann fangen wir mal an.« Er unterbrach seine Tipperei und drehte seinen Schreibtischstuhl so, dass er Kathrin anschauen konnte. »Wir werden in den kommenden Tagen gemeinsam Fakten sammeln, Wirtschaftlichkeitsrechnungen erstellen und dann ein solides Unternehmenskonzept entwickeln. Klar so weit?«

Kathrin nickte.

»Wir beleuchten unter anderem Chancen, Risiken, Vermarktung, Wettbewerb und Kundenstruktur«, fuhr er fort. »Weißt du, wie man das macht?«

»Äh… nein.«

»Ernsthaft nicht?«

»Du vergisst, dass ich eine ganz andere Ausbildung gemacht habe.«

»Ich dachte, du bist Kauffrau.«

»In erster Linie bin ich Landwirtin. Ich weiß, wie Gurken ins Glas *reinkommen*. Wie sie wieder *rauskommen*, wann, wo und durch wen … das hat mich bislang nicht interessiert.«

»Aha.« Er grinste spöttisch.

Verdammt!

Kathrin spürte, wie sie rot anlief. Ob vor Ärger oder aus Verlegenheit, konnte sie selbst nicht genau sagen. Hastig senkte sie den Kopf und begann, in ihrer Tasche herumzuwühlen. Dabei bemühte sie sich verzweifelt um eine gleichmütige Miene. So als hätte sein Anblick keinerlei Wirkung auf sie.

»Wir fangen heute mit den Varianten für die Wirtschaftlichkeitsrechnung an.«

»Muss das sein?«, fragte sie, den Blick immer noch auf ihre Tasche gerichtet. »Ich hasse rechnen.«

»Ich hoffe, du hast trotzdem gelernt, mit Zahlen umzugehen. So etwas Grundlegendes hat man euch sicherlich auch hier beigebracht.«

Der Ärger darüber, wie er das Wort *hier* betonte, vertrieb ihre Verlegenheit. Sie hob den Kopf und starrte ihn herausfordernd an.

»Willst du es überprüfen? Wir können ja mal beide gemeinsam bis zehn zählen und gucken, ob die Reihenfolge der Zahlen in Westdeutschland und Ostdeutschland auch tatsächlich dieselbe ist.«

»Sei nicht albern!«

»Dann hör du damit auf, meine Rechenkünste infrage zu stellen. Ich sagte ›ich hasse rechnen‹ und nicht ›ich kann nicht rechnen‹.«

»Na gut, dann hast du ja jetzt Gelegenheit, mir das zu beweisen. Wollen wir anfangen?«

»Von mir aus. Eine Frage habe ich aber noch: Wie lange wird unsere Mathestunde heute dauern?«

»Warum? Hast du noch etwas vor?«

»Ja, am Mittag.«

Sie hatte Maik versprochen, nach dem Banktermin in der Werkstatt vorbeizuschauen und mit ihm ein Eis essen zu gehen. Das machte sie immer, wenn sie in der Stadt war. Der Gedanke an diese Verabredung beruhigte sie ein wenig.

»Was willst du denn noch machen?«, fragte Julian.

Interessierte ihn das wirklich? »Ich bin zum Eisessen verabredet.«

»Gibt es in Lübben ein Eiscafé?«

»Ja, klar. Warum denn nicht?«

»Mit echten Italienern?«

»Nein, das Café gehört einer deutschen Familie.«

»Schade. Das Eis vom Italiener schmeckt besser.«

»Das kann ich nicht beurteilen, ich war noch nie in Italien.«

»Schon klar.« Er nickte verständnisvoll. »Wie denn auch?«

»Tja, wir armen Ostdeutschen und unsere blöde Mauer«, entgegnete Kathrin gereizt.

Und schon wieder war ihr guter Vorsatz, ihm souverän und distanziert gegenüberzutreten, gescheitert! Ihre gleichmütige Haltung geriet ins Wanken, wenn er sie nur anschaute. Wie sollte sie unter diesen Umständen ruhig und sachlich mit ihm schwierige wirtschaftliche Sachverhalte diskutieren?

Sie konnte nur hoffen, dass Julian von ihrer Verwirrung nichts mitbekommen hatte.

»Bis Mittag sind wir locker mit dem ersten Teil durch«, sagte er jetzt. »Keine Angst, du wirst deine Verabredung einhalten können.« Er begann zu tippen.

Eine Zeitlang war das Klackern der Tastatur das einzige Geräusch im Büro. Fasziniert starrte Kathrin auf seine langen, schlanken Finger.

Plötzlich wurde ihr die Stille zu viel.

»Warum schreibst du so viel auf?«, platzte sie heraus, nur um etwas zu sagen.

»Ich mache mir Notizen über mein Gespräch mit dir.«

»Wir haben uns bislang nur über Mathematik und das Eiscafé in Lübben unterhalten. Ich denke, diese Information ist nicht relevant für den Kredit.«

Sein Mund verzog sich zu einem amüsierten Grinsen, doch er tippte unvermindert weiter.

»Darf ich mal sehen?« Kathrin sprang auf.

Julian schüttelte den Kopf. »Ich kann dir das nicht zeigen. Das fällt unter das Bankgeheimnis.«

»Glaube ich nicht.«

»Na gut. Dann eben kein Bankgeheimnis, aber trotzdem vertraulich.«

»Komm schon!«, beharrte sie. »Ich will doch nur wissen, wie du mit dem Computer arbeitest. Ich habe noch nie einen so modernen PC gesehen.«

»Dann solltest du dich an den Anblick gewöhnen. Diese Art von Elektronik ist zukunftsweisend.«

»Eben deshalb will ich ja wissen, wie es funktioniert.« Sie musste ihre Neugier nicht spielen, der Computer interessierte sie wirklich.

»Das kann ich dir kaum in zwei Stunden erklären.«

»Wir haben mehrere Termine. Ich lerne schnell.«

»Davon bin ich überzeugt.«

»Wollen wir?«

»Du bist wirklich hartnäckig.« Er runzelte die Stirn und bedachte sie mit einem langen, prüfenden Blick.

Dieses Mal hielt sie stand, ohne zu blinzeln.

Schließlich nickte er. »Okay. Du kannst den Stuhl nehmen und zu mir hinter den Schreibtisch kommen. Aber mach bitte vorher die Tür zur Schalterhalle zu. Wenn Frau Körner uns sieht, gibt's Ärger.«

5

Einander kennenlernen heißt lernen,
wie fremd man einander ist.
(Christian Morgenstern)

Seine Zeit in Ostdeutschland zog sich wie Kaugummi, das hatte Julian bereits nach den ersten Tagen erkannt.

Interessante Projekte, die ihn karrieremäßig weiterbrachten, wie es sein ehemaliger Chef vorher versprochen hatte, waren weit und breit nicht in Sicht. Stattdessen erstellte er langweilige Gutachten zu Kleinkrediten und füllte stundenlang die entsprechenden Formulare aus.

Gott sei Dank war wenigstens sein Büro mittlerweile gut ausgestattet. Der lange Schreibtisch mit Besprechungsecke konnte ideal für Kundengespräche genutzt werden. Die Stühle waren bequem, der Computer funktionierte problemlos, und die neue Büroküche verfügte glücklicherweise über einen Kühlschrank mit Eisfach.

Dieses Tiefkühlfach war schon bald in Dauerbenutzung, denn das Wetter wurde Mitte seiner zweiten Woche im Spreewald unerträglich heiß.

Um seinen Einstand in der Bank zu feiern, kaufte Julian den Vorrat an Speiseeis beim örtlichen Supermarkt auf und spendierte seinen Kollegen nach jedem Mittagessen eine Portion.

Frau Körner wollte daraufhin wohl nicht zurückstehen und bestellte jeden Nachmittag beim Bäcker Kruse ein großes

Blech mit Streuselkuchen – köstliches Gebäck, das meistens noch warm angeliefert wurde.

Julian war abends regelmäßig so satt, dass er aufs Kochen verzichtete. In seiner dunklen Küche hätte ihm das sowieso keinen Spaß gemacht. Meistens belegte er sich nur eine Scheibe Brot, riss die Fenster im Wohnzimmer auf, setzte sich auf das scheußliche grüne Sofa vor den Fernseher und bedauerte sich selbst.

Er fühlte sich einsam.

Die Telefonate mit Helen, die er jeden Morgen von der Bank aus führte, waren kein Ersatz für ihre Gegenwart. Zudem redete sie leider immer noch von nichts anderem als von ihrem kleinen Neffen. Sie hatte sogar ihren geplanten Besuch bei ihm in Lübben abgesagt, um zu ihrer Schwester und zu ihrem Schwager nach Hamburg zu fahren. »Sie haben mich um Hilfe gebeten. Vermutlich bleibe ich die ganzen Semesterferien über dort. Ich weiß, wir hatten das anders geplant. Aber so ein Baby bringt alles durcheinander. Das verstehst du doch, oder?«, hatte sie gefragt.

Nein, das verstand Julian nicht.

Helen gehörte zu ihm. Ihre neu entdeckte Vorliebe für das Familienleben ihrer Schwester gefiel ihm ganz und gar nicht. Außerdem hatte sie ihm beim Abschied versprochen, bei ihrem ersten Besuch in Ostdeutschland ein paar Sachen aus Köln mitzubringen. Jetzt musste er zusehen, wie er ohne diese Dinge zurechtkam.

Aber da er keine Lust hatte, am Telefon mit Helen darüber zu streiten, hatte er gelogen und ihr für die Reise viel Spaß gewünscht. Danach hatte er den Hörer aufgeknallt und sich enttäuscht in seinen Ledersessel zurücksinken lassen.

Na super, jetzt würde er das zweite Wochenende hintereinander allein im Osten festsitzen!

Natürlich konnte er trotzdem nach Köln fahren. Aber die lange Autofahrt und die Aussicht auf eine leere Wohnung schreckten ihn ab. Da konnte er genauso gut in Lübben bleiben. Hier hatte er wenigstens die Reste vom Streuselkuchen und konnte die Bekanntschaft mit seiner Nachbarin Frau Mutschke vertiefen.

Oder aber er kümmerte sich um sein neues Lieblingsthema: die Familie Bahrenbeck. Kaum zu glauben, dass er tatsächlich angefangen hatte, sich für eingelegte Gurken zu interessieren!

Das ehrgeizige Vorhaben der Bahrenbecks war sein größtes Projekt und kostete ihn deshalb auch die meiste Arbeit. Doch er hatte nichts gegen diese Aufgabe. Erstens war das Konzept solide und versprach schnellen Erfolg. Und zweitens hatte Julian die Familie bei seinen Besuchen auf dem Hof ins Herz geschlossen.

Alle – sogar Kathrin.

Er hatte nicht noch einmal versucht, die junge Frau mit schmachtenden Blicken in Verlegenheit zu bringen. Sie war nicht der Typ für solche Spielchen, das hatte er inzwischen erkannt.

Ihr Interesse an allem Neuen imponierte ihm. Noch faszinierender fand er allerdings ihren herben Charme und ihre Natürlichkeit. Jedes ihrer Gefühle stand ihr nämlich offen ins Gesicht geschrieben.

Wenn er sie zum Beispiel auf einen Fehler in ihren Berechnungen aufmerksam machte, presste sie verärgert die Lippen aufeinander. Wenn er ihr etwas am Computer erklärte, runzelte sie konzentriert die Stirn. Und wenn er sie mit einer scherzhaften Bemerkung zum Lächeln bringen konnte, so war dieses Lächeln echt.

Nur manchmal senkte sie plötzlich den Kopf oder drehte

sich weg. Dann war es plötzlich, als wollte sie etwas verbergen. Nur – was?

Seufzend rieb er sich über das Gesicht. Er hatte das Gefühl, der Antwort ganz nah zu sein, wusste jedoch nicht, ob er sie überhaupt hören wollte.

»Hallo, Julian!«

Plötzlich stand Kathrin in seinem Büro. Ertappt richtete Julian sich auf. Vor lauter Grübeln hatte er völlig vergessen, dass er am heutigen Freitag einen weiteren Termin mit ihr vereinbart hatte.

Zu seiner Überraschung trug sie nicht wie üblich Jeans und Turnschuhe, sondern ein luftiges Sommerkleid und leichte Sandalen.

»Oh!« Er pfiff anerkennend. »Hast du gleich noch was vor?«

»Ja.« Sie schloss die Bürotür und schob wie selbstverständlich einen der Besucherstühle zu ihm an den Schreibtisch. »Ich bin heute Nachmittag mit Freunden zum Schwimmen verabredet.«

Er rückte seinen Stuhl ein Stück zur Seite, damit sie Platz hatte. »Habt ihr hier ein Schwimmbad?«

»Nein, aber den Briesener See. Das ist zwar nur ein kleines Gewässer, aber es liegt total schön im Wald.«

»Kenne ich nicht.«

Sie schüttelte den Kopf. »Du bist jetzt seit fast zwei Wochen hier. So langsam solltest du dich in der Gegend auskennen. Was machst du denn in deiner Freizeit?«

»Nichts Besonderes.« Was konnte man hier schon tun, außer ausschlafen, fernsehen und sich selbst bemitleiden?

»Was hast du dir bislang angeschaut?«

»Mal überlegen. Eigentlich …« Er legte eine kunstvolle Pause ein. »… nichts.«

»Warum machst du denn nichts mit deinen Kollegen?«

»Die sind alle schon etwas länger hier und viel älter als ich.«

Es waren nette Menschen, aber Julian verspürte keine Lust, auch noch seine Freizeit mit ihnen zu verbringen. »Außerdem reden die nur noch darüber, dass Deutschland die Weltmeisterschaft gewonnen hat.«

»Ich dachte immer, jeder Westdeutsche ist Fußballfan.«

»Ich nicht.« Er beugte sich zu ihr hinüber und senkte seine Stimme. »Aber das muss unser kleines Geheimnis bleiben, okay?«, setzte er grinsend hinzu.

Auch sie lächelte. Zu seiner Freude tat sie das inzwischen sehr oft. »Okay.«

»Und was den Spreewald betrifft: Vielleicht kannst du mir ja mal was zeigen.«

Eigentlich war sein Vorschlag scherzhaft gemeint, aber sie schien sich das ernsthaft zu überlegen.

»Ja, das lässt sich einrichten«, sagte sie nämlich. »Wir könnten heute mit etwas ganz Einfachem anfangen. Komm doch mit zum Schwimmen!«

»Echt?« Die spontane Einladung erstaunte ihn.

Sofort schien es so, als ob sie ihre Bemerkung am liebsten rückgängig gemacht hätte. »Also … vermutlich«, stammelte sie mit hochrotem Kopf. »Äh … hast du heute gar keine Zeit?«

Er nickte, ein wenig enttäuscht über ihren schnellen Rückzieher. »Ja, vermutlich nicht.«

»Gut.« Sie atmete hörbar auf.

»Ich habe auch gar keine Badehose«, setzte er hinzu. »Tja, trotzdem danke für die Einladung.« Er wandte sich wieder dem Computer zu und öffnete das Kalkulationsprogramm.

»Wollen wir anfangen?«

War sie eigentlich völlig verrückt geworden?

Komm doch mit zum Schwimmen!

Kathrin stöhnte. Was hatte sie sich nur dabei gedacht?

Langsam lief sie vom Waldparkplatz aus über die Wiese zum See. Sie trödelte absichtlich ein bisschen, um noch einmal über die letzten beiden Stunden mit Julian nachdenken zu können.

Nach ihrer unüberlegten Äußerung war es im weiteren Verlauf des Gespräches nur noch um geschäftliche Themen gegangen. Nüchtern und sachlich. Ganz so, wie es sein sollte. Warum also war sie jetzt enttäuscht?

Sie selbst war es doch gewesen, die ihm das Schwimmen wieder ausgeredet hatte, kaum dass die Einladung ausgesprochen war. Hatte sie etwa ernsthaft gehofft, dass er widersprechen und mitkommen würde?

Und selbst wenn – was wäre dann passiert?

Es wäre kein Vergnügen gewesen, weder für sie noch für ihn.

Julian passte nicht zu ihrem Freundeskreis. Eigentlich passte er überhaupt nicht hierher.

Sein Weg würde ihn in nicht allzu ferner Zukunft nach Westdeutschland zurückführen. Zu seinen eigenen Freunden, einer tollen Arbeitsstelle mit Karrierechancen und höchstwahrscheinlich auch zu einer tollen Frau.

Kathrin hatte nämlich den Ring an Julians Finger sehr wohl bemerkt, und diese Entdeckung hatte ihr die Zusammenarbeit mit ihm zunächst sogar erleichtert.

Er ist vergeben, hatte sie sich gesagt, wenn ihr Herz mal wieder schneller geklopft hatte. Die langen Blicke, das anerkennende Lächeln und die lustigen Bemerkungen, mit denen er sie zum Lachen bringen konnte – das alles bedeutete nichts.

Irgendwann im Verlauf der letzten beiden Wochen war jedoch aus der Erleichterung allmählich Kummer geworden, musste sie sich jetzt eingestehen.

»Da bist du ja endlich!« Plötzlich war Maik neben ihr, lediglich mit T-Shirt und Badehose bekleidet. »Ich dachte schon, du kommst nicht mehr. Hat der Bank-Fuzzi dich nicht gehen lassen?«

»Du sollst ihn nicht so nennen!«

»Warum nicht? So, wie du ihn beschreibst, muss er ein ziemlicher Wichtigtuer sein.« Er nahm ihr die Badetasche ab. »Also, wo warst du so lange?«

»Ich musste noch zur Post und in die Buchhandlung. Da habe ich wohl ein wenig die Zeit vergessen.«

»Du und deine Bücher ... Komm! Ich habe dir einen Platz neben mir frei gehalten. Frank und Olaf haben schon den Grill angeworfen. Soll ich dir was Kaltes zu trinken holen?«

»Ja, bitte.«

Sie folgte Maik zur Liegewiese. Dort breitete sie ihr Handtuch neben Maiks Decke aus, streifte die Schuhe ab und setzte sich auf den Boden.

»Hier!« Maik öffnete eine Cola-Flasche und reichte sie ihr.

»Danke.« Durstig nahm Kathrin mehrere Schlucke.

»Kommst du mit ins Wasser?«

»Später. Ich bleib noch einen Augenblick hier liegen. Der Termin in der Bank war anstrengend, mir raucht immer noch der Schädel.«

»Du bist in letzter Zeit ganz schön oft bei diesem Fuzzi in der Bank.«

»Er heißt Julian. Und ja – ich bin oft bei ihm. Aber es ist ja auch eine größere Sache, die wir planen. Die braucht nun mal eine gute Vorbereitung.«

»Hast du wenigstens was gelernt bei diesem ... Julian?«

»O ja, so einiges.« Sie verschloss die Flasche wieder und streckte sich auf ihrem Handtuch aus. »Und jetzt sei so lieb und geh mir aus der Sonne.«

»Mach ich. Bis später!« Damit war er auch schon Richtung Wasser verschwunden.

Kathrin atmete auf. Normalerweise lenkte Maiks Gegenwart sie von ihren Grübeleien ab, heute jedoch war er ihr mit seinen neugierigen Fragen auf die Nerven gegangen. Jetzt schloss sie die Augen und bemühte sich, an gar nichts zu denken.

Träge lauschte sie den Geräuschen aus der Umgebung.

Gleich neben ihr, in der Wiese, war das Summen der Bienen zu hören. Ein Stück weiter zwitscherten ein paar Spatzen um die Wette. Und vom See her erklang das Platschen von Wasser und gleich darauf das Lachen und Kreischen ihrer Freunde. Schöne, gewohnte Geräusche, die sie seit ihrer Kindheit kannte und immer mit einem heißen Sommertag in Verbindung bringen würde …

»Ich hoffe, du hast dich gut eingecremt.«

Julians Stimme riss sie abrupt aus ihren Träumen. Erschrocken öffnete sie die Augen. Er stand direkt vor ihr.

»Mit einem Sonnenbrand ist nicht zu spaßen«, meinte er jetzt, stellte eine Plastiktüte auf ihrem Handtuch ab und zog sein Jackett aus.

»Was willst du hier?« Sie richtete sich auf und versuchte erst gar nicht, ihre Überraschung zu verbergen.

Lässig schob er sich die Sonnenbrille ins Haar. »Wonach sieht es denn aus?«

»Nach einem Beratungsgespräch über Sonnencremes?« Gott sei Dank hatte ihre Schlagfertigkeit sie nicht im Stich gelassen!

»Falsch. Versuch's noch mal.«

»Du hast dir meinen Vorschlag zu Herzen genommen und eingesehen, dass du dir den Spreewald anschauen musst.«

»Kommt schon eher hin.« Er begann, die Knöpfe an seinem Hemd aufzuknöpfen.

»Also bist du mir hierher gefolgt«, fuhr sie fort und ärgerte sich im Stillen darüber, wie glücklich diese Feststellung sie machte.

»Nur ein bisschen. Gleich nachdem du gegangen bist, habe ich mir freigenommen. Deine Einladung zum Baden war einfach zu verlockend, also bin ich zum Kaufhaus Klein und hab mir eine Badehose zugelegt.« Sorgfältig faltete er das Hemd zusammen und legte es auf die Plastiktüte. Dann öffnete er den Reißverschluss seiner Hose und blickte an sich hinab. »Allerdings war das hier leider die einzige Badehose in meiner Größe. Das braune Muster sieht schrecklich aus.«

»So? Was trägt man denn im Westen in dieser Saison?«

»Ultramarinblau. Mit drei weißen Streifen.«

»Natürlich.« Sie tippte mit ihrem großen Zeh gegen seine Plastiktüte. »Hast du zufällig auch ein Handtuch gekauft?«

»Nein. Ich lasse mich von der Sonne trocknen.«

»Und wo willst du sitzen?«

»Sitzen? Ich dachte, wir gehen schwimmen.«

»Aber doch nicht die ganze Zeit.« Kathrin deutete auf zwei junge Männer, die hinter einem rauchenden Grillfeuer standen. »Wir bleiben bis zum Abend hier.«

»Was gibt es denn zu essen?«

»Grilletten und Ketwurst.«

»Kenne ich nicht.«

»Dann lass dich überraschen!«

»Heißt das, ich bin eingeladen?«

»Äh … warum nicht«, druckste Kathrin herum.

Schon wieder hatte sie geredet, ohne vorher zu überlegen. Das passierte ihr in letzter Zeit leider öfter. Sie fühlte sich wie in einem Karussell, das sich immer schneller drehte: ein wenig atemlos und schwindelig, aber auch sehr lebendig.

Irgendwie war das ein gutes Gefühl.

»Super! Danke für die Einladung«, sagte er und lächelte. »Dann kann ich mich ja heute mal gründlich unters Volk mischen. Kommst du mit ins Wasser?«

6

Ein Kuss ist eine Sache, für die man beide Hände braucht.
(Mark Twain)

»Für mich sehen Grilletten und Ketwurst aus wie Hamburger und Hot Dog.« Julian leckte sich die Grillsauce von den Fingern. »Aber sie schmecken besser.«

»Ganz deiner Meinung. Darauf trinken wir!« Maik erhob seine Flasche, und auch Julian griff zu seinem Bier.

»Prost!«

Er fühlte sich satt, zufrieden und ziemlich entspannt. Das kühle Getränk passte perfekt zum gut gewürzten Essen. Maik hatte ihm erklärt, dass das Bier aus einer alten Privatbrauerei in Lübbenau kam, die schon im 17. Jahrhundert gegründet worden war. Julian hatte noch nie so etwas Köstliches getrunken.

Vielleicht lag es aber auch daran, dass er noch nie so viel Bier auf einmal getrunken hatte. Bei der ersten Flasche hatte er noch vorsichtig probiert. Mit der zweiten Flasche hatte er seinen Durst gestillt. Die dritte Flasche hatte er gemeinsam mit den anderen Jungs am Grill geleert, und nach der vierten Flasche hatte er aufgehört zu zählen.

Jetzt, gegen Abend, hatte er es sich auf einer Hälfte von Kathrins Handtuch bequem gemacht und lauschte träge der Musik, die aus einem Kassettenrecorder kam, der drei Decken weiter stand. *Wind of change* von den Scorpions und *Looking for freedom* von David Hasselhoff.

Das passte hervorragend zu seiner Stimmung.

»Ich hätte nie gedacht, dass man hier so viel Spaß haben kann«, verkündete er und prostete Maik erneut zu. »Aber so isses!«

»Klar, Mann!«

Maiks anfängliche Zurückhaltung war verschwunden. Julian vermutete, dass das einerseits an der kleinen Spritztour lag, die er gleich zu Beginn des Nachmittags mit Maik unternommen hatte. Sein neuer Kumpel war von der Technik und der Sonderausstattung seines Autos total begeistert gewesen, insbesondere das hochmoderne Soundsystem hatte es ihm angetan.

Zum anderen hatte Maik wohl auch schnell erkannt, dass er, Julian, nichts von Kathrin wollte. Als diese die beiden jungen Männer miteinander bekannt gemacht hatte, waren ihm Maiks besitzergreifenden Blicke und Gesten sofort aufgefallen. Offensichtlich lief da was zwischen den beiden.

Er nahm noch einen Schluck Bier und drehte sich zu Kathrin um. Sie saß auf ihrer Seite des Handtuchs und nippte an einer Flasche Cola. Ihre Haare, die sie nach dem Schwimmen zum Trocknen offen gelassen hatte, fielen ihr weich und lockig bis auf den Rücken hinab. Jetzt lachte sie über irgendeine Bemerkung einer Freundin und legte dabei den Kopf in den Nacken.

Irgendwie war sie ja doch … süß und attraktiv. Wenn auch mit kleinen Schönheitsfehlern. Aber gerade das machte ihren Reiz aus. Immer wieder huschten seine Blicke deshalb zu ihr. Warum nur? Das ergab doch überhaupt keinen Sinn. Er war glücklich verlobt. Oder etwa nicht? Hastig versuchte er, sich Helens Bild ins Gedächtnis zu rufen. Es gelang ihm nicht.

»Oh, Mann!« Er schüttelte den Kopf. Auch wenn er nicht so genau wusste, wie viel er getrunken hatte – es war eindeutig zu viel gewesen!

»Was ist?« Kathrin musterte ihn amüsiert.

»Nix. Ganix.«

»Du bist betrunken«, stellte sie fest.

»Ich auch«, sagte Maik. »Aber scheißegal. Prost!«

»So kannst du gleich aber nicht mehr Auto fahren.« Kathrin kramte in Julians Plastiktüte und fischte den Autoschlüssel heraus. »Den nehme ich mal lieber an mich.«

»Soll er zu Fuß gehn?«, grölte Maik. »Da läuft er aber ganz schön lange!«

»Ich finne ganich allein nach Hause«, nuschelte Julian und wunderte sich, wie schwer seine Zunge auf einmal geworden war. »Lassmich einfach hier liegen!«

»Von wegen.« Kathrin schüttelte den Kopf. »Ich bin heute sowieso zum Fahren eingeteilt und werde dich nach Hause bringen.«

»Jetz? Es is doch noch ganich dunkel.«

»Genau!«, protestierte Maik. »Lass ihn doch.«

Einige Zeit später setzten sich Kathrin und Julian in den Trabi der Bahrenbecks. Amüsiert beobachtete sie seinen erstaunten Gesichtsausdruck. Offensichtlich war das seine erste Fahrt in so einem Auto, denn er starrte überrascht auf die spärliche Innenausstattung des Autos – auf das schmale Lenkrad, den kleinen Schalthebel am Armaturenbrett und das offene Handschuhfach. Dann schüttelte er den Kopf, lehnte sich in den hellbraunen Beifahrersitz zurück und schenkte ihr ein schiefes Grinsen.

Natürlich hatte sie bemerkt, wie oft er heute Abend verstohlen in ihre Richtung geschielt hatte. Und sie hatte auch registriert, dass er sie jedes Mal angelächelt hatte, wenn er mit ihr sprach. Beide Feststellungen hatten ausgereicht, um ihr das wildeste Herzklopfen ihres Lebens zu bescheren.

»Elisenstraße drei bitte«, sagte er, als ob er zu einem Taxifahrer sprechen würde.

»Alles klar.«

»Frierst du?«

»Nö. Geht schon.«

»Warte!« Er nahm sein Jackett und hängte es ihr über die Schultern. »So, das is besser.«

Der feine Stoff auf ihren nackten Armen fühlte sich wunderbar weich an. Wie eine Umarmung. Sie kuschelte sich ein wenig tiefer in die Jacke.

»Das is Yves Saint Laurent.«

»Wer?«

»Schon gut.« Er wandte seinen Blick ab und schaute zum Fenster hinaus. »Kannich mein Auto überhaup hier stehn lassn?«

»Warum nicht?«

»Was is, wenner geklaut wird?«

»Hier? Mitten im Wald? Bestimmt nicht!«

»Und wie krieg ich ihn morgen zurück?«

»Ich komme mittags vorbei und fahre dich.«

»Prima! Danke, du bissen Schatz.« Er beugte sich vor und drückte ihr einen flüchtigen Kuss auf die Wange.

Kathrin hielt vor Überraschung die Luft an. Das Gefühl seiner warmen Lippen auf ihrer Haut war überwältigend, und am liebsten hätte sie noch mehr davon gespürt.

Länger.

Intensiver.

Doch sie unterdrückte dieses alberne Bedürfnis, atmete langsam wieder aus und schob ihn zurück.

»Lass das! Du hast eine fürchterliche Bierfahne.«

»Oh!« Er hauchte in seine Hand und schnupperte. »Has du 'n Bonbon?«

»Nein.«

»Schade. Dann kannich dich ganich mehr küssn …«

»Ist schon okay.« Sie kämpfte dagegen an, rot zu werden, und war froh, als Julian seine Aufmerksamkeit auf das Handschuhfach richtete.

»Lakritzstangen!«, verkündete er gleich darauf und stopfte sich mehrere in den Mund.

»Dir wird morgen kotzübel sein«, prophezeite Kathrin.

Er zuckte mit den Schultern. Sie riss ihren Blick von ihm los und startete den Motor.

Nach einer schweigsamen Viertelstunde erreichten sie ihr Ziel. Kathrin parkte den Wagen in der Elisenstraße direkt vor dem Haus Nummer drei und stieg aus. Als sie die Beifahrertür öffnete, klang ihr leises Schnarchen entgegen. Es kostete sie Mühe, Julian zu wecken.

»Lass mich!«, murmelte er verschlafen.

»Julian!« Sie schüttelte ihn sanft und hielt ihm seinen Schlüsselbund vor die Nase. »Welches ist dein Haustürschlüssel?«

»Der da! Kommssu mit rauf?«

»Natürlich. Sonst bleibst du am Ende noch im Treppenhaus liegen.«

»Oh, das wäre echt schlecht. Du kennss die Mutschke nich. Oder die Lehmann. Die putz mich wech.«

»Wer?«

»Die Putzmann … äh, Lehmann.« Mühsam erhob er sich vom Beifahrersitz und blieb schwankend vor ihr stehen. »Oder die Mutschke. Das is unser Hausdrachen.«

»Psst! Nicht so laut! Kannst du allein laufen, oder soll ich dich stützen?«

»Na, komm schon her!«

Er zog sie an sich und legte einen Arm um ihre Schultern. Nicht besonders sanft – trotzdem bekam Kathrin Gänsehaut, als sie seine Haut auf ihrem Nacken spürte. Sie schluckte und versuchte, dem heftigen Drang zu widerstehen, ihre Arme ebenfalls um ihn zu schlingen.

Was war bloß mit ihr los? Wie konnte sie sich ihm plötzlich so nah fühlen? Ob er das auch spürte?

»Warte!«

Er hob eine Hand und berührte vorsichtig ihre Wange. Dabei ließ er sie nicht aus den Augen. Es sah aus, als ob er prüfen müsse, ob sie tatsächlich existierte.

»Das kann doch nicht sein, oder? Das ist völlig verrückt«, murmelte er.

Das war ja wohl Antwort genug. Sie kratzte ihren letzten Rest Verstand zusammen. »Ich sollte gehen.«

Solange sie noch dazu in der Lage war.

»Bitte nicht …« Immer noch lag seine Hand auf ihrer Wange, aber inzwischen hatten seine Finger damit begonnen, über ihre Haut zu streicheln. Langsam beugte er sich vor und küsste sie auf die Stirn.

Wie vorhin im Auto durchströmte sie ein heftiges Glücksgefühl. Seine Lippen waren weich und einladend. Sie müsste nur den Kopf heben, dann würden diese Lippen nicht mehr ihre Stirn küssen, sondern ihren Mund …

In diesem Moment wurde die Haustür aufgerissen. Gleich darauf stand eine ältere Frau mit frisch gelockten, grauen Haaren vor ihnen. Sie trug einen bunt gemusterten Jogginganzug und Badelatschen.

»Herr Albrecht!«, rief sie. »Dachte ich es mir doch!«

»Hallo Frau Mutschke!«, murmelte Julian, ohne sich von Kathrin zu lösen.

»Und wen haben wir da noch? Ist das Ihre Verlobte, von der Sie mir neulich abends erzählt haben?«

Kathrin zuckte zusammen. Der kurze, unglaublich schöne Moment war vorüber. Ein einziges Wort hatte sie in die Realität zurückgeholt.

Er war also tatsächlich verlobt.

Sie hatte es geahnt – aber das machte es nicht weniger schlimm. Verlobt war fast schon verheiratet. Das hatte so etwas Endgültiges an sich. Wie hatte sie nur so naiv und dumm sein können? Das hier musste sofort ein Ende haben!

Vorsichtig begann sie, sich aus Julians Umklammerung zu lösen.

Doch er ließ sie nicht gehen. Stattdessen zog er sie noch fester an sich und versuchte, möglichst schnell an Frau Mutschke vorbei ins Treppenhaus zu gelangen.

»Wir haben es eilig«, nuschelte er, ohne die neugierige Frage seiner Nachbarin zu beantworten.

»Das sehe ich.« Frau Mutschke lächelte anzüglich. »Na, dann will ich nicht weiter stören!«

Kathrin ließ sich von Julian mitziehen. Sie achtete kaum darauf, wohin sie lief, und stolperte neben ihm die Treppen hinauf.

In ihrem Innern jedoch reihte sich eine ratlose Frage an die andere: Was ging hier gerade vor sich? Wollte er sie tatsächlich so sehr, wie sie ihn wollte? Warum konnte sie sich gleichzeitig schuldig und doch auch unglaublich lebendig fühlen? War sie wirklich drauf und dran, ihre Bedenken über den Haufen zu werfen? Sich in eine bestehende Beziehung zu drängen, ohne Rücksicht auf die dritte Person? Und das alles nur, um noch mehr von ihm zu spüren?

Noch viel mehr …

»Du denkst so laut, dass ich es hören kann.«

Überrascht blickte sie auf. Sie hatte gar nicht mitbekommen, dass sie inzwischen seine Wohnungstür erreicht hatten.

»So? Was denke ich denn?«

Er antwortete nicht sofort, sondern nahm ihr den Schlüssel aus der Hand, öffnete die Tür und zog sie ins Innere der Wohnung. Dann drehte er sich zu ihr um. Verwundert registrierte sie den entschlossenen Ausdruck in seinen Augen. Keine Spur mehr von einem vernebelten Blick.

»Was du denkst?«

Auch seine Stimme war wieder klar. Er trat einen weiteren Schritt auf sie zu.

»Du willst, dass ich *das* hier mache.«

Auf einmal war sein Gesicht wieder ganz nah bei ihrem. Sanft vergrub er seine Hände in ihren Haaren. Und dann beugte er sich vor und küsste sie. Dieses Mal nicht auf die Stirn, sondern auf den Mund.

Kathrin spürte, wie ihr Gesicht zu glühen begann. Sie schloss die Augen und legte ihre Arme um seinen Hals. Sofort erwiderte er die Umarmung.

Es war ihr völlig egal, dass die Tür zum Hausflur noch geöffnet war und dass jeden Moment jemand vorbeikommen konnte. Oder dass sein Kuss nach Bier und Lakritze schmeckte und sein Jackett inzwischen von ihren Schultern auf den Boden gerutscht war.

In diesem Moment wollte sie nichts anderes, als ewig hier stehen zu bleiben.

Mit ihm.

»Habe ich recht?«, murmelte er nach einer gefühlten Ewigkeit und trat einen Schritt zurück

Widerwillig öffnete Kathrin ihre Augen.

»Also, das mit dem Gedankenlesen hast du echt gut hingekriegt.«

Echt gut? Es war mehr als das. Es war perfekt! Und sie wollte so schnell wie möglich mehr davon.

»Magst du es noch mal probieren?«

Er schüttelte den Kopf und legte seinen Zeigefinger auf ihre Lippen. »Pst!«, machte er leise.

»Was ist?«, wisperte sie an seinem Finger vorbei.

»Deine Überlegungen vorhin sind noch weiter gegangen.«

»Ein bisschen.« Mit einem Fußtritt schloss sie die Wohnungstür und schob ihre Hände unter sein Hemd. »Ungefähr bis hierhin ...«

»Das meine ich nicht.« Er atmete tief durch. »Kathrin, ich ... ich bin verlobt.«

»Ich weiß. Frau Mutschke war ja gerade so freundlich, mich aufzuklären.«

»Stört dich das nicht?«

Doch, das tat es.

Nur nicht in diesem Moment, da ihre Hände immer noch auf seiner nackten Haut lagen. Sie konnte seinen schnellen Puls fühlen und sehnte sich danach, ihre Finger weiter wandern zu lassen.

»Gerade jetzt ... eher nicht.«

Er lächelte.

»Und dir?«, wollte sie wissen. »Macht es dir etwas aus?«

»Viel weniger, als es eigentlich sollte.« Mit einer hilflosen Geste fuhr er sich durch die Haare. »Das ist nicht sehr fair Helen gegenüber.«

Helen hieß sie also.

Kathrin zog ihre Hände zurück. Sie spürte einen Kloß im Hals. Jetzt, da die dritte Person einen Namen bekommen hatte, konnte sie nicht mehr so tun, als ob sie das alles nichts anging.

»Dann sollten wir das wohl lieber lassen.« Sie zwang sich zu einem sachlichen Tonfall, obwohl sie vor Enttäuschung am liebsten losgeheult hätte.

»Das wäre wohl das Klügste.« Er nickte widerstrebend. »Das Problem ist nur, dass ich ...«

»Ja?«

»Ich will gerade gar nicht klug und vernünftig sein. In deiner Gegenwart kann ich das gar nicht.«

»Vielleicht hilft es, wenn ich weg bin.« Sie wandte sich zur Tür.

»Nein!«, stieß er hervor und hielt sie fest.

Verblüfft starrte Kathrin auf seine Hand, die ihren Unterarm umfasst hielt. Seine Finger zitterten. Doch als sie die Augen hob und seinem Blick begegnete, lag darin kein Zweifel mehr.

»Bitte bleib!« Seine Stimme klang rau.

Offensichtlich hatte er seine Entscheidung getroffen. Und sie selbst? Hatte sie denn überhaupt noch eine Wahl?

»Das ist völlig verrückt«, stieß sie hervor.

»Ich weiß. Aber ich kann nicht anders.«

»Wir werden das –«

Sie kam nicht mehr dazu, den Satz zu beenden, denn da hatte er sie bereits wieder an sich gezogen und seine Lippen auf ihre gepresst.

In diesem Moment gab Kathrin auf.

Helen, das Darlehen, seine dummen Vorurteile, ja sogar ihr Stolz und ihre Selbstachtung – das alles spielte keine Rolle mehr.

Nur *er* war wichtig.

Sein Körper, der sich gegen ihren drängte. Sein Atem, der auf ihrer Haut kitzelte. Sein Mund, der immer wieder den ihren suchte. Seine Hände, die zärtlich über ihren Rücken strichen. Seine Haut, die nach Sonnencreme und Seewasser duftete.

Es gab nur noch Julian.

7

Einst träumten wir, wir wären einander fremd.
Wir wachen auf und erkennen, dass wir uns liebhaben.
(Rabindranath Tagore)

Er erwachte, als der Mond hoch am Himmel stand und sein fahles Licht ins Zimmer warf.

Neben ihm schlummerte Kathrin immer noch tief und fest. Vorsichtig rückte Julian ein wenig zur Seite und betrachtete sie liebevoll. Sie lag mit dem Gesicht ihm zugewandt, den Kopf halb unter dem Kissen vergraben, und wirkte völlig entspannt.

Sanft streichelte er über ihre Schulter. Sie so nah neben sich liegen zu sehen – schlafend, friedlich, glücklich –, dieser Anblick traf ihn mitten ins Herz.

So durcheinander und gleichzeitig so voller Glück hatte er sich noch nie gefühlt. Da war nicht einmal mehr Platz für ein schlechtes Gewissen.

Immerhin hatte er Helen betrogen.

Doch alles, was er in diesem Moment spürte, waren Wärme und Zuneigung – und das dringende Bedürfnis, Kathrin zu umsorgen.

Behutsam zog er deshalb ein Stück Decke über ihre nackte Schulter und strich eine Haarsträhne aus dem Gesicht.

Nein. Das hier hatte er nicht kommen sehen.

Kathrin war … einfach so passiert, anders ließ sich das nicht beschreiben. Aus einer Laune heraus, die er selbst nicht recht erklären konnte, war er ihr gestern zum See gefolgt. Und er hatte sich wohl gefühlt zwischen Grilletten, David Hasselhoff und Lübbenauer Bier.

Und dann hatte er auf einmal nur noch *sie* gesehen.

Kathrin.

Ihr strahlendes Gesicht. Ihre langen Haare. Ihre weiche Haut. Ihre faszinierenden Augen.

Immer wieder hatte er ihre Aufmerksamkeit gesucht und sich gefreut, wenn sie zurückgelächelt hatte. Auch das war neu für ihn gewesen. Normalerweise himmelten sie Frauen ihn an, nicht umgekehrt.

Was war los mit ihm?

»Hi!« Ihre Stimme klang verschlafen, doch sie hatte die Augen geöffnet und schaute ihn an. Das Mondlicht spiegelte sich in ihrem Gesicht.

Er beugte sich über sie und küsste sie sanft auf die Stirn.

»Wie viel Uhr ist es?«

»Gleich zwei Uhr.«

Sie seufzte. »Ich muss nach Hause.«

»Warum? Gefällt es dir bei mir nicht?«

»Doch. Aber meine Familie weiß nicht, wo ich bin. Sie werden sich Sorgen machen, wenn ich nicht komme.«

»Ruf sie an!«

»Um zwei Uhr nachts?«

»Um zwei, um drei, um sechs«, murmelte er und wanderte mit seinen Lippen langsam zu ihrem Hals hinab. »Egal wann.«

»Hast du denn inzwischen ein Telefon?«

»Nö.«

»Siehst du? Ich muss fahren. Sonst kriegen meine Eltern nach dem Aufstehen einen furchtbaren Schreck, wenn das Auto nicht vor ihrer Tür steht.«

»Bist du noch nie über Nacht weggeblieben?«

»Doch, natürlich. Aber dann habe ich es vorher angekündigt.«

»Und wo warst du? Oder sollte ich besser fragen, bei wem?«

»Das willst du gar nicht wissen, glaub mir!«

»Lass mich raten.« Er unterbrach seine Küsse. »Maik?«

»Ja.«

»Dachte ich es mir doch!«

»Eifersüchtig?«

»Nein. Das wäre ziemlich unpassend in meiner Situation, meinst du nicht?«

»Du hast recht.« Behutsam schob sie ihn ein Stück von sich, setzte sich auf und hüllte die Bettdecke um ihren nackten Oberkörper. »Tut es dir leid, was passiert ist? Ich meine, wegen Helen.«

»Nein.« Er rutschte wieder neben sie und ergriff ihre Hand. »Oder vielmehr doch, natürlich, es tut mir leid für sie. Aber du und ich und … das hier …« Er verstärkte seinen Händedruck. »Ich bereue keinen einzigen Moment.«

Selbst im Dunkeln konnte er erkennen, wie ihre Augen zu strahlen begannen. »Ich wünsche mir noch viel mehr solcher Momente«, flüsterte sie.

Er zog ihre Hand an seine Lippen. »Gute Idee! Wollen wir gleich damit anfangen?«

»Das geht leider nicht, ich muss wirklich nach Hause. Aber ich komme so schnell wie möglich zurück, okay? Heute Mittag holen wir zuerst dein Auto, und danach unternehmen wir etwas Schönes.«

»Klingt gut, besonders der letzte Teil. Sag dann aber deiner Familie vorsichtshalber, dass du über Nacht wegbleiben wirst!«

»So habe ich das nicht gemeint.« Sie versetzte ihm einen sanften Stups in die Seite. »Ich möchte dir meine Heimat zeigen. Es gibt viel zu entdecken.«

»Du willst mich hoffentlich nicht durch den gesamten Spreewald schleifen?«

»Nur den halben, das reicht schon.« Sie küsste ihn leicht auf die Wange. »Ich werde dafür sorgen, dass du nie wieder weg willst.«

Julian lächelte. Das hatte sie jetzt schon geschafft.

»Ist das eine Drohung oder ein Versprechen?«

»Beides.« Kathrin schwang sich aus dem Bett und tastete nach dem Lichtschalter.

»Huch!« Entgeistert blickte sie sich um. »War das gestern Abend auch schon so hässlich eingerichtet?«

»Willkommen in meinem gemütlichen Heim!«

»Kein Wunder, dass du immer so lange arbeitest. In diese Scheußlichkeit würde ich auch nicht gern zurückkehren.«

»Ich dachte, das ist eine typische Wohnung für diese Gegend.«

»Lieber Himmel, nein! Wir Ostdeutschen haben zwar wenig Geld, aber deswegen trotzdem Geschmack.«

Sie begann, ihre Kleidung aufzusammeln. Viel war es nicht – nur das Sommerkleid, die Sandalen und eine weiße Baumwollunterhose.

»Wo ist noch mal das Bad?«

»Erste Tür rechts.«

»Sieht es dort genauso schlimm aus wie hier?«

»Schlimmer. Das Gelb der Fliesen brennt sich in deine Netzhaut ein, und die Badewanne sieht aus, als würde sie Menschen bei lebendigem Leibe verschlucken.«

»Oje!« Sie machte ein ängstliches Gesicht. »Die Badewanne des Grauens ... Wenn ich in zehn Minuten nicht zurück bin, dann weißt du hoffentlich, was zu tun ist!«

Damit verschwand sie um die Ecke.

Grinsend lehnte sich Julian in sein Kissen zurück

Es ließ sich nicht verleugnen: Er war hingerissen von Kathrin. Bezaubert von ihrem Lächeln. Verrückt nach ihrem Körper. Sogar dieser seltsam klingende Spreewälder Dialekt hörte sich bei ihr irgendwie niedlich an.

Er war wohl tatsächlich auf dem besten Weg, sein Herz an sie zu verlieren. Das Herz, das eigentlich Helen gehören sollte. Doch an seine Verlobte vermochte er jetzt keinen einzigen Gedanken zu verschwenden. Nicht, wo er noch Kathrins Duft auf seiner Haut spürte.

Nein, stellte er fest, *so etwas* hatte er wirklich nicht kommen sehen!

»Du siehst müde aus.«

Renate Bahrenbeck warf ihrer Tochter am nächsten Morgen einen prüfenden Blick quer über den Frühstückstisch zu.

Kathrin gähnte herzhaft. »Ich habe auch nicht besonders viel geschlafen.«

»Wann bist du denn nach Hause gekommen?«, wollte Oma Elli wissen.

»Weiß ich nicht.«

»Es war drei«, murmelte ihr Vater hinter seiner Zeitung hervor.

»Drei Uhr?«, wiederholte die alte Dame und schüttelte den Kopf. »Wart ihr so lange am See?«

»Äh … nö.«

»Wo wart ihr denn dann?«

»Woanders.«

»Wo denn?«

»Bitte, Elli!«, protestierte Renate. »Kathrin muss uns nicht alles erzählen.«

Kathrin schenkte ihrer Mutter ein dankbares Lächeln. Ihr war tatsächlich nicht nach Reden zumute. Schon gar nicht hier am Küchentisch, wo natürlich ausgerechnet heute Morgen die ganze Familie versammelt war.

Die letzte Nacht und das, was in Lübben passiert war, sollte noch eine Zeitlang ihr Geheimnis bleiben, das nur sie und Julian etwas anging.

Ach ... Julian ...

Allein schon seinen Namen zu denken verursachte ihr eine kleine Gänsehaut. Und wenn sie sich dann noch an die vergangene Nacht erinnerte – an seine Küsse und Berührungen, seine Wärme und seine Haut –, hielt sie es vor Sehnsucht kaum noch aus.

So intensiv hatte sie noch nie gefühlt.

Aber leider auch noch nie so kopflos.

Dabei hätte sie einen kühlen Kopf gerade jetzt dringend nötig gehabt. Stattdessen überließ ihr Verstand das Feld widerstandslos ihren Gefühlen. Und die schlugen Purzelbaum ...

»Ich muss los.« Kathrins Vater faltete die Zeitung zusammen und legte sie zur Seite. »Die hinteren Gurkenfelder brauchen Wasser.«

»Ich helfe dir.« Auch Opa Paul erhob sich.

»Nehmt ihr mich mit ins Dorf?«, wollte Elisabeth wissen. »Der Kiosk bekommt heute eine neue Lieferung Zeitschriften.« Nach dem Mauerfall hatte Kathrins Oma ihre Vorliebe für Frauenmagazine entdeckt.

»Klar, du kannst mitfahren.« Jürgen Bahrenbeck leerte seine Kaffeetasse im Stehen und schaute seine Frau fragend an. »Können wir euch zwei mit dem Abwasch allein lassen?«

»Natürlich.«

»Wir sind gegen zwölf Uhr zurück.«

»Ja, ja, geht nur!«

Renate wirkte durchaus zufrieden mit dem Verlauf der Dinge. Fröhlich vor sich hin summend schloss sie die Küchentür, stellte das Radio ein wenig leiser und setzte sich dann wieder zu ihrer Tochter an den Tisch.

»So«, sagte sie.

Kathrin verstand die Aufforderung sofort. Doch ganz einfach wollte sie es ihrer Mutter nicht machen. In aller Seelenruhe biss sie in ihr Honigbrötchen.

»Ich dachte, ich muss euch nicht alles erzählen«, bemerkte sie mit vollem Mund.

»Du *musst* nicht, aber du *kannst*. Und natürlich auch nicht uns allen, sondern nur mir.«

»Und wenn ich nicht will?«

»Dann lässt du es bleiben.« Renate lächelte gleichmütig. »Aber glaube bloß nicht, ich sehe nicht, dass dich etwas schwer beschäftigt!«

Kathrins Entschluss, vorerst nicht über die Sache mit Julian zu sprechen, geriet ins Wanken. Renate war schon immer eine gute Zuhörerin und eine noch bessere Ratgeberin gewesen – viel einfühlsamer und verschwiegener als Kathrins Freundinnen aus dem Dorf. Wenn sie *denen* von Julian erzählte, dann wusste es morgen ganz Lübben.

»Du willst es wirklich wissen?«

Ihre Mutter nickte.

»Also gut, was soll's.«

Ihre Familie würde das mit Julian sowieso früher oder später erfahren. Auf so engem Raum blieb kein Geheimnis lange unentdeckt.

»Ich war letzte Nacht bei …«

»… Maik?«

»Also wirklich, Mutti! Lass mich doch mal ausreden.«

»Entschuldige.«

»Ich war bei Julian.«

Renate runzelte die Stirn. »Etwa Julian Albrecht?«

»Ja, Julian. Julian Albrecht«, wiederholte Kathrin unnötigerweise. Das laute Aussprechen seines Namens hatte eine noch viel stärkere Wirkung als das bloße Denken. Eine wohlige Wärme machte sich in ihrem Körper breit.

»Wenn ich das Strahlen in deinen Augen richtig deute, dann hat es dich echt erwischt.« Renate nahm die Hand ihrer Tochter. »Ich hoffe, du weißt, was du tust.«

»Warum bist du so skeptisch?«

»Ich bin nur vorsichtig.«

Enttäuscht zog Kathrin ihre Hand zurück. »Ist es, weil er aus Westdeutschland kommt?«

»Nein, natürlich nicht.«

»Oder weil er unsere Finanzen besser durchblickt als wir selbst?«

»Das ist sein Beruf.«

»Was ist es dann?«

»Vielleicht ... der Ring an seinem Finger?«

Verdammt!

Ihre Mutter hatte immer schon die Fähigkeit gehabt, ein Thema schnell auf den entscheidenden Punkt zu bringen. In diesem Fall jedoch war das genau der eine Punkt, den Kathrin auf keinen Fall hören wollte.

Nicht heute!

»Es ist nur ein Verlobungsring«, entgegnete sie störrisch.

»Nur? Verlobt ist so gut wie verheiratet.«

Genau das Gleiche hatte sie gestern auch gedacht. Doch inzwischen war viel passiert, und das Argument zählte nicht mehr.

»Aber auch nur *so gut wie*. Eine Verlobung kann man wieder rückgängig machen.«

»Wird er das denn tun?«

»Darüber haben wir noch nicht gesprochen. Wir wissen ja

beide noch nicht einmal genau, wohin das führen soll und wie es weitergeht.«

»Eigentlich ist es ganz einfach: Liebe sollte glücklich machen.«

»Ich *bin* glücklich.«

Renate nickte gedankenvoll. »Dann kann ich nur hoffen, dass es so bleibt, mein Kind.«

»Das wird es!«, beteuerte ihre Tochter und wiederholte den Satz zur Sicherheit gleich noch einmal. »Das wird es.«

8

Wer verliebt ist, seufzt und hofft und glaubt und jauchzt.
(Christian Dietrich Grabbe)

Zunächst sah es so aus, als sollte Kathrin recht behalten.

In den kommenden beiden Wochen war sie tatsächlich einfach nur glücklich – und noch viel mehr als das. Sie war begeistert, selig, fasziniert und berauscht von ihrem neuen Leben an Julians Seite.

Alles war anders mit ihm.

Ihr Alltag.

Die Freizeit.

Selbst das Wetter erschien ihr schöner, und die Natur heller und grüner. *Ich werde dafür sorgen, dass du nie wieder weg willst,* hatte sie ihm versichert. Jetzt bemühte sie sich nach Kräften, dieses Versprechen auch einzulösen.

Stundenlang streifte sie nach der Arbeit mit Julian durch die Wälder und Moore – zu Fuß, auf dem Fahrrad und auch mit dem Kanu. Jeden Abend trafen sie sich zu einem romantischen Picknick an einer der kleinen Wasserstraßen, die sich überall durch den Spreewald zogen. Julian erstickte vor Lachen fast an seinem Käsebrötchen, als Kathrin ihm die Namen der Flüsse nannte: Polenzoa, Malxe oder Mooriger Tschummi.

Wenn es das Wetter erlaubte, blieben sie nach dem Essen noch einige Zeit auf der Decke liegen, sahen den Käfern und Schmetterlingen beim Fliegen zu, schauten eng umschlungen in den Abendhimmel und genossen die Gegenwart des anderen. Sobald es zu kalt wurde, zogen sie sich in Julians Wohnung zurück.

Rasch gewöhnte sich Kathrin an die täglichen Fahrten zwischen Lübben und dem Bauernhof. Julian wiederum schien sich nach mehreren Mittagessen bei der Familie Bahrenbeck und einigen Grillpartys am See damit abgefunden zu haben, dass er Kathrin mit ihrer Verwandtschaft und mit ihren Freunden teilen musste.

Es war erstaunlich, wie schnell sie sich in das Leben des anderen einfügten. Wie leicht alles fiel. Und wie einfach die Antwort auf manche ungelöste Frage plötzlich wurde.

Denn als Julian Kathrin schließlich an einem Sonntagabend Ende Juli gestand, dass er sie in seinem Leben haben wollte – nicht nur hier, nicht nur jetzt, sondern überall und für immer –, da musste sie sich ihre Antwort nicht lange überlegen.

»Das will ich auch.«

Nur ein kleiner Wermutstropfen trübte ihre gemeinsame Zeit: Julian hatte immer noch nicht mit Helen reden können.

»Es ist wie verhext«, stöhnte er. »Solange sie in Hamburg ist, können wir kein vernünftiges Gespräch führen! Immer wenn ich anrufe, schreit im Hintergrund das Baby, und ihre Schwester quatscht dazwischen. Das ist nicht gerade der beste Moment, um eine Trennung zu verkünden.«

Kathrin nickte verständnisvoll.

Da hatte er wohl recht. Sie mussten warten, bis Helen aus Hamburg zurück war und er die Verlobung persönlich lösen konnte, von Angesicht zu Angesicht. Das war er ihr schuldig.

»Komm mal her!« Julian zog sie in seine Arme und vergrub sein Gesicht in ihren Haaren. Das tat er oft, und sie liebte diese schlichte Geste. »Tut mir leid.«

»Schon gut.«

»Spätestens nächste Woche muss sie wieder nach Hause

fahren. Dann beginnt ihr Praktikum in der Kölner Uniklinik.«

Helen studierte Medizin und wollte sich danach auf die Forschung spezialisieren. Überhaupt schien sie eine bemerkenswerte Persönlichkeit zu sein: Klein, zart, blond und blauäugig wirkte sie auf den wenigen Fotos, die Julian ihr gezeigt hatte, fast wie ein Engel. Doch der Eindruck täuschte, hatte er ihr versichert. Helen wusste anscheinend genau, was sie wollte.

»Magst du mit nach Köln kommen?«, riss Julians Stimme sie aus ihren Gedanken.

»Hm?«

»Ob du mich begleiten möchtest. Wir könnten nächstes Wochenende gemeinsam nach Köln fahren.«

»Wie stellst du dir das vor? Willst du Helen vor vollendete Tatsachen stellen und mich gleich mit in eure Wohnung nehmen?«

»Natürlich nicht.« Diese Vorstellung schien ihn zu erheitern. »Aber ich kann für uns beide ein Hotelzimmer mieten. Wenn ich mit Helen geredet habe, wirft sie mich sowieso im hohen Bogen raus.«

»Das kann ich ihr nicht verdenken.«

»Hey!« Er zog spielerisch an ihrem Zopf. »Ich dachte, du bist auf meiner Seite.«

»Das bin ich auch.« Sie schmiegte sich an ihn. »Trotzdem musst du das allein auskämpfen. Ich bleibe lieber hier. Hier gibt es genug zu tun. Außerdem muss ich mit Maik unseren Traktor reparieren. Die Ersatzteile sind eingetroffen.«

»Der unvermeidliche Maik! Er ist sicherlich todunglücklich, dass du jetzt vergeben bist.«

»Er ahnt etwas, aber er traut sich nicht zu fragen.«

»Tja, so ist er, der Gute.«

»Du sollst dich nicht über ihn lustig machen!«

»Das tue ich gar nicht. Ich bin froh, dass es ihn gibt. Er verträgt wesentlich mehr Bier als du.«

»Julian!«

»Nein, im Ernst: wir könnten mal wieder was mit ihm unternehmen. Du weißt, Frau Körner hat mir wegen meiner vielen Überstunden ab Mittag freigegeben, das würde also passen.«

»Morgen?« Sie schüttelte den Kopf und lächelte geheimnisvoll. »Nein, morgen ist schon verplant.«

»Womit?«

»Lass dich überraschen. Ich möchte dir etwas zeigen.«

»Falls du mir euren Gutshof zeigen wolltest – den kenne ich bereits.«

Julian warf Kathrin einen amüsierten Seitenblick zu, den sie mit einem ebenso vergnügten Lächeln beantwortete. Beide standen mit dem Rücken gegen sein Auto gelehnt und schauten auf die Fassade des alten Hauses.

Es war ein wunderschöner Montagnachmittag. Der Himmel war tiefblau, und das alte Mauerwerk glänzte warm und hell im Sonnenschein. Wilde Rosensträucher und Lavendelbüsche standen in voller Blüte und lockten Hummeln und Bienen an, die laut summend von einer Pflanze zur nächsten flogen. An den verrosteten Dachrinnen hatten sich Rauchschwalben versammelt, die von dort aus zwitschernd ihre Kreise zogen.

»Erinnerst du dich? Wir waren schon mal hier. Damals, als du mich noch nicht leiden konntest.«

Kathrin nahm seine Hand.

»Jetzt warte doch erst einmal ab!«

Sie zog ihn mit sich die breite Steintreppe hinauf. Oben angekommen, kramte sie einen Schlüssel aus der Tasche ihres Jeansrocks hervor und öffnete die schwere, weiße Holztür. Dann drehte sie sich zu Julian um.

»Willkommen auf Gut Tarnow!«

»Das hast du beim letzten Mal auch gesagt.«

»Da habe ich es aber nicht ehrlich gemeint. Und ich habe dich nicht hereingebeten.«

»Du hast gesagt, du hättest keinen Schlüssel dabei.«

»Das war gelogen.«

»Ich wusste es!«

Er folgte ihr in die hohe Eingangshalle, in der es angenehm kühl war. Neugierig schaute er sich um. Die Dielen des alten Holzfußbodens knarrten, als er in die Mitte des Raumes trat und den Kopf in den Nacken legte, um den Kronleuchter zu bewundern, der an einer schweren Eisenkette von der Decke hing.

»Ziemlich beeindruckend.«

»Das olle Ding? Das ist ein Staubfänger, mehr nicht. Sobald ich hier das Sagen habe, kommt der weg.«

»Hast du die feinen bunten Porzellan-Ornamente gesehen? Und die Kristallperlen? Der Leuchter muss bleiben, der hat Geschichte. Wann wurde das Haus erbaut?«

»Keine Ahnung. Das musst du meinen Großvater fragen, er hat als Einziger noch hier gelebt.«

»Wollt ihr irgendwann mal wieder auf das Gut zurückziehen?«

»Ja.« Ein verträumter Ausdruck trat in Kathrins Augen. »Ich würde es lieben, hier zu wohnen.«

»Kann ich verstehen.« Ehrfürchtig drehte Julian sich um seine eigene Achse. »Dieses Haus macht dich zu einer guten Partie, weißt du das eigentlich? »

Sie lächelte. »Bist du tatsächlich so einfach zu ködern? Ein altes Gemäuer, ein Kronleuchter, und schon redest du von Hochzeit?«

»Moment mal, Eure Hoheit!« Er legte einen Arm um sie. »Bevor dein Märchenprinz um deine Hand anhält, hätte er gern noch den Rest des Schlosses angeschaut. Geht das?«

»Ja, natürlich. Deswegen sind wir ja hier.«

Sie schob ihn weiter in ein großes, leeres Zimmer, das sich mit einer breiten Fensterfront zum Garten hin öffnete. Die Wände waren bis zur Hälfte mit weißem Holz vertäfelt, die Zimmerdecke mit Stuck verziert. Rechts neben den Fenstern stand ein eingemauerter Kamin. Es roch nach Bohnerwachs und trockenem Holz. Julians Schritte hallten durch den Raum. Vor einem der hohen Fenster blieb er stehen.

»Die Aussicht ist grandios.« Er trat zurück und schaute sich um.

»Aber die Renovierung wird viel Arbeit kosten.« Kathrin bückte sich und fuhr mit ihrer Hand über den Parkett-Fußboden. »Das Holz ist grau und wurmstichig.«

»Na und? Das kann man abschleifen und behandeln. Ich würde so wenig wie möglich verändern. Das Baumaterial ist alt, hat aber Charme. Die Fenster zum Beispiel.« Er deutete auf die riesigen Glasflächen. »Solche fein geschwungenen Bögen in den Oberlichtern findest du heute nicht mehr.«

»Ich wusste gar nicht, dass du dich für Innenausbau interessierst.«

»Durch meine Arbeit habe ich viele Immobilien besichtigt und bewertet. Aber so etwas Schönes wie das hier habe ich selten gesehen.«

Langsam wanderten sie durch die übrigen Räume des Erdgeschosses: das Esszimmer, das durch einen Rundbogen mit dem Wohnzimmer verbunden war, ein kleiner Salon mit rundem Erker und schließlich die Küche. Hier standen zu Julians Begeisterung noch einige alte Möbel: ein großer Tisch, ein Buffetschrank und mehrere Holzregale.

»Was ist das?« Er zog einen roten Plastikeimer aus einem der

Regale und betrachtete den Inhalt – bunte, runde Blechdeckel in unterschiedlichen Farben und Größen.

»Das gehört meinem Großvater«, erklärte Kathrin. »Er hat von allen Gurkenprodukten, die seine Familie im Laufe der Jahrzehnte verkauft hat, jeweils einen Schraubverschluss aufbewahrt.«

»Was für eine originelle Sammlung!« Julian hockte sich auf den Küchenboden und begann, Deckel für Deckel vor sich auszubreiten. »Bahrenbecks gute Gurken«, las er dabei laut vor. »In Scheiben ... mit Dill ... geviertelt ... Fürstliche Auslese ... mit extra viel Salz ... in Weinessig ... nach Art der fleißigen Hausfrau.« Er grinste. »Das ist ein tolles Stück Zeitgeschichte.«

»Ich finde es albern. Was kann man damit schon großartig anfangen?«

»Du könntest eine kleine Ausstellung organisieren. Oder du klebst alle Deckel auf ein großes Brett und hängst es über dem Kamin auf.«

»Das wäre eine sehr merkwürdige Art, seine Familiengeschichte zu dokumentieren.«

»Aber passend!«

»Vielleicht mache ich das irgendwann, wenn ich mal viel Zeit und Langeweile habe. Aber jetzt lass die Deckel liegen und komm mit!«

Die Schlafzimmer im ersten Stock waren geräumig und hell. Raumhohe Fenster boten einen herrlichen Ausblick, entweder auf den verwilderten Vorgarten oder auf die große Wiese und den Weiher auf der Rückseite des Hauses. Im Badezimmer entdeckte Julian eine alte Wanne mit Messingfüßen und einen Waschtisch aus Porzellan. Doch er hatte kaum Zeit, weitere Einzelheiten zu bewundern, denn Kathrin drängte ihn ungeduldig noch weiter die Treppe hinauf.

»Jetzt zeige ich dir meine Überraschung«, verkündete sie, als sie das Dachgeschoss erreicht hatten. Vor einer unscheinbaren Holztür blieb sie stehen.

»Hast du hier das Schlossgespenst versteckt?«, scherzte Julian.

»Etwas viel Besseres.« Sie holte tief Luft. Ihr Lächeln wirkte ein wenig unsicher, doch ihr Blick war erwartungsvoll auf ihn gerichtet. »Das habe ich bislang noch niemandem gezeigt«, fügte sie leise hinzu. Dann öffnete sie die Tür und trat zur Seite.

Julian erwiderte das Lächeln, er konnte gar nicht anders. Was immer er hinter dieser Tür entdecken würde – er nahm sich fest vor, sie nicht zu enttäuschen. Er würde alles gut finden, egal was es war. Oder wie merkwürdig es ihm auch erscheinen mochte.

Zunächst aber sah er gar nichts.

»Ups, entschuldige!« Kathrin drückte sich an ihm vorbei und öffnete die Fensterläden. Sofort fiel das Sonnenlicht in die Kammer und ließ Tausende von Staubkörnchen in der Luft tanzen.

Julian blinzelte.

Vor sich, auf dem Fußboden, erblickte er eine breite Matratze, mehrere Kissen, Wolldecken und einen kleinen Tisch mit dicken, halb heruntergebrannten Kerzen. Es sah so aus, als ob hier regelmäßig jemand übernachtete. Jemand, der keinen Wert auf ordentlich gefaltete Decken und aufgeschüttelte Kissen legte.

Das sah eindeutig nach Kathrin aus.

Und dann, als er sich zur Seite drehte, entdeckte er die Bücher.

Hunderte von Büchern!

Zum Teil einsortiert in einen Regalschrank, teilweise aber auch auf dem Boden gestapelt. Alte, neue, dicke und dünne Bücher, Romane, Bildbände, Atlanten und Reiseführer. Er hockte sich vor einen der Stapel und überflog interessiert die Titel.

Die Welt aus der Vogelperspektive.

Palast der Winde.

Mit Interrail durch Europa.

Die Nebel von Avalon.

Die Dornenvögel.

Das Geisterhaus.

»Sind das … sind das alles deine?« Seine Stimme hatte einen ehrfürchtigen Ton angenommen.

Kathrin nickte. Sie stand immer noch am Fenster.

»Warum hast du sie hier oben versteckt?« Er konnte seinen Blick kaum von den vielen Büchern abwenden.

»Ich habe sie nicht versteckt. Aber du weißt selbst, wie wenig Platz wir zu Hause haben. Da habe ich mir einen Raum gesucht, der groß genug für alle Bücher ist und gleichzeitig so verborgen liegt, dass ich ungestört lesen kann.«

»Das müssen weit mehr als fünfhundert, wenn nicht sogar tausend Exemplare sein.«

Sie zuckte mit den Schultern. »Ich habe sie noch nie gezählt.«

»Einige Titel sind sehr neu.«

»Ich war im Januar in West-Berlin und habe mein ganzes Begrüßungsgeld in einer Buchhandlung ausgegeben.«

»Keine Bananen?«

»Ich hasse Bananen. Und noch mehr hasse ich dieses blöde Bananenklischee.«

Neugierig trat er vor eines der Regale. »Hier stehen lauter Klassiker.«

»Die stammen noch aus dem Familienbesitz meines Opas.«

»Und was ist das?« Er zog einen schmalen rosaroten Ordner hervor.

Mit zwei Schritten war Kathrin bei ihm und wollte ihm das

Ringbuch wieder abnehmen, doch Julian wich ihr aus, drehte sich um und schlug hastig den Ordner auf. »Das sind ja alles Zitate«, stellte er erstaunt fest. »Hast du die gesammelt?«

Sie nickte.

»Offensichtlich kannst du also doch schön schreiben«, grinste er. »In der Bank kann ich deine Notizen kaum lesen.«

»Da gebe ich mir ja auch keine Mühe.«

»Gut zu wissen.« Seine Augen überflogen die erste Seite. »Alle diese Sprüche handeln von der Liebe.«

»Na und?« Sie errötete.

» Die Liebe ist gütig. Sie erträgt alles, glaubt alles, hofft alles, hält allem stand. Die Liebe hört niemals auf«, las er vor. »Das stammt aus der Bibel, oder?«

»Ja. Das ist mein Lieblingszitat.«

»Ich dachte immer, ihr seid hier drüben alle irgendwie ... unkatholisch.«

»Sind wir auch. Aber deshalb dürfen wir doch trotzdem in der Bibel lesen. Ich mag zum Beispiel auch Shakespeare, doch das macht mich noch lange nicht zu einer Engländerin.«

»Da hast du recht.« Er blätterte weiter. »Eine tolle Sammlung! Seit wann machst du das?«

»Seit ich fünfzehn bin.« Sie streckte die Hand aus. »Kann ich das jetzt zurückhaben?«

»Nur wenn du mir versprichst, dass ich später noch mal reinschauen darf.«

»Mal sehen.« Sie klappte den Ordner zu und drehte sich zum Regal um.

Julian beobachtete sie neugierig. Dass er ihre Zitatsammlung entdeckt hatte, schien ihr peinlich zu sein. Sie stellte sich auf Zehenspitzen und versuchte, das Ringbuch möglichst weit nach oben zwischen zwei dicke Romane von Tolstoi zu stopfen.

»Kann ich helfen?« Er nahm ihr das Ringbuch aus der Hand

und stellte es ins oberste Regalfach. »Da lassen wir es jetzt erst einmal stehen. So lange, bis uns wieder nach Liebeszitaten ist, okay?«

Sie nickte erleichtert.

Um ihr über ihre Unsicherheit hinwegzuhelfen, brachte er die Sprache auf ein unverfänglicheres Thema. Mit seiner rechten Hand fuhr er über eine Reihe nebeneinanderstehender Bücher.

»Die sind ja sogar in Leder eingebunden.«

Kathrin nickte. »Schnupper mal! Man kann die gedruckten Buchstaben förmlich riechen.«

»Oder das Leder.«

»Nein, das ist der Duft der Texte, die nur darauf warten, gelesen zu werden.«

»So etwas kann nur eine leidenschaftliche Leserin sagen!«

»Gefällt es dir?«, fragte sie leise.

Sie war wunderschön, wie sie so dastand – von der Sonne beschienen, immer noch ein wenig verlegen, aber voller Vertrauen auf sein Urteil wartend. Und plötzlich wurde es Julian bewusst, wie viel ihr dieser Ort bedeuten musste. Und dass sie die Geheimnisse in diesem Zimmer bislang noch mit niemandem geteilt hatte.

Er war der Erste.

Der Einzige.

Er schlang seine Arme um sie. »Ich finde es unglaublich. Und wundervoll. Also … unglaublich wundervoll.«

»Puh, da bin ich ja beruhigt«, murmelte sie in sein T-Shirt hinein.

»Wie oft bist du hier?«

»Immer, wenn ich in Ruhe lesen und träumen will.« Sie hob den Kopf und lächelte. »In letzter Zeit war das allerdings selten der Fall. Ich war schwer abgelenkt, musst du wissen.«

»Das lässt sich ändern.« Übermütig küsste er ihre Nasenspitze.

»Bloß nicht!«

»Du könntest mich ab jetzt mitnehmen«, fuhr er fort, ohne auf ihren Einwand zu achten. »Dann lesen und träumen wir gemeinsam.«

»Gemeinsam«, wiederholte sie langsam. »Nur du und ich.«

»Für immer.«

»Für immer?« Ihre Augen füllten sich mit Tränen.

Er schob sie ein Stück von sich und musterte sie. »Du wirst doch jetzt nicht heulen, oder?«

»Nö. Ich doch nicht!« Hektisch wischte sie sich über das Gesicht.

Julian überschwemmte bei diesem Anblick eine Welle heftiger Zuneigung.

»Ich liebe dich.«

Der kurze Satz war draußen, noch bevor er darüber nachdenken konnte.

Sie erstarrte und blickte zu ihm auf.

Vermutlich war sie von seinem Geständnis genauso überrascht worden wie er selbst. Aber er hatte auch noch nie so intensiv gefühlt wie in diesem Moment.

»Ich liebe dich«, wiederholte er. Er zog sie wieder an sich und atmete ihren Duft ein, eine Mischung aus Apfelshampoo und Seife.

»Ich liebe dich auch«, entgegnete Kathrin. Ihre Stimme klang ernst und feierlich.

»Das trifft sich echt gut«, murmelte er, bevor er seine Lippen auf ihre presste und keiner von beiden mehr Lust auf weitere Unterhaltung verspürte.

9

Das Schicksal ist erfinderischer als der Mensch.
(Karl Emil Franzos)

Irgendwie hatten sie es noch bis zur Matratze geschafft.

Kathrin konnte sich später nicht mehr genau daran erinnern, doch sie war dankbar, dass sie jetzt nicht nackt auf dem kalten Holzfußboden lag, sondern unter mehreren weichen Decken ganz nah bei Julian.

Schläfrig fuhr sie mit dem Finger die Konturen seines Gesichts nach: die hohe Stirn, die hellen Augenbrauen, die Stupsnase mit dem Sonnenbrand, die blonden Bartstoppeln und dann schließlich sein Mund mit den festen und doch so wunderbar weichen Lippen.

Merkwürdig, wie vertraut er ihr in dieser kurzen Zeit geworden war! So vertraut, dass sie ihm ohne zu zögern ihr Bücherversteck verraten hatte. Niemand außerhalb ihrer Familie, nicht einmal Maik, wusste davon.

Dieser Raum war ihr Geheimnis gewesen, das sie mit niemandem teilen wollte. Bis Julian gekommen war und das Wort *Liebe* für sie eine ganz neue Bedeutung gewonnen hatte. Glücklich kuschelte sie sich noch ein wenig dichter an ihn.

»Kathrin?«, murmelte er mit geschlossenen Augen.

»Habe ich dich geweckt? Entschuldige.«

»Nicht schlimm.« Er küsste ihre Fingerspitzen. »Sag mir bitte, dass wir über Nacht hier bleiben können.«

»Natürlich. Was meinst du, warum ich die Kühltasche eingepackt habe? Allerdings gibt es im Haus weder Wasser noch Strom.«

»Macht nichts.« Er öffnete die Augen. »Wir haben uns, die Kerzen und jede Menge Bücher. Mehr brauchen wir nicht.« Er schob sich ein Kissen unter den Kopf, ließ seinen Blick über die Regalwand schweifen und schüttelte den Kopf. So, als ob er immer noch nicht glauben konnte, was er sah. »Hast du eigentlich ein Lieblingsbuch?«

Sie musste nicht lange überlegen. »*Der Herr der Ringe*.«

»Ernsthaft? Du stehst auf Zwerge und Elben?«

»Ja, das tue ich. Tolkien hat eine fantastische Welt erschaffen.«

»Ich fand die Geschichten immer zu langatmig und kompliziert.«

»Was ist denn dein Lieblingsbuch?«

»Mal überlegen ...« Er tat so, als müsse er gründlich nachdenken. »Du!«, verkündete er schließlich. »Du bist mein Lieblingsbuch.«

Sie lachte.

»Nein, wirklich, deine Geschichte hat mich von Anfang an fasziniert. Du bist Sachbuch, Abenteuerroman, Historiendrama und Reiseführer zugleich. Dazu kommt noch ein Schuss Humor ...«, mit einer schnellen Bewegung rollte er sich über sie, »... und ganz viel Liebe und Leidenschaft.«

»Klingt nach einer tollen Mischung. Erzähl ruhig weiter!«

»Schon der Umschlag hat mich neugierig gemacht.« Er wickelte eine ihrer Locken um seine Finger. »Sehr edle Verarbeitung.«

»Danke schön.«

Er ließ die Haarsträhne los, nahm dafür ihre Hand und verschränkte seine Finger in ihren.

»Dann habe ich langsam von Seite zu Seite geblättert.«

Mit der anderen Hand strich er sanft über ihren Körper.

»Ich bin immer tiefer in die Geschichte eingetaucht.«

Seine Finger hatten ihren Nabel erreicht.

»Und dann kam irgendwann meine Lieblingsstelle«, flüsterte er, und seine Finger wanderten noch ein wenig weiter. »Die kann ich immer und immer wieder lesen.«

Kathrin erschauerte. »Dagegen kommen Zwerge und Elben natürlich nicht an«, flüsterte sie.

Er grinste vieldeutig. Aber noch bevor er etwas entgegnen konnte, ertönte von draußen eine laute Hupe.

Seufzend unterbrach Julian seine Zärtlichkeiten. »Verdammt! Wer kann das sein?«

»Außer meiner Familie weiß niemand, dass wir hier sind.« Sie erhob sich, schlüpfte in Bluse und Unterhose und warf einen Blick aus dem Fenster. »Es ist meine Mutter.«

Stöhnend vergrub er sein Gesicht in einem der Kissen.

Kathrin öffnete ein Fenster. »Mutti!«, brüllte sie. »Ich bin hier oben. Was ist los?«

»Gott sei Dank!«

Renate Bahrenbeck schlug die Autotür des Trabis zu und lief ein Stück Richtung Haus, damit sie Kathrin besser sehen konnte.

»Was ist los?«, wiederholte Kathrin.

»Ist Julian auch da?« Ihre Stimme klang schrill und verzweifelt. Das war sehr untypisch für sie. Kathrin bekam es mit der Angst zu tun.

»Ja.«

»Ich bin gleich bei euch!« Ohne eine Antwort abzuwarten, eilte Renate die Eingangstreppe hinauf.

»Was soll das denn jetzt?« Julian sprang auf und streifte sich hektisch seine Kleidung über. »Kann sie nicht noch fünf Minuten warten?«

Schon waren Renates Schritte zu hören, und einen Moment später klopfte es an der Tür.

»Du kannst reinkommen!«, rief Kathrin.

Renate trat ein, und ein intensiver Duft nach frischem Hefekuchen wehte durch das Zimmer. Ihre Bluse war mit zahlreichen Obstflecken verschmutzt, und auch ihre Fingerkuppen waren rot verfärbt. Jetzt erinnerte sich Kathrin wieder daran, dass ihre Mutter heute Mittag Kirschkuchen backen wollte. Offensichtlich war sie dabei gestört worden. Und zwar so gründlich, dass sie alles stehen- und liegengelassen hatte.

Kathrins ängstliches Gefühl im Bauch verstärkte sich.

Die Tatsache, dass ihre Mutter sich nicht zuerst neugierig im Bücherzimmer umsah oder eine Bemerkung darüber verlor, dass ihre Tochter keinen Rock trug, verhieß nichts Gutes.

Renate hatte ihren Blick fest auf die beiden jungen Leute gerichtet.

Kathrin nahm Julians Hand und stellte fest, dass seine Finger eiskalt waren. Auch er schien zu spüren, dass es schlechte Nachrichten geben würde.

»Mich hat gerade Frau Körner aus der Bank angerufen«, begann Renate. »Deine … äh … Verlobte – Helen heißt sie, nicht wahr? Sie versucht wohl schon länger, dich zu erreichen. Es hat einen Autounfall in Hamburg gegeben.« Tränen traten in Renates Augen. »Helens Schwester und ihr Mann sind tot.«

Kathrin schlug entsetzt die Hand vor den Mund.

»Das Baby der beiden war auch im Auto«, fuhr Renate fort. »Der Kleine hat schwere Kopfverletzungen, aber er lebt. Ob er durchkommt, können die Ärzte noch nicht sagen.«

Julian stand einfach nur da und nickte mechanisch.

»Helen möchte, dass du sofort nach Hamburg kommst. Sie bleibt bei ihrem Neffen im Krankenhaus. Frau Körner lässt dir ausrichten, dass du selbstverständlich ab sofort Urlaub nehmen kannst.«

Wieder nickte Julian.

»Deine Verlobte will sich gegen vier Uhr noch einmal bei Frau Körner melden. Du solltest da sein, wenn sie anruft.« Renates Augen schwammen vor Mitgefühl. Sie legte eine Hand auf Julians Schulter. »Es tut mir so leid!«

Jetzt endlich zeigte Julian eine Reaktion, auch wenn es nur ein tonlos herausgepresstes »Danke« war.

»Du kannst sofort in die Stadt fahren. Ich nehme Kathrin mit nach Hause.«

»Ja ... ja, natürlich«, stammelte er.

Er wirkte verzweifelt und ratlos. Kathrins Herz krampfte sich vor Schmerz zusammen. »Kann ich kurz allein mit Julian sprechen?«

»Ich warte unten auf euch.« Mit diesen Worten wandte Renate sich ab. Als die Tür hinter ihr ins Schloss fiel, begann Julian zu zittern.

Mit einer hilflosen Geste umfasste Kathrin seinen Oberkörper und wiegte ihn hin und her. Er ließ seinen Kopf auf ihre Schulter sinken und atmete heftig ein und aus.

»Schon gut«, sagte sie beschwörend, immer und immer wieder.

Etwas Tröstenderes fiel ihr nicht ein, doch nach einer Weile schien sie damit tatsächlich zu ihm durchzudringen. Seine Atmung beruhigte sich.

Sie trat einen Schritt zurück, damit sie ihm in die Augen sehen konnte. »Du musst sofort nach Hamburg.«

»Ich weiß.«

»Helen braucht dich jetzt.«

»Sie hat niemand anderen, der ihr nahesteht. Ihre Eltern sind tot. Und jetzt hat sie nur noch ... nur noch dieses Kind.« Er schlug die Hände vors Gesicht. »O Gott, was ist, wenn der Kleine auch noch stirbt?«

»Das wird er nicht. Er hat einen Schutzengel, der über ihn wacht.«

»Glaubst du das wirklich?«

»Ich habe gerade nichts anderes, was mich trösten könnte, also glaube ich daran.« Behutsam löste sie seine Finger von seinem Gesicht.

»Engel, Schicksal, Fügung ... so ein verdammter Blödsinn!« Er lachte bitter und schüttelte ihre Hände ab. »Was soll ich denn jetzt machen? Nach Hamburg fahren, für sie da sein und mich dann von ihr trennen?«

»Auf keinen Fall! Du wirst ihr helfen, solange sie dich braucht.«

»Und was wird aus uns?«

»Ich weiß es nicht.«

»Das ist nicht fair!« Seine Stimme versagte erneut.

Dieses Mal konnte Kathrin ihn nicht trösten. Was hätte sie auch sagen sollen?

Es gab nichts, was die Situation weniger schmerzlich machen würde. Nichts, was den Abschied erleichtern würde. Und auch nichts, was die Hoffnung auf ein glückliches Ende wecken konnte.

Denn ein Happyend, das ahnte sie in diesem Moment, hatte das Schicksal für sie beide so schnell wohl nicht vorgesehen.

Königswusterhausen, Ludwigsfelde, Wolmirstedt.

Die gleichen Orte wie auf der Hinfahrt, nur in umgekehrter Reihenfolge. Dann die ehemalige Grenze bei Helmstedt, und VW und Opel statt Trabi und Wartburg.

Zurück in Westdeutschland.

Doch Julian nahm an diesem Abend seine Umgebung kaum

wahr. Er fuhr genauso teilnahmslos und mechanisch, wie der Rest von ihm seit ein paar Stunden funktionierte.

Ohne groß darüber nachzudenken, hatte er in den vergangenen Stunden das getan, was von ihm erwartet wurde: Er war zur Bank gefahren und hatte mit Helen telefoniert. Danach war er nach Hause gegangen, hatte Frau Mutschke informiert und seinen Koffer gepackt.

Seine Kollegen hatten nur das Nötigste mit ihm gesprochen, und auch das nur sehr leise und diskret. So, als ob sie befürchtet hätten, dass er jeden Moment zusammenbrechen würde. Dabei hatten sie ihn mit Blicken bedacht, die zwischen Mitleid und Neugier schwankten.

Frau Körner hatte ihm versichert, dass er sich in der Bank um nichts mehr kümmern müsse. Selbst Frau Mutschke hatte sich ausnahmsweise mal mit Fragen zurückgehalten und ihn stattdessen nur mütterlich an ihre Brust gedrückt. »Alles wird gut, mein Junge«, war das Einzige, was sie gesagt hatte.

Julian hätte seinen Widerspruch am liebsten laut herausgeschrien.

Nichts würde wieder gut werden. Gar nichts. Nie wieder. Stattdessen würde alles immer schlimmer werden. Denn egal, wie diese Sache ausging, er würde verlieren.

Entweder sein Gewissen oder seine große Liebe.

Kathrin.

Ihr trauriges Lächeln beim Abschied war das Einzige, das sich echt angefühlt hatte inmitten dieses Durcheinanders. Geduldig hatte sie vor der Bankfiliale auf ihn gewartet. Immer noch trug sie den Rock und die Bluse, die sie schon mittags angehabt hatte – und die er ihr im Bücherzimmer ausgezogen hatte. Vor ein paar Stunden, als ihre Welt noch in Ordnung gewesen war.

Sie hatte ihn angeschaut mit den schönsten Augen der Welt.

So voller Wärme. Voller Zuneigung. Er hatte sie nie mehr geliebt als in diesem Moment.

Es war typisch für sie, dass sie nicht geweint hatte. Stattdessen hatte sie aufrecht und beherrscht vor ihm gestanden und sogar ein kleines, aufmunterndes Lächeln versucht.

»Fahr vorsichtig!«, hatte sie geflüstert, so als ob sein Fahrstil gerade ihr größtes Problem war.

Doch er wusste, wie es tatsächlich in ihrem Innern aussah. Er hatte die Traurigkeit und Verzweiflung in ihrer Stimme erkannt. Wortlos hatte er sie umarmt und festgehalten. Und hätte sie am liebsten nie wieder losgelassen.

Irgendwann jedoch hatten sie sich trennen müssen.

»Ich komme wieder«, hatte er ihr versprochen, obwohl er gerade das eigentlich gar nicht versprechen konnte. Doch es waren die einzigen Worte gewesen, die trösten konnten. Die einzigen Worte, an die er glauben wollte.

Er hatte nichts anderes.

Was hatte Frau Körner vorhin beim Abschied gesagt?

»Sie tun das Richtige.«

Aber wie konnte sich etwas Richtiges so vollkommen falsch anfühlen?

10

Das einzig Wichtige im Leben sind die Spuren von Liebe, die wir hinterlassen, wenn wir Abschied nehmen.
(Albert Schweitzer)

»Immer, wenn du wie vom Erdboden verschluckt bist, finde ich dich hier im Kuhstall.«

Lässig kam Maik auf Kathrin zugeschlendert. Er hatte die Hände in die Hosentaschen seiner Jeans geschoben und kaute auf einem Kaugummi herum. Sein entspannter Gesichtsausdruck verwandelte sich jedoch augenblicklich in Bestürzung, als er sie zusammengekauert auf einem der Strohballen entdeckte.

Kathrin konnte es ihm nicht verdenken. Sie sah wahrscheinlich furchtbar aus. Ihr Gesicht war geschwollen vom vielen Weinen, ihre Haare zerzaust, und sie klammerte sich mit beiden Armen verzweifelt an das Kaninchen auf ihrem Schoß.

»Lass den armen Fridolin leben!«

Er setzte sich neben sie und nahm ihr behutsam das Tier ab. Augenblicklich hüpfte das Kaninchen auf den Boden und verschwand zwischen den Strohballen.

»Was ist los?«, fragte er, ohne sie direkt anzuschauen. Maik hatte es noch nie ertragen können, sie weinen zu sehen.

Kathrin schüttelte traurig den Kopf. »Das willst du gar nicht hören.«

Und sie würde es auch nicht übers Herz bringen, es ihm zu erzählen. Zu frisch war der Schmerz noch immer, der sich in ihr Herz gebohrt hatte.

Julian war jetzt seit drei Wochen weg.

Drei Wochen, in denen sie gehofft und gebangt hatte. In denen sie ihm am Telefon immer wieder Mut gemacht hatte. In denen sie sich selbst eingeredet hatte, dass alles gut werden würde.

Heute schließlich hatte er angerufen und ihr gesagt, dass der kleine Felix über den Berg war. »Aber es ist leider viel zu früh, um sagen zu können, ob er wegen der Kopfverletzung bleibende Schäden davontragen wird. Das wird die Zeit zeigen.«

Die Zeit also.

Aber wie viel davon würde Julian noch brauchen?

Monate?

Jahre?

Und war sie, Kathrin, bereit, so lange zu warten? Durfte sie überhaupt noch um ihr Glück mit Julian kämpfen? Und vor allem: Wollte sie das?

Wenn es nur Helen, die *andere,* gewesen wäre – mit so einer Situation hätte Kathrin umgehen können. Schon allein deshalb, weil sie Julian aufrichtig liebte und Heimlichkeiten hasste.

Aber nach dem Unfall sah die Sache anders aus.

Denn jetzt war Helen vom Schicksal schwer getroffen und am Boden zerstört. Und dann war da ja auch noch ein kleines Kind, das nichts so dringend brauchte wie ein liebevolles und vor allem intaktes Elternhaus.

Kathrin kannte Julian inzwischen gut genug, um zu wissen, wie er sich entscheiden würde.

»Du wirst bei Helen und Felix bleiben«, hatte sie deshalb gesagt. Es war keine Frage gewesen, sondern eine Feststellung.

»Ich kann nicht anders«, hatte er tonlos entgegnet. »Wenn du Helens Schmerz sehen könntest, würdest du mich verstehen. Sie ist unglaublich tapfer. Ich darf sie jetzt nicht im Stich lassen, sie hat doch sonst niemanden mehr. Außer Felix. Und der braucht mich auch. Eventuell sogar sein Leben lang.«

Sein Leben lang.

Damit hatte er ihr eine Antwort gegeben.

Es war vorbei.

»Julian kommt nicht zurück, nicht wahr?«, fragte Maik jetzt. Offensichtlich konnte er heute Abend Gedanken lesen.

»Nein.« Verzweifelt schluchzte sie auf.

»Na, na!« Etwas unbeholfen legte Maik den Arm um sie. Immer noch schaute er sie nicht direkt an, sondern fixierte die gegenüberliegende Wand.

Aber seine Umarmung tat gut. Es war, als wenn etwas von seiner Gelassenheit und seiner Wärme auf sie übergehen würde.

Eine Zeitlang saßen sie einfach nur da und schwiegen.

»Kaugummi?«, fragte er schließlich und hielt ihr die Packung unter die Nase.

»Gern, danke.«

»Mit Erdbeergeschmack.«

Sie nickte stumm und schob sich ein Kaugummi in den Mund.

»Eine Frage habe ich noch«, sagte Maik und runzelte die Stirn. »Ist das okay?«

»Schieß los!«

»Was wird mit seiner Wohnung und der Stelle in der Bank?«

Kathrin lächelte unter Tränen. Der gute Maik war immer schon der Mann fürs Praktische gewesen.

»Dafür werden sie einen Ersatz finden.«

»Und du?« Endlich löste er seinen Blick von der Wand und schaute ihr fragend in die Augen. »Wirst du dir auch irgendwann einen Ersatz suchen?«

»Ich weiß es nicht.« Sie kramte ein Taschentuch aus ihrer

Hosentasche und putzte sich geräuschvoll die Nase. »Vermutlich schon.«

»Sagst du mir, wenn es so weit ist?«

»Warum?«

»Na ja.« Er errötete. »Vielleicht stehe ich ja noch mal zur Verfügung.«

Sie knuffte ihn in die Seite. »Ich werde dich daran erinnern, Maik.«

»Versprochen?«

»Versprochen.«

2. Teil: 2015

1

Zufälle sind unvorhergesehene Ereignisse, die einen Sinn haben.
(Diogenes von Sinope)

»Hier ist das Erste Deutsche Fernsehen mit der Tagesschau.«

Das Intro ertönte, die gelben Buchstaben schwebten ins Bild, und gleich darauf grüßte die Nachrichtensprecherin in die Kamera.

»Guten Abend, meine Damen und Herren!«

Das Hintergrundbild wechselte von Dunkelblau auf Schwarz-Rot-Gold.

»Mit einem feierlichen Festakt im Bundestag wurde am heutigen Mittwoch der Währungsunion gedacht, die vor 25 Jahren in Kraft trat«, berichtete die Moderatorin. »Am 1. Juli 1990 wurde die D-Mark als gemeinsame Währung eingeführt, und gleichzeitig wurden sämtliche Grenzkontrollen aufgehoben, ein erster Schritt in Richtung deutsche Einheit.«

Kathrin Bahrenbeck unterbrach das Auftragen ihres Lippenstiftes und drehte sich zum Bildschirm um. Warum war der Ton nur so leise eingestellt? Und wo war die Fernbedienung? Vor fünf Minuten hatte sie die doch noch auf der Bettdecke liegen sehen.

Suchend blickte sie sich um.

Das Dumme an Hotelzimmern war, dass bestimmte Dinge keinen gewohnten Platz hatten und man sie deshalb ständig verlegte. Der Föhn zum Beispiel, der Zimmerschlüssel oder eben auch die Fernbedienung.

Sie schüttelte die Bettdecke auf, und mit einem dumpfen Geräusch fiel die Fernbedienung auf den Teppichboden. Vorsichtig, um ihr langes Abendkleid nicht zu zerknittern, bückte sie sich und stellte den Fernseher lauter.

Inzwischen lief ein Kurzfilm über die Ereignisse des 1. Juli 1990 über den Bildschirm: lange Schlangen vor den Banken im Osten, geschlossene Kontrollstationen an der Grenze und überall jubelnde Menschen.

Kathrin lächelte gerührt.

Vor 25 Jahren hatte sie auch vor dem Fernseher gesessen – zusammen mit ihrer Familie, im alten Wohnzimmer mit dem Ledersofa und dem schweren Eichenschrank. Plötzlich hatte sie wieder die Stimmen ihrer Großeltern im Ohr, sah ihre Eltern vor sich und meinte fast, den Duft der Mandarinen-Bowle riechen zu können.

Vieles hatte sich seitdem verändert.

Sie hatte Abschied nehmen müssen von geliebten Menschen, dafür waren neue Familienmitglieder in ihr Leben getreten. Sie hatte ein Heim für sich und ihre Lieben geschaffen. Und die Firma *Bahrenbecks gute Gurken* zu einem der erfolgreichsten deutschen Unternehmen gemacht.

Das alles in einem Vierteljahrhundert. Bedeutsame, wichtige Jahre. Aber wo war nur die Zeit geblieben?

»Mami? Kannst du mir mal beim Reißverschluss helfen?«

Laura, Kathrins Tochter, kam aus dem Bad und stellte sich mit dem Rücken zu ihrer Mutter.

Von Kathrins drei Kindern war die zwanzigjährige Laura diejenige, die ihr am ähnlichsten sah: dieselbe Größe, die gleichen braunen Locken und ebenso grüne Augen. Allerdings waren Lauras Gesichtszüge gleichmäßiger und ihre Figur perfekter. Und was ihren Charakter betraf, so war das Mädchen noch wesentlich ehrgeiziger und zielstrebiger als ihre Mutter.

»Du schaust fern? Was guckst du?«

»Die Nachrichten. Ein Bericht über das Jubiläum zur Währungsunion. Ich habe ein wenig in Erinnerungen geschwelgt.«

»Das ist doch schon ewig her.« Laura winkte ab, und Kathrin stellte nicht zum ersten Mal bedauernd fest, dass ihre Kinder wohl zu jung waren, um echtes Interesse an Geschichte aufzubringen.

»So lange nun auch wieder nicht. Gerade mal 25 Jahre.«

»Da war ich noch nicht mal auf der Welt. Und außerdem haben wir jetzt sowieso keine Zeit mehr für so was.« Laura schnappte sich die Fernbedienung und schaltete den Fernseher aus.

»Haben wir doch! Der Unternehmerball geht erst um Viertel nach acht los«, protestierte Kathrin.

»Ich will vorher an der Rezeption vorbei, um mir das aktuelle WLAN-Passwort zu besorgen.«

»Aber ich brauche noch ein paar Minuten hier oben.«

»Warum? Für mich siehst du schon ziemlich gut aus, nahezu perfekt.«

»Danke!« Das Kompliment aus dem Mund ihrer Tochter freute Kathrin. So etwas bekam sie nicht oft zu hören. »Ich muss noch meine Lippen nachziehen und die Haare in Form bringen.«

Sie schraubte den Lippenstift auf und trat vor den Spiegel. Nachdem sie die dunkelrote Farbe aufgetragen hatte, betrachtete sie sich kritisch.

Sah sie wirklich so toll aus, wie Laura meinte? War das cremefarbene Kleid nicht ein wenig zu tief ausgeschnitten? Und die goldenen Ohrringe nicht eine Spur zu groß und zu protzig? Stand ihr der neue, kurze Haarschnitt tatsächlich so gut, wie alle behaupteten?

Heute Abend musste alles perfekt sein. Immerhin war sie zu

einer großen und namhaften Veranstaltung mit mehreren hundert Gästen geladen. Und mit etwas Glück konnte sie sogar einen Preis mit nach Hause nehmen.

»Sieht so die Unternehmerin des Jahres 2015 aus?«, erkundigte sie sich bei Laura.

»Sie *könnte* so aussehen. Aber wenn sie weiterhin vor dem Spiegel steht und sich selbst bewundert, verpasst sie die Preisverleihung.« Laura trat neben sie und zupfte ihr schwarzes Spitzenkleid zurecht.

»Nur mit der Ruhe!«, entgegnete Kathrin gelassen. »Wir haben extra ein Zimmer im Frankfurter Hof genommen, damit wir nahe am Geschehen sind. Mit dem Aufzug sind wir in zwei Minuten unten im Ballsaal.«

»Es schadet nichts, wenn wir unsere Plätze frühzeitig einnehmen.«

»Warum? Als eine der Anwärterinnen auf den Preis habe ich einen reservierten Tisch ganz vorn.«

»Wir könnten uns schon mal setzen und beobachten, wer noch alles kommt. Bist du nicht neugierig?«

»Ehrlich gesagt nein. Nach meiner Erfahrung sind immer die gleichen langweiligen Gesichter bei dieser Art von Veranstaltung.«

»Wer weiß?« Laura löschte das Licht und zog ihre Mutter mit sich zur Tür. »Vielleicht ist heute jemand Interessantes dabei.«

»Vielen Dank, dass Sie sich so kurzfristig bereit erklärt haben, für Ihren Geschäftspartner einzuspringen! Sie wissen gar nicht, wie sehr Sie uns damit helfen.«

Doktor Lüttich, einer der Veranstalter des Frankfurter Unternehmerballs, zog ein Taschentuch aus seiner Jackentasche und wischte sich den Schweiß von der Stirn. Er war ein älterer, kurzatmiger Herr mit Glatze und Brille.

»Schon gut.« Julian Albrecht winkte ab. »Ich war ja sowieso gerade in der Stadt.«

»Haben Sie noch Fragen? Wollen wir den Ablauf der Preisverleihung kurz durchgehen?«

»Gern.«

Sie setzten sich in eine der freien Sitzgruppen in der Hotel-Lobby. Kurz vor Beginn der großen Veranstaltung herrschte in der Halle reger Betrieb. Immer wieder trafen Gäste in Abendkleidung ein, die sich ihren Weg durch die Menge zum Festsaal bahnten. Man begrüßte sich lautstark, schüttelte Hände und tauschte Visitenkarten aus.

Julian nahm Papier und Stift zur Hand. »Welchen Preis soll ich übergeben?«

»Nun, Ihr Kollege war für den Unternehmer des Jahres 2015 eingeteilt.« Doktor Lüttich schlug seine Unterlagen auf. »Das ist die erste Verleihung des Abends und gleichzeitig auch die wichtigste. Danach kommen noch vier weitere Auszeichnungen, und dann beginnt der gemütliche Teil mit Champagner und Häppchen.«

»Wann genau ist mein Auftritt?«

»Um kurz vor halb neun.« Der ältere Herr blickte auf seine Armbanduhr. »Also in etwa fünfzehn Minuten.«

»Kann ich hinter der Bühne warten, oder soll ich mich zuerst noch vorn an einen Tisch setzen?«

»Sie können gern hinter der Bühne warten.«

»Und dann? Was habe ich zu tun?«

»Sobald ich Sie angekündigt habe, treten Sie vor und öffnen den Umschlag mit dem Namen des Gewinners. Danach müssen Sie nur noch eine kurze Ansprache halten, die wir für Sie schon vorbereitet haben. Beide Unterlagen erhalten Sie von meiner Assistentin, die Sie auch auf die Bühne begleiten wird.«

»Sie haben die Ansprache schon vorbereitet? Sie wissen also, wer gewonnen hat?«

Doktor Lüttich lächelte verschmitzt. »Ja, ich weiß es, aber ich darf es nicht verraten. Nur so viel: Ich wollte, ich könnte den Preis selbst überreichen. Denn der Kuss nach der Preisübergabe wird sicherlich aufregend.«

Julian hatte es immer schon gehasst, fremde Leute zu küssen, auch wenn es sich in den meisten Fällen nur um eine angedeutete Berührung handelte.

»Klingt toll«, murmelte er deshalb ohne echte Begeisterung. »Wer ist denn nominiert?«

»Zwei Herren und eine Dame. Ups, jetzt habe ich ja fast schon alles verraten. Denn Sie können sich jetzt bestimmt denken, wen von den dreien ich am liebsten küssen würde.«

»Nicht unbedingt. Das kommt ganz auf Ihre Neigung an. Und darauf, wie die Kandidaten aussehen.«

Zu seiner Überraschung bewies sein Gegenüber mehr Humor, als Julian ihm zugetraut hätte. Der ältere Herr lachte nämlich gutmütig und drohte mit dem Finger.

»Machen Sie sich einfach selbst ein Bild. Nominiert sind der Verleger Hans-Georg Jensen, Peter Bergmann mit seiner Handelskette und …«

»Herr Doktor Lüttich?« Eine Frau im eleganten Hosenanzug war an den Tisch getreten und lächelte entschuldigend. »Wir brauchen Sie dringend im Saal.«

»Gehen Sie ruhig!«, sagte Julian. »Ich komme schon zurecht. Wir sehen uns dann auf der Bühne.«

Herr Lüttich erhob sich. »Ich lasse Ihnen das offizielle Abendprogramm und die Teilnehmerliste hier, dann können Sie noch einen Blick darauf werfen. Bis gleich!«

Als er gegangen war, bestellte Julian sich ein Glas Mineralwasser. Anscheinend wurde von ihm tatsächlich nur erwartet, dass er den Namen des Gewinners vorlas, eine kurze Rede hielt und danach den Preis überreichte.

Das sollte zu schaffen sein, auch wenn er darin nicht viel Übung besaß. Als Gründer und Mitinhaber einer renommierten Kölner Unternehmensberatung hatte er sich von Anfang an aus der Öffentlichkeit herausgehalten und Auftritte wie diesen lieber seinen Kollegen überlassen. Hauptsächlich deshalb, um sein Privatleben zu schützen.

Doch heute war sein Geschäftspartner erkrankt, und Julian musste die Aufgabe kurzfristig übernehmen.

Ob er zur Sicherheit noch einen Blick in die Unterlagen werfen sollte, die Dr. Lüttich auf dem Tisch liegen gelassen hatte? Er streckte die Hand aus. Aber noch bevor er die Teilnehmerliste aufschlagen konnte, vibrierte sein Smartphone: eine Nachricht von Felix.

Hast du es schon hinter dir?

Julian grinste. Sein Sohn wusste, wie sehr er solche Veranstaltungen hasste.

Nein, noch nicht. Geht gleich erst los.

Viel Glück! Habe Besuch von ein paar Freunden und warte auf dich. Bier steht kalt. Bis dann!

Bis dann!

Felix lebte seit zwei Jahren in Frankfurt, und Julian besuchte ihn regelmäßig. Meistens zusammen mit Helen, doch dieses Mal war er ohne seine Frau angereist. Sie war noch ein paar Tage zu Hause in Köln geblieben, weil sie dort an einem Kongress teilnehmen musste. Erst am nächsten Wochenende würde sie nachkommen.

Ihm war das sehr recht, denn er war gern allein in Frankfurt unterwegs. Dann konnte er ungestört durch die Museen am Mainufer bummeln. Dieses Jahr fanden zahlreiche Sonderausstellungen statt, die sich alle um das Jubiläum zur deutschen

Einheit und um das Jahr 1990 drehten: zeitgenössische Malerei rund um den Mauerfall in der Schirn-Kunsthalle, Portraits von Helmut Kohl und Michael Gorbatschow in der Paulskirche – und nicht zu vergessen Julia Roberts als »Pretty Woman« im Film-Museum.

Alles Motive aus einer Vergangenheit, die ihm ewig weit weg und gleichzeitig doch so nah erschien. Fast automatisch kamen dabei auch seine eigenen Erinnerungen zurück.

Einige waren wunderschön.

Andere schmerzten.

Besonders eine.

Julian schüttelte den Kopf und verdrängte den letzten Gedanken. Jetzt war nicht der richtige Moment, um melancholisch zu werden. Er sollte sich lieber auf den Weg Richtung Ballsaal machen.

Vor der Rezeption stieß er mit einer jungen Frau in einem schwarzen Spitzenkleid zusammen.

»Entschuldigung!«

Er wollte sich abwenden, doch dann fiel sein Blick auf ihr Gesicht: lange, braune Haare und wunderschöne grüne Augen. Eine Farbe, die er in dieser Intensität bislang nur bei einem einzigen Menschen gesehen hatte.

Konnte es sein?

Er trat einen Schritt zurück.

Nein, die Frau war viel zu jung.

Und trotzdem … alles an diesem Mädchen erinnerte ihn plötzlich an *sie*. Spielte ihm sein Gedächtnis einen Streich? Sah er Gespenster? Oder war das hier vielleicht nur die Wunschvorstellung eines nicht mehr ganz jungen, sentimentalen Trottels?

»Kennen wir uns?«

Die Frau runzelte die Stirn. Vermutlich hielt sie seine Frage für eine billige Anmache.

Er konnte es ihr nicht verdenken.

»Nein.« Sie schüttelte den Kopf und verschwand durch die Tür in den Festsaal.

Er folgte ihr langsam und schob sich an den vielen Menschen vorbei hinter die Bühne. Dort atmete er tief durch und versuchte, sich zu konzentrieren. Nicht ganz einfach, denn immer wieder drängte sich jetzt ein bestimmtes Bild in seine Gedanken.

»Alles klar?« Auf einmal stand ein junger Mann mit Kopfhörern vor ihm. »Sie sind gleich dran!«

»Da bist du ja endlich!«

Kathrin rückte zur Seite, damit Laura neben ihr Platz nehmen konnte.

Der Tisch, an dem sie mit vier weiteren Gästen saßen, war mit weißem Stoff bedeckt und festlich geschmückt. In der Mitte stand eine Vase mit gelben Rosen, mehrere langstielige Kerzen brannten, die Servietten waren zu kleinen Kunstwerken gefaltet, und der Champagner perlte in schmalen, hohen Kristallgläsern.

Aufatmend ließ sich ihre Tochter in ihren Stuhl sinken. »Entschuldige! An der Rezeption war ganz schön viel los. Habe ich schon was verpasst?«

»Nein.«

»Gut.« Laura nahm das Smartphone aus ihrer Handtasche und tippte den Zugangscode für die Netzverbindung ein. »So, fertig. Ich filme alles und schicke es danach sofort nach Hause. Ab jetzt verpasst unsere Familie nichts mehr.«

»Ein Telefongespräch nach der Verleihung hätte auch gereicht«, entgegnete Kathrin gereizt. Sie hasste es, im Mittelpunkt zu stehen. »Außerdem weißt du doch gar nicht, ob ich gewinne.«

»Doch, das weiß ich. Erstens bist du die Beste, zweitens hast du den Frauen-Vorteil, und drittens siehst du dank meiner Mithilfe heute Abend verdammt sexy aus.«

Trotz ihrer Nervosität musste Kathrin lachen.

»Dann wollen wir mal hoffen, dass die Jury sich dadurch beeindrucken lässt.«

In diesem Moment trat ein älterer Herr mit Glatze und Brille ans Mikrophon und lächelte ins Publikum. Das Gemurmel verstummte.

»Einen wunderschönen Abend, meine Damen und Herren! Ich begrüße Sie herzlich zum diesjährigen Unternehmerball ...«

»Prost, Mami!«, flüsterte Laura. Sie hatte den Champagner entdeckt. »Und viel Glück!«

»Prost, meine Kleine.«

Der Champagner prickelte wunderbar leicht und kalt in der Kehle. Kathrin nahm gleich noch einen Schluck und sah sich interessiert um.

Der Saal war gut gefüllt. Rechts und links von ihr saßen fast ausschließlich Männer, allesamt in Nadelstreifenanzügen. Zwei von ihnen machten sich – wie sie – Hoffnung auf den Titel Unternehmer des Jahres.

Allein schon, dass sie jetzt hier sitzen durfte, war ein Erfolg, den sie sich hart erarbeitet hatte. Vermutlich hatte keiner ihrer Mitbewerber nebenbei noch einen alten Familiensitz renoviert und drei Kinder großgezogen.

Ihr Blick fiel auf Laura, und wie immer, wenn sie eines ihrer Mädchen betrachtete, war sie plötzlich von mütterlichem Stolz erfüllt. Ihre Töchter waren, jede auf ihre Weise, einzigartig. Selbst wenn sie heute nicht gewinnen sollte – sie hatte längst ihr großes Los gezogen.

Und zwar drei Mal.

»Es wird spannend!« Laura hob das Smartphone und richtete es auf die Bühne.

»... und jetzt kommen wir zum ersten und wichtigsten Preis des heutigen Abends: die Ernennung zum Unternehmer des Jahres 2015«, verkündete der Redner soeben. »Ursprünglich sollte diese Auszeichnung von unserem überaus geschätzten Kollegen Stefan Schmidtbauer überreicht werden«, fuhr der ältere Herr auf der Bühne fort. »Leider ist dieser jedoch kurzfristig erkrankt. Wir haben aber einen passenden Ersatz gefunden.«

Mit einer langsamen Bewegung schwenkte Laura das Handy in Richtung ihrer Mutter.

»Einen mehr als passenden Ersatz, wenn ich das so sagen darf. Begrüßen Sie mit mir die andere Hälfte von Schmidtbauer & Albrecht. Der Mann, der sich lieber im Hintergrund hält, aber heute Abend für uns eine Ausnahme gemacht hat: Herrn Julian Albrecht!«

Kathrin erstarrte.

Hatte der Redner gerade Julian Albrecht angekündigt? Julian?

Das konnte doch nicht wahr sein!

Es fehlte nicht viel, und ihr wäre das Champagnerglas aus der Hand gefallen. Mit einer heftigen Bewegung stellte sie es ab und sah sich um. Weglaufen war leider unmöglich und hätte noch dazu äußerst kindisch ausgesehen.

Trotzdem verspürte sie den dringenden Wunsch, sich unsichtbar zu machen – und sei es auch nur für ein paar Minuten, bis sie wieder die Kontrolle über ihre Gesichtszüge hatte. Unwillkürlich rutschte sie ein wenig tiefer in ihren Stuhl.

Gedanken und Fragen rasten durch ihren Kopf, so schnell, dass sie kaum zu fassen waren. Warum, um Himmels willen, musste es ausgerechnet hier und heute zu einem Wiedersehen mit Julian kommen? War das Zufall? Schicksal?

Ihr Herz klopfte bis zum Hals.

Da waren Erschrecken und Angst, aber auch ein unerklärliches und ihrer Meinung nach völlig überflüssiges Glücksgefühl. Sie konnte ihre Augen nicht von der Bühne abwenden. Nervös und ungeduldig zugleich.

Gleich würde sie ihn wiedersehen.

Und dann spürte sie plötzlich, dass Laura immer noch das Handy auf sie gerichtet hatte.

»Tu das weg!«, zischte sie.

»Warum bist du plötzlich so zappelig?«, wollte ihre Tochter wissen, ohne das Smartphone zur Seite zu legen. »Lampenfieber?«

»Tu das weg!«, wiederholte Kathrin langsam und drohend.

Laura zuckte mit den Schultern und schwenkte zurück auf die Bühne.

Dort öffnete sich in diesem Moment der Vorhang, und Julian Albrecht trat, begleitet von einer jungen, lächelnden Assistentin, vor das Mikrofon. Er hielt einen großen goldenen Umschlag in der Hand.

Kathrin folgte seinen Bewegungen wie hypnotisiert.

Julian, dachte sie. Und noch einmal: Julian!

Dieselben blonden Haare, jetzt jedoch mit grauen Strähnen durchsetzt. Die blauen Augen, von feinen Fältchen umgeben. Und auch seine Figur wirkte immer noch sportlich, wenn auch nicht mehr ganz so schlank. Der Vollbart stand ihm allerdings überhaupt nicht und ließ ihn, in Kombination mit seiner schmalen Lesebrille, älter erscheinen.

»Es ist mir eine große Freude, heute Abend den Namen des Unternehmers des Jahres verkünden zu dürfen«, begann er und riss den Umschlag auf. »Der Preis geht an …«

Sogar seine Stimme klang noch genauso, wie sie es in Erinnerung hatte: melodisch, kraftvoll und angenehm.

Kathrin lehnte sich noch ein wenig tiefer in ihren Stuhl zurück und hoffte, dass er sie von der Bühne aus nicht sehen konnte. Außerdem schickte sie ein kurzes, aber heftiges Stoßgebet zum Himmel, dass gleich nur ja nicht ihr eigener Name fallen würde.

Vergeblich!

Julian starrte auf das Papier.

Hob den Blick.

Starrte wieder auf das Papier.

Schluckte.

»… Kathrin Bahrenbeck!«, flüsterte er dann kaum hörbar.

Neben ihr sprang ihre Tochter mit einem lauten Jubelschrei in die Höhe und umarmte Kathrin. Applaus brandete auf. Mit einer auffordernden Geste deutete Laura Richtung Bühne.

»Schnapp dir den Preis, Mami!«

2

Es gibt – und nicht bloß in des Himmels Höhen,
Nein, auf der Erde schon – ein Wiedersehen,
Bei dem man halb sich freut und halb erschrickt.
(Christoph August Tiedge)

Eigentlich hatte sich Kathrin in den letzten 25 Jahren jeden Gedanken an Julian verboten.

Zu schmerzhaft war der Riss gewesen, den er nach seinem Abschied in ihrem Herzen hinterlassen hatte. So etwas wuchs nur allmählich wieder zu und hinterließ eine Narbe, mit der man lebenslang zu kämpfen hatte. Welchen Zweck hatte es, diese Wunde mit ein paar nutzlosen Tagträumen immer wieder aufzureißen?

In einigen schwachen Momenten jedoch hatte sie die Erinnerungen zugelassen. Und sich gelegentlich auch das Wiedersehen mit ihm ausgemalt. Je nach Stimmungslage war diese imaginäre Begegnung sachlich, romantisch, theatralisch oder sogar dramatisch verlaufen.

Wie unrealistisch und dumm!

Keine dieser Vorstellungen kam auch nur annähernd an die Realität heran. Denn in keiner ihrer Fantasien waren grelle Scheinwerfer und unzählige Augenpaare auf sie gerichtet gewesen.

Mit gesenktem Kopf stolperte sie die kleine Treppe zur Bühne hinauf. Dieses schüchterne Gehabe war natürlich lächerlich, das wusste sie selbst.

Julian konnte sie trotzdem sehen.

Würde sie stark genug sein, seinem Blick zu begegnen? Es blieb ihr wohl nichts anderes übrig, als es auszuprobieren. Deshalb holte sie, oben angekommen, einmal tief Luft und schaute auf – direkt in das schönste Türkisblau, das sie je gesehen hatte.

Sie hatte diesen Anblick nie vergessen können, doch war er mit der Zeit verblasst. Jetzt jedoch drängte sich die Farbe mit aller Macht in ihr Bewusstsein zurück.

Umgab sie.

Hielt sie fest.

In all den Jahren hatten seine Augen nichts von ihrem Zauber verloren. Sofort wurde Kathrin ruhiger und schaffte es sogar, ihn anzulächeln.

Und er?

Er lächelte zurück.

Dann standen beide einfach nur da und schauten sich an – so lange, bis die Assistentin nervös wurde und Julian mit einem auffordernden Blick an seine Pflichten erinnerte.

Er nickte mechanisch und faltete seinen Zettel auseinander.

»In diesem besonderen Jahr des Jubiläums der Einheit steht Kathrin Bahrenbeck wie keine andere für eine deutsch-deutsche Erfolgsgeschichte«, leierte er mit monotoner Stimme herunter. »Aus einem kleinen Familienbetrieb bei Lübben, der zu Zeiten der DDR verstaatlicht worden war, hat sie in nur wenigen Jahren eine der erfolgreichsten deutschen Marken gemacht. *Bahrenbecks gute Gurken* – dieser Name steht heute für Qualität, Tradition, Nachhaltigkeit und natürlich für unverwechselbaren Geschmack. Herzlichen Glückwunsch in den Spreewald!«

Erleichtert ließ Julian das Blatt sinken. Auf seiner Stirn hatten sich kleine Schweißperlen gebildet.

Das Publikum applaudierte.

»Jetzt geben Sie ihr doch endlich den Preis!«, rief jemand aus der Menge.

Julian nickte, hob die kleine goldene Pyramide an, die ihm die Assistentin gereicht hatte, und machte ein paar Schritte auf Kathrin zu.

Sie kam ihm entgegen.

Konnte gar nicht anders.

Denn jetzt, da sie ihm in die Augen gesehen hatte, musste sie ihm auch so nahe wie möglich sein. Es war, als ob jemand anderes die Kontrolle über ihren Körper übernommen hätte. Jemand, der ganz eindeutig auf Zärtlichkeit und Berührungen stand.

»Herzlichen Glückwunsch!«, murmelte er mit brüchiger Stimme.

»Danke!« Sie nahm den Preis in Empfang, ohne den Blick von ihm abwenden zu können.

»Ich sollte wohl …« Er unterbrach sich. »Hast du was dagegen … ich glaube, sie erwarten … eine Umarmung?«

Ob sie etwas dagegen hatte? Sie sehnte sich förmlich danach!

»Nur zu!«

Ein wenig ungelenk legte Julian seine Arme um ihren Oberkörper. Kathrin trat noch dichter an ihn heran und umfasste seine Schultern.

Sie konnte fühlen, wie er sich bei dieser Berührung schlagartig entspannte. Ihr selbst ging es ähnlich: Seine Umarmung stützte sie, seine Wärme hüllte sie ein, und sein kräftiger Herzschlag wirkte beruhigend. Am liebsten wäre sie ewig so stehen geblieben. Doch das Blitzlichtgewitter der Fotografen brachte sie in die Realität zurück.

Widerwillig löste sie sich von Julian.

»Wir sehen uns später«, raunte er ihr zu.

»Gut.« Sie nickte, immer noch leicht benommen, und wandte sich dann den Fotografen zu.

»Frau Bahrenbeck? Bitte mal hierher schauen!«

»Könnten Sie den Preis höher halten?«

»Und jetzt noch den Kopf etwas schräger!«

»Wie wäre es mit einem Lächeln?«

Übermütig reckte Kathrin das Kinn.

Wie es mit einem Lächeln wäre? Das war machbar. Mehr als das.

Denn in diesem Moment hätte sie am liebsten laut gejubelt!

Julian konnte es immer noch nicht glauben. Sie war tatsächlich hier. Bei ihm.

Und seit ein paar Minuten hatte er sie ganz für sich allein. Vorher hatte er drei quälend lange Stunden am Tisch des Unternehmerverbands verbringen müssen und sich dabei zu Tode gelangweilt. Das Einzige, was ihn daran gehindert hatte, einzuschlafen, waren gelegentliche Textnachrichten seines Sohnes und verstohlene Blicke in Richtung Kathrins Tisch gewesen.

Dort war es wesentlich lebhafter zugegangen. Kathrin und die junge Frau, die ihre Tochter sein musste, sahen sich nicht nur verblüffend ähnlich, sondern schienen darüber hinaus auch ein fröhliches, eingespieltes Team zu sein. Es wurde viel geredet und gelacht.

Trotzdem – ihm waren die roten Flecken auf Kathrins Wangen und ihre fahrigen Bewegungen nicht entgangen. Er kannte sie gut genug, um zu wissen, dass sie nicht ganz so entspannt war, wie sie es die anderen Gäste gern glauben machen wollte.

Vor einer Viertelstunde hatte sich diese lebhafte Tischgesellschaft dann – endlich! – aufgelöst. Nur Kathrin war an ihrem Platz sitzen geblieben. Ganz so, als hätte sie das vorher mit ihm abgesprochen. Julian hatte keine Sekunde verschwendet und war sofort an ihre Seite geeilt.

Zuerst war die Stimmung zwischen ihnen ein wenig befangen gewesen. Was nicht weiter verwunderlich war, denn schließlich hatte keiner von beiden mit diesem plötzlichen Wiedersehen gerechnet. Er vermutete, dass sie, ähnlich wie er, mit ihren Gefühlen und Erinnerungen zu kämpfen hatte.

Um das Gespräch aufzulockern, hatte er deshalb unverfängliche Themen gewählt. Zuerst hatte er ihr noch einmal zum Preis gratuliert. Danach hatte er die Feier gelobt und sich erkundigt, ob ihr das Abendessen auch so gut geschmeckt hatte. Damit jedoch waren ihm die banalen Fragen ausgegangen, und er musterte sie jetzt etwas verlegen über den Rand seines Champagnerglases hinweg.

Sie war noch schöner, als er sie in Erinnerung gehabt hatte.

Weicher. Fraulicher.

Der kurze Fransenschnitt war ein ungewohnter Anblick. Aber die Frisur stand ihr und ließ sie jünger erscheinen – obwohl nichts an ihr den Eindruck erweckte, dass sie ihr wahres Alter verbergen wollte. Das helle, raffiniert geschnittene Abendkleid betonte ihre weiblichen Rundungen. Ihre Haut war von der Sonne gebräunt, die Lippen leicht geschminkt, und ihre Augen strahlten.

»Habe ich was im Gesicht? Einen Krümel vielleicht?« Sie wischte sich mit der Hand über die Wangen.

»Nein, nein. Alles gut«, versicherte er ihr schnell. Er sollte wohl aufhören, sie dauernd nur anzustarren, sondern lieber irgendetwas fragen. »Sag mal, äh … geht deine Tochter eigentlich immer so früh ins Bett?«

Das war sicherlich nicht die wichtigste und klügste Bemerkung, die er machen konnte, aber leider die einzige, die ihm auf die Schnelle eingefallen war.

Wenn Kathrin seine Frage seltsam fand, so ließ sie sich das nicht anmerken. Stattdessen schaute sie auf ihre Armbanduhr. »Es ist fast zwölf.«

»Hat sie es denn weit bis nach Hause?«

»Nur fünf Stockwerke hoch. Wir haben für diese Nacht ein Zimmer hier im Hotel genommen. Aber Laura will ausgeschlafen sein. Sie hat morgen früh den ersten Flug nach München gebucht, weil sie ein Vorsprechen am Bayerischen Staatstheater hat.«

»Sie hat *was*?«

»Einen Vorsprechtermin. Sie geht in München zur Schauspielschule und verdient sich nebenbei ein wenig Geld mit kleinen Rollen.«

»Respekt! Sie scheint zu wissen, was sie will.«

»O ja, das weiß sie.«

»Und hübsch ist sie auch.«

»Alle meine Töchter sind hübsch.«

»Alle?« Er verschluckte sich fast an seinem Champagner. »Wie viele hast du denn?«

»Endlich geht es um etwas Interessantes!« Auffordernd hielt sie ihm ihr leeres Glas hin. »Ich habe mich schon gefragt, wie lange wir noch höfliche Konversation machen müssen. Darin bin ich nicht besonders gut.«

»Das weiß ich.« Er goss ihr Champagner nach. »Also, erzähl mal!«

»Was denn?«

»Alles. Ich weiß so gut wie gar nichts, denn das Internet verrät leider nicht viel über dich.«

»Du hast mich gegoogelt?«

»Manchmal.« Immer dann, wenn die Sehnsucht besonders schlimm gewesen war. Also genau genommen ziemlich oft.

»Ich sage schon länger, dass wir unsere Homepage dringend überarbeiten müssen«, murmelte Kathrin. »Bislang stellen wir nur unsere Produkte vor und betreiben einen Onlineshop. Ich denke, ein wenig Familiengeschichte könnte nicht schaden.«

»Das finde ich auch.« Er grinste. »Und die persönliche Version deines Lebenslaufs hätte ich gern jetzt schon. Sozusagen vorab und unzensiert.«

Sie lächelte zurück. »Einverstanden. Wollen wir irgendwohin gehen, wo es etwas netter ist? Hier drinnen ist es ungefähr so gemütlich wie in einem Wartesaal.«

Überrascht schaute Julian auf. Bislang hatte er nur Augen für Kathrin gehabt und seine Umgebung kaum wahrgenommen. Doch tatsächlich – der Raum hatte sich inzwischen merklich geleert und wirkte verlassen und viel zu groß für die wenigen Gäste, die noch an den Tischen saßen. Ein paar Kellner liefen geschäftig hin und her und räumten Gläser und Geschirr ab.

»Gute Idee! Wir suchen uns draußen ein ungestörtes Plätzchen.« Er nahm die Champagnerflasche, die noch immer gut gefüllt war. »Wäre doch schade um dieses köstliche Getränk«, flüsterte er und ließ auch noch zwei Gläser mitgehen.

Im Foyer des Hotels, zwischen den Aufzügen und einem großen Springbrunnen aus Granitstein, fanden sie eine gemütliche Sitzgruppe.

Um diese Zeit waren kaum noch Menschen in der Halle unterwegs. Zwei Geschäftsleute saßen an der Hotelbar und starrten schweigend in einen Fernseher, eine Reinigungskraft polierte das Treppengeländer und eine andere wischte den Staub von den Glastischen. Aus einem Lautsprecher erklang klassische Klaviermusik, die vom sanften Plätschern des Brunnenwassers begleitet wurde.

Kathrin ließ sich auf das Ledersofa fallen und zog mit einem erleichterten Seufzer ihre hochhackigen Schuhe aus. Julian stellte Flasche und Gläser auf dem Rand des Brunnens ab und setzte sich dann nach kurzem Zögern direkt neben sie. Ein wenig zu dicht vielleicht, aber das war ihm egal. Er musste ihr einfach so nahe wie möglich sein.

Und sie schien nichts dagegen zu haben. Im Gegenteil – jetzt machte sie es sich richtig bequem. Sie nahm ihr Glas zur Hand, streckte die Beine aus und lehnte sich entspannt in die weichen Polster zurück.

»Wo waren wir stehen geblieben?«

»Du wolltest mir von deinen zahlreichen Nachkommen erzählen.«

»So viele sind es gar nicht. Johanna ist 23, Laura 20 und Franziska 15 Jahre alt.«

»Drei Töchter? Respekt! Warum hast du sie nicht alle zur Preisverleihung mitgebracht?«

»Weil es Mittwoch ist und nicht jede so einfach freinehmen konnte.«

»Schade, ich hätte sie gern kennengelernt.«

»Warte mal!« Sie kramte in ihrer Handtasche herum. »Ich habe ein Foto dabei.«

Julian beugte sich vor. Sofort stieg ihm, wie auf der Bühne schon, ihr unvergleichlicher Duft in die Nase. Apfelshampoo und Seife. Leicht und doch verführerisch, genauso wie vor 25 Jahren. Während er tief einatmete, konnte er plötzlich auch die Wärme spüren, die von ihrem Körper ausging. Ein paar braune Haarsträhnen streiften sein Gesicht, als sie mit dem Smartphone in der Hand noch ein Stück näher zu ihm rückte.

Er hätte alles dafür gegeben, sie jetzt in seine Arme ziehen zu können. Für einen Moment lang einfach nur zu spüren, dass sie tatsächlich da war.

»Das Bild wurde im Mai gemacht.«

Kathrin schien von seiner chaotischen Gefühlslage nichts bemerkt zu haben. Was gut war, redete er sich ein. Schließlich konnte er nicht erwarten, dass sie das Gleiche empfand.

Er riss sich zusammen und versuchte, sich auf das Foto zu konzentrieren. Es zeigte drei Frauen, die auf einer Blumenwiese standen. In der Mitte erkannte er Laura, die den Arm um ihre Schwestern gelegt hatte.

»Das ist Franzi«, erklärte Kathrin und deutete auf das jüngere Mädchen rechts von Laura: klein, athletisch gebaut, mit dunkelblonden, kurzen Haaren und einem verschmitzten Lächeln. »Sie will unbedingt Profifußballerin werden.«

»Ehrgeiz scheint bei euch in der Familie zu liegen.«

»Das Temperament leider auch. Gott sei Dank ist Johanna, meine Älteste, die Ruhe in Person.«

Julian betrachtete Johanna. Sie war nicht ganz so groß und schlank wie Laura. Ihre dunkelblonden Haare und die freundlichen, weichen Gesichtszüge erinnerten Julian sofort an Renate Bahrenbeck, Kathrins Mutter. Er wollte gerade eine entsprechende Bemerkung machen, als sein Blick auf das kleine Mädchen fiel, das Johanna im Arm hielt.

»Wer ist das Kind?«

»Meine Enkelin Marie.«

»Wie bitte?« Julian glaubte, sich verhört zu haben.

»Johannas Tochter. Meine Enkelin«, wiederholte Kathrin stolz. »Da staunst du, nicht wahr?« Sie lachte ihr tiefes, melodisches Lachen.

Gott, wie hatte er das vermisst!

Für einen Moment war er völlig verzaubert und hörte ihr einfach nur beim Lachen zu.

»Marie war sozusagen ein Unfall, der während Johannas letztem Schuljahr passiert ist.« Kathrin betrachtete das Bild zärtlich. »Ein wunderbarer Unfall.«

»Du bist also schon Großmutter.« Was für eine merkwürdige Vorstellung!

»So ist es. Und ich liebe es.«

Während der letzten 25 Jahre hatte Julian oft an Kathrin gedacht. Allerdings hatte er sie nie als Mutter oder sogar als Großmutter gesehen. In seiner Fantasie war sie immer das natürliche, lebendige junge Mädchen gewesen, das er einen Sommer lang geliebt hatte.

Das war natürlich völliger Blödsinn, wie er jetzt feststellen musste. Jeder Mensch entwickelte sich weiter und passte sich dem an, was das Schicksal zu bieten hatte.

Er selbst hatte das ja auch getan.

»Johanna hat sich noch vor der Geburt von Maries Vater getrennt und lebt mit der Kleinen bei uns. Sie hat sich im Dachgeschoss des Gutshofes ein eigenes Apartment eingerichtet«, fuhr Kathrin fort. »Im Frühling hat sie ihr Studium abgeschlossen und kümmert sich jetzt um alles, was mit der Verwaltung der Firma zu tun hat.«

»Dann seid ihr tatsächlich wieder auf das alte Gut gezogen?«

»Ja, vor ungefähr zehn Jahren. Die Renovierung war ein hartes Stück Arbeit, doch das hat sich gelohnt. Es ist ein wunderschönes Zuhause geworden. Vielleicht ein wenig zu feminin, wegen der vielen Frauen, aber mein Vater erträgt das mit Geduld und Humor. Er ist der einzige Mann im Haus.«

Julians Gedanken überschlugen sich. So viele Informationen auf einmal! Wenn Kathrins Vater der einzige Mann auf Gut Tarnow war, dann war Opa Paul vermutlich inzwischen tot. Aber was war mit Kathrins Mann, dem Vater ihrer Töchter? Gehörte der nicht mehr zur Familie?

Er zögerte.

»Zu mir hat mal jemand gesagt ›Du denkst so laut, dass ich es hören kann‹«, sagte Kathrin mit einem belustigten Augenzwinkern. »Das gilt jetzt auch für dich. Ich sehe dir die Fragezeichen an der Nasenspitze an. Los, was willst du wissen?«

»Ich überlege gerade, was wohl aus deinen Großeltern geworden ist.«

»Sie sind schon länger tot. Beide haben bis zum Schluss bei uns gewohnt und sind friedlich eingeschlafen.«

»Das tut mir leid.« Er legte seine Hand auf ihre.

Ihre Augen weiteten sich. Für einen Moment sah es so aus, als ob sie ihre Finger wegziehen wollte, doch dann überlegte sie es sich offenbar anders und erwiderte den Händedruck.

Die Berührung jagte einen Stromschlag durch seinen Körper. Er hatte Schwierigkeiten, sich auf etwas anderes als auf ihre warmen Fingerspitzen zu konzentrieren. Deshalb bekam er ihren nächsten Satz nur unvollständig mit.

»... ist vor 17 Jahren einfach umgekippt. Hirnblutung. Das war ein schwerer Schock für uns alle, besonders natürlich für meinen Vater.«

Wie bitte?

»Entschuldige, was hast du gerade gesagt?« Er hoffte, sich verhört zu haben.

»Meine Mutter lebt nicht mehr.« Kathrin presste ihre Lippen aufeinander. Für einen kurzen Moment schloss sie die Augen, vermutlich um die Tränen zurückzuhalten.

Auch Julian war bestürzt. »Es tut mir so leid.«

Kaum ausgesprochen, fluchte er innerlich über sich selbst. Schon wieder dieser blöde, nichtssagende Satz! Aber leider auch der einzige, der ihm spontan dazu einfiel.

»Ist schon gut.« Der traurige Ausdruck in Kathrins Augen verschwand, sie brachte sogar ein kleines Lächeln zustande. »Wie sagt man so schön? Die Zeit heilt alle Wunden.«

»Tut sie das?«

»Irgendwann schon.« Gedankenverloren schwenkte Kathrin ihr Glas hin und her. »Findest du nicht?«

Er hielt es nicht für klug, ihr darauf eine ehrliche Antwort zu geben. Besonders nicht jetzt, wo er gerade dabei war, absichtlich und genießerisch in alten Wunden herumzustochern.

Deshalb wechselte er das Thema.

»Also, äh … wenn du sagst, dass dein Vater der einzige Mann in eurer Familie ist«, griff er den Punkt auf, der ihn am meisten interessierte, »was ist dann mit deinem Mann? Ich meine … falls du … falls du überhaupt geheiratet haben solltest.«

Diese Frage schien sie zu amüsieren. »Natürlich habe ich geheiratet.«

»Na ja, so natürlich ist das nicht. Immerhin heißt du nach wie vor Bahrenbeck.«

»Eigentlich ist es ein Doppelname, aber den zweiten Teil lasse ich meistens weg. Mein vollständiger Nachname lautet Bahrenbeck-Dohmann.«

»Dohmann? Das habe ich schon mal gehört. Warte, lass mich nachdenken … Maik?«

»Genau die gleiche Frage hast du mir schon mal gestellt. Weißt du noch?«

Und ob er das tat! Er wusste noch sehr genau, wann und wo. Wieder so eine Erinnerung, die schön und schmerzlich zugleich war.

»Habe ich denn recht?«

»Ja.«

»Der gute Maik! Er klebt irgendwie an dir.«

»Nicht mehr. Wir haben uns vor zehn Jahren scheiden lassen.«

»Warum?«

Statt einer Antwort nahm sie noch einen Schluck Champagner und ließ ihren Blick über die Wasserfontänen des Springbrunnens wandern.

Dann schüttelte sie den Kopf.

»Ich finde, ich habe genug erzählt. Jetzt bist du dran!«

3

Es gibt keinen erkennbaren Weg vor uns,
sondern nur hinter uns.
(Waldemar Bonsels)

Kathrin stellte ihr Glas auf den Tisch zurück und schaute Julian erwartungsvoll an.

Seine Miene wirkte ein wenig enttäuscht, vermutlich hätte er gern noch weitere Fragen gestellt.

Aber glaubte er wirklich, dass sie so kurz nach dem Wiedersehen ihr gesamtes Privatleben vor ihm ausbreiten würde? Sie entschied selbst, wann sie etwas erzählen wollte. Und sie fand, dass es für den Moment genug gewesen war. Jetzt war *er* an der Reihe.

Wie war es ihm nach dem plötzlichen Abschied vor 25 Jahren ergangen? War er mit Helen verheiratet? Hatte er Kinder?

War er glücklich?

Dachte er manchmal noch an sie?

Die letzten beiden Gedanken strich sie gleich wieder von ihrer Liste, denn sie waren genauso indiskret wie seine Frage nach dem Grund für ihre Scheidung.

Alles zu seiner Zeit.

Julian winkte einen Kellner heran und bestellte eine weitere Flasche Champagner.

»Also gut«, sagte er, nachdem die Gläser neu gefüllt worden waren. »Womit soll ich anfangen?«

Sie wählte zunächst alltägliche Themen.

»Na ja, mit dem Üblichen. Familie, Beruf und so weiter.«

»Dass ich Teilhaber bei Schmidtbauer & Albrecht bin, hast du ja vermutlich heute mitbekommen.«

»Ja, das habe ich«, schwindelte sie. Dass sie ihn ebenfalls von Zeit zu Zeit gegoogelt hatte, musste er ja nicht wissen.

»Ich habe die Firma 1997 zusammen mit einem Studienfreund gegründet. Damals ist Felix in die Grundschule gekommen, und ich hatte wieder mehr Zeit für meine Karriere.«

Der Name Felix weckte unschöne Erinnerungen. »Der Junge muss inzwischen 25 Jahre alt sein.«

»Ja, morgen ist sein Geburtstag. Er lebt übrigens hier in Frankfurt und arbeitet als Fotograf und Journalist bei einer PR-Agentur. Und das macht er richtig gut und erfolgreich.« Ein stolzes Lächeln huschte über Julians Gesicht.

»Das klingt so, als ob damals, nach dem schrecklichen Unfall, alles gut verheilt ist.«

»Fast.« Julians Miene wurde eine Spur ernster. »Sein Leben stand lange auf der Kippe.«

»Das muss eine fürchterliche Zeit für dich … ich meine … für euch gewesen sein.«

»Ja, das war es. Aber es hat uns auch zusammengeschweißt. Helen und ich haben an dem Tag geheiratet, als Felix aus dem Krankenhaus entlassen wurde. Am Tag darauf habe ich ihn adoptiert.«

Kathrin schluckte.

Natürlich hatte sie es geahnt. Doch die Vermutung aus seinem Mund bestätigt zu hören, versetzte ihr trotz allem einen leichten Stich.

»Und dann?«, fragte sie mit dünner Stimme. »Habt ihr noch mehr Kinder bekommen?«

»Nein. Das hat sich nie ergeben, und das war auch ganz gut so. Felix brauchte unsere ganze Aufmerksamkeit.«

»Warum?«

»Er hat sich zwar nach den vielen Operationen überraschend schnell erholt, aber durch die schweren Kopfverletzungen wurden seine Hörnerven zerstört.«

Betroffen schaute Kathrin auf. Vergessen war der kleine Anflug von Eifersucht. »Ist er taubstumm?«

»Gehörlos«, korrigierte Julian sofort. »Taub ja, aber stumm ist Felix weiß Gott nicht. Er ist ein ganz normaler junger Mann, nur eben mit der kleinen Besonderheit, dass er nicht hören kann.«

»Ich kann mir vorstellen, dass die Diagnose ein schwerer Schlag für euch war.«

»O ja, das stimmt. Helen wollte es zuerst nicht wahrhaben und hat Himmel und Hölle in Bewegung gesetzt. Sie hat den kleinen Kerl von Arzt zu Arzt geschleppt. Als sie sich dann irgendwann damit abfinden musste, dass er gehörlos war und es auch bleiben würde, hat sie sich mit der gleichen Intensität um eine geeignete Förderung für ihn gekümmert. Sie hat spezielle Kindergärten und Schulen für ihn ausfindig gemacht, Therapeuten und Sprachtrainer organisiert und dafür gesorgt, dass er trotz seines Handicaps den bestmöglichen Start ins Leben hatte.«

»Das hört sich nach einer gigantischen Aufgabe an«, meinte Kathrin. »Aber ich hätte für meine Kinder genau dasselbe getan.«

»Es heißt nicht umsonst Löwenmutter«, Julian lächelte.

»Und wie bist du mit der Situation umgegangen?«

»Ich war ein ganz normaler Vater.« Er zuckte mit den Schultern. »Ich habe getröstet, erklärt, Mut zugesprochen, blutige Knie verbunden, Gespenster im Schrank vertrieben, Fußball gespielt und abends im Bett gekuschelt. Und ob du es glaubst oder nicht: Ich habe jeden einzelnen Moment genossen.«

»Auf mich hast du nie besonders kinderlieb gewirkt. So viel Fürsorglichkeit hätte ich dir gar nicht zugetraut.«

»Ich mir auch nicht. Man wächst mit seinen Aufgaben.«

»Also bist du Papa Bär geworden.« Lächelnd deutete sie auf seinen Vollbart. »Das erklärt so einiges.«

»Hoffentlich«, entgegnete er leise. »Es ist mir nämlich wichtig, dass du es verstehst.«

Sie wusste, was er ihr damit sagen wollte.

Es ging nicht nur um den Bart.

Er hatte ihr gleichzeitig auch eine Begründung dafür geliefert, warum er sich in all den Jahren nie wieder bei ihr gemeldet hatte. Eine Erklärung, die sie nachvollziehen konnte. Mit der sie leben konnte. Denn sie hätte genauso gehandelt. Manchmal gab es wichtigere Dinge im Leben als das eigene Glück ...

»Du magst ihn also nicht.« Seine Feststellung riss sie aus ihren Gedanken.

»Wie bitte?«

»Du magst meinen Bart nicht.«

»Er sieht schrecklich aus und macht dich alt.«

»Na, vielen Dank auch!«, sagte er grinsend. »Wenigstens bist du immer noch so ehrlich wie früher.«

»Ich bin in vielen Dingen die Gleiche geblieben.«

»Ich wollte, ich hätte Gelegenheit, das herauszufinden.«

Täuschte sie sich, oder sprach aus seiner Stimme dieselbe Sehnsucht, die auch sie verspürte?

Sie hätte gern gewusst, ob er immer noch der alte Julian war: selbstsicher, spöttisch und ein wenig arrogant, aber auch aufmerksam und liebevoll.

»Musst du denn schon gehen?«, fragte sie deshalb und hoffte, dass er das aufgeregte Zittern in ihrer Stimme nicht bemerkte.

Du lieber Himmel! Was schlug sie ihm da eigentlich gerade vor?

Julian warf ihr einen langen Blick zu. »Eigentlich nicht«, entgegnete er leise. »Ich bin allein unterwegs und übernachte bei Felix. Und der feiert gerade mit Freunden in seinen Geburtstag hinein. Da störe ich vermutlich nur.«

»Na, wenn das so ist.« Sie nahm ihren ganzen Mut zusammen. »Was hindert uns daran, noch eine Weile sitzen zu bleiben?«

Zwei Stunden später saßen sie immer noch am Brunnen.

Julian hatte eine Textnachricht an Felix geschrieben, dass es später werden würde. Kathrin war einmal kurz in ihrem Zimmer gewesen und hatte nachgeschaut, ob Laura noch wach war und auf sie wartete. Doch ihre Tochter hatte bereits tief und fest geschlafen.

Danach hatten sie gemeinsam darüber gelacht, dass sie sich mittlerweile nicht mehr bei ihren Eltern, sondern bei ihren Kindern abmelden mussten. Dann hatten sie übermütig eine weitere Flasche Champagner bestellt – und alles war plötzlich wie früher gewesen.

Mit der für ihn typischen Wissbegier hatte Julian sich bei Kathrin nach der Entwicklung ihres Unternehmens erkundigt und zufrieden festgestellt, dass sich seine damaligen Prognosen bestätigt hatten.

Kathrin war dieses Thema schnell langweilig geworden. Nach wie vor hasste sie alles, was mit Buchhaltung und Betriebswirtschaft zusammenhing. Deshalb hatte sie das Gespräch möglichst bald auf die Landwirtschaft gebracht und ihm ausführlich von ihren Methoden für einen biologischen Kräuter- und Gurkenanbau erzählt.

Hin und wieder stellte Julian eine Frage, ansonsten begnügte er sich damit, den Beschreibungen zu lauschen und ihr dabei tief in die Augen zu schauen. Sie hielt seinem Blick stand, obwohl er sie damit schrecklich nervös machte.

Ganz genauso wie früher.

Es war, als ob es die Trennung nie gegeben hatte. Die vielen Tränen, der Schmerz und die Hoffnungslosigkeit jener Zeit waren vergessen. Wenigstes für den Moment – und über später wollte Kathrin nicht nachdenken.

Noch nicht.

»Hast du zufällig ein Foto vom Gutshof dabei?«, fragte Julian jetzt.

»Nein, leider nicht.«

»Schade! Das hätte ich mir gern mal angeschaut. Ich wette, es ist dort wunderschön geworden.«

»Ja, das ist es, gerade jetzt im Sommer, wenn alles blüht und grünt.«

»Steht der Brunnen im Vorgarten noch? Und die alten Eichen?«

»Ja, beides. Unter den Eichen haben wir eine bequeme Holzbank aufgestellt. Das ist jetzt einer meiner Lieblingsplätze.«

»Apropos Lieblingsplatz …«

Ihre Blicke trafen sich, und Kathrin wusste sofort, woran Julian dachte.

»Das Bücherzimmer ist nach wie vor mein Reich«, entgegnete sie leise. »Ich habe die Fensterfront vergrößern und noch mehr Regale einbauen lassen.«

»Und liegt noch immer eine Matratze auf dem Boden?«

»Ja, natürlich. Sie ist viel größer und bequemer als die alte, die du gesehen hast, als wir …«

Verlegen brach sie ab.

Die Stunde mit Julian im Bücherzimmer gehörte zu den schönsten, aber auch zu den schrecklichsten Erinnerungen in ihrem Leben: unfassbares Glück, das innerhalb von Minuten zerstört worden war.

Ganz offensichtlich gingen seine Gedanken in eine ähnliche

Richtung, denn er lächelte wehmütig und lehnte den Kopf ans Polster.

»Weißt du noch, was ich damals über mein Lieblingsbuch gesagt habe?«, flüsterte er mit geschlossenen Augen.

Natürlich wusste sie das. »Du hast behauptet, *ich* sei dein Lieblingsbuch.«

»Das bist du immer noch.« Er öffnete die Augen und suchte ihren Blick.

Ihr Herz blieb für einen Moment stehen, nur um gleich darauf in wahnsinnigem Tempo weiterzuschlagen. Sie versuchte, ihre Unsicherheit mit einem Scherz zu überspielen.

»Wirklich? Hast du dir das gute Stück heute schon mal genauer angeschaut?«

»Ich habe die letzten paar Stunden nichts anderes gemacht«, versicherte er ihr mit leiser Stimme.

»Dann ist dir sicherlich aufgefallen, dass es dicker geworden ist.«

»Es sind lediglich ein paar Geschichten hinzugekommen. Das macht es nur interessanter.«

»Der Einband ist faltig.«

»Das passiert nun mal bei einem Klassiker.«

»Und die Seiten sind zerknittert.«

»Ich wette, ich finde meine Lieblingsstelle trotzdem sofort wieder«, murmelte er.

Seine leise, dunkle Stimme jagte ein kleines Prickeln über ihre Haut. Sie war sich sicher, dass man ihr die Nervosität inzwischen deutlich ansehen konnte. Hastig senkte sie den Blick – und schaute direkt auf den schmalen goldenen Reif an Julians linker Hand.

Sein Ehering.

Das Symbol seiner Verbindung mit Helen.

Wie hatte sie das bislang nur übersehen können?

Schlagartig verschwanden Herzklopfen und Erregung, dafür stieg Unbehagen in ihr auf.

Da war sie wieder – die dritte Person. Nicht anwesend, aber trotzdem präsent. Und seit über 25 Jahren Teil seines Lebens.

Hatte sie wirklich geglaubt, sie könnte das erfolgreich verdrängen?

Wie dumm von ihr!

Und Julian? Wie konnte er nur so ruhig hier sitzen, Champagner trinken und mit ihr flirten? Was sagte das über ihn und sein Pflichtgefühl aus?

Sie schüttelte den Kopf. Zögernd zuerst, dann aber immer entschlossener. »So einfach geht das nicht, Julian.«

Auf seinem Gesicht spiegelten sich Enttäuschung und Unverständnis.

»Warum nicht?«

»Du bist verheiratet.«

»Ach ja …«, seufzte er, so als ob die Information neu für ihn wäre.

Ihr Unbehagen verwandelte sich in Zorn. »Das, was du vorhast, nennt man Ehebruch.«

»Aber … aber Helen ist doch gar nicht hier.«

»Ach, so hast du dir das also gedacht! Eine spontane, heimliche Nacht mit mir, wir beide schweigen, und das war es dann?«

»Nein! So nicht …«

»Oder etwa ein nettes Arrangement für gelegentliche Treffen? Für wen hältst du mich eigentlich?«

Erschreckt richtete er sich auf und ergriff ihre Hand. »So habe ich das nicht gemeint. Ich… ich habe gerade überhaupt nicht gedacht. Ich … ich weiß nur, dass ich dich nicht erneut verlieren möchte. Jetzt, da ich dich so unverhofft in meinem Leben wiedergefunden habe.«

»In deinem Leben«, wiederholte sie und schüttelte seine

Hand ab. »Was ist denn mit *meinem* Leben? Glaubst du etwa, ich lasse alles stehen und liegen, wenn du mich rufst?«

Er hob hilflos die Schultern.

»Du weißt überhaupt nichts von meinem Leben«, schleuderte sie ihm wütend entgegen.

»Dann gib mir die Gelegenheit, es kennenzulernen!«

»Du hattest deine Chance bereits.«

Er wurde blass. »Das war jetzt nicht ganz fair.«

»Ausgerechnet du sprichst von Fairness?« Sie lachte bitter. »Wenn du schon fair sein willst, was ist denn dann mit deiner Frau?«

»Helen? Das ... das muss ich mir erst noch überlegen. So schnell kann ich das nicht entscheiden –«

»Dann werde ich das für dich tun«, unterbrach sie ihn. »Wir verabschieden uns jetzt besser voneinander.«

»Kathrin! Tu mir das nicht an. Wir haben uns doch gerade erst wiedergefunden.«

»Man kann nur etwas finden, was man vorher auch gesucht hat. Unser Wiedersehen war nur ein zufälliges Treffen, mehr nicht.« Sie erhob sich und hoffte, dass er die Tränen in ihren Augen sehen konnte. »Ab jetzt gehen wir wieder getrennte Wege.«

»Nein! Ich finde eine Lösung, das verspreche ich dir.«

»Für uns beide gibt es keine Lösung.« Sie nahm ihre Schuhe vom Boden auf. »Damals nicht, und jetzt erst recht nicht. Leb wohl!«

Mit nackten Füßen und blind vor Tränen lief Kathrin Richtung Aufzug und stolperte in die Kabine. Hastig drückte sie alle Knöpfe bis zum fünften Stockwerk. Die vielen Stopps würden ihr Zeit zum Weinen verschaffen.

Um diese Zeit war kein Gast mehr unterwegs. Bei jedem Halt öffnete sich die vergoldete Fahrstuhltür mit einem leisen Quietschen und gab den Blick frei auf lange, leere Hotelgänge.

Die nächtliche Beleuchtung und die schläfrige Stille beruhigten sie ein wenig. Mit einer fahrigen Geste wischte sie sich über das Gesicht und trocknete die Tränen. Dann ordnete sie ihre Kleidung, schob ein paar Haarsträhnen zurück und atmete tief durch.

Sie fühlte sich unendlich traurig.

Aber auch befreit.

Ihr Abgang war vermutlich nicht der eleganteste gewesen. Doch wenigstens hatte sie heute aktiv »Leb wohl« gesagt, statt passiv abzuwarten.

Sie konnte stolz auf sich sein.

Aber warum tat ihr Herz dann trotzdem so verdammt weh?

4

Man bereut nie, was man getan,
sondern immer, was man nicht getan hat.
(Marc Aurel)

Julian erwachte am nächsten Morgen mit einem fürchterlichen Brummschädel.

Mühsam schleppte er sich ins Bad und verriegelte die Tür. Als er um kurz nach vier Uhr in Felix' Wohnung zurückgekehrt war, hatten die Zimmer im Dunkeln gelegen und alles war ruhig gewesen. Doch während seiner vergangenen Besuche in Frankfurt hatte er schon zweimal unfreiwillig Bekanntschaft mit einer halbnackten Frau gemacht. Auf so eine Begegnung konnte er heute Morgen gern verzichten!

Erschöpft stützte er beide Hände aufs Waschbecken und betrachtete sich im Spiegel: kleine, übernächtigte und rot unterlaufene Augen. Klebrige Haare und ein zerzauster Bart. Knittrige Haut, trockene Lippen und ein müder Blick.

Er sah genauso alt aus, wie er sich fühlte.

Kein Wunder, nach so einer Nacht!

Als Kathrin plötzlich verschwunden war, hatte er es zunächst nicht fassen können. Unverständnis, Wut, aber auch Schuldgefühle hatten an ihm genagt, bis er es nicht mehr ausgehalten hatte und an die Hotelbar geflüchtet war. Dort hatte er dem Barkeeper sein Leid geklagt und sich anschließend sinnlos betrunken.

Und dennoch – seine Augen waren auch nach jedem Glas

Whisky wie ferngesteuert immer wieder Richtung Aufzug gewandert.

Vergeblich.

Sie war nicht zurückgekommen.

»Verdammte Scheiße!«, beschimpfte er sein Spiegelbild.

Er hatte alles vermasselt.

Das Ärgerliche war nur, dass er selbst nicht wusste, warum der Abend schiefgelaufen war. Zu Anfang war es doch genauso gewesen wie vor 25 Jahren: Alles in ihm war total auf Kathrin fixiert gewesen – auf ihren Duft, ihre Wärme und ihre Haut. Er hatte nicht einen Gedanken an andere Dinge verschwenden können.

Kathrin jedoch offensichtlich schon.

Mit ihren Fragen nach Helen hatte sie ihn völlig überrumpelt. Er hatte nicht gleich eine Antwort gewusst und stattdessen nur dummes Zeug gestammelt. Auf Kathrin musste das feige und egoistisch gewirkt haben. Der traurige Blick aus ihren wunderschönen grünen Augen hatte Bände gesprochen.

War das wirklich ein Abschied für immer gewesen?

Die trüben Gedanken verschlimmerten seine Kopfschmerzen. Um sich abzulenken, schaltete er die Dusche ein und stellte sich mehrere Minuten lang regungslos unter das heiße Wasser. Dann seifte er sich ein und drehte den Hahn auf kalt.

Schon besser!

Wenigstens fühlte er sich jetzt sauber und erfrischt. Als er den Duschvorhang öffnete, wehte ihm ein leichter Kaffeeduft um die Nase. Köstlich! Und genau das, was er jetzt brauchte. Rasch trocknete er sich ab, zog sich an und verließ das Bad.

Felix stand in der Küche, nur mit Shorts und T-Shirt bekleidet. Offenbar war er gerade erst aufgewacht. Sein braunes Haar war verstrubbelt, seine Miene verschlafen. In der Hand hielt er allerdings schon die erste Tasse Kaffee. Ohne Koffein ging bei ihm, ähnlich wie bei Julian, so früh am Tag gar nichts.

»Guten Morgen.« Julians Finger formten die entsprechenden Zeichen. Für ihn war die Gebärdensprache im Laufe der Jahre zur Selbstverständlichkeit geworden.

Sein Sohn nickte nur kurz und nahm einen weiteren Schluck. Sein amüsierter Blick folgte Julian, der mit vorsichtigen Bewegungen an die Kaffeemaschine trat und sich dort einen großen Becher einschenkte.

Schließlich stellte Felix seine eigene Tasse zur Seite. »Du siehst fürchterlich aus«, signalisierte er seinem Vater.

»Danke für das Kompliment!«, gab Julian zurück. »Jetzt weiß ich wieder, warum ich so gern mit dir zusammen bin.«

Felix zog spöttisch eine Augenbraue in die Höhe. »Es war wohl ziemlich spät gestern Abend.«

»Frag lieber nicht.«

»Und ziemlich alkoholreich.«

»Das auch.«

»Eigentlich wolltest du doch schon viel früher zurück sein. Warum hast du deine Meinung geändert?«

Julian zögerte. Es widerstrebte ihm, seinen Sohn zu belügen. »Ich habe jemanden getroffen, den ich schon ewig nicht mehr gesehen hatte. Und irgendwie haben wir die Zeit vergessen.« Das war zwar nur die halbe Wahrheit, aber wenigstens auch nicht geschwindelt.

»Etwa die Frau mit den Gurken?«

»Wie kommst du darauf?«

»Ich habe gerade die regionalen Nachrichten überflogen.« Felix deutete auf sein Notebook, das auf dem Küchentisch stand. Er liebte es, immer und überall online zu sein. »Es gibt einen Filmmitschnitt der Preisverleihung. Du machst keine besonders gute Figur, man sieht dir deine Überraschung deutlich an. Und auch die Frau scheint vor Schreck total verwirrt zu sein.«

Julian fühlte sich ertappt. Er hatte vergessen, wie gut sein Sohn in der Lage war, Gefühle von Gesichtern abzulesen. Doch nicht nur das …

»Hast du etwa auch von unseren Lippen ablesen können, was wir gesagt haben?« Die Gestik seiner Hände fiel etwas nervöser aus als beabsichtigt.

»Nein. Die Qualität des Videos ist dafür nicht gut genug.« Felix zuckte mit den Achseln. »Wieso fragst du? Habe ich etwas verpasst?«

»Nein, natürlich nicht.«

Insgeheim atmete Julian auf.

Er wusste zwar selbst nicht mehr so genau, was er auf der Bühne zu Kathrin gesagt hatte. Aber es war trotzdem gut, dass Felix nichts mitbekommen hatte. Der Junge ahnte vermutlich sowieso schon zu viel. Vielleicht war es das Beste, die Flucht nach vorn anzutreten.

»Du hast recht«, begann er deshalb. »Ich kenne die Preisträgerin aus meiner kurzen Zeit im Spreewald. Damals waren wir gut befreundet.« Was für eine Untertreibung! »Das Wiedersehen kam für uns beide überraschend, aber nach dem ersten Schreck hatten wir uns viel zu erzählen.«

Hoffentlich reichte seinem Sohn diese Erklärung.

Felix verschränkte seine Arme vor der Brust und runzelte nachdenklich die Stirn. Er schien zu überlegen, ob er noch weitere Fragen stellen sollte. Doch zu Julians großer Erleichterung ließ er das Thema fallen. Stattdessen warf er seinem Vater einen weiteren, prüfenden Blick zu.

»Weißt du eigentlich, was heute für ein Tag ist?«

Julian überlegte kurz und machte dann das Zeichen für Donnerstag.

»Und?« Immer noch waren die Augen seines Sohnes auf ihn gerichtet.

»Der 2. Juli.« In dem Moment, als seine Finger das Datum formten, fiel Julian siedend heiß ein, dass Felix heute Geburtstag hatte. Schuldbewusst schlug er sich mit der flachen Hand auf die Stirn, grinste entschuldigend und umarmte seinen Sohn herzlich und liebevoll.

Für einen Moment vergaß er seine eigenen Probleme. Stattdessen dachte er zurück an das kleine Bündel Mensch, das man ihm damals so plötzlich anvertraut hatte. Bei seiner ersten Begegnung im Krankenhaus war Felix unter den vielen Kabeln und Schläuchen kaum zu erkennen gewesen. Doch Julian hatte vom ersten Moment an eine bedingungslose Liebe für ihn verspürt – etwas, was er sich vorher nie hätte vorstellen können.

Und dann gingen noch andere, schönere Bilder durch seinen Kopf: Felix mit sechs Monaten als dickes rosiges Baby. Sein erstes Lächeln. Der erste Zahn. Felix mit Schultüte, mit Skateboard und mit der ersten Freundin.

Der letzte Gedanke brachte Julian in die Realität zurück. Er löste sich aus der Umarmung und trat einen Schritt zur Seite.

»Feiern wir diesen Morgen allein?«, wollte er von Felix wissen. »Oder haben wir Damenbesuch?«

Sein Sohn seufzte und verdrehte die Augen. »Allein. Von Frauen habe ich erst mal wieder die Nase voll.«

Das hatte er auch schon behauptet, als seine letzte Beziehung in die Brüche gegangen war. Felix war ein lebhafter und fröhlicher Mensch, aber zum Leidwesen seiner Eltern auch ein wenig sprunghaft und ruhelos.

»Aber ich werde heute ja auch erst 25«, fuhr Felix mit einem frechen Augenzwinkern fort, so als ob er die Gedanken seines Vaters gelesen hätte. »Ich habe noch massenhaft Zeit, euch eine geeignete Schwiegertochter zu präsentieren.«

Julian hatte bereits die Hände erhoben, um seinem Sohn zu widersprechen. Schließlich war er, Julian, mit 25 Jahren schon verheiratet gewesen. Doch dann ließ er seine Finger sinken und schüttelte nur den Kopf.

Seine Lebensgeschichte, vor allem sein verkorkstes Liebesleben, eignete sich nun wirklich nicht als Vorbild!

5

Hinfallen. Aufstehen. Krone richten. Weitergehen.
(Verfasser unbekannt)

»Ich will Saft!«

Die kleine Marie kletterte auf ihren Stuhl und deutete energisch auf die Saftflasche, die zwischen Brotkorb und Käseplatte auf dem Tisch stand. Es war kurz vor sieben Uhr am Donnerstagabend, und Kathrins Familie hatte sich im Esszimmer versammelt.

Sie selbst war erst vor einer halben Stunde aus Frankfurt zurückgekehrt. Die Autobahnen waren voll gewesen, sie hatte fast sechs Stunden für die Fahrt gebraucht. Jetzt hatte sie nur noch zwei Wünsche: Sie wollte ein wenig Zeit mit ihren Lieben verbringen und danach möglichst bald ins Bett verschwinden.

Der heutige Tag war anstrengend gewesen.

Am Morgen hatte sie noch einige Interviews geben müssen und sich dann für ein kurzes Mittagessen mit dem Unternehmerverband getroffen. Doch im Laufe des Tages war es ihr immer schwerer gefallen, höflich Konversation zu machen, den Preis zu präsentieren und dabei freundlich in die Kamera zu lächeln. Sie hatte erleichtert aufgeatmet, als sie endlich nach Hause fahren durfte.

»Marie! Was soll denn das? Setz dich sofort wieder richtig hin«, wies Johanna die kleine Marie zurecht.

»Saft!«, forderte Marie noch einmal, doch dann tat sie, was ihre Mutter gesagt hatte.

»Zum Abendessen gibt es nur Wasser, das weißt du doch, meine Süße«, erklärte Johanna geduldig. »Saft ist nicht gut für deine Zähne.«

»Aber Franzi kriegt auch Saft.« Mit neidischem Blick beobachtete Marie Johannas jüngere Schwester Franziska, die ihr gegenüber am Tisch saß.

»Deswegen hat sie ja auch schon Plomben in den Zähnen, du aber nicht.«

»Es ist nur eine einzige Plombe«, stellte Franziska richtig, ohne die Augen von ihrem Smartphone zu nehmen. »Und die habe ich nicht vom Saft, sondern weil ein Zahn kaputtgegangen ist, als ich auf einen Kirschkern gebissen habe.«

Das Handy vibrierte, und sofort prüfte Franziska ihren Posteingang.

»Telefon!«, rief Marie. »Ich will auch ein Telefon!«

»Jetzt nicht. Wir essen.« Mit einer schnellen Bewegung kassierte Johanna das Smartphone ihrer Schwester ein. »Alle, auch Franzi.«

»Gib mir das sofort zurück!«

»Nur, wenn du es ausmachst.«

»Ich muss erst die Nachricht lesen, die gerade gekommen ist.«

»Und ich will Saft!« Marie nutzte den heftigen Wortwechsel, um sich erneut auf ihren Stuhl zu stellen.

»Kinder!« Jürgen Bahrenbeck schlug mit der Faust auf den Tisch.

Augenblicklich verstummten Johanna und Franziska, und auch Marie setzte sich wieder ordentlich hin.

Kathrin schmunzelte.

Es kam nur selten vor, dass ihr wortkarger Vater sich in einen Streit einmischte, doch wenn er es tat, kehrte schnell Ruhe ein. So auch jetzt: Eine Weile blieb es still, jeder konzentrierte sich auf das Essen.

Dann ergriff Johanna das Wort.

»Kommt Laura bald wieder nach Hause?«, wollte sie wissen.

»Nein.« Kathrin schüttelte den Kopf. »Sie hat mich vorhin angerufen. Sie bleibt erst einmal in München, weil sie sich auf eine kleine Gastrolle vorbereiten muss.«

»Hat sie den Job am Theater bekommen? Das freut mich«, sagte Johanna. »Ich habe ihr heute den ganzen Tag über die Daumen gedrückt.«

Prompt meldete sich Kathrins schlechtes Gewissen.

Sie hatte Laura am Morgen nur kurz verabschiedet und ihr nicht einmal viel Glück gewünscht. Stattdessen hatte sie lieber dafür gesorgt, dass das Hotelzimmer im Halbdunkeln blieb, und dabei ein paar entschuldigende Worte über einen starken Migräneanfall gemurmelt.

Gott sei Dank hatte ihre Tochter es eilig gehabt. Sie hatte weder auf Kathrins rotgeweinte Augen noch auf ihr verquollenes Gesicht geachtet. »Ich melde mich später bei dir«, hatte sie nur gemeint und war dann mitsamt ihrem Gepäck verschwunden.

Kathrin war allein zurückgeblieben, hatte die Zimmerdecke angestarrt und sofort wieder an Julian gedacht.

So sehr sie sich auch bemühte, den gestrigen Abend als Zufall abzutun und ihn so schnell wie möglich wieder zu vergessen – es wollte ihr einfach nicht gelingen.

»Darf ich?«

Franziskas Frage riss Kathrin aus ihren Gedanken.

»Hm?«

»Ob ich gleich noch zu Jessie darf? Fährst du mich?«

»Ich weiß nicht.« Kathrin schaute auf die Uhr. »Ist das nicht ein bisschen zu spät?«

»Zumal du morgen noch Schule hast«, ergänzte Johanna.

Franziska steckte ihrer Schwester die Zunge heraus. »Alte Petze!«

Marie kicherte und schaute erwartungsvoll in Kathrins Richtung. Offenbar erwartete sie ein Machtwort ihrer Großmutter.

Doch Kathrins Gedanken waren längst wieder abgeschweift. Zurück zu Julian und zu den Fragen, die sie sich seit gestern unaufhörlich stellte.

War es ein Fehler gewesen, den Abend mit ihm zu verbringen? Hatte sie richtig entschieden, als sie Hals über Kopf geflüchtet war? Was wäre passiert, wenn sie doch geblieben wäre?

Und warum, verflucht noch mal, konnte sie mit ihren Gefühlen für Julian Albrecht nicht endlich abschließen?

»Also, was ist jetzt, Mami?«, wollte Franziska wissen. »Fährst du mich?«

»Wie… was?« Es kostete Kathrin einiges an Mühe, ihre Aufmerksamkeit zurück an den Tisch zu lenken.

Jürgen Bahrenbeck warf ihr einen langen, nachdenklichen Blick zu, doch er schwieg.

Stattdessen entbrannte der nächste heftige Wortwechsel zwischen den Mädchen.

»Du fährst nirgendwo mehr hin«, bestimmte Johanna.

»Das hast du nicht zu entscheiden«, gab Franziska frech zurück.

»O doch, das habe ich. Siehst du nicht, wie müde Mami ist? Sie kann dich gar nicht mehr fahren.«

»Dann fährst du mich. Oder Opa.«

»Vergiss es!«

»Na toll! Und was soll ich dann mit dem angebrochenen Abend machen?«

»Du könntest mir bei den Presse-Informationen helfen.«

»Na, das klingt ja wirklich total spannend«, bemerkte Franziska sarkastisch.

»Meinst du etwa, mir macht das Spaß?« Johanna seufzte. »Seit gestern erhalten wir zahlreiche Anfragen von allen möglichen Zeitungen und Magazinen. Wir brauchen dringend Informationsmaterial.«

»Und was soll ich dabei machen?«

»Schnapp dir die alten Familienalben und suche ein paar nette Fotos von früher raus! Von der Fabrik und von den Feldern.«

»Das sind Schwarzweißfotos. Wer will so etwas denn heute noch sehen?«

»Es geht um die Geschichte unseres Unternehmens, da dürfen die Bilder ruhig alt sein.«

»Nö, lass mal. Ich gehe lieber noch ein bisschen nach draußen und kicke ein paar Bälle auf der Wiese.«

»Ich will auch Ball spielen!«, mischte Marie sich ein.

»Du gehst ins Bett.« Johanna zog die Kleine zu sich auf den Schoß.

»Aber ich will nicht!«

»Das reicht jetzt.« Wieder sauste Jürgens Faust auf den Tisch. Kopfschüttelnd schaute er in die Runde. »Was ist denn heute Abend mit euch los?«

Ohne eine Antwort abzuwarten, zeigte er mit dem Finger in Franziskas Richtung. »Du, mein liebes Fräulein, wirst heute nicht mehr kicken, sondern dich stattdessen nützlich machen und die Fotos raussuchen!«

Sein Finger wanderte weiter zu Marie.

»Und du wirst auch nicht Ball spielen, sondern schlafen gehen!«

Beeindruckt von so viel ungewohnter Autorität nickten sowohl Franziska als auch Marie.

Jürgens Blick fiel auf Johanna, und sein Gesichtsausdruck wurde weich – wie immer, wenn er mit ihr sprach.

»Diese Pressegeschichte kannst du nicht allein schaffen. Du solltest dir Hilfe besorgen.«

Johanna lächelte. »Das mache ich. Gleich morgen früh.«

»Schön.« Jürgen wandte sich an Kathrin. »Und jetzt zu dir, Kathi. Du bleibst erst einmal hier sitzen! Wir müssen uns dringend unterhalten.«

Franziska erhob sich nach dem Essen als Erste.

»Dann gucke ich eben diese blöden alten Fotos an, wenn ihr unbedingt wollt ...« Entnervt verdrehte sie ihre Augen. Ihr beleidigter Gesichtsausdruck verriet deutlich, wie wenig sie von der Sache hielt. Ohne ein weiteres Wort lief sie zur Tür hinaus.

»Ich wünsche dir auch noch einen schönen Abend!«, rief Johanna ihrer Schwester hinterher.

Dann schob sie ihren Stuhl zurück und nahm Marie auf den Arm.

»Wir gehen rauf. Hier muss jemand dringend ins Bett.«

»Wer denn?«, murmelte das kleine Mädchen schläfrig und kuschelte sich an die Schulter ihrer Mutter.

»Ach, mal sehen ... dein Teddy, deine Giraffe und der dicke Pinguin sind bestimmt schon furchtbar müde und wollen sich unbedingt hinlegen. Sie finden dein Bett sehr gemütlich.«

»Ich auch.«

»Na also!« Johanna nickte zufrieden und verabschiedete sich mit einem stummen Winken von ihrer Familie.

Lächelnd erwiderte Kathrin den Gruß.

Es war ihr immer wieder ein Rätsel, wie ruhig und gelassen Johanna in jeder Situation bleiben konnte. Diese Wesenszüge hatte ihre Tochter definitiv nicht von ihr, das war wohl eher das Erbe von Oma Renate. Und natürlich auch das von Maik. Ihr Exmann war ähnlich ausgeglichen, überlegt und praktisch veranlagt.

»So, jetzt haben wir endlich unsere Ruhe«, stellte Jürgen Bahrenbeck erleichtert fest.

Er erhob sich, holte eine Flasche Rotwein und zwei Gläser aus der Küche und setzte sich neben seine Tochter. Überrascht registrierte Kathrin, dass ihr Vater einen besonders guten Wein gewählt hatte. Das tat er nur, wenn es etwas zu feiern gab. Oder etwas Wichtiges zu besprechen. In diesem Fall tippte sie auf den zweiten Grund.

Jürgen entkorkte den Wein, füllte die Gläser und gab eines davon an Kathrin weiter. Er war kein Freund von Trinksprüchen, sondern genoss den ersten Schluck lieber schweigend. Deshalb prosteten sie sich nur kurz zu und schauten dann beide zum Fenster hinaus.

Das weiche Licht der Abendsonne hatte sich bereits in den Baumkronen der Eichen verfangen. Ein leichter Wind war aufgekommen, der mit den schmalen, gezackten Blättern spielte. Im dichten Gras hüpften Amseln umher, die nach Würmern und Insekten pickten. Und durch die geöffnete Tür strömte der Duft von Rosenblüten ins Zimmer und vermischte sich mit dem Aroma des würzigen Rotweins.

»Du hast ihn wiedergesehen«, sagte Jürgen plötzlich in die Stille hinein.

Sie musste nicht fragen, wen er meinte.

»Als Laura uns gestern Abend das Video geschickt hat, habe ich ihn gleich erkannt«, fuhr er fort.

So etwas Ähnliches hatte Kathrin sich schon gedacht. »Hast du den Mädchen erzählt, wer er ist?«

»Nein. Das ist nicht meine Sache.«

»Danke!«

Mitfühlend tätschelte er ihre Hand. »Das muss eine ziemlich heftige Überraschung für dich gewesen sein.«

Sie nickte.

»Hast du mit ihm gesprochen?«

»Ja.«

»Wie geht es ihm?«

»Gut.«

»Hat er Familie?«

»Ja, er ist verheiratet.«

»Kinder?«

»Nur den Jungen, wegen dem er damals von hier weggegangen ist. Er ist seit dem Unfall gehörlos.«

»Verstehe.« Jürgen nippte ein paar Mal an seinem Wein. »Das ist alles nicht so einfach, nicht wahr?«, fragte er seine Tochter dann.

Kathrin war sich nicht sicher, ob er Julians Lebensweg oder ihren eigenen Gemütszustand meinte. Deshalb zog sie es vor, zu schweigen.

»Wirst du ihn wiedersehen?«

»Nein.«

»Gut! Die Geschichte hat dir damals das Herz gebrochen. Ich will nicht, dass das wieder passiert.«

»Das wird es nicht.«

»Bist du sicher?«, brummte er. »Ich sehe doch, dass es dir mehr ausmacht, als du zugeben willst.«

»Ich bin müde, das ist alles.«

»Das glaube ich dir nicht.« Sorgfältig fegte er ein paar Brotkrümel von der Tischdecke. »Aber lass gut sein, wir müssen nicht weiter darüber reden. Bei diesem Thema bin ich sowieso kein Experte.«

Seine unbeholfene Anteilnahme rührte Kathrin. Nein, ihr Vater war weiß Gott kein Experte in Liebesdingen. Für so etwas war früher immer Renate zuständig gewesen. Sie hätte auch jetzt die richtigen Worte gefunden, da war sich Kathrin sicher. Der Gedanke an ihre Mutter schmerzte, und die Tränen, die sie bislang so mühsam zurückgehalten hatte, kamen plötzlich von ganz allein.

Mitfühlend legte Jürgen einen Arm um die Schultern seiner Tochter. Sie schmiegte sich in die Umarmung und lehnte den Kopf an seine Brust. Sein tiefer, regelmäßiger Atem hatte etwas Tröstendes.

»Du musst dringend hier raus«, meinte er, als sie sich wieder beruhigt hatte. »Ein Tapetenwechsel wäre jetzt genau das Richtige.«

Ein spontaner Urlaub? Daran hatte sie auch schon gedacht. Eine kleine Auszeit. Ausschlafen. Lesen. Spazieren gehen.

Nur ein paar Tage, um auf andere Gedanken zu kommen.

»Tapetenwechsel?«, wiederholte sie gedehnt. »Allein?«

»Nun, du könntest natürlich zu Laura nach München fliegen.«

»Die steckt gerade mitten in ihren Proben.«

»Oder du fährst mit Franzi weg.«

»Die hat noch Schule.«

»Johanna und Marie?«

»Urlaub mit einer Vierjährigen? Ich liebe die Kleine, aber das ist nicht unbedingt die Art von Erholung, die ich brauche.«

»Tja, dann bleibe wohl nur ich übrig.« Jürgen Bahrenbeck grinste verschmitzt.

»Das geht nicht. Du musst am Montag zur Kur an die Ostsee.«

»So ein Zufall aber auch.« Seine Bemerkung klang beiläufig und harmlos – so harmlos, dass Kathrin sofort misstrauisch wurde.

»Los, spuck's aus! Was hast du vor?«

»Ich hab 'ne tolle Idee … Was hältst du davon, wenn du mich nach Usedom begleitest?«

»Die ganzen sechs Wochen lang? Das geht auf keinen Fall.«

»Nein, natürlich nicht. Aber ein kleiner Urlaub auf der Insel würde dir guttun.«

Kathrin musste nicht lange überlegen, die Aussicht war zu verlockend. »Sagen wir eine Woche?«

»Sagen wir drei.«

»So lange? Unmöglich. Wie stellst du dir das vor?«

»Sehr erholsam. Du suchst dir ein schönes Hotel, holst mich jeden Tag von der Kurklinik ab, und dann machen wir lange Spaziergänge am Strand.«

»Ich glaube nicht, dass du so viel Zeit haben wirst. Immerhin sollst du dort deinen Bandscheibenschaden auskurieren.«

»Ach, papperlapapp! Die Ärzte wissen doch gar nicht, was gut für mich ist.«

Kathrin lächelte belustigt. »Aber du weißt es?«

»Natürlich!«, versicherte er ihr. »Ich kenne meinen Körper schließlich am besten.«

»Natürlich«, wiederholte sie kopfschüttelnd. »Ich sollte wirklich mitkommen. Allein schon, um dafür zu sorgen, dass du die Anweisungen der Klinik befolgst und nicht dein eigenes Ding durchziehst.«

»Es ist mir völlig schnuppe, warum du mitkommst. Hauptsache, du tust es!«

Vor Kathrins geistigem Auge erschienen verführerische Bilder: glitzerndes Meer, hohe Sanddünen, bunte Strandkörbe und Sonnenschirme. Dazu das leise Rauschen der Wellen und das ewige Geschrei der Möwen.

Keine Pressetermine.

Keine Familienstreitigkeiten.

Und in dieser zauberhaften Umgebung würde sie hoffentlich auch Julian vergessen.

Aber … konnte sie einfach alles stehen und liegen lassen? Und dann gleich für drei Wochen?

»Ist das nicht etwas kurzfristig und überhastet? Was ist mit der Fabrik und den Gurkenfeldern?«

Ihr Vater winkte ab. »Dafür sind doch nun wirklich genug Mitarbeiter da. Wozu hast du dir gute Leute in die Firma geholt, wenn du ihnen jetzt nicht mal zutraust, drei Wochen lang ohne dich zurechtzukommen?«

»Eine Woche wäre mir lieber.«

»Und mir die ganzen sechs. Der Kompromiss lautet drei. Sonst bist du zurück, noch ehe die Erholung einsetzt. Also?«

»Aber die Mädchen … was sollen die denn hier allein machen?«, setzte Kathrin zu ihrem letzten Protestversuch an.

»Das schaffen die schon, und Maik ist ja auch noch da. Außerdem beginnen bald die Ferien. Dann sind sowieso alle den ganzen Tag draußen unterwegs. Es fällt gar nicht auf, dass du nicht hier bist.«

»Na, du scheinst das ja bereits bis ins kleinste Detail durchgeplant zu haben.«

»Offen gesagt«, er schmunzelte vergnügt, »ist mir die Idee gerade erst gekommen.«

»Seit wann bist du so spontan?«

Er drückte sie an sich. »Wenn es um dich geht, meine Kleine, dann kann ich vieles sein. Sogar spontan.«

6

Das Leben gehört dem Lebendigen an, und
wer lebt, muss auf Wechsel gefasst sein.
(Johann Wolfgang von Goethe)

»Es ist schön, dass wir mal wieder zusammen sind«, bemerkte Helen am Sonntagabend.

Sie war erst vor einer Stunde mit dem Zug angereist, Felix und Julian hatten sie vom Bahnhof abgeholt. Jetzt saßen sie zu dritt an einem Ecktisch in einem gut gefüllten, veganen Restaurant in der Nähe des Opernplatzes in der Frankfurter Innenstadt.

Julian legte die Speisekarte beiseite und warf seiner Frau einen prüfenden Blick zu. Obwohl Helen am Morgen einen Vortrag vor Dutzenden von Fachleuten auf einem pharmazeutischen Kongress in Köln gehalten hatte, waren ihr die Strapazen des langen Tages nicht anzusehen.

Sie wirkte frisch und energiegeladen. Ihre langen blonden Haare waren zu einem Knoten hochgesteckt, ihr Gesicht war dezent geschminkt. Dazu trug sie ein blaues, eng geschnittenes Sommerkleid, hochhackige Schuhe und einen weißen Seidenschal.

Perfekt, wie immer.

Er fragte sich, wie sie das schaffte.

Sicherlich lag es an ihrer eisernen Disziplin, vielleicht auch an ihrer gesundheitsbewussten Lebensweise und an ihrer Vorliebe für pflanzliche Ernährung. Letztere war ja auch schuld daran, dass sie jetzt in diesem Restaurant saßen, wo es nicht einmal Eier und Käse, geschweige denn ein ordentliches Steak gab.

Er nahm einen Schluck Wasser und schaute zu Felix hinüber. Der Junge blätterte schon zum dritten Mal mit kritischem Gesichtsausdruck durch die Speisekarte. Ein wenig neidisch dachte Julian an Felix' gut gefüllten Vorratsschrank. Sein Sohn konnte später nach Hause gehen und sich dort nach Herzenslust an Keksen und Schokolade satt essen.

Er selbst aber würde mit Helen ein Hotelzimmer beziehen, denn seine Frau weigerte sich, in Felix' kleiner Wohnung zu übernachten. Schade!

Mal davon abgesehen, dass er heute Abend garantiert mit knurrendem Magen ins Bett gehen musste, würde er auch die Gesellschaft seines Sohnes vermissen. Er hatte die vergangenen Tage sehr genossen. Zwar war er nach dem Zusammentreffen mit Kathrin vermutlich nicht der beste Gesprächspartner gewesen, doch Felix schien das nicht bemerkt zu haben. Oder er war klug genug gewesen, ihn in Ruhe zu lassen.

»Also …« Sanft berührte Helen den Arm ihres Sohnes und lächelte erwartungsvoll, als er ihr sein Gesicht zuwandte. »Ich habe ein paar Fragen an dich.«

Es war Helens Hartnäckigkeit zu verdanken, dass Felix sich ohne größere Probleme an einer Unterhaltung mit hörenden Menschen beteiligen konnte. Sie hatte darauf bestanden, dass er Lippenlesen und Lautsprache erlernte – ein mühsamer, anstrengender Prozess, der auch jetzt noch tägliches Training erforderte.

Julian wusste, dass sein Sohn dieses Thema ernst nahm, in seinem Alltag jedoch die Gebärdensprache bevorzugte. Wenn sie allein unterwegs waren, unterhielten sie sich deshalb mit den Händen.

In Gegenwart von Helen jedoch wurde laut gesprochen.

»Wie war es mit Papa? Hat er sich benommen?«, wollte sie wissen.

»Natürlich.« Felix zwinkerte seinem Vater zu. »Das tut er doch immer.«

»Was habt ihr gemacht?«

»Ich habe gearbeitet. Papa war tagsüber allein unterwegs.«

»Ach ja, das berühmte Museumsufer und der Unternehmerball. War es nett?«

»Ja. Und sehr interessant.« Julian verkniff sich die Bemerkung, dass sie etwas verpasst hatte. Allein die Vorstellung, dass Helen und Kathrin bei der Preisverleihung aufeinandergetroffen wären, löste eine Gänsehaut bei ihm aus – und keine wohlige.

»Wie läuft es bei dir beruflich?«, setzte Helen die Befragung ihres Sohnes fort.

»Gut.«

»Woran arbeitest du denn gerade?«

»Ab nächster Woche mache ich Landschaftsfotos.«

»Oh, wie interessant! Wo denn?«

»In Brandenburg.«

»Bist du länger weg?«

»Ja, ich denke schon. Mindestens drei Wochen. Am Montagmorgen erfahre ich mehr.«

»Das ist aber eine lange Geschäftsreise.«

»Mein erster richtig großer Auftrag.«

»Ich bin stolz auf dich!«

Zärtlich streichelte Helen ihrem Sohn über die Wange – eine sehr private Geste, die sie sich nur im Kreise ihrer Familie erlaubte. Nach außen wirkte Helen oft kühl und unnahbar, doch wenn sie mit Felix zusammen war, wurde sie liebevoll und sanft.

»Warum hast du deine Freundin nicht mitgebracht?«, erkundigte sie sich jetzt mit typisch mütterlicher Neugier.

»Welche?«

»Die hübsche junge Frau, die sich mit einer Agentur für Lippenlesen selbständig gemacht hat. Wie heißt sie noch?«

»Das musst du dir nicht merken. Sie ist nicht mehr meine Freundin.«

»Schade! Ich hatte gehofft, es ist endlich mal was Ernstes.«

In diesem Moment trat der Kellner an den Tisch, und die Unterhaltung war erst einmal beendet.

»Was darf ich Ihnen bringen?«

Helen bestellte einen Paprika-Tofu-Flan, Julian entschied sich für das Gemüse-Curry, und Felix nahm einen mediterranen Kartoffeleintopf.

»Ich habe übrigens eine Überraschung für euch«, verkündete Helen, nachdem der Kellner wieder in Richtung Küche verschwunden war.

Ihrem aufgeregten Gesichtsausdruck nach zu urteilen, musste es eine ziemlich große Überraschung sein. Julian tat ihr den Gefallen, nachzufragen.

»Welche denn?«

»Ich habe ein tolles Angebot erhalten. Ich kann als Leiterin der medizinischen Forschung bei Caffiers in Brüssel anfangen.«

»Wo?«, erkundigte sich Felix.

»Caffiers«, wiederholte Helen langsam und nahm ihre Finger zu Hilfe. »Einer der drei größten europäischen Pharmakonzerne.«

»Ah, den kenne ich. Cool!«

»Ich habe immer davon geträumt, in die Pharmazie zu wechseln. Jetzt ergibt sich diese wunderbare Gelegenheit.«

»Seit wann weißt du von dem Angebot?«, fragte Julian.

»Seit heute Morgen. Ich wurde vom Vorstandsvorsitzenden persönlich angesprochen.«

»Und bis wann musst du dich entscheiden?«

Helen zögerte. »Eigentlich … habe ich schon zugesagt.«

»Wie bitte?« Julian glaubte, sich verhört zu haben.

Sie lächelte nervös. »Das Angebot war viel zu gut, um es abzulehnen. Wir bekommen sogar eine tolle Penthouse-Wohnung mitten in der Stadt gestellt.«

»Hast du eben ›wir‹ gesagt?«

»Natürlich. Ich gehe davon aus, dass du mitkommst.«

»Ich habe einen Job in Köln –«

»… aber die meiste Zeit bist du sowieso geschäftlich unterwegs«, fiel Helen ihm ins Wort. »Da ist es doch egal, von wo aus du startest. Und wenn es nötig wird, kannst du immer noch hin- und herpendeln. Denn selbstverständlich behalten wir unser Haus in Köln. Also … was gibt es noch zu überlegen?«

»Ich wäre gern vorher gefragt worden.«

»Ich habe gedacht, du freust dich für mich.« Helen ergriff seine Hand. »Entschuldige bitte! Ich bin wohl einfach davon ausgegangen, dass du einverstanden sein würdest.«

Julian zog seine Hand zurück.

Genau das war das Problem.

Sie ging immer davon aus, dass er einverstanden war. Egal, was sie plante. Warum fiel ihm das eigentlich ausgerechnet jetzt auf?

»Wir haben doch bislang immer alles zusammen gemacht.« Ihr Ton wurde drängender.

»Bislang hatten wir ja auch immer das gleiche Ziel«, entgegnete er leise.

Noch so eine neue Erkenntnis.

Ja, sie waren immer ein gutes, eingespieltes Team gewesen.

Hatten gemeinsam jede Schwierigkeit gemeistert.

Gleich zu Beginn ihrer Ehe hatten sie sich der Verantwortung als Eltern stellen müssen und dabei ihr Kind mit Liebe überschüttet – jeder auf seine Weise. Als Familie hatten sie gut funktioniert. Aber als Paar?

Sicher, im Laufe der Jahre waren Achtung und Respekt voreinander gewachsen, und sie gingen freundschaftlich miteinander um. Julian bewunderte Helens Ehrgeiz und ihre Intelligenz, genoss die Gespräche mit ihr und war stolz darauf, eine so schöne Frau an seiner Seite zu haben.

Doch Liebe war das nicht.

Liebe fühlte sich völlig anders an.

Tiefer. Euphorischer. Verrückter.

Liebe fühlte sich an wie … Kathrin.

Dieser Gedanke traf ihn wie ein Schlag in die Magengrube.

Er sprang auf, weil er es keine Sekunde länger am Tisch aushielt.

»Entschuldigt mich, ich bin mal kurz vor der Tür.«

Draußen, vor dem Restaurant, empfing ihn die stickige Frankfurter Abendluft. Die schwüle Hitze, die schon den ganzen Tag über der Stadt gelegen hatte, hing auch jetzt noch zwischen den Häuserzeilen fest.

Auf der Straße wurde es langsam ruhiger. Ein paar Kinder spielten auf dem Gehweg Fußball, Rentner führten ihre Hunde spazieren, und mehrere Jugendliche alberten vor einer Dönerbude herum.

Nach kurzem Zögern wandte sich Julian nach rechts, in Richtung einer Bushaltestelle. Dort setzte er sich auf eine verrostete Metallbank, wischte sich den Schweiß von der Stirn und versuchte, ruhig ein- und auszuatmen.

Er hatte gewusst, dass diese Krise kommen würde. Seit vier

Tagen tat er schließlich nichts anderes, als sich zusammenzureißen und zu funktionieren. Er hatte sich verboten, an Kathrin zu denken. Hatte sich einzureden versucht, dass er nur ein wenig Abstand brauchte, um das Wiedersehen mit ihr vergessen zu können.

So ein Blödsinn!

Als ob er sie diesmal einfach aus seinem Gedächtnis streichen könnte! Oder jemals aufhören würde, sie zu lieben! Diese Gefühle ließen sich nicht abschalten.

Nur leiser drehen.

So leise, dass man sie überhören konnte. 25 Jahre lang.

Doch das Wiedersehen hatte alle seine Gefühle wieder auf »Laut« gestellt. Ignorieren war kaum mehr möglich. Und jetzt überrumpelte ihn Helen auch noch mit ihren Zukunftsplänen und glaubte, dass er mit allem einverstanden sein würde, was sie plante.

Stattdessen hatte ihre Ankündigung bei ihm etwas in Gang gesetzt, das nicht mehr zu stoppen war. Plötzlich fühlte er eine ganz neue, ungewohnte Entschlossenheit.

Ein Bus hielt direkt vor der Bank, und die heißen Abgase nahmen ihm für einen Moment den Atem.

Fragend schaute der Fahrer zu ihm herüber.

»Wollen Sie mitfahren?«, erkundigte er sich durch die geöffnete Tür.

Julian schüttelte den Kopf. »Nein, danke!«

»Na, dann eben nicht.« Der Mann zuckte mit den Achseln und setzte seine Fahrt fort.

Nachdenklich und ein wenig neidisch starrte Julian dem Bus hinterher. Busfahrer müsste man sein! Dann hatte man wenigstens immer ein Ziel und kannte den Weg. Er hingegen hatte überhaupt keine Ahnung, in welche Richtung sein Leben laufen sollte. Nur so viel war sicher: Ein Penthouse in Brüssel stand nirgendwo auf seinem Plan. Auch an der Fortführung einer Ehe, die nach Helens Umzug nur noch auf dem Papier bestehen würde, hatte er kein Interesse mehr.

Diese Erkenntnis tat weh.

Aber sie befreite auch.

Und jetzt?

Immerhin wusste er, was er *nicht* wollte. Jetzt fehlte nur noch eine Vorstellung von dem, was er wollte.

Sofort schlich sich ein Gesicht in seine Gedanken.

Kathrin.

Er landete mit seinen Überlegungen immer wieder bei ihr. Das war völlig absurd. Hatte sie ihm nicht deutlich zu verstehen gegeben, dass sie ihn nicht wiedersehen wollte?

Unser Wiedersehen war nur ein zufälliges Treffen, mehr nicht, hatte sie gesagt. Und: *Man kann nur etwas finden, was man vorher auch gesucht hat.* Ihre tränenschimmernden Augen allerdings hatten eine andere, sehnsuchtsvollere Sprache gesprochen. Empfand sie vielleicht noch genauso viel für ihn wie er für sie?

Doch bevor er weiter über diese Frage nachgrübeln konnte, legte sich eine Hand auf seine Schulter. Er wandte sich um.

Felix.

»Das Essen kommt gleich.«

Julian nickte.

»Ist alles in Ordnung?«

Er schwieg.

»Kommst du wieder mit rein? Mama sieht nicht besonders glücklich aus.«

Julian verkniff sich den Kommentar, dass er sich ebenfalls nicht besonders glücklich fühlte. Stattdessen erhob er sich und folgte seinem Sohn. Vor der Tür des Restaurants blieb Felix stehen und drehte sich zu seinem Vater um.

»Ich weiß nicht genau, was ihr für Probleme habt, und es ist auch nicht meine Aufgabe, sie zu lösen. Aber der heutige Abend ist der erste seit langem, den wir drei gemeinsam verbringen. Und gleichzeitig der letzte Abend, bevor Mama auf ihre Geschäftsreise geht. Bitte verdirb ihr das Essen nicht!«

Erstaunt blickte Julian von Felix' Händen auf.

Daran hatte er gar nicht mehr gedacht.

Helen würde morgen früh eine vierwöchige Vortragsreise antreten, die sie durch halb Europa führte. Und er, Julian, würde allein nach Köln zurückfahren.

Sofort fühlte er sich besser.

Zu Hause würde er seine Ruhe haben und ungestört nachdenken können. Über sein Leben. Über seine Ehe. Und über Kathrin.

Und danach würde er eine Entscheidung treffen. Völlig frei von irgendwelchen Zwängen. Denn ab jetzt gehörte sein Leben wieder ihm selbst.

7

Für die meisten Dummheiten im Leben
wird die Liebe verantwortlich gemacht.
(Alexander Engel)

»Danke, dass du mich zum Bahnhof fährst!«

Julian quetschte seine Reisetasche in den Kofferraum von Felix' kleinem Polo.

Sein Sohn reagierte nicht, sondern machte das, was er schon die ganze Zeit tat, seit sie sich auf dem Parkplatz vor dem Hotel getroffen hatten: Er starrte ungläubig auf das glattrasierte Gesicht seines Vaters.

»Du kannst es ruhig glauben«, half Julian ihm auf die Sprünge. »Der Bart ist ab.«

»Das sehe ich.«

»Warum guckst du dann so komisch?«

»Du hast diesen Bart schon, seit ich denken kann. Warum hast du ihn ausgerechnet jetzt abrasiert?«

»Manchmal ist es Zeit für eine Veränderung.«

Felix runzelte die Stirn. »Was sagt Mama dazu?«

»Sie weiß es noch nicht, ich habe das spontan entschieden, als sie schon weg war.«

Die Sorgenfalten auf Felix' Stirn vertieften sich, doch er enthielt sich eines weiteren Kommentars.

Julian schaute auf seine Armbanduhr.

»Können wir losfahren? Mein Zug geht in zwanzig Minuten.«

Ohne eine Antwort abzuwarten, schloss er den Kofferraum und nahm auf dem Beifahrersitz Platz. Als er den Sicherheitsgurt anlegte, fiel sein Blick nach hinten auf die Rückbank. Dort war wie üblich alles mit Taschen und kleinen Koffern vollgestellt, in denen Felix seine umfangreiche Fotoausrüstung aufbewahrte.

»Du solltest dringend mal aufräumen«, empfahl er seinem Sohn, als dieser sich hinter das Steuer setzte.

»Ich brauche alles, denn ich fahre vom Bahnhof aus gleich weiter.«

»Nach Brandenburg?«

»Ja.« Felix startete den Motor. »Können wir los?«

Julian nickte.

Sein Sohn war ein guter und sicherer Autofahrer. Da er jedoch die Hände am Lenkrad halten und den Blick auf die Straße richten musste, gestaltete sich eine Unterhaltung während der Fahrt schwierig.

Heute kam Julian diese Tatsache sehr gelegen. Erstens hatte er keine Lust auf weitere Diskussionen über seinen nicht mehr vorhandenen Bart, und zweitens konnte er auf diese Weise ungestört seinen Gedanken nachhängen.

Zum Beispiel der Frage nach dem Zustand seiner Ehe.

Helen hatte sich heute bereits sehr früh am Morgen von ihm verabschiedet und war mit einem Taxi zum Flughafen gefahren.

Das Thema Brüssel hatten beide nicht mehr erwähnt.

Warum auch?

Sie war sich ebenso sicher, dass sie gehen würde, wie er es war, dass er ihr nicht folgen würde. Noch hielt Helen seine Weigerung allerdings für eine kurzfristige Laune, die sich irgendwann in Luft auflösen würde. Oder zumindest tat sie so, als ob das alles kein Problem sei.

Nun gut, er hatte mitgespielt. Schon allein deshalb, weil es geeignetere Orte für eine Auseinandersetzung gab als den Frühstückssaal eines Hotels. Und auch einen besseren Zeitpunkt als sechs Uhr am Montagmorgen kurz vor Beginn einer anstrengenden Geschäftsreise.

Er hatte Helen also freundlich verabschiedet, ihr alles Gute gewünscht und war dann ins Zimmer zurückgekehrt, um seine Tasche zu packen. Als er im Badezimmer seine Toilettenartikel zusammensuchen wollte, war sein Blick in den Spiegel gefallen.

Es hatte nur zwanzig Minuten gedauert – dann war der Bart ab. »Papa Bär ist Geschichte«, hatte er seinem Spiegelbild mitgeteilt. »Ab jetzt kann mir der Wind wieder ungebremst ins Gesicht wehen!«

Weil er danach das dringende Bedürfnis nach frischer Luft verspürt hatte, war er zu einem Spaziergang durch die Stadt aufgebrochen. Fast automatisch hatte ihn sein Weg zum Frankfurter Hof geführt. Doch das Ledersofa neben der Hotelbar war besetzt. Enttäuscht hatte er sich in einen Sessel fallen lassen und darauf gewartet, dass die indische Großfamilie, die sich auf mehrere Sitzgruppen rund um den Springbrunnen verteilt hatte, das Hotel verlassen würde.

Leider hatte er vergeblich gehofft. Und wahrscheinlich würde er immer noch dort sitzen und warten, wenn ihn nicht um kurz nach neun Uhr eine Textnachricht von Felix an seine bevorstehende Abreise erinnert hätte.

Bin fertig in der Redaktion. Komme gleich und bringe dich zum Bahnhof, hatte sein Sohn geschrieben, woraufhin Julian einen schnellen Spurt zurück zu seinem Hotel hingelegt hatte.

Jetzt noch war er ziemlich verschwitzt vom Laufen. Umständlich krempelte er die Ärmel seines Hemdes hoch und öffnete das Seitenfenster.

Der Verkehr in der Stadt war um diese Uhrzeit dicht und chaotisch. Felix setzte den Blinker und bog auf eine breite Straße ein, die auf direktem Weg zum Bahnhof führte. Es staute sich, sie kamen weit vor einer Ampel zum Stehen.

»Darf ich mal reinschauen?« Julian berührte seinen Sohn am Arm und deutete auf einen Aktenordner mit der Aufschrift »Projekte in Brandenburg Juli 2015«, der in einem Seitenfach der Beifahrertür klemmte.

Felix nickte.

Neugierig schlug Julian den Ordner auf. Als Erstes fand er die Auftragsbestätigung des Tourismusverbandes Brandenburg sowie einen beiliegenden Presseausweis. Dann folgten eine Auflistung aller Fremdenverkehrsämter sowie mehrere Ausdrucke für Hotelreservierungen. Anscheinend würde Felix in ganz Brandenburg unterwegs sein und auch die Bundesgartenschau besuchen.

Julian blätterte weiter.

Jetzt kamen Motivvorschläge für Landschaftsfotos, sortiert nach Region: Uckermark, Havelland, Niederlausitz, Dahme-Seenland, Barnimer Land. Und dann, schließlich, auch der Spreewald.

Titel des Katalogs: »Sommer im Spreewald – zu Gast bei Freunden«

Erscheinungsdatum: Herbst/Winter 2015

Empfehlungen für die Titelseiten:

- Flussläufe im Biosphärenreservat
- Holländerwindmühle
- Kornspeicher Straupitz
- Peitzer Teiche
- Schlossinsel Lübben

So ging es weiter, fast eine ganze DIN-A4-Seite lang. Fasziniert las Julian jede einzelne Zeile. Viele der Orte waren ihm vertraut.

Plötzlich sah er die schmalen Kanäle wieder vor sich, das satte Grün der Bäume und die tiefhängenden Zweige der Trauerweiden. Er spürte den Wind und den wohltuenden, kühlenden Schatten der Baumkronen. Roch die einzigartige Mischung aus frischem Waldboden, Flusswasser und Blumenwiesen. Erinnerte sich an die vielen kleinen, zauberhaften Dörfer und Burgen, die er mit Kathrin besichtigt hatte. Und schon war die Sehnsucht wieder da …

Er riss sich zusammen.

Jetzt war kein guter Zeitpunkt, um in Erinnerungen zu schwelgen. Damit konnte er warten, bis er im Zug saß. Felix war sowieso schon beunruhigt und würde seine Stimmungsschwankungen kaum nachvollziehen können.

Kurzerhand klappte er den Ordner zu und warf einen Blick nach draußen. Inzwischen trennten sie nur noch vier Autos von der Ampel. Felix nahm das Navigationsgerät aus der Verankerung und reichte es Julian.

»Wenn dir langweilig ist, gib doch bitte schon mal die erste Adresse für mich ein«, sagte er. »Im Ordner ganz hinten unter ›Spreewald‹.«

Gehorsam schlug Julian die gewünschte Seite auf. Zuoberst war ein Zeitplan für die nächsten Wochen abgeheftet, der mit kaum lesbaren Abkürzungen gespickt war.

»Erster Auftrag siehe nächste Seite«, war das Einzige, was er entziffern konnte.

Deshalb blätterte er weiter. Und dann … dann glaubte er, seinen Augen nicht trauen zu können.

Geschockt starrte er auf das, was dort stand.

»Presse- und Foto-Auftrag Bahrenbeck, erster Ortstermin am

Montag gegen 16 Uhr«, hatte Felix in Druckbuchstaben quer über das Blatt geschrieben. Danach folgte die Adresse von Gut Tarnow.

Dahinter waren zwei E-Mails ausgedruckt:

Von: *Johanna Dohmann*
An: *PR-Agentur Bacher*
Betreff: *Anfrage für Auftrag*
Datum: *Freitag, 03. Juli 2015 09:22 Uhr*

Sehr geehrte Damen und Herren,

wie Sie vielleicht aus den Nachrichten entnehmen konnten, ist meine Mutter Kathrin Bahrenbeck-Dohmann am 1. Juli in Frankfurt zur Unternehmerin des Jahres 2015 gewählt worden.

Täglich treffen nun Presseanfragen bei uns ein, die wir natürlich gern beantworten möchten. Leider jedoch fehlen uns entsprechende Standardtexte über Themen wie z. B. die Unternehmensgeschichte, die Gurkenproduktion oder auch die Biographie meiner Mutter. Außerdem haben wir keine aktuellen Fotos von unserer Fabrik, von den Feldern oder auch von unserer Familie.

Können wir die Texte und die Fotos bei Ihnen in Auftrag geben? Und können Sie uns auch bei der Gestaltung unserer Homepage helfen? Der Auftrag müsste aus beschriebenen Gründen möglichst rasch erledigt werden.

Gerne höre ich wieder von Ihnen, insbesondere interessieren mich natürlich Ihre Konditionen und ein Plan, wie wir das Ganze am besten angehen können.

Vielen Dank schon jetzt für Ihre Antwort,
mit freundlichen Grüßen
Johanna Dohmann

Von: PR-Agentur Bacher
An: Johanna Dohmann
Betreff: Ihre Anfrage
Datum: Freitag, 03. Juli 2015 11:14 Uhr

Sehr geehrte Frau Dohmann,

herzlichen Dank für Ihre Anfrage.

Gern beantworten wir Ihnen Ihre Fragen, und wir freuen uns, Ihnen ein Angebot machen zu können.

Einer unserer Mitarbeiter ist zufällig in den kommenden Wochen für Fotoaufnahmen in Brandenburg unterwegs und könnte Ihren Auftrag deshalb kurzfristig übernehmen. Herr Felix Albrecht wird sich per Mail mit Ihnen in Verbindung setzen.

Zu den Konditionen:

Wir berechnen …

Julian ließ den Ordner sinken. Um ihn herum begann sich alles zu drehen.

»Du … du fährst zu Kathrin«, stieß er hervor.

Er kannte seine eigene Stimme kaum wieder. Überraschung und Bestürzung schwangen darin mit, aber auch ein Funken Hoffnung und so viel Sehnsucht, dass es fast schon weh tat.

Felix reagierte nicht, er hatte Julians Ausruf natürlich nicht mitbekommen.

Aber Julian erwartete auch gar keine Antwort. Er war viel zu sehr mit sich selbst und seinen Gedanken beschäftigt.

Felix würde nach Lübben reisen.

Er würde mit Kathrin zusammentreffen.

Ausgerechnet Felix, dessen Unfall einst die Trennung zwischen Julian und Kathrin herbeigeführt hatte.

War das tatsächlich Zufall?

Oder vielleicht eine Art Witz, den der liebe Gott sich mit ihm erlaubte?

Oder … oder war es ein Wink des Schicksals?

Ja, das musste es sein! Es war der Anfang eines Plans, über den er in der letzten Nacht stundenlang, aber leider ergebnislos nachgegrübelt hatte. Und jetzt lag die Antwort sozusagen direkt vor ihm auf dem Schoß! Fassungslos starrte er auf die E-Mails. Las sie immer und immer wieder – so lange, bis plötzlich die Beifahrertür aufgerissen wurde.

Verwirrt blickte er auf. Das Auto stand auf einem Taxistreifen, Felix beugte sich ungeduldig zu ihm hinunter.

»Wie lange dauert das noch? Ich darf hier nicht stehen bleiben.«

Hastig schnallte sich Julian ab und legte den Ordner und das Navigationsgerät zur Seite.

»Warte!« Er erwischte Felix gerade noch am Ärmel, als dieser die Reisetasche aus dem Kofferraum holen wollte.

Verwundert drehte der junge Mann sich um.

»Ich muss dich was fragen.« Julians Finger zitterten. »Fährst du heute tatsächlich nach Lübben zur Firma Bahrenbeck?«

»Ja.«

»Seit wann weißt du von dem Auftrag?«

»Seit der Redaktionssitzung heute Morgen.«

»Warum hast du mir das nicht erzählt? Ich kenne Kathrin Bahrenbeck.«

»Ich weiß. Ist das wichtig?«

Julian ignorierte die Frage. »Hattest du schon Kontakt mit ihr? Hast du ihr gegenüber erwähnt, dass du mein Sohn bist?«

»Nein und nein.«

Ein dicklicher, älterer Polizist, der Strafzettel für Falschparker verteilte, kam langsam auf sie zugeschlendert. Felix warf ihm einen nervösen Blick zu.

»Du musst gehen, sonst kriege ich Ärger.«

Eine drohende Geldstrafe war das Letzte, woran Julian momentan seine Gedanken verschwenden wollte.

»Ich brauche noch eine Minute!«

Aufgelöst fuhr er sich mit den Händen über sein Gesicht, verschränkte die Finger im Nacken und schloss für einen Moment die Augen.

In seinem Innern begann sich eine Idee zu formen. Völlig verrückt – und doch die einzig mögliche Lösung. Und wie zur Bestätigung sah er plötzlich wieder Kathrins Gesicht vor sich.

Du weißt überhaupt nichts von meinem Leben, hatte sie ihm vorgeworfen.

Nun, dann war es vielleicht an der Zeit, das zu ändern.

»Ist das Ihr Auto?«

Julian öffnete die Augen wieder und starrte direkt in das rote, verschwitzte Gesicht des Polizisten.

»Ja«, antwortete er. »Wir fahren gleich weg, ich muss nur noch etwas mit meinem Sohn klären.«

Er fasste Felix am Arm und zog ihn ein Stück zur Seite. Misstrauisch, aber auch neugierig beobachtete der Polizist die lebhafte, gestenreiche Unterhaltung, die jetzt begann.

»Bist du bei diesem Auftrag allein unterwegs?«, wollte Julian wissen.

»Ja.«

»Ich könnte mitkommen.«

Überrascht schaute Felix auf.

»Ich könnte dir bei den Fotos ein wenig zur Hand gehen. Und ich bin ein guter Reisebegleiter und Gebärdendolmetscher.«

»Ich brauche keinen Dolmetscher. Landschaften können nicht reden.«

»Aber was ist mit den Presseaufträgen?«

»Die Kunden wissen alle Bescheid, und die Kommunikation

über Computer und Smartphone reicht völlig aus.« Das Misstrauen war Felix deutlich ins Gesicht geschrieben. »Wieso interessierst du dich eigentlich auf einmal so sehr für meinen Job? Bislang hast du dich nie eingemischt.«

»Ich will mich auch jetzt nicht einmischen. Eigentlich geht es gar nicht um dich und deine Arbeit, sondern eher um mich.«

»Um dich? Was soll das? Hast du etwa eine Art Midlife-Krise?«

»Nein, natürlich nicht. Im Gegenteil, ich habe mich selten so gut gefühlt.«

»Das verstehe ich nicht.«

Wie denn auch?

Julian konnte es ihm schlecht erklären. Er verstand es ja selbst nicht richtig. Das, was er vorhatte, war abenteuerlich und nicht ganz ohne Risiko – aber vielleicht auch seine einzige Chance.

»Ich will endlich auch mal das tun, worauf ich Lust habe«, signalisierte er seinem Sohn.

»In Brandenburg?« Verständnislos schüttelte Felix den Kopf. »Was genau willst du denn dort tun?«

»Immerhin habe ich mal im Spreewald gelebt und weiß, wie schön die Landschaft ist. Ich würde das gern wiedersehen.«

Und natürlich auch den Gutshof, die Gurkenfelder und die Menschen.

Insbesondere einen Menschen.

Doch diesen Gedanken behielt er für sich.

»Außerdem habe ich gerade nichts Besseres zu tun«, fuhr er stattdessen fort. »Zu Hause wartet keiner auf mich, und im Büro müssen sie halt mal eine Weile auf mich verzichten. Da können sich unsere Junior-Partner bewähren. Also … darf ich mitkommen?«

Bittend schaute er Felix an.

Sogar der Polizist schien die Spannung zu spüren, die zwischen Vater und Sohn herrschte. Er ließ seinen Strafzettelblock sinken und starrte von einem zum anderen.

Felix ließ sich Zeit.

Zunächst musterte er seinen Vater noch einmal argwöhnisch. Dann schweifte sein Blick zu dem Aktenordner auf dem Beifahrersitz und zurück zu Julian. Er kniff die Augen zusammen und schien das Für und Wider abzuwägen. Schließlich nickte er.

»Du musst mir versprechen, mich nicht bei der Arbeit zu stören.«

»Ich verspreche es.«

»Und du wirst auch sonst keinen Ärger machen.«

»Wie meinst du das?«

»Dich beschäftigt irgendetwas. Glaub ja nicht, dass mir das nicht aufgefallen ist ...« Felix unterbrach seine Gesten und öffnete die Beifahrertür.

»Aber von mir aus ... Steig wieder ein! Wir fahren zusammen in den Spreewald.«

8

Wenn ein Mann etwas gänzlich Dummes tut,
so ist es stets aus den edelsten Motiven.
(Oscar Wilde)

Was für ein seltsames Paar!

Seit einer Viertelstunde saß Johanna Dohmann jetzt schon mit den beiden Männern, die sich als Julian und Felix Albrecht vorgestellt hatten, am Kaffeetisch auf der Terrasse von Gut Tarnow zusammen – und irgendwie benahm sich ihr Besuch höchst merkwürdig.

Beide waren eindeutig nicht bei der Sache.

Dabei hätten die äußeren Umstände für einen solchen Termin kaum perfekter sein können. Die warme Sommersonne strahlte an diesem Montagnachmittag von einem wolkenlosen Himmel, aber unter dem großen Sonnenschirm ließ sich die Hitze gut aushalten.

Johanna hatte die beiden Männer an der Eingangstreppe empfangen und dann am Haus vorbei zur Terrasse geführt. Von hier aus hatten sie einen wunderschönen Blick auf den kleinen Weiher.

Doch das schien ihren Besuch gar nicht zu interessieren. Felix Albrecht hatte zur Begrüßung lediglich kurz genickt und war dann, kaum dass er Platz genommen hatte, sofort hinter seinem Laptop verschwunden. Angeblich, weil er dringend mehrere Hotelreservierungen ändern musste.

»Es haben sich kurzfristig einige Änderungen in unserer

Reiseplanung ergeben«, hatte ihr Julian Albrecht erklärt. »Mein Sohn passt das jetzt entsprechend an.«

Das mochte zwar stimmen, war aber in Johannas Augen trotzdem sehr unhöflich.

Sie hatte sich extra noch die Mühe gemacht, im Internet nach Tipps für den Umgang mit Gehörlosen zu suchen und die Gebärde für »Guten Tag« zu lernen. Doch leider konnte sie ihr neues Wissen nicht anbringen, denn Felix Albrecht schien gar nicht an einem Gespräch interessiert zu sein. Er tippte lieber auf seinem Computer herum. Wenn er doch mal aufblickte, schaute er lediglich kurz zu seinem Vater, und seine Miene verfinsterte sich. Offensichtlich hatten die beiden irgendein Problem miteinander.

Wenigstens unterhielt sich Julian Albrecht mit ihr, obwohl auch er mit seinen Gedanken woanders zu sein schien. Immer wieder wanderten seine Augen zur Terrassentür – so, als ob er auf etwas warten würde. Oder auf jemanden.

Außerdem ließ er den Blick auffällig oft über die Fassade des Hauses und durch den Garten schweifen. Es schien, als wolle er jede Einzelheit in sich aufnehmen. Oder als könne er nicht glauben, tatsächlich hier zu sein.

Was irgendwie auch keinen Sinn ergab.

Schließlich wurde es Johanna zu bunt.

»Erwarten Sie jemanden?«, fragte sie, nachdem Julian Albrecht zum sechsten Mal Richtung Terrassentür geschaut hatte.

»Wer … ich? Nein!« Er lachte nervös. »Ich dachte nur, ich hätte gerade Stimmen gehört.«

»Das sind meine Tochter und meine kleine Schwester, die sitzen drinnen und schauen zusammen fern.«

»Bei diesem schönen Wetter?«

»Meine Tochter ist krank, und meine Schwester passt auf sie auf.«

Marie hatte mit hohem Fieber aus dem Kindergarten abgeholt werden müssen und deshalb Johannas Tagesplanung völlig durcheinandergebracht. Statt sich um die Details für die Presseinformationen zu kümmern, war sie beim Kinderarzt und in der Apotheke gewesen, hatte Marie mit Medikamenten versorgt und sie zum Mittagsschlaf ins Bett gebracht. Danach hatte sie es gerade noch geschafft, etwas aufzuräumen, beim Bäcker Streuselkuchen zu holen, den Tisch zu decken und sich selbst eine erfrischende Dusche zu gönnen.

»Oje, die Arme! Was hat sie denn?«, wollte Julian Albrecht wissen.

»Mandelentzündung.«

»Und Ihre Schwester kümmert sich jetzt um die Kleine? Es ist praktisch, wenn die Verwandtschaft so bereitwillig einspringt.«

Johanna verkniff sich einen Kommentar.

Von »bereitwillig« konnte keine Rede sein. Franziska war alles andere als begeistert gewesen, als sie am Nachmittag aus der Schule gekommen war und auf dem geblümten Sofa im Salonzimmer die kranke Marie vorgefunden hatte. Doch Johanna hatte ihr keine Wahl gelassen. Der Termin mit dem Journalisten war wichtig, und sonst war niemand im Haus, der als Babysitter einspringen konnte. Ihre Mutter und ihr Großvater waren heute schon sehr früh mit dem Zug Richtung Ostsee abgereist, und ihr Vater hatte während der Woche in seiner Werkstatt alle Hände voll zu tun. Aber die typischen Probleme einer alleinerziehenden Mutter interessierten vermutlich niemanden hier am Tisch. Oder doch?

Sie spürte Julian Albrechts verständnisvollen Blick auf sich ruhen. Er lächelte aufmunternd.

»Wenn Kinder klein sind, kriegen sie schnell mal was, aber genauso schnell ist es auch wieder vorbei.«

Das Lächeln veränderte sein Gesicht. Plötzlich wirkte er warmherzig und sympathisch.

»Ja, ich weiß.« Johanna blickte in Felix' Richtung. »Aber wenn sie groß sind, ist es auch nicht immer einfach, oder?«

»Nein.« Julian grinste amüsiert.

»Ist er immer so unfreundlich?« Sie senkte ihre Stimme, obwohl der junge Mann sie ja gar nicht hören konnte.

»Nein, ganz im Gegenteil, das werden Sie schon noch merken. Ich fürchte, dass ich an seiner derzeitigen Laune nicht ganz schuldlos bin. Ich habe mich heute sehr kurzfristig entschlossen, ihn zu begleiten.«

»Ach, ich verstehe! Deshalb muss er jetzt die Hotelreservierungen ändern.«

»Ja, er kann das viel schneller als ich. Und sobald er damit fertig ist, wird er sich um Sie kümmern, das verspreche ich Ihnen.«

»Mal sehen.« Johanna war noch nicht überzeugt.

»Sagen Sie …«, setzte Julian Albrecht an, unterbrach sich aber gleich wieder. Wieder wanderte sein Blick nervös zur Tür.

»Ja?«

»Darf ich Sie etwas fragen?«

Johanna lachte. »Ich dachte, deswegen sind Sie hier. Also, nur zu!«

»Ich … ich hatte gehofft, hier auf Kathrin … äh … ich meine, Frau Bahrenbeck zu treffen.«

»Meine Mutter? Nein, tut mir leid, die ist heute früh für drei Wochen nach Usedom gefahren.«

»Was?« Julian Albrecht sprang auf und stieß dabei mit dem Knie an eines der Tischbeine. Die Vase mit den Teerosen wackelte, das Geschirr klirrte, und sogar Felix schaute von seinem Computer auf.

»Sie ist in Usedom?«

»Ja. Sie begleitet meinen Opa, der dort eine Kur machen soll«, erklärte Johanna, etwas erstaunt über seine Aufregung. »Warum fragen Sie? Kennen Sie meine Mutter?«

Julian nickte. Wie in Zeitlupe setzte er sich wieder auf den Stuhl. Immerhin schien das endlich Felix' Aufmerksamkeit geweckt zu haben.

Er klappte den Laptop zu.

»Ich … von früher … kurz nach der Wende habe ich in Lübben gearbeitet«, murmelte Julian. »Ich war dort bei der Bank, und zu meinen Kunden gehörte auch Ihre Familie.«

»Was für ein Zufall!«

»Außerdem habe ich Kathrin letzte Woche den Preis für die Unternehmerin des Jahres überreichen dürfen.«

»Echt? Sie waren das?« Erstaunt musterte Johanna ihr Gegenüber. »Das hätte ich jetzt nicht erkannt.«

»Na ja, der Bart ist ab. Und den Anzug habe ich heute auch im Schrank gelassen.« Er deutete auf seine Jeans und das hellblaue Hemd.

»Wie schade, dass meine Mutter nicht hier ist! Ich wette, sie hätte Sie gerne wiedergesehen.«

»Ja … das hatte ich gehofft«, erwiderte Julian bedächtig. »Sie haben nicht zufällig … ich meine … äh … können Sie sie in Usedom telefonisch erreichen?«

»Ja klar, sie hat ihr Handy dabei. Allerdings soll ich nur in dringenden Fällen anrufen, das habe ich meinem Großvater versprechen müssen.« Und daran würde sie sich halten, fügte Johanna in Gedanken hinzu. »Ich nehme an, Ihr Besuch ist kein Notfall, oder?«

»Nein. Jedenfalls nicht im klassischen Sinn …«

Wieder wirkte Julian seltsam geistesabwesend. Und irgendwie auch traurig.

Johanna hielt es für das Beste, erst einmal für frischen Kaffee zu sorgen. Diese Unterhaltung verlief bislang völlig anders, als sie es erwartet hatte.

Vielleicht half eine zweite Portion Koffein, das Gespräch in die richtige Richtung zu lenken. Oder vielleicht würde sie die beiden auch einfach nach der zweiten Tasse Kaffee hinauswerfen.

»Ich gehe mal schnell in die Küche. Noch einmal einen Cappuccino für Sie beide?«

Nachdem Johanna mit den Kaffeetassen im Haus verschwunden war, beugte Julian sich vor, legte das Gesicht in seine Hände und atmete ein paar Mal tief durch.

Er fühlte sich viel zu erschöpft und enttäuscht, um klar denken zu können. Die Gewissheit, dass er umsonst hierher gefahren war, verursachte einen dumpfen, quälenden Kopfschmerz – und den merkwürdigen Drang, laut loszulachen.

Welche Ironie des Schicksals! Er war hier, und Kathrin war weg.

Noch vor einer halben Stunde hatte er sich gefühlt wie im siebten Himmel. Erwartungsvoll und aufgeregt hatte er neben Felix gesessen, während sie durch die schattige Birkenallee zum Gutshof gefahren waren.

Dort war alles tatsächlich genauso schön geworden, wie Kathrin es ihm beschrieben hatte. Schon von weitem erkannte er das wunderschön restaurierte Gebäude, das in warmen Orange- und Gelbtönen angestrichen worden war. Überall standen große Blumenkübel mit üppig blühenden Pflanzen und Palmen herum, und im Vorgarten hatte Julian sogar den alten Springbrunnen entdeckt.

Dann war auf einmal die Tür aufgegangen, und sein Herz hatte einen Sprung gemacht. Aber nicht Kathrin war aus der

Tür getreten, sondern eine junge Frau in einem roten Sommerkleid.

Julian hatte sie sofort erkannt.

Lange dunkelblonde Haare, zarte, gleichmäßige Gesichtszüge und ein zurückhaltendes Lächeln – das konnte nur Johanna sein, Kathrins älteste Tochter. Das Mädchen sah ihrer Großmutter in der Realität noch viel ähnlicher als auf dem Foto, auch wenn sie größer war als diese und nicht Renates graublaue, sondern Kathrins grüne Augen geerbt hatte.

Unter anderen Umständen hätte er sich gefreut, Johanna kennenzulernen. Doch in diesem Moment hatte er sich auf nichts anderes konzentrieren können als auf das bevorstehende Wiedersehen mit Kathrin. Ständig waren seine Augen auf der Suche nach ihr gewesen.

Vergeblich, wie er jetzt wusste.

Die Enttäuschung und der dumpfe Kopfschmerz verstärkten sich. Zum ersten Mal seit seinem überhasteten Aufbruch in Frankfurt stellte er sich die Frage, was er eigentlich von diesem Besuch erwartet hatte. Hatte er ernsthaft damit gerechnet, dass Kathrin ihn mit offenen Armen empfangen würde?

Wohl kaum.

Aber sie hätte wenigstens, verdammt noch mal, hier sein können! Der Rest hätte sich dann schon irgendwie geklärt. Müde rieb er sich über die Augen. Durch seine Finger bemerkte er Felix' kritischen Blick.

Seinem Sohn konnte er nicht mehr lange etwas vormachen, das ahnte er. Aber was sollte er ihm erklären, wenn er selbst nicht einmal genau wusste, was er jetzt tun sollte?

Kurz entschlossen erhob er sich.

»Bist du fertig mit den Reservierungen?«

Mit dieser banalen Frage schien Felix nicht gerechnet zu haben. Er nickte zögernd.

»Wo werden wir übernachten?«

»In dieser Woche in einem Hotel in Lübben. Danach sehen wir weiter.«

»Gut, danke.«

»Gern geschehen. Es hat mich ja nur eine halbe Stunde Arbeit gekostet.« In Felix' Augen blitzte Sarkasmus auf. »Und die Sympathie von Johanna Dohmann.«

»Das habe ich auch schon bemerkt. Ich glaube, sie ist etwas irritiert von dir.«

»Von mir? Ach, wirklich?« Auch Felix erhob sich jetzt. »Dabei habe ich bislang gar nichts gemacht, was sie beunruhigen könnte. Du hingegen ...« Sein Finger schoss Richtung Julians Brust. »Du machst ihr Angst.«

»Ich? Wieso?«

»Weil du dich benimmst wie ein entlaufener Irrer. Das macht ja sogar mir Angst.«

»Ich weiß nicht, was du meinst.«

»Ach, komm schon, Papa! Was sollen die Fragen nach Frau Bahrenbeck und diese komischen, sehnsuchtsvollen Blicke? Glaubst du, ich weiß nicht, was hier läuft?« Aufgeregt schnappte er nach Luft, bevor er erneut zu gestikulieren begann – dieses Mal noch viel heftiger. »Du hast gerade eine Krise mit Mama und läufst jetzt der erstbesten Frau hinterher, die dir in den Kram passt.«

»Kathrin Bahrenbeck ist nicht die erstbeste Frau. Und in den Kram hat sie mir noch nie gepasst!« Auch Julians Gebärden wurden jetzt leidenschaftlicher.

»Wer ist sie? Warum willst du sie unbedingt wiedersehen?«

»Das ist eine längere, sehr private Geschichte, die ich dir bestimmt nicht jetzt und hier erzählen werde.«

»Warum nicht?« Felix sah sich um. »Es kann uns doch sowieso niemand verstehen.«

»Du musst arbeiten, vergiss das nicht!«

»Das würde ich ja gern tun. Leider hinderst du mich daran.«

»Gut, wenn das so ist, werde ich mich jetzt zurückziehen und einen Spaziergang unternehmen.« Julian deutete zum Weiher.

»Und wer garantiert mir, dass du dich nicht heimlich davonschleichst nach … wohin noch gleich?«

»Usedom.«

»Richtig. Usedom.«

»So ein Blödsinn.« Resigniert ließ Julian seine Hände sinken. Ohne eine weitere Bemerkung drehte er sich um und lief die Treppenstufen zur Wiese hinab.

Nein, davonschleichen war keine gute Lösung.

Er konnte Kathrin nicht kopflos hinterherlaufen.

Er brauchte einen besseren Plan.

9

Die Liebe besteht zu drei Vierteln aus Neugier.
(Giacomo Girolamo Casanova)

Als Johanna auf die Terrasse zurückkehrte, war Julian Albrecht nicht mehr zu sehen.

Suchend blickte sie sich um und entdeckte ihn schließlich bei den alten Eichen. Offenbar hatte er beschlossen, einen kleinen Spaziergang zu machen. Felix stand am Rand der Terrasse und hatte ihr den Rücken zugewandt. Johanna stellte das Tablett mit den Kaffeetassen auf dem Tisch ab und schlenderte dann langsam auf ihn zu.

»Der dunkelhaarige Typ ist total heiß«, hatte Franziska vorhin erklärt, als Johanna auf dem Weg zurück auf die Terrasse kurz im Salonzimmer vorbeigeschaut hatte.

Marie hatte auf dem Sofa gelegen und ihre Lieblingssendung, die Hexe Lilli, angeschaut. Franziska hingegen hatte neugierig an einem der Fenster im Erker gestanden und interessiert die beiden Männer beobachtet, die sich auf der Terrasse gerade eine heftige Diskussion in Gebärdensprache lieferten. »Was läuft denn bei denen ab? Ich glaube, sie gehen sich gleich an die Gurgel. Hoffentlich gewinnt der Jüngere!«

Nun, offensichtlich hatten sich Vater und Sohn doch noch friedlich getrennt. Johanna blieb ein paar Schritte hinter Felix stehen und musterte ihn verstohlen.

Total heiß waren nicht die Worte, die sie gewählt hätte, um ihn zu beschreiben. Aber Franziska hatte recht, er sah wirklich gut aus: schlanke, sportliche Figur, dunkle, leicht zerzauste Haare, braungebrannte Haut, helle Jeans, olivgrünes T-Shirt. Und er war groß – fast einen Kopf größer als sie selbst.

Sie trat näher. Aber noch bevor sie auf sich aufmerksam machen konnte, drehte er sich zu ihr um. Sie nickte freundlich und überlegte, wie sie die Kommunikation am besten beginnen sollte. Glücklicherweise fiel ihr ein, was sie am Mittag gelernt hatte – einen Gruß in Gebärdensprache. Mit Daumen und Zeigefinger formte sie einen Kreis und bewegte dann beide Handflächen vor ihrem Körper.

»Guten Tag!«

Seine Augen, vom selben Braunton wie seine Haare, beobachteten ihre Gesten, und gleich darauf verzog sich sein Mund zu einem überraschten Lächeln. Er antwortete mit ein paar schnellen Handbewegungen, die Johanna natürlich nicht begriff.

Verlegen schüttelte sie den Kopf. »Tut mir leid … ich kann nur diesen Gruß.«

Felix schien das mühelos von ihren Lippen ablesen zu können, denn er nickte.

»Das dachte ich mir.«

Seine Aussprache klang verwaschen, die Stimme monoton.

Sanft schob er sie zum Tisch. Dort rückte er einen zweiten Stuhl an seinen Platz und klappte den Laptop auf. Sein auffordernder Blick gab ihr zu verstehen, dass sie sich zu ihm setzen sollte.

Er öffnete das Textverarbeitungsprogramm und begann zu tippen.

Ist es okay, wenn ich schreibe? Das fällt mir leichter als das Sprechen. Außerdem muss ich mir dann keine Notizen zum Gespräch machen, sondern speichere zum Schluss einfach meine Bemerkungen ab.

Danach wanderte sein Blick zurück zu ihr.

»Ja, klar«, antwortete sie.

Es tut mir echt leid, dass wir einen schlechten Start hatten! Normalerweise arbeite ich professioneller. Und ich bin auch viel netter, als es jetzt scheint.

Johanna wartete, bis Felix sie wieder anschaute. »Das hoffe ich«, entgegnete sie dann. »Ich habe nämlich ernsthaft überlegt, Sie vor die Tür zu setzen.«

Ups! Wenn ich verspreche, mich ab jetzt zu benehmen, kriege ich dann noch eine Chance? Bitte!!!

Seine Augen blitzten dabei so fröhlich, dass Johanna gar nicht anders konnte. Sie musste zurücklächeln.

»Okay.«

Zu meiner Entschuldigung kann ich nur anbringen, dass mein Vater heute meine gesamten Reisepläne durcheinandergebracht hat.

»Ich weiß, das hat er mir schon erzählt.«

Tut mir leid, von der Unterhaltung vorhin habe ich kaum etwas mitbekommen. Außer den letzten Teil …

»Dass er meine Mutter kennt? Was für ein merkwürdiger Zufall!«

O ja, das finde ich auch.

Mit besorgter Miene blickte er zur Wiese hinab, wo Julian mit schnellen Schritten Richtung Weiher lief.

Wenn ich geahnt hätte, wie komisch er sich benimmt, hätte ich ihn im Auto gelassen.

»Bei der Hitze? Das geht doch nicht!«

Na ja, ich hätte natürlich die Fenster aufgelassen.

Johanna lachte.

Jetzt ist er erst einmal eine Weile beschäftigt. Wir sollten die Zeit nutzen und über die Arbeit reden. Es geht bei Ihnen um Fotos, einen neuen Internetauftritt und um Pressemappen, nicht wahr?

Sie nickte.

Haben Sie schon ...

»Moment!« Sie berührte seinen Arm. Sofort unterbrach er das Tippen und sah sie an.

»Wollen wir nicht lieber du sagen? Damit würde ich mich viel wohler fühlen.«

Ich mich auch! Also: Hast du schon alte Fotos und Unterlagen herausgesucht?

»Nur sehr wenige. Bislang kam immer irgendetwas dazwischen, wenn ich anfangen wollte.«

Macht nichts, das kriegen wir gemeinsam hin. Wann hast du Zeit dafür?

Johanna nahm ihr Handy vom Tisch und prüfte den Kalender. Die nächsten Tage waren voller Termine und Besprechungen, stellte sie missmutig fest. Und zu allem Überfluss musste sie sich ja auch noch um Marie kümmern. Sie würde wohl ihre Mittagspausen für Felix Albrecht opfern müssen.

Wir können uns auch gern abends treffen.

Er hatte ihren kritischen Gesichtsausdruck anscheinend sofort richtig gedeutet. Johanna errötete. Sie war es nicht gewohnt, so intensiv beobachtet zu werden.

»Ich kann momentan abends leider nicht weg von hier. Du hast ja mitbekommen, dass meine Mutter verreist ist.«

Dann bist du jetzt für die beiden dort zuständig?

Felix grinste und deutete mit dem Kopf Richtung Erker, wo Franziska und Marie hinter einem der Fenster standen. Marie hielt ihren dicken Stoffpinguin im Arm und lutschte die Scheibe ab, während Franziska vorwitzig beide Daumen nach oben reckte.

»Ich glaube, ich muss gleich mal meine Schwester ermorden gehen«, murmelte Johanna. Sie spürte, wie ihr Gesicht zu glühen begann.

Welche? Die kleine oder die große?

»Die große.« Sie schickte einen giftigen Blick zum Fenster, und tatsächlich verschwand Franziska sofort zurück zum Sofa.

»Das kleine Mädchen ist nicht meine Schwester, sondern meine Tochter.«

Echt jetzt? Du siehst noch viel zu jung aus.

Johanna seufzte. Sie hatte sich längst an die erstaunten Fragen gewöhnt, wenn die Sprache auf Marie kam. Doch noch immer ärgerte es sie, wenn sie das Gefühl hatte, sich rechtfertigen zu müssen – so wie auch jetzt.

»Ich war achtzehn, als sie auf die Welt kam. Nach ihrer Geburt habe ich das Abitur gemacht, mein Studium abgeschlossen, und jetzt bin ich alleinerziehend«, leierte sie die Informationen herunter, die sie schon so oft hatte geben müssen. »Hast du noch mehr Fragen zu diesem Thema?«

Felix schüttelte den Kopf. Immer noch waren seine Augen aufmerksam auf ihr Gesicht gerichtet. Er versuchte wohl, sich einen Reim auf ihre Verstimmung zu machen.

Schließlich begann er zu tippen.

Sorry. Ich wollte dich nicht kränken, ich war nur neugierig.

»Schon gut.« Sie atmete einmal tief durch. »Ich glaube, ich habe es einfach satt, ständig komisch angeschaut zu werden.«

Wem sagst du das?

Die schlichte Entgegnung und sein freundlicher, offener Blick rührten Johanna. Ihr Ärger verpuffte genauso schnell, wie er gekommen war. Sie schaute noch einmal zum Wintergarten hinüber, wo Marie inzwischen damit begonnen hatte, die Fensterscheibe mit dem Pinguin zu polieren.

»Für Mitleid besteht überhaupt kein Grund«, sagte sie, wieder an Felix gewandt.

Genau das antworte ich auch immer … und wenn ich dir jetzt noch einen praktischen Rat geben darf: Statt deine Schwester zu ermorden, solltest du sie vielleicht besser zum Fensterputzen verdonnern.

Damit brachte er sie erneut zum Lachen.

Wir sind schon wieder vom Thema abgeschweift. Können wir jetzt zu meiner eigentlichen Frage zurückkehren?

»Ja, natürlich.«

Dein Terminplan scheint recht voll zu sein, aber ich kann meine Pläne entsprechend anpassen. Ich habe viele Fotoaufträge hier in der Gegend, die ich tagsüber erledigen muss. Wegen des Sonnenlichts.

»Ich verstehe.«

Meine Abende sind frei, ich kann gern herkommen.

»Das wäre supernett.«

Gibst du mir deine Handynummer? Dann melde ich mich von unterwegs, und wir können uns verabreden.

Er zog sein Telefon aus der Hosentasche, öffnete das Programm für Kontakte und reichte es an Johanna weiter. Sorgfältig tippte sie ihre Nummer ein.

Felix sah auf seine Armbanduhr.

Wir haben noch ein wenig Zeit. Kannst du mir den Gutshof zeigen, damit ich mir einen ersten Überblick für mögliche Foto-Motive verschaffen kann?

»Gern.« Johanna erhob sich. »Wollen wir drinnen anfangen?«

10

Vor der Wirklichkeit kann man seine
Augen verschließen, aber nicht vor der Erinnerung.
(Stanislaw Jerzy Lec)

Julian hatte den Weiher in wenigen Minuten umrundet, und das Laufen tat ihm gut. Noch immer steckte ihm die Aufregung der letzten Tage in den Knochen. Hier, mitten im Grünen zwischen Wasser, Seerosen und wilden Brombeersträuchern, konnte er zum ersten Mal wieder richtig durchatmen und seinen Gedanken freien Lauf lassen.

Am Ende seines Rundgangs blieb er bei den Eichen stehen und betrachtete das Gutshaus. Es wirkte selbst aus einiger Entfernung groß, aber nicht protzig. Rote Heckenrosen rankten sich im Erdgeschoss an den Mauern entlang, und die Balkontüren im ersten Stock waren weit geöffnet. Automatisch wanderten seine Augen noch ein wenig höher – hinauf zu fünf Fenstern ganz links unterm Dach.

Dort war Kathrins Bücherzimmer.

Er konnte sich noch immer an jede Einzelheit ihres letzten gemeinsamen Nachmittags dort erinnern: der tanzende Staub im Sonnenlicht, der trockene, typische Papierduft der vielen Bücher, die unbequeme, viel zu weiche Matratze.

Und Kathrin, immer wieder Kathrin.

Ihre Stimme, ihr Lachen, ihre Lebendigkeit.

Gott, er vermisste sie so sehr, dass es weh tat! Warum war sie jetzt nicht hier? Und wieso, verdammt noch mal, konnte er nicht mehr klar denken und benahm sich wie der letzte Idiot?

Fluchend riss er einen abgestorbenen Zweig vom Baum und warf ihn ins Wasser. Ein Entenpärchen suchte laut schnatternd das Weite, und aus dem Gebüsch flatterten aufgeregt mehrere Spatzen hervor.

Vom Haus her hörte er Johanna lachen.

Sie saß direkt neben Felix am Tisch, beide schauten in seinen Computer und schienen sich prächtig zu verstehen.

Gut so! Er hatte sich zwar keine ernsthaften Sorgen darum gemacht, dass sein Sohn mit Johanna Dohmann nicht zurechtkommen würde. Schließlich konnte Felix, wenn er wollte, jeden um den Finger wickeln. Aber wenn er ausgerechnet bei diesem Projekt Schwierigkeiten bekommen hätte, hätte Julian sich das nie verziehen.

Langsam setzte er seinen Weg fort. Als er die Terrasse erreicht hatte, erhob sich Johanna gerade und deutete auf eine geöffnete Tür.

»Wollen wir drinnen anfangen?«, hörte Julian sie fragen.

Offensichtlich wollte sie Felix das Haus zeigen. Hastig beschleunigte er seine Schritte und machte sich bemerkbar.

»Hallo! Ich bin auch wieder da.«

Johanna drehte sich um. »Ich wollte Felix gerade ein wenig herumführen.«

»Darf ich Sie begleiten?«

Johanna warf Felix einen fragenden Blick zu. »Er will mitkommen.«

Dieser zuckte ohne große Begeisterung mit den Schultern. »Von mir aus«, meinte er.

»Na gut!« Johanna lief voraus. »Ich zeige Ihnen die Räume im Erdgeschoss. Zuerst gehen wir ins Esszimmer.«

An der Terrassentür zögerte Julian zuerst. Es kam ihm plötzlich so vor, als ob er verbotenes Gebiet betreten würde. Das hier war Kathrins Zuhause, ihr persönlicher Bereich, und er handelte ohne ihre Erlaubnis. Sie ahnte ja nicht einmal, dass er hier war.

Außerdem hatte er keine Vorstellung davon, was ihn erwartete. In seinen Erinnerungen verströmte das Haus einen alten, leicht verstaubten, aber eleganten Charme. Doch was war, wenn Kathrin im Innern alles modernisiert hatte? Würden dann nicht alle schönen Erinnerungen, die er mit diesem Ort verbunden hatte, verloren gehen?

Schließlich jedoch siegte seine Neugierde, und er trat ins Haus. Das Erste, was ihm auffiel, war der Fußboden. Die Eichenholzplatten glänzten hell und frisch poliert, aber es war unverkennbar das Material, das schon hier gelegen hatte, als er das Haus damals besichtigt hatte.

Er bückte sich und strich über die Holzdielen.

»Das ist noch der ursprüngliche Fußboden«, erklärte Johanna an Felix gewandt. »Meine Mutter wollte so viel Bausubstanz wie möglich bewahren.«

»Ja.« Julian richtete sich auf. »Das sieht man.«

Er ließ seinen Blick durch das Esszimmer schweifen. Die bequemen Stühle, der große Tisch, die farbenfrohe Tischdecke und die bunten Vorhänge waren neu. Die alte Holzvertäfelung an den Wänden jedoch war erhalten geblieben, ebenso wie die Rundbögen an den Fenstern.

»Jetzt gehen wir in die Küche«, sagte Johanna zu Felix, nachdem dieser sich lange und interessiert umgesehen hatte. »Ich glaube, das wäre auch ein schöner Raum für ein typisches Foto.«

Die Holzdielen knarrten, als sie durch die Eingangshalle liefen. Erfreut registrierte Julian, dass auch der alte Kronleuchter noch immer an seiner Eisenkette von der Decke hing.

Die Küche wirkte hell und einladend. Hier herrschte ein gemütliches Durcheinander aus alten Schränken, modernen Küchengeräten, buntem Geschirr, Obstschalen und Kräutertöpfen.

Vor einem der Regale blieb Julian stehen und betrachtete den Inhalt. Vergeblich suchte er nach einem roten Plastikeimer mit Gurkenglasdeckeln. Das war natürlich kindisch, schimpfte er im Stillen mit sich selbst. Wieso sollte Kathrin diesen Eimer aufbewahrt haben?

Johanna hatte sich unterdessen wieder Felix zugewandt.

»In der Küche sind wir eigentlich am liebsten, hier trifft sich die ganze Familie«, sagte sie.

»Wie viele Leute seid ihr?«, wollte Felix wissen.

»Sechs. Meine Mutter, meine beiden Schwestern, mein Opa, meine Tochter und ich. Mit meinem Vater sogar sieben. Aber der ist nicht oft hier.«

Felix sah aus, als ob er gern eine Frage stellen würde, doch er hielt sich zurück.

Johanna schien jedoch zu ahnen, was er wissen wollte. »Meine Eltern sind geschieden.«

»Danke!« Felix grinste. »Ich wollte nicht schon wieder neugierig sein.«

Auch Johanna musste lächeln. »Das ist schon okay.«

»Mama?«, ertönte es in diesem Moment aus einem anderen Zimmer des Hauses.

Gleich darauf waren schnelle Schritte zu hören, und ein kleines, blondgelocktes Mädchen stürmte in die Küche. Sie trug dicke Socken, ein rosafarbenes T-Shirt und eine Schlafanzughose.

»Die Franzi ist gemein«, jammerte die Kleine, ohne auf den fremden Besuch zu achten. Sie ließ sich von Johanna auf den Arm nehmen. »Und doof! Sie will mir nichts zu trinken holen, weil sie fernsehen muss. Aber ich habe riesigen Durst!«

Erst jetzt bemerkte sie die beiden Männer. Verschämt versteckte sie ihr Gesicht hinter der Schulter ihrer Mutter.

»Wer ist das?«, flüsterte sie Johanna gut hörbar ins Ohr.

»Das da ist Felix«, Johanna zeigte auf Felix. »Er fotografiert und schreibt Geschichten.«

»Erzählst du mir eine?«, fragte Marie.

Felix zuckte entschuldigend mit den Achseln, offensichtlich hatte er nicht alles verstanden. Aber noch bevor Julian sich einschalten konnte, stellte Johanna Marie auf den Boden und erklärte: »Felix kann dich nicht hören.«

»Echt nicht?« Neugierig betrachtete Marie den jungen Mann. »Auch nicht, wenn ich ganz doll schreie?«

»Nein, mein Schatz.« Johanna drehte ihren Kopf so, dass Felix ihr Gesicht sehen konnte. »Aber dafür kann er etwas ganz Tolles: Er kann von deinen Lippen ablesen, was du sagst. Du musst nur deutlich und langsam sprechen und ihn dabei anschauen.«

Marie musterte Felix mit ihren großen, fieberglänzenden Augen. Julian unterdrückte ein amüsiertes Schmunzeln. Kathrins grüne Augenfarbe hatte sich über ihre Tochter auch auf die Enkelin vererbt.

»Kannst du auch sehen, was ich denke?«, wollte das kleine Mädchen von Felix wissen.

Dieses Mal verstand Felix sie und schüttelte lachend den Kopf.

»Schade! Das wäre manchmal sehr hilfreich«, seufzte Johanna und strich ihrer Tochter zärtlich über die Haare. »Und an deiner Stelle wäre ich mir nicht so sicher, dass er das nicht doch kann, meine Süße.«

Julian hockte sich vor Marie. »Ich heiße Julian.«

»Und was machst du hier? Kannst du auch Geschichten schreiben?«

»Nein«, sagte Johanna. »Julian ist der Papa von Felix, und außerdem ein Freund von Oma.«

Bei der Erwähnung des Wortes »Oma« zuckte Julian zusammen. Er konnte sich einfach nicht daran gewöhnen, in Kathrin eine Großmutter zu sehen. Für Marie hingegen schien jetzt alles klar zu sein.

»Omas Freund«, wiederholte sie nachdenklich. Dann hellte sich ihre Miene auf. »Oma hatte bis jetzt gar keinen Freund. Das ist schön! Jetzt kann sie mit dir spielen.«

Hastig erhob sich Julian wieder. Er hielt es für besser, die letzte Feststellung nicht zu kommentieren.

Glücklicherweise schien auch Johanna dieser Ansicht zu sein. Sie holte eine Wasserflasche aus dem Schrank, nahm Marie an die Hand und drehte sich zu Felix um.

»Ich muss kurz rüber zu meiner Schwester und für Ordnung sorgen. Kommst du mit?«

»Wenn ich darf, gern.«

Marie kicherte. »Warum spricht der Felix so komisch, Mama?«

»Er spricht nicht komisch, er spricht so gut, wie er es kann. Unsere Sprache ist nicht ganz einfach für ihn. Dafür kann er aber perfekt eine andere Sprache, nämlich die Gebärdensprache.«

»Bärensprache? Was ist das?«

»Das erkläre ich dir alles später, okay?«

»Ich kann dir zeigen, wie das geht«, fügte Felix hinzu.

Marie strahlte. »Au ja!«

»Ich gehe schon mal wieder auf die Terrasse, wenn das okay ist«, mischte Julian sich in die Unterhaltung ein. Sein Bedarf an Familienleben im Hause Bahrenbeck war für heute gedeckt. Außerdem hatte er das Gefühl, dass Felix hier viel besser ohne ihn zurechtkam.

Johanna nickte. »Finden Sie allein hinaus?«

»Ja, danke.«

Langsam lief Julian durchs Haus Richtung Terrasse zurück. In der Eingangshalle blieb er kurz stehen und blickte die Treppe hinauf. Er hätte alles dafür gegeben, Kathrins Bücherzimmer zu sehen. Doch Johanna Dohmann hatte vorhin deutlich zu verstehen gegeben, dass sie ihnen nur das Erdgeschoss zeigen würde.

Wenigstens konnte er einen kurzen Blick ins Wohnzimmer riskieren. Leise schlich er durch das Esszimmer zum Rundbogen, der beide Bereiche miteinander verband, und blieb im Türrahmen stehen. Von hier aus ließ sich der Raum gut überblicken.

Ein übergroßes, blaues Sofa stand rechts vom Kamin, davor ein Glastisch und mehrere Sessel. An der Wand über dem Sofa hingen etliche Familienfotos und Kinderzeichnungen. Links vom Kamin hatte der Fernsehschrank seinen Platz gefunden, eine umfunktionierte dunkle Holztruhe mit Messinggriffen. Vor der Fensterfront standen weitere Sessel, eine riesige Stehlampe und ein kleiner Beistelltisch. Der Rest der Wände war vollgestellt mit Bücherregalen.

Doch Julian nahm die Einrichtung kaum wahr. Sein Blick war längst zum Kamin zurückgekehrt. Wie elektrisiert starrte er auf das, was dort, oberhalb der Feuerstelle, an der Wand hing: eine helle Kiefernholzplatte, beklebt mit Dutzenden bunter Messingdeckel. Er musste gar nicht näher treten, um zu wissen, was auf den Deckeln stand.

»Bahrenbecks gute Gurken«, flüsterte er. »Mit Dill. In Scheiben. Geviertelt … Nach Art …«

Er brach ab, weil seine Stimme versagte. Dann atmete er einmal tief durch und schaute wieder auf die Gurkendeckel.

Sie hingen immer noch da. Wahnsinn!

Kathrin hatte seinen schrägen, nicht mal richtig ernst gemeinten Vorschlag von damals in die Tat umgesetzt. War das vielleicht ihr Versuch gewesen, sich ein Stück Erinnerung zu bewahren – an ihn und ihre kurze, gemeinsame Zeit?

»Von wegen ›In meinem Leben ist kein Platz für dich‹«, knurrte Julian. »Du hast mich doch sozusagen jeden Tag vor deiner Nase hängen!«

Das *musste* etwas bedeuten.

Im schlechtesten Fall war Kathrin beim Einzug vor zehn Jahren einfach nur sentimental gewesen, als sie die Deckel im Küchenregal wiedergefunden hatte. Im besten Fall jedoch steckte mehr dahinter. Vielleicht *wollte* sie ihn gar nicht vergessen? Vielleicht geisterte er noch genauso in ihren Träumen herum wie sie in seinen?

So oder so – sie war ihm eine Erklärung schuldig. Und er würde nicht eher von hier fortgehen, bis sie ihm eine Antwort gegeben hatte.

Er nickte zufrieden. Gut! Jetzt endlich hatte er einen Plan.

Er würde hier, in Lübben, auf sie warten.

Notfalls auch drei Wochen lang.

11

Das Leben ist eine fortwährende Ablenkung,
die nicht einmal zur Besinnung darüber
kommen lässt, wovon sie ablenkt.
(Franz Kafka)

Usedom im Sommer – das war eine faszinierende Mischung aus Farben, Licht und Meeresrauschen.

Also genau das, was trübe Gedanken erfolgreich vertreiben konnte, und schon nach wenigen Tagen hatte Kathrin eine wohltuende Routine in ihrem Ferienalltag entwickelt.

Jeden Morgen, gleich bei Anbruch der Dämmerung, war sie am Strand unterwegs, wanderte von Seebrücke zu Seebrücke und wartete auf den Sonnenaufgang. Es war ein herrliches Gefühl, wenn die ersten warmen Strahlen auf ihre Haut fielen. Träumerisch beobachtete sie die Fischkutter, die aufs Meer hinausfuhren, immer begleitet vom sanften Schaukeln der Wellen und dem ewigen Geschrei der Möwen.

Auf dem Rückweg zu ihrem Apartment nahm sie vom Bäcker frische Brötchen mit und frühstückte auf ihrem kleinen Balkon. Sie hatte sich bewusst für eine Ferienwohnung entschieden, weil sie die großen Speisesäle in Hotels hasste und dort nicht allein am Tisch sitzen wollte. Hier oben, im dritten Stock einer alten Villa und mit Blick aufs Meer, machte ihr die Einsamkeit weniger aus.

Nach dem Frühstück besuchte sie ihren Vater. Sofern es sein Programm erlaubte, unternahmen sie gemeinsam einen Strandspaziergang oder sie trafen sich zu einer Tasse Kaffee in einem der vielen, schönen Cafés an der langen Uferpromenade.

Zum Mittagessen gönnte sich Kathrin regelmäßig ein Fischbrötchen mit Remoulade, das sie in ihrem gemieteten Strandkorb verzehrte. Danach machte sie es sich bequem. Sie las, schlief oder beobachtete das lebhafte Treiben am Meer. Da flogen Wasserbälle hin und her, bunte Strandmuscheln wurden aufgebaut, Kinder spielten Fußball, junge Paare hüpften durch die Wellen, und über dem gesamten Strand lag ein herrlicher Duft nach Sonnencreme, Vanilleeis und Meerwasser.

Gegen Abend schlenderte sie eine Zeitlang durch die Geschäfte oder traf sich noch einmal mit ihrem Vater. Dann setzte sie sich mit einer Schüssel Salat und einem Glas Rotwein auf ihren Balkon und beobachtete den Sonnenuntergang.

In den ersten Tagen war das alles, was sie tat. Sie telefonierte nicht einmal mit ihrer Familie, auch wenn ihr das schwerfiel. Doch sie musste ihrem Vater recht geben: Ihre Töchter würden sich schon melden, wenn sie Hilfe benötigten.

»Eine Auszeit bedeutet, dass das Telefon aus bleibt«, hatte Jürgen Bahrenbeck der erstaunten Familie kurz vor der Abreise erklärt. »Ein Anruf ist nur im Notfall erlaubt.«

Und auch wenn sie dieses Verbot übertrieben fand, hielt sich Kathrin daran. »Der Urlaub tut mir gut, das war eine tolle Idee von dir«, sagte sie Mitte der ersten Ferienwoche zu ihrem Vater.

Sie meinte es ehrlich. Die friedlichen Tage auf Usedom halfen ihr über Verzweiflung und Unruhe hinweg.

Fast zumindest.

Denn ein bisschen Melancholie blieb – eine stille Sehnsucht, die sie nur zuließ, wenn sie allein war. Doch darüber sprach sie mit ihrem Vater nicht.

Und dann lernte sie Edith Kowalski kennen. Es war Mittwochmittag, als die alte Dame plötzlich im benachbarten Strandkorb saß. Sie blickte nur kurz von ihren Stricknadeln auf, als Kathrin sich in ihren eigenen Strandkorb setzte und dort ihre Sachen ausbreitete: die Tüte mit dem Fischbrötchen, ein Handtuch, eine Flasche Wasser, eine Zeitschrift, eine Packung Butterkekse, ihre Sonnenbrille und die Sonnencreme.

Hungrig biss Kathrin in ihr Fischbrötchen und beobachtete das Treiben am Strand. Jetzt, gegen Mittag, wurde es recht voll, doch das störte sie nicht. Sie hatte ja einen gemütlichen, schattigen Platz mit direkter Aussicht auf das glitzernde Meer.

Schließlich blieb ihr Blick an ihrer neuen Strandkorbnachbarin hängen. Die zarte alte Dame war sicherlich schon Anfang achtzig, doch dafür wirkte sie ausgesprochen rüstig. Ihre weißen Haare hatte sie sorgfältig zurückgebunden. Die wachen, hellgrauen Augen bildeten einen interessanten Kontrast zu ihrer braunen Haut. Bekleidet war sie mit einem geblümten Strandkleid und einem zitronengelben Sonnenhut. Sie schien zu spüren, dass sie beobachtet wurde, denn jetzt schaute sie von ihrem Strickzeug auf.

»Hallo! Wir sind jetzt wohl Nachbarinnen.«

Kathrin schluckte den letzten Bissen hinunter und grüßte freundlich zurück. »Zumindest für die nächsten zweieinhalb Wochen.«

»Reisen Sie dann wieder ab?«

»Ja, dann geht es zurück nach Hause.«

»Und wo ist das?«

»In der Nähe von Lübben.«

»Im schönen Spreewald!« Die alte Dame legte die Handarbeit beiseite. »Dort bin ich sehr oft. Ich wohne in Berlin, und mit dem Zug ist es nur einen Katzensprung nach Lübben, nicht mal eine Stunde Fahrt.«

»Ich weiß. Ich nehme auch immer den Zug, wenn ich zwischen Berlin und Lübben hin- und herfahren muss.« Kathrin deutete auf die rosa Wolle. »Ist das für Ihr Enkelkind?«

»Für mein erstes Urenkelkind. Ein Mädchen, es kommt in ein paar Wochen auf die Welt.« Zärtlich streichelte ihre Nachbarin über das halb fertige Babyjäckchen. »Stellen Sie sich vor: Ich habe schon zwei Generationen nach mir aufwachsen sehen, und jetzt kommt bald die dritte.«

Kathrin dachte flüchtig an Johanna und Marie. Die Vorstellung, dass Marie irgendwann eigene Kinder haben würde, erschien ihr noch sehr abwegig. Das Erwachsenwerden kam früh genug und war schon bei Johanna viel zu schnell gegangen.

»Es ist ein Geschenk, dass ich das noch erleben darf«, meinte die alte Dame. Sie erhob sich und streckte ihre Hand aus. »Übrigens heiße ich Edith Kowalski.«

Kathrin wischte ihre fettigen Finger an einer Serviette sauber. »Kathrin Bahrenbeck.«

»Sind Sie allein unterwegs?«

»Eigentlich nicht. Mein Vater ist hier zur Kur, und ich begleite ihn für drei Wochen. Aber der Rest der Familie ist zu Hause geblieben. Und wie ist es bei Ihnen?«

Ediths Miene wirkte für einen Moment lang traurig. »Das ist mein erster Urlaub seit dem Tod meines Mannes.« Ihre Stimme zitterte plötzlich, und ihre hellen Augen schimmerten feucht. Doch dann wischte sie sich mit einer resoluten Geste über das Gesicht und lächelte entschuldigend. »Keine Angst! Ich habe nicht vor, neben Ihnen im Strandkorb zu sitzen und zu heulen. Weinen nutzt nichts, es verschleiert nur den Blick fürs Wesentliche, hat mein Mann immer gesagt.«

Kathrin wusste nicht recht, was sie darauf erwidern sollte, also entschloss sie sich zu einer unverfänglichen, harmlosen Frage.

»Bleiben Sie länger hier?«

»Ich habe vor, den ganzen Sommer auf der Insel zu verbringen.«

»Wie schön! Ich beneide Sie.«

»Na ja, ich bin ja schon ewig in Rente.« Edith musterte sie interessiert. »So ein Langzeiturlaub geht bei Ihnen noch nicht, oder?«

»Nein. Diese paar freien Tage musste ich mir regelrecht freikämpfen.«

»Haben Sie Kinder?«

»Ich habe drei Töchter, die sind aber schon so gut wie erwachsen.«

Aber ob erwachsen oder nicht – alle drei Mädchen waren nicht besonders begeistert von Kathrins spontanen Urlaubsplänen gewesen. Laura hatte sie stattdessen nicht ganz uneigennützig nach München eingeladen. Zwar hatte die junge Frau am Telefon sofort eingesehen, dass ihre Mutter eine Ablenkung benötigte. Diese hätte jedoch ihrer Meinung nach auch aus mehreren gemeinsamen, ausgiebigen Einkaufstouren in der Münchner Innenstadt bestehen können. Als Kathrin ablehnte, hatte Laura schmollend aufgelegt.

Franzi hingegen hatte nur genervt den Kopf geschüttelt und sich danach lautstark erkundigt, wer sie denn nun zur Schule, zum Training und zu ihren Freundinnen fahren würde.

Nur Johanna war ruhig geblieben, doch ihr prüfender Blick war Kathrin nicht entgangen. Seit sie selbst Mutter geworden war, hatte die junge Frau ein ganz anderes Verständnis für Kathrins alltägliche Probleme entwickelt. Nach kurzem Zögern war Johanna einverstanden gewesen, sich in Kathrins Abwesenheit um alles zu kümmern. Dabei hatte sie wieder mal viel zu erwachsen und vernünftig gewirkt – was irgendwie beruhigend, gleichzeitig aber auch bedenklich war.

»Na, wenn Ihre Töchter schon groß sind, dann kommen sie sicherlich allein zurecht.« Edith winkte ab. »Und zur Not gibt es ja bestimmt auch noch einen Papa.«

»Äh … ja.«

Im Gegensatz zu den Mädchen hatte Maik sie zu ihrer Reise ermuntert und sich gern bereit erklärt, für Kathrin einzuspringen und sich zumindest um Franzi zu kümmern.

Der gute Maik! Immer noch war er sofort da, wenn die Familie ihn brauchte. Daran hatte sich auch nach der Scheidung nichts geändert.

»Vermissen Sie ihn nicht?«

»Wen?«

»Na, Ihren Mann!«

Ihre Nachbarin war ganz schön neugierig! »Nein«, antwortete Kathrin knapp. »Wir sind geschieden.«

Langsam fragte sie sich, ob es eine gute Idee gewesen war, sich auf ein Gespräch mit der alten Dame einzulassen. Hoffentlich glaubte diese jetzt nicht, dass sie Kathrins gesamte Lebensgeschichte zu hören bekam!

Edith schien die kurze Antwort jedoch zu genügen. »Verstehe«, murmelte sie und setzte sich zurück in ihren Strandkorb. Dort nahm sie das Babyjäckchen zur Hand und begann wieder zu stricken.

Erleichtert lehnte Kathrin sich in die blau-weiß gestreiften Polster zurück, schloss die Augen und lauschte träge den Geräuschen vom Strand. In den vergangenen Tagen war sie um diese Zeit regelmäßig eingeschlafen. Heute jedoch wollte sich der Schlaf nicht einstellen.

Wahrscheinlich lag das an der Zeitschrift, die sie vorhin am Kiosk entdeckt hatte. Vier Seiten lang wurde dort über den Frankfurter Unternehmerball berichtet. Natürlich hatte sie die Zeitung sofort gekauft, um alles später in Ruhe lesen zu können.

Ihre Hand tastete nach dem Magazin, das neben ihr auf dem Handtuch lag. Spielerisch ließ sie die Seiten durch ihre Finger gleiten. Auf Seite sieben war ein Foto abgebildet, das sie selbst nach der Preisverleihung zeigte. Strahlend und ein wenig verwirrt lächelte sie in die Kamera.

Kathrin Bahrenbeck (47) kann ihr Glück über den gewonnenen Preis kaum fassen, lautete der Text unter dem Foto.

Ja, klar ... Sie grinste spöttisch. Diese Journalisten hatten keine Ahnung!

Ihr Lachen an jenem Abend hatte weder dem Preis noch dem Publikum gegolten, und schon gar nicht den Fotografen. Dieses besondere Lachen hatte nur einem einzigen Menschen gehört.

Julian.

Immer nur, immer wieder, immer noch ... Julian.

Sein Name war wie ein Magnet, der ihre Gedanken magisch anzog, und sein Gesicht wie ein Standbild, das durch alle ihre Träume geisterte. Daran änderte leider auch dieser Urlaub nichts.

Julian, dachte sie, wenn morgens die ersten Sonnenstrahlen auf ihr Gesicht fielen. *Julian*, wenn sie tagsüber den Blick sehnsuchtsvoll aufs glitzernde Meer richtete. Und auch nachts schlief sie mit seinem Namen auf den Lippen ein.

Trotzdem zwang sie sich dazu, der Realität ins Auge zu sehen. Julian war sicherlich längst wieder bei seiner Familie und schämte sich für sein Verhalten am Abend der Preisverleihung. Mit ein wenig Abstand war auch ihr inzwischen klargeworden, dass diese paar Stunden nichts zu bedeuten hatten.

Warum dem nachtrauern, was unerreichbar war? Es war gut so, wie es war.

Es *musste* einfach so gut sein.

Sie hatte es schon einmal geschafft, ihn erfolgreich aus ihren

Gedanken und ihrem Leben zu verdrängen – sie würde es wieder schaffen. Er war weit weg, und die Wahrscheinlichkeit, dass sie ihn noch einmal wiedersehen würde, mehr als gering.

Also – wieso verschwendete sie den Tag mit nutzlosen Grübeleien, statt den Sommer zu genießen?

Kurz entschlossen zog sie ihren Geldbeutel aus der Strandtasche und beugte sich vor.

»Ich habe Hunger auf ein Vanilleeis«, sagte sie zu Edith. »Soll ich Ihnen eins mitbringen?«

Das faltige Gesicht der alten Dame verzog sich zu einem fröhlichen Lächeln. »Gern. Wenn möglich, mit extra viel Sahne.«

12

Ältere Bekanntschaften und Freundschaften
haben vor neuen vor allem das voraus,
dass man sich einander schon viel verziehen hat.
(Johann Wolfgang von Goethe)

Nach ein paar Tagen im Spreewald war Julian ähnlich deprimiert wie nach seiner ersten Arbeitswoche vor 25 Jahren.

Nur mit dem Unterschied, dass die Zeit jetzt noch viel langsamer verging als damals. Er fühlte sich angespannt und ruhelos, und meistens tat er vor allem eines: Er vermisste Kathrin.

Sie gehörte hierher wie die Gurkenfelder, die Trauerweiden und das Flusswasser. Ohne sie erschien ihm seine Zeit in Lübben verschwendet. Dass er jetzt noch zwei weitere Wochen auf sie warten musste, kam ihm vor wie ein schlechter Witz.

Auf seine Kosten.

Um sich abzulenken, telefonierte er ein paar Mal am Tag mit seinem Büro und ließ sich über die wichtigsten Entwicklungen informieren.

Seine Telefonate mit Helen verliefen wesentlich kürzer. Sie zeigte zwar wenig Verständnis für seinen spontanen Ausflug, doch sie gewann der Sache rasch etwas Gutes ab. »Dann habt ihr zwei ja mal eine schöne Vater-Sohn-Zeit«, meinte sie.

Von wegen Vater-Sohn-Zeit!

Felix war nämlich keine große Hilfe. Jeden Morgen, gleich nach dem Frühstück, packte er die Fotoausrüstung ein und fuhr zu einem seiner zahlreichen Aufträge. An den ersten beiden Tagen hatte Julian ihm noch den Vorschlag gemacht, mitzukommen, doch Felix hatte beide Male abgelehnt.

»Ich erledige das lieber allein.«

Aus lauter Langeweile begann Julian damit, die besten Ausflugstipps abzuarbeiten, die das Fremdenverkehrsamt in Lübben in einer Broschüre zusammengestellt hatte. Zweimal lieh er sich ein Fahrrad und fuhr einen Teil des Gurken-Radweges ab. Für eine Tour über die Kanäle mietete er sich ein Kanu und paddelte durch die verzweigte Flusslandschaft. Diese Ausflüge endeten jedoch allesamt mit heftigem Muskelkater, so dass er auf weitere sportliche Betätigungen verzichtete.

Am frühen Samstagnachmittag schließlich, fünf Tage nach seiner Ankunft, erkundete er Lübben. Eigentlich hatte er diesen Spaziergang zusammen mit Felix machen wollen und deshalb für das Wochenende aufgespart. Doch sein Sohn war wieder einmal mit dem Fotoapparat unterwegs und würde nicht vor dem Nachmittag zurück sein. Also schlenderte Julian allein durch die Straßen.

Als Erstes besuchte er sein altes Wohnhaus in der Elisenstraße Nummer drei – nur um festzustellen, dass das Gebäude komplett renoviert worden war und er keinen einzigen Namen auf dem Klingelbrett kannte. Selbst Frau Mutschke wohnte nicht mehr hier. Ob sie wohl inzwischen verstorben war?

Danach schlug er den Weg zu seiner ehemaligen Arbeitsstätte ein. Doch statt der Bankfiliale befand sich jetzt ein Schnellrestaurant in den Räumen des Erdgeschosses. Immerhin gab es den Bäcker Kruse noch. Das Geschäft war größer, als Julian es in Erinnerung gehabt hatte. Aber noch immer verkaufte man dort leckeren, duftenden Streuselkuchen.

»Diesen Kuchen habe ich schon vor 25 Jahren geliebt«, sagte Julian zu der jungen Verkäuferin, als er mit einer Tasse Kaffee und einem Stück Kuchen an einem Stehtisch nahe der Theke stand. Das Mädchen lächelte höflich.

»Da waren Sie vermutlich noch gar nicht geboren.«

Er fragte sich, ob er sich wohl gerade genauso alt anhörte, wie er sich fühlte. Und ob die junge Frau ihm überhaupt zugehört hatte.

Nein, vermutlich nicht, denn jetzt zog sie ihr Handy aus der Hosentasche und tippte auf dem Display herum, völlig konzentriert auf ihre digitalen Kontakte.

Er jedoch vermisste plötzlich ein *richtiges* Gespräch. Natürlich – mit Felix konnte man sich immer gut unterhalten. Aber der junge Mann war während der gesamten Woche erst spätabends ins Hotel zurückgekommen. Alles, was Julian ihm dann noch zu entlocken vermochte, war eine kurze Zusammenfassung seines Arbeitstages. Anscheinend liefen die Fotoaufnahmen gut, sein Sohn wirkte zufrieden und entspannt.

Wenigstens einer bekam offenbar, was er wollte. Er selbst würde sich dagegen wohl noch eine Weile gedulden müssen.

Seufzend kramte Julian einen Fünf-Euro-Schein aus seinem Geldbeutel hervor und klemmte ihn unter die Kaffeetasse. Er verließ den Laden und wandte sich nach rechts, Richtung Zentrum. Ohne festes Ziel bummelte er langsam durch die Straßen.

Allerdings kam er nur einige hundert Meter weit, dann blieb er wie angewurzelt stehen und starrte auf die gegenüberliegende Straßenseite. Dort, über einer Hofeinfahrt, hing ein großes Messingschild.

»Kfz-Werkstatt und Meisterbetrieb Maik Dohmann« stand in fetten weißen Buchstaben auf dunkelblauem Untergrund. Und weiter: »Öffnungszeiten Montag bis Freitag von 9 Uhr bis 18 Uhr, Samstag von 9 Uhr bis 13 Uhr.«

Julian warf einen Blick auf seine Armbanduhr. Es war bereits

14.30 Uhr, und die Werkstatt hätte eigentlich längst geschlossen sein müssen. Doch noch immer waren typische Geräusche zu hören. Es zischte kurz, dann waren Klopfgeräusche zu hören. Ein Radio plärrte leise vor sich hin, und irgendjemand pfiff zur Musik.

»Der unvermeidliche Maik«, flüsterte Julian.

Rasch überquerte er die Straße und blieb direkt vor der Einfahrt stehen. Von hier aus konnte er in den Hof hineinschauen und entdeckte dort eine breite Doppelgarage, die offensichtlich als Werkstatt diente. Entsprechende Schilder an den halb geöffneten Garagentoren informierten Kunden außerdem über Parkmöglichkeiten vor den Mülltonnen. Es roch nach Benzin, Gummi und heißem Plastik.

Julian zögerte.

Sollte er Maik einen Besuch abstatten? Wie groß war die Wahrscheinlichkeit, dass dieser sich noch an ihn erinnerte? Und falls ja, was wusste Maik über ihn? Hatte Kathrin ihm alles erzählt? Wie stand Maik dann zu dieser Geschichte? Und war es wirklich klug, den geschiedenen Mann der Frau aufzusuchen, die er immer noch über alles liebte?

Seine Überlegungen wurden durch zwei Jugendliche gestört, die laut diskutierend die Straße entlangkamen. Ein Mädchen und ein Junge, sie mochten nicht viel älter als fünfzehn Jahre alt sein. Beide trugen schwarze Trainingsanzüge, der Junge hatte sich einen Fußball unter den Arm geklemmt.

»Warte mal, Jan-Marc!« Kurz vor der Einfahrt blieb das Mädchen stehen und musterte Julian neugierig. Dann ging ein überraschtes Strahlen über ihr Gesicht.

»Sie sind der Vater von Felix«, sagte sie zu Julian.

Dieser nickte. Er hatte das Mädchen ebenfalls sofort erkannt, obwohl er sie bislang nur auf einem Foto gesehen hatte. Dunkelblonder Kurzhaarschnitt, lebhafte graue Augen, Sommersprossen und ein freches Lächeln – das konnte nur Franziska sein, Kathrins jüngste Tochter. Sie war Maik wie aus dem Gesicht geschnitten.

»Ich bin Franzi Dohmann. Ich habe Sie letzten Montag bei uns auf der Terrasse gesehen, draußen auf Gut Tarnow. Aber leider hatte mir meine große Schwester verboten, rauszukommen«, fuhr das Mädchen fort. »Sonst hätten wir uns schon kennengelernt.« Sie blickte sich um, und eine feine Röte überzog ihr Gesicht. »Ist Felix auch hier?«

»Nein, der ist heute am Bismarckturm in Burg.«

»Schade.«

»Franzi, kommst du?« Ihr Freund, ein schmaler, blonder Junge mit Brille, wurde langsam ungeduldig. »Das Spiel geht in einer halben Stunde los.«

»Ach, kein Problem! Wir haben noch massenhaft Zeit.«

»Du musst aber noch deine Sporttasche holen und deinem Vater Bescheid geben, wann du zurück bist. Außerdem geht unser Bus in zehn Minuten.«

»Papa?«, brüllte Franziska in die Einfahrt hinein.

Das Klopfen und das Pfeifen verstummten. »Ja?«, kam es dann zurück.

»Kannst du mir meine Sporttasche bringen? Die steht hinten im Büro.«

»Ja, gleich!«

»Siehst du?« Franziska lächelte zufrieden. Jan-Marc verdrehte die Augen, sagte aber nichts.

»Mein Vater wohnt hier und hat hinten im Hof auch seine Werkstatt«, erklärte sie Julian. »Falls Felix mal was am Auto hat, kann er gern herkommen. Er kriegt dann auch einen Sonderpreis.«

»Äh … ja. Danke!«

»Das müssen Sie nur noch mit meinem Vater klären. Das mit

dem Sonderpreis, meine ich. Er kommt ja gleich, dann können Sie sich bekannt machen.«

»Eigentlich … kennen wir uns schon.«

»Echt? Woher denn? Ist ja lustig!«

So lustig fand Julian das in diesem Moment gar nicht. Mit leichtem Unbehagen stellte er fest, dass die Gelegenheit, sich unauffällig zu verabschieden, jetzt wohl vorüber war. Es blieb ihm nichts anderes übrig, als stehen zu bleiben und abzuwarten.

Schon kurz darauf trat ein Mann in Jeans und schwarzem T-Shirt aus einer der Garagen. Gesicht und Hände waren mit Öl verschmiert, doch es war unverkennbar Maik.

Seine Figur war immer noch sportlich, wie Julian mit einem leichten Anflug von Neid feststellen musste. Kein Gramm Fett zu viel. Auch seine dunkelblonden Locken waren kaum von grauen Strähnen durchzogen. Das einzige Zugeständnis an sein Alter schien eine Lesebrille zu sein, die ihm tief auf der Nase saß.

»Hier, deine Sportsachen!« Er stellte die Tasche vor Franziska ab, grüßte Jan-Marc und wandte sich dann an Julian. »Wir haben leider schon geschlossen.«

Gleich darauf veränderte sich seine höflich-distanzierte Miene jedoch. »Das gibt's ja nicht!«, rief er und verzog das Gesicht zu einem breiten Grinsen. »Julian? Bist du das wirklich? Was machst du denn hier?«

»Das ist nicht ganz einfach zu erklären …«, begann Julian, wurde jedoch von Franziska unterbrochen.

»Er ist der Vater von dem Fotografen, der Johanna bei den Pressesachen unterstützt. Von dem habe ich dir doch schon erzählt.«

»O ja. Mehrmals. Das ist dein Junge?«

Julian nickte.

»Hm«, machte Maik.

Er war noch nie ein Freund vieler Worte gewesen, und auch jetzt sagte er erst einmal nichts weiter. Doch es war kein feindseliges Schweigen, wie Julian erleichtert registrierte. Was immer Kathrin ihrem Exmann über Julian erzählt hatte, Maik nahm es ihm offensichtlich nicht übel.

»Wir müssen los.« Jan-Marc hängte sich Franziskas Sporttasche um und zog das Mädchen mit sich.

»Ich bin um sieben Uhr wieder da!«, rief sie und winkte zum Abschied. »Grüßen Sie Felix von mir!«

»Ja, das mache ich.«

Als Jan-Marc und Franziska hinter der nächsten Häuserecke verschwunden waren, schob Maik seine Brille hoch und kratzte sich verlegen am Hinterkopf.

»So was aber auch! Hast du 'n bisschen Zeit?«

»Ja.«

»Durst?«

»Und ob.«

»Gut. Wie wäre es dann mit einem kalten Bier aus der Privatbrauerei Lübbenau?«

Eine halbe Stunde später hatten sie die erste Flasche Bier im Stehen vor der Werkstatt geleert und es sich mit der zweiten Flasche auf einer alten Hollywoodschaukel bequem gemacht.

Interessiert sah Julian sich um.

Der hintere Teil des Hofes war mit zahlreichen Topfpflanzen vollgestellt. Mehrere Kisten, diverse Holzmöbel und ein großer gelber Sonnenschirm vervollständigten das bunt zusammengewürfelte, aber gemütliche Bild.

»Dass es dieses Bier immer noch gibt«, meinte er, nachdem er einen weiteren Schluck genommen hatte.

Maik wischte sich den Schaum von den Lippen. »Manche

Dinge sind im Laufe der Jahre besser geworden. Die Privatbrauerei Lübbenau gehört definitiv dazu.«

»Prost!« Julian hob seine Flasche.

»Warum bist du hier?«, wollte Maik wissen, nachdem beide getrunken hatten.

»Das habe ich dir doch gerade schon erklärt. Ich habe neulich zufällig Kathrin wiedergetroffen und dabei Sehnsucht nach dem Spreewald bekommen. Und jetzt begleite ich meinen Sohn, um ein paar alte Erinnerungen aufzufrischen.«

»Das war die offizielle Version.« Maik musterte Julian über den Rand seiner Brille hinweg. »Jetzt will ich die inoffizielle Wahrheit.«

»Das war die Wahrheit.«

»Tja, weißt du … du hast mir gerade jede Menge Wahrheiten erzählt.« Maik lächelte entschuldigend. »Nichts für ungut, aber wer so viel plappert, verbirgt oft etwas. Ich kenne mich damit aus, schließlich habe ich gleich mehrere Frauen am Hals.«

»Bist du … ich meine … hast du wieder geheiratet?«

»Nö. Ich lebe in wilder Ehe. Seit vier Jahren. Sie heißt Steffi.«

»Das freut mich für dich.«

»Danke.« Maik ließ sich zurücksinken und streckte die Beine aus. Die Schaukel begann, sanft hin und her zu schwingen. »Und jetzt sag schon! Warum bist du hier?«

Julian trank noch einen Schluck. Kalt, bitter, aber sehr erfrischend lief das Bier seine Kehle hinab. »Ich hatte gehofft, hier noch einmal in Ruhe mit Kathrin sprechen zu können.«

Maik nickte und schielte in seine halb leere Flasche. »Aber die ist nicht hier. Dumm gelaufen.«

»Ja.«

»Warum rufst du sie nicht an und erzählst ihr, dass du gekommen bist?«

»Deine Tochter rückt die Telefonnummer nicht heraus.«

»Johanna?« Maik schmunzelte. »Braves Mädchen! Sie hält sich an die Vorschrift. Kathrin und ihr Vater haben vor ihrer Abreise nämlich so eine Art Kontaktverbot ausgesprochen. Sie wollen nur benachrichtigt werden, wenn es absolut wichtig ist.«

Julian war drauf und dran, zu protestieren. Das, was er Kathrin zu sagen hatte, *war* absolut wichtig!

Doch er hielt sich zurück. Denn inzwischen hatte er selbst eingesehen, dass sein verwirrtes Gefühlsleben nichts war, das man am Telefon diskutieren konnte. Er musste Kathrin persönlich sprechen. Von Angesicht zu Angesicht. Und zwar hier, in ihrer Heimat. Wo alles vor langer Zeit begonnen hatte.

»Siehst du?«, entgegnete er stattdessen. »Wegen dieses komischen Verbotes bleibt mir nichts anderes übrig, als auf sie zu warten.«

»Ist ja 'n Ding! Was willst du ihr denn so Tolles sagen?«

»Dass ich sie … äh …«

Dass ich sie liebe, dachte Julian seinen Satz zu Ende. Aber so offen konnte er das Maik gegenüber natürlich nicht aussprechen.

»Dass ich … äh … wir … uns vielleicht öfters … äh … treffen könnten.«

Maik warf ihm einen langen Seitenblick zu. Offensichtlich zog er seine eigenen Schlüsse. Doch alles, was er anschließend dazu sagte, war: »Stell dir das mal bloß nicht so einfach vor!«

Julian seufzte. »Bei dieser Frau ist nichts einfach, das weiß ich.«

»Klar weißt du das. Du hast sie von Anfang an verstanden. Viel besser, als ich es konnte.« Maik stellte das ohne Verbitterung fest. »Es war damals ein furchtbarer Schlag für sie, als du gegangen bist.«

»Sie ist anscheinend schnell darüber hinweggekommen.«

»Ist sie nicht.«

»Aber sie hat dich geheiratet.«

»Ja, das stimmt«, bestätigte Maik gedehnt.

»Warum hat es nicht funktioniert zwischen euch?«

»Du bist ganz schön direkt.«

»Du musst ja nicht antworten.«

»Ist schon gut.« Maik nahm seine Brille ab, hauchte die Gläser an und putzte sie dann umständlich mit einem Zipfel seines T-Shirts. Offenbar suchte er nach den richtigen Worten.

»Ich denke, Kathrin brauchte damals einen Freund«, meinte er schließlich. »So jemanden wie mich. Zuverlässig und immer für sie da. Leider aber ist Freundschaft etwas anderes als Liebe. Das ist uns erst später klargeworden.« Er setzte seine Brille wieder auf und atmete tief durch.

Julian nickte nur.

»Aber lassen wir das«, beendete Maik seinen kleinen, für ihn sehr untypischen Monolog. »Ich bin nicht gut mit Worten. Und mit Gefühlen erst recht nicht. Bei Autos kenne ich mich besser aus.«

»Wir können auch über Autos reden«, schlug Julian vor.

Eigentlich interessierte er sich gar nicht für Autos. Aber es wäre schade gewesen, wenn ihr Treffen dadurch zu Ende ging, dass sie sich gegenseitig noch weiter in Verlegenheit brachten.

Maik schien das ähnlich zu sehen. Er grinste erleichtert. »Gut, dann reden wir über Autos. Fang du an!«

»Mal sehen … also, mein Sohn fährt einen Polo.«

»Wie viel PS?«

»Keine Ahnung. Nicht viele.«

»Und du? Immer noch Golf?«

»Nein. Ich bin auf einen BMW umgestiegen.«

»Welcher Typ?«

»Ein Zweier.«

»Gute Wahl. Bist du zufrieden?«

»Ja.«

Julians Vorrat an Autothemen war damit erschöpft.

Zum Glück stellte Maik keine Fragen mehr. Stattdessen nahm er einen weiteren Schluck Bier und starrte die gegenüberliegende Hauswand an.

Julian folgte seinem Blick. »Ist das dahinten etwa ein Kaninchenkäfig?«

»Ja. Seit bei Marie eine Tierhaarallergie festgestellt wurde, habe ich das alleinige Sorgerecht für Fridolin.«

»Fridolin lebt noch?«

»Irgendein Fridolin lebt immer. Der aktuelle ist der Fünfte.«

»Ich glaub's ja nicht!« Julian lachte. »Fridolin der Fünfte!«

Maik stupste ihn freundschaftlich mit dem Ellenbogen in die Seite. »Mann, du kannst dich echt wegen so 'nem bisschen Kaninchen freuen?«

»Es ist nur ... Fridolins Vorfahre war eines der ersten Lebewesen, die ich hier näher kennengelernt habe. Damals, vor 25 Jahren.«

»Na, wenn das so ist, dann sollten wir darauf unbedingt noch ein Bier trinken.«

»Nur noch eins, dann ist Schluss für heute.«

»Für heute ja. Aber du kannst mich gern noch mal besuchen, solange du hier bist!«

Julian nickte.

Eigentlich hatte er nicht vorgehabt, den Nachmittag auf diese Weise zu verbringen. Doch jetzt, wo er hier saß, mit Maik und einer Flasche Bier, konnte er sich keinen angenehmeren Ort vorstellen, um sich die Zeit zu vertreiben.

»Ich komme wieder«, versicherte er Maik deshalb. »Mit dir kann man wunderbar über Autos reden.«

13

Das Schicksal mischt die Karten,
und wir spielen.
(Arthur Schopenhauer)

»Was willst du denn auf dem Friedhof?«

Entgeistert blickte Felix seinen Vater an.

Den ganzen Sonntag über hatte er ihn bereitwillig durch die Gegend kutschiert. »Ich fahre. Du bestimmst, wohin«, war seine Ansage nach dem Frühstück gewesen. Ganz so, als ob er wiedergutmachen wollte, dass er bislang so wenig Zeit für Julian gehabt hatte.

Gemeinsam hatten sie die nähere Umgebung besichtigt, waren in Cottbus und am Briesener Waldsee gewesen, hatten bei Maik vorbeigeschaut und zum Schluss noch einen Spaziergang durch Lübben unternommen. Geduldig hatte Felix die kleinen Geschichten und Anekdoten aus Julians Vergangenheit über sich ergehen lassen. Ab und zu hatte er den Fotoapparat gezückt, wenn ihm ein Motiv besonders gut gefiel.

Jetzt aber, am Nachmittag, als sie gemeinsam vor der Kirche standen und Julian den Wunsch geäußert hatte, auch noch auf den Friedhof zu gehen, protestierte Felix zum ersten Mal.

»Ich hasse Friedhöfe.«

»Das weiß ich.«

»Du kennst doch niemanden, der dort liegt.«

»Doch, Renate Bahrenbeck.«

»Johannas Großmutter?«

»Du scheinst dich ja in der Familienchronik schon bestens auszukennen.«

»Das ist Teil meines Jobs.«

»Wenn du mich nicht begleiten willst, dann warte ruhig hier. Ich bin gleich zurück.«

»Nein, ich komme mit. Die Trauerweide neben der kleinen Kapelle gibt bestimmt ein schönes Motiv ab.«

Julian musste nicht lange suchen. Gleich in der zweiten Reihe des kleinen Friedhofs entdeckte er Renates letzte Ruhestätte.

Renate Maria Bahrenbeck, geboren am 17. August 1944, gestorben am 23. November 1998, stand auf dem schlichten grauen Marmorstein.

Unzählige Rosen in Gelb, Rot und Weiß blühten auf dem Grab. Bienen und Hummeln schwebten emsig summend zwischen den Blütenblättern umher, und ein paar Schmetterlinge sonnten sich auf einem Lavendelstrauch, der seinen typisch würzigen Duft verströmte. Diese leise, harmonische und gleichzeitig doch so lebendige Mischung passte wunderbar zu Renate.

Julian lächelte wehmütig. Von 1944 bis 1998 waren es gerade mal 54 Jahre. Sie war viel zu früh gestorben.

Wenn selbst er als Außenstehender den Kummer so deutlich spüren konnte – wie schlimm musste ihr Tod dann für ihre Familie gewesen sein?

Seine Augen glitten weiter zu dem Text, der unterhalb von Renates Namen auf dem Grabstein eingraviert worden war.

Leuchtende Tage. Nicht weinen, dass sie vorüber. Lächeln, dass sie gewesen.

Dieser Spruch fügte sich perfekt in die besinnliche Atmosphäre ein, die hier auf dem Friedhof herrschte.

Julian konnte sich dieser Stimmung nicht entziehen. Er atmete tief durch, trat einen Schritt zurück und blickte zu seinem Sohn hinüber.

Felix stand ein ganzes Stück entfernt unter der alten Trauerweide und nestelte an seiner Kamera herum. Er bekam anscheinend nichts mit von den sentimentalen Gefühlen seines Vaters.

Gut so. Beruhigt richtete Julian seinen Blick zurück auf das Grab und ließ seine Gedanken schweifen.

Leuchtende Tage.

Davon hatte es viele gegeben in seinem Leben. Seine Familie, besonders Felix, war sein großes Glück gewesen. Selbst die Ehe mit Helen konnte man als Erfolgsmodell bezeichnen. Zumindest, was ihre gemeinsamen Ziele, ihre Werte und ihre gegenseitige Unterstützung betraf.

Aber jetzt war Felix erwachsen geworden und ging eigene Wege.

Auch Helen suchte nach neuen Herausforderungen.

Nicht weinen, dass sie vorüber. Lächeln, dass sie gewesen.

Bedauerte er, dass seine erste Lebenshälfte nun vorbei war? Vielleicht ein kleines bisschen. Denn wer wurde schon gern älter? Doch er würde sich an diesen vergangenen Abschnitt seines Lebens immer mit einem Lächeln erinnern.

Jetzt aber war es Zeit, ein weiteres Kapitel aufzuschlagen. Er wollte einen neuen Start.

Mit Kathrin. Und mit allen Konsequenzen.

Seine Familie würde das sicher nicht einfach akzeptieren. Besonders bei Felix musste er auf heftigen Widerstand gefasst sein. Kein Kind, auch kein erwachsenes, sah schließlich gern mit an, wenn sich die Eltern trennten. Aber Julian konnte, irgendwann später vielleicht, auch auf Felix' Verständnis hoffen.

Helen hingegen würde völlig anders reagieren. Vermutlich

würde sie zunächst gar keine Emotionen zeigen, sondern nur den Kopf schütteln und ihn für verrückt erklären. Was wirklich in ihr vorging, konnte sie gut verbergen. Schon jetzt verspürte Julian ein schlechtes Gewissen ihr gegenüber.

Trotzdem.

Sie hatten die Wahrheit verdient, alle beide.

Er trat vor, um ein paar Blütenblätter vom Grabstein zu entfernen. Behutsam strich er über den glatten Marmor und murmelte einen Abschiedsgruß. Dann drehte er sich um und schlenderte langsam Richtung Trauerweide.

Es war an der Zeit, klare Verhältnisse zu schaffen. Und er würde jetzt gleich damit anfangen.

Er würde mit Felix reden.

»Hallo, Mama!«

»Johanna?«

Kathrin runzelte die Stirn und presste das Handy noch ein wenig fester ans Ohr. Der Lärm am Meer war heute besonders schlimm – was kein Wunder war, schließlich war Sonntagnachmittag, und viele Tagesausflügler bevölkerten den Strand.

»Ist etwas passiert?«

»Nein, keine Angst! Ich habe nur eine geschäftliche Frage an dich.«

»Puh, da bin ich ja beruhigt!« Erleichtert ließ Kathrin sich in ihren Strandkorb zurücksinken.

»Tut mir leid, ich wollte dich nicht erschrecken. Ich weiß ja, dass ich eigentlich nicht anrufen darf.«

»Vergiss ruhig für fünf Minuten diese blöde Regel. Ich finde es schön, von euch zu hören.«

»Wie geht es Opa? Gefällt ihm die Kur?«

»Er würde das zwar nie zugeben, aber er erholt sich hier prächtig.«

»Und du?«

»Ich?«

Kathrin warf einen kurzen Blick auf ihre frisch manikürten Hände und auf den pinken Nagellack an ihren Füßen – das Ergebnis eines Besuchs im Schönheitssalon. Edith Kowalski hatte sie dazu überredet. Genauso wie zu dem Paar hochhackiger Pumps im Schuhgeschäft und zu einem Glas eisgekühlten Sekt im Strandkorb.

»Ich fühle mich hier auch sehr wohl«, versicherte sie ihrer Tochter. »Aber wie geht es euch?«

»Alles prima. Marie hatte Anfang letzter Woche eine Mandelentzündung, aber jetzt ist alles wieder gut. Franzi hat gestern zwei Tore geschossen. Und Laura hat sich auch mal wieder gemeldet. Sie steckt mitten in ihren Proben und ist furchtbar aufgeregt. Ich soll dich schön grüßen.«

»Und wie läuft es im Geschäft?«

»Bei der Hitze müssen wir die Felder bewässern, aber das haben unsere Spezialisten im Griff. Im Büro ist alles ruhig, und mit der Pressearbeit und der neuen Website komme ich gut voran.«

»Klappt die Zusammenarbeit mit dem Journalisten?«

»Das kann man so sagen. Er ist total nett und sehr fähig.« Johannas Stimme wurde weich. Kathrin konnte hören, dass sie lächelte.

»Soso. Nett und fähig. Das klingt gut.«

»Äh … ja. Ach, wo wir gerade davon sprechen … einer der Journalisten … nein, eigentlich ist er gar kein Journalist, er begleitet nur den anderen … also, jedenfalls behauptet dieser Typ –«

»Mit wem telefonierst du?«, erklang plötzlich Maries Stimme aus dem Hintergrund.

»Mit der Oma.«

»Darf ich auch mal mit ihr sprechen?«

»Mama?«, erkundigte sich Johanna. »Ist das okay?«

»Ja, klar.« Kathrin unterdrückte einen Seufzer. Sie liebte ihre Enkelin und beschäftigte sich sehr gern mit ihr, aber ein Telefongespräch mit Marie war normalerweise nicht sehr ergiebig.

»Hallo Oma!«, brüllte die Kleine gleich darauf in ihr Ohr. »Hier ist es ganz heiß. Mama hat mein Planschbecken aufgebaut. Und ein Eis habe ich auch gegessen.«

»Wie schön! Was denn für eines?«

»Zitrone.«

»Und was machst du sonst noch so?«

»Ich lerne die Bärensprache. Und ich habe einen Freund für dich gefunden.«

»Wirklich?« Kathrin schüttelte amüsiert den Kopf.

In diesem Moment kam Edith Kowalski mit schnellen Schritten Richtung Strand gelaufen, einen großen Pappbecher mit Eis in jeder Hand. Ihr »Huhu!« war trotz des Trubels schon von weitem zu hören.

»Gib mir mal die Mama zurück«, forderte Kathrin ihre Enkelin auf.

»Aber ich bin noch gar nicht fertig mit Erzählen. Mein Pinguin ist ganz dreckig, weil ich mit ihm Fenster geputzt habe, und –«

»Marie! Ich möchte, dass du mir jetzt die Mama gibst. Du kannst mir das alles erzählen, wenn ich wieder zu Hause bin, ja?«

»Na gut.« Ein Knacken und Rauschen war zu hören, dann erklang Johannas Stimme.

»Hallo? Mama? Bist du noch da?«

»Ja, aber nicht mehr lange.« Kathrin erhob sich. »Ich kriege gerade eine Portion Vanilleeis mit extra viel Sahne geliefert, und das schmilzt bei diesen Temperaturen sehr schnell. Es wäre nett, wenn du dich kurzfassen könntest. Oder soll ich dich später zurückrufen?«

»Nein, ist nicht nötig. Wir können das schnell klären, und dann lasse ich dich für den Rest deines Urlaubs in Ruhe.«

»Also, was ist los?«

»Ich habe vorhin unseren Schreibtisch aufgeräumt und dabei die Einladung für einen Vortrag auf der diesjährigen Bundesgartenschau gefunden. Es geht um eine Rede zum Thema ›Grüne Küche‹. Anscheinend hast du zugesagt. Ich wollte nur wissen, ob das der letzte Stand ist. Oder hast du zufällig wieder abgesagt? Ich kann hier keinen weiteren Schriftverkehr finden.«

»Verdammt!« Kathrin stöhnte. »Das habe ich total vergessen. Wann ist das?«

»Am kommenden Freitagabend. In Premnitz.«

»Für eine Absage ist es jetzt wohl zu spät, oder?«

»Ich befürchte, ja. Der Vortrag ist schon überall angekündigt. Es wäre sehr peinlich für uns, wenn wir jetzt noch abspringen.«

»Dann muss ich den Urlaub vorzeitig beenden.«

»Nichts da! Du bleibst, wo du bist. Ich übernehme das.«

»Du? Aber du hasst solche Auftritte.«

»Ich werde es überleben.«

»Es passt mir nicht, dass du das jetzt auch noch machen musst.«

»Ich kriege das schon hin. Ich besorge mir einen guten Redenschreiber. Ich weiß auch schon, wen ich fragen werde.«

Wieder klang Johannas Stimme seltsam gefühlvoll. Außerdem erstaunte es Kathrin, wie locker ihre Tochter diese Aufgabe anscheinend nahm. Was war da los? Aber noch bevor sie sich erkundigen konnte, warum Johanna so guter Laune war, hörte sie Edith rufen.

»Kannst du mir dein Eis abnehmen?«

»Ich komme!«, antwortete sie und lief der alten Dame entgegen.

»Mit wem redest du?«, wollte Johanna wissen.

»Mit meiner neuen Freundin Edith Kowalski. Sie hat den Strandkorb neben mir gemietet. Eine tolle Frau mit viel Lebenserfahrung. Sie ist schon über achtzig, aber noch total fit.« Kathrin hatte Edith erreicht und nahm ihr einen Eisbecher ab. »Und sie hat eine bemerkenswerte Schwäche für Vanilleeis mit Sahne, die sie Gott sei Dank gern mit mir teilt.«

Johanna und Edith lachten gleichzeitig, und auch Kathrin musste schmunzeln.

Ein Lachen für jedes Ohr – das tat gut.

»Na, dann will ich dich nicht länger stören«, meinte Johanna gleich darauf. »Alles andere erzähle ich dir, wenn du wieder hier bist. Genieße das Eis, und natürlich auch den Rest deiner Ferien.«

»Danke! Und du meldest dich bitte, wenn es Probleme gibt, ja?«

»Entspann dich. Es gibt keine Probleme. Ganz im Gegenteil: Der Sommer hat mir selten so viel Spaß gemacht wie dieses Jahr.«

Endlich hatte Julian sich ausgesprochen.

Es war ein sehr langes und ausführliches Geständnis in Gebärdensprache geworden. Felix hatte die ganze Zeit neben ihm im Gras unter der alten Trauerweide gesessen und ihn nicht aus den Augen gelassen. Sein Gesichtsausdruck, zuerst noch abweisend, war im Laufe von Julians Schilderungen immer betroffener geworden.

»Du hast also deine große Liebe geopfert, um Mama und mir beizustehen«, stellte er sachlich fest.

Julian nickte.

»Weiß Mama das?«

»Nein, ich glaube nicht. Sicherlich war ich damals, nach meiner überstürzten Abreise aus dem Spreewald, am Boden zerstört. Aber ich habe ihr nie etwas gesagt. Wir hatten andere Sorgen.«

Felix atmete tief durch. »Und ich dachte immer, der Tod meiner leiblichen Eltern war tragisch genug. Aber dass da noch eine andere traurige Geschichte dranhängt …« Er ließ seine Hände sinken und schüttelte den Kopf. »Hast du es je bereut?«, fragte er dann.

»Was?«

»Dass du dich für Mama und mich entschieden hast.«

»Nein, niemals. Das musst du mir glauben!«

»Das tue ich. Es ist nur …« Mit einer hilflosen Geste brach er ab und verschränkte die Finger im Nacken. Sein Blick schweifte in die Ferne, er schien nach der richtigen Formulierung zu suchen.

Julian ließ ihm Zeit.

»Obwohl du sagst, dass du nichts bereust, willst du jetzt plötzlich alles ändern«, fuhr Felix schließlich fort. »Warum? Du hast es doch bislang im Leben sehr gut gehabt.«

»Manchmal ist gut aber nicht mehr gut genug.«

»Nur wegen dieser anderen Frau?«

»Nicht nur. Sie ist der Anlass, aber nicht der Grund.«

»Und was ist dann der Grund? Erklär mir das!«

»Bislang hatte ich alles, was man sich wünschen kann: eine nette Frau, einen tollen Sohn und viel Erfolg im Beruf. Ich war zufrieden.«

»Reicht das nicht?«

»Nein, leider nicht. Das ist mir nach dem Wiedersehen mit Kathrin klargeworden. Ich will nicht bis an mein Lebensende nur zufrieden sein. Ich will mehr. Ich möchte glücklich sein.«

»Vielleicht sieht Mama das ja ähnlich. Rede mit ihr!«

»Warum? Damit wir einen Kompromiss finden? Das haben wir jahrelang getan, und am Ende waren wir beide damit nicht glücklich.«

»Verstehe ich nicht.«

»Was viele Jahre funktioniert hat, muss nicht für den Rest der Zeit so bleiben. Du kennst doch den alten Spruch: Manchmal im Leben muss etwas Altes zu Ende gehen, damit etwas Neues beginnen kann.«

Wieder legte Felix eine Denkpause ein.

»Eigentlich ist es wie bei deinen Bildern«, versuchte Julian ihm zu erklären. »Du hast sicherlich auch Lieblingsmotive, die du ständig fotografierst. Aber irgendwann bemerkst du, dass dir etwas Wesentliches fehlt, und du machst dich auf die Suche nach neuen Motiven.«

»Dein neues Motiv heißt also Kathrin Bahrenbeck?«

»Ja.«

»Deswegen wolltest du auch unbedingt mit mir in den Spreewald fahren und hier auf sie warten. Jetzt macht dein merkwürdiges Verhalten wenigstens ansatzweise einen Sinn.«

»Es tut mir leid, dass ich mich letzten Montag so dumm benommen habe.«

»Entschuldige dich lieber bei Johanna!«

»Das werde ich, aber zuallererst möchte ich mit Kathrin sprechen.«

»Vielleicht hat Johanna längst mit ihrer Mutter telefoniert.«

»Glaubst du das?«

Felix schüttelte den Kopf. »Nein. Das hätte sie mir erzählt.«

»Kannst du mir zuliebe noch ein wenig schweigen?«

»Du scheinst dir ja sehr sicher zu sein, dass dein Plan funktioniert.«

»Nein, das bin ich nicht«, musste Julian zugeben. »Denn ich

habe ja nicht mal einen richtigen Plan. Ich sitze nur hier und warte auf Kathrin.«

»Und wenn sie dich nicht will? Was machst du dann?«

»Das weiß ich noch nicht.« Und er würde vorläufig auch nicht darüber nachdenken.

»Du meinst es wirklich ernst.«

»Ja.«

Im Gesicht seines Sohnes spiegelten sich die unterschiedlichsten Empfindungen wider. Betroffenheit, Verärgerung, Trotz, aber auch eine Spur Mitgefühl.

»Kann ich etwas tun, um deinen Entschluss noch zu verhindern?«

»Nein.«

Felix verschränkte die Arme vor der Brust und pustete sich die Haare aus dem Gesicht – eine Geste, die er schon als kleiner Junge immer dann gemacht hatte, wenn er sich geschlagen geben musste. Schließlich verzog sich sein Mund zu einem schiefen Grinsen.

»Ich werde also ein Scheidungskind sein.«

Erleichtert klopfte Julian seinem Sohn auf die Schulter. Anscheinend hatte Felix seinen Humor wiedergefunden.

»Besonders kindlich wirkst du nicht mehr auf mich. Ich denke, du wirst darüber hinwegkommen.«

»Aber was ist mit Mama?«

»Deine Mutter ist stark. Sie wird kurz innehalten, ihre Pläne entsprechend anpassen und dann unbeirrt weitermachen.«

»Ich glaube, sie hängt mehr an dir, als du ahnst. Bitte versprich mir, dass du sie fair behandelst!«

»Ich habe nie etwas anderes getan.«

»Wann willst du mit ihr reden?«

»So schnell wie möglich, am besten noch in dieser Woche, und auf jeden Fall persönlich. Notfalls fliege ich ihr hinterher.«

14

Liebe ist der angenehmste Zustand
teilweiser Unzurechnungsfähigkeit.
(Marcel Aymé)

Johanna freute sich jeden Abend aufs Neue auf das Treffen mit Felix.

Meistens kam er gegen sieben Uhr, wenn Marie bereits auf dem Weg ins Bett war. Bevor er sich zu Johanna an den Terrassentisch setzte, schaute er immer noch kurz bei der Kleinen vorbei. Inzwischen kannte das Mädchen die Gebärdenzeichen für »Gute Nacht«, »Viel Glück« und »Ich mag dich«, und wenn es nach Marie gegangen wäre, dann hätten diese abendlichen Lehrstunden noch viel länger dauern können. Doch ihre Tochter brauchte den Schlaf, darin war Johanna unerbittlich.

Außerdem war da ja auch noch Franziska.

Das junge Mädchen hatte eine Schwäche für Felix, das war nicht zu übersehen. Sobald sie sein Auto in der Auffahrt hörte, kam sie mit einer fadenscheinigen Begründung angelaufen und begrüßte ihn mit einem beglückten Lächeln, das Johanna regelmäßig ein kleines, entnervtes Stöhnen entlockte.

Und erst Franziskas aufreizende Kleidung! Bislang hatte sich das Mädchen nie etwas aus ihrem Äußeren gemacht. Jetzt jedoch tauschte sie Sporthose und Schlabber-Shirt gegen knappe Shorts und ein ebenso enges Top. Damit tänzelte sie jeden Abend eine Weile vor Felix herum, bis es Johanna irgendwann zu bunt wurde und sie ihre Schwester fortschickte.

»Wir müssen jetzt arbeiten«, sagte sie so, dass Felix es sehen konnte.

Danach drehte sie ihm den Rücken zu und fügte irgendetwas Unfreundliches hinzu, das er nicht mitbekommen sollte. Franziska ließ sich von diesen Drohungen jedoch nicht im Mindesten beeindrucken, es dauerte immer noch einige Minuten, bevor sie sich verabschiedete.

Und dann endlich hatte Johanna Felix für sich allein.

Sie genoss seine Gesellschaft und fühlte sich wohl bei ihm. Er war immer gut gelaunt und betrachtete das Leben mit einer Leichtigkeit, um die Johanna ihn beneidete. Ein »Geht nicht« gab es nicht für ihn, und der Begriff »langweilig« existierte in seinem Wortschatz anscheinend auch nicht.

Ihre Verständigung klappte ohne große Probleme. Nach wie vor bevorzugte Felix die schriftliche Art der Unterhaltung, doch inzwischen sprach er sie immer öfter auch direkt an. Dabei blieben zwar kleinere Missverständnisse nicht aus, aber die ließen sich mit ein wenig Humor und Geduld aus dem Weg räumen.

Selbst die mühsame Sammlung von Material für die Firmengeschichte gestaltete sich dank Felix zu einer fröhlichen Angelegenheit. Stück für Stück, Abend für Abend, bastelten sie gemeinsam an einem brauchbaren Entwurf. Felix gab nicht eher Ruhe, bis jede einzelne Textstelle perfekt formuliert war. Und wenn geeignete Bilder fehlten, nahm er Johanna kurzerhand mit zu spontanen Fotoaufnahmen rund ums Haus. Gott sei Dank war es lange hell, und im weichen Abendlicht gelangen ihm die besten Fotos.

Auch am Montag, eine Woche nach seiner Ankunft, war er wieder einmal mit dem Fotoapparat unterwegs. An diesem Abend kündigte sich ein Gewitter an. Dicke Wolken türmten sich am Himmel, und das Licht hatte eine gelblich-graue Farbe angenommen.

Felix wollte diese besondere Stimmung am Weiher einfangen und lief nun auf der Wiese umher, um den perfekten Platz für ein Foto zu finden. Immer wieder blickte er prüfend durch die Linse und drehte an irgendwelchen Knöpfen. Er wirkte völlig vertieft in seine Arbeit.

Johanna hatte keine Ahnung, was er machte, aber eigentlich war es ihr auch egal. Sie lag im Gras ausgestreckt, die Hände hinter dem Kopf verschränkt, und genoss die Möglichkeit, ihn ungestört beobachten zu können.

Heute war es den ganzen Tag über sehr schwül gewesen. Felix war nur in hellen Shorts und blauem T-Shirt unterwegs, die Schuhe hatte er auf der Terrasse ausgezogen.

Plötzlich kam ein frischer Wind auf, und es donnerte laut. Johanna zuckte zusammen. Besorgt richtete sie sich auf und drehte sich zum Haus um. Marie schlief bereits, doch die Kleine hatte Angst vor Gewittern. Falls sie aufwachte, wäre Johanna gern bei ihr gewesen. Sonst war niemand im Haus, denn Franziska war nach dem Fußballtraining noch zu einer Freundin gegangen und würde bei ihrem Vater übernachten.

Ein Blitz erhellte die Wiese, gleich darauf krachte der nächste Donner.

Johanna sprang auf und lief zu Felix.

»Wir sollten reingehen. Es regnet gleich.« Sie deutete auf die dunklen Wolken.

Er nickte.

»Ich gehe schon mal vor und räume die Terrasse auf. Danach muss ich zu Marie. Ich will nicht, dass sie bei diesem Wetter allein ist. Kommst du nach?«

Felix kannte den Weg in Maries Zimmer von seinen abendlichen Besuchen bei der Kleinen.

»Ja, gleich. Nur noch ein Foto.«

Bevor Johanna die Terrasse erreicht hatte, prasselten die ersten Tropfen nieder. Sie musste sich beeilen, um Gläser, Tischdecke und Sitzpolster ins Trockene zu retten.

Bereits nach wenigen Minuten war sie völlig durchnässt. Ein kurzer Blick zur Wiese zeigte ihr, dass Felix immer noch fotografierte, ihn schien das Gewitter nicht zu stören. Ihr hingegen war es inzwischen kalt geworden, sie brauchte dringend etwas Wärmeres zum Anziehen.

Noch im Treppenhaus zog sie ihr kurzes Sommerkleid aus, hängte es zum Trocknen ins Bad und schlüpfte dann leise in Maries Zimmer. Ihre Tochter schlief Gott sei Dank tief und fest.

Auf dem Weg in ihr Schlafzimmer stieß sie mit Felix zusammen, der genauso nass war wie sie selbst. Behutsam schob er sie ein Stück von sich und sah sich um. Vermutlich suchte er nach einem Lichtschalter. Im Dämmerlicht hätte er ansonsten kaum eine Chance, ihre Lippen lesen zu können.

»Alles okay?«, fragte er trotzdem.

Johanna knipste die große Stehlampe an, die neben dem Schuhschrank stand. »Ja. Marie schläft.«

Einen Moment lang blinzelte er verwirrt. Ob er sie wohl nicht verstanden hatte?

»Marie schläft«, wiederholte sie vorsichtshalber.

Er nickte.

»Und du musst dich umziehen, sonst holst du dir eine Erkältung. Gib mir mal dein T-Shirt, das hänge ich ins Bad.«

»Jetzt?«

»Natürlich jetzt.«

Auffordernd streckte sie eine Hand aus. Er zögerte, streifte dann aber das Shirt über den Kopf.

Verstohlen musterte Johanna seinen Oberkörper. Gut gebaut und durchtrainiert, stellte sie fest. Wenn Franzi jetzt hier wäre, würde sie mit Sicherheit vor Begeisterung in Ohnmacht fallen. Sie unterdrückte ein Schmunzeln und versuchte, sich praktischeren Themen zuzuwenden.

»Also, äh ... können wir heute hier oben arbeiten? Solange es gewittert, möchte ich in Maries Nähe sein.«

»Kein Problem.«

Irgendetwas in seinem Blick war immer noch anders als sonst. So, als ob er Schwierigkeiten hätte, sich auf ihr Gesicht zu konzentrieren. Was merkwürdig war, schließlich war er auf den Augenkontakt angewiesen.

»Ich bringe dir trockene Kleidung von meinem Opa. Das ist dir zwar vermutlich viel zu groß, aber immer noch besser, als wenn du hier nackt herumsitzt.«

»Kommt ganz darauf an, ob du weiter mitmachst.« Felix grinste. Jetzt lösten sich seine Augen tatsächlich von ihrem Gesicht und wanderten langsam an ihrem Körper entlang.

Verdammt! Das hatte sie ja völlig vergessen! Bis auf ihre Unterhose und einen BH war sie ebenfalls nackt. Kein Wunder, dass so eine merkwürdige Spannung in der Luft lag!

Erschrocken kreischte sie auf und flüchtete in ihr Schlafzimmer. »Ich bin gleich wieder da!«, rief sie, obwohl sie wusste, dass er das gar nicht hören konnte.

Doch als sie sich umdrehte, stand er immer noch im Flur und sah ihr lächelnd hinterher.

Eine Viertelstunde später saßen sie gemeinsam in Johannas Küche und tranken selbstgemachte Limettenlimonade. Donner und Blitz hatten sich verzogen, doch noch immer peitschte der Regen gegen die Fensterscheiben, und es war empfindlich kühl geworden.

Johanna war deshalb in Jeans und Pulli geschlüpft und hatte sich dicke Socken übergestreift. Felix trug eine graue Jogginghose aus Jürgen Bahrenbecks Kleiderschrank, die ihm am Bauch viel zu weit und an den Beinen zu kurz war. Außerdem hatte er ein Fußballtrikot mit der Aufschrift »Lukas Podolski« an, das Franziska vor einem halben Jahr bei einem Preisausschreiben gewonnen hatte.

Diese schlabbrig-sportliche Kombination wirkte alles andere als attraktiv, aber das war Johanna ganz recht so. Für heute hatte sie genug gesehen.

»Du hast es schön hier!« Interessiert sah Felix sich in der kleinen Küche um.

Der Raum war mit hellen Holzmöbeln gemütlich eingerichtet, auch wenn ein paar kleine Unordentlichkeiten das Bild störten. Zwischen Mülleimer und Schrank lag eine Bananenschale, die Marie vermutlich schon vor Tagen danebengeworfen hatte. Der Küchentisch war vollgekrümelt, auf der Spüle stapelte sich das Frühstücksgeschirr, und im Obstteller gammelte eine Zitrone vor sich hin. Neben der Waschmaschine lag ein Stapel schmutziger Kleidung, und Maries Puppen saßen nach Größe sortiert vor der Heizung.

»Warte! Gleich sieht es noch besser aus.«

Johanna wischte über den Küchentisch, stopfte die Wäsche in die Waschmaschine und beförderte die Obstreste in den Mülleimer. Maries Puppen ließ sie nach kurzem Nachdenken jedoch so sitzen, wie die Kleine sie vor dem Abendessen platziert hatte. Ansonsten würde es morgen früh nur unnötige Diskussionen geben.

Felix beobachtete sie eine Weile.

Dann klappte er seinen Laptop auf, tippte etwas ein und winkte sie zu sich.

Du musst nicht extra für mich aufräumen! Bei mir zu Hause sieht es viel schlimmer aus.

»Das glaube ich nicht. Oder wohnst du auch mit einem kleinen Kind zusammen?«

»Nein, ich lebe allein.«

Seine vier Worte erzeugten ein spontanes Glücksgefühl, über das Johanna lieber nicht weiter nachdenken wollte.

Ich wusste gar nicht, dass du hier oben auch eine eigene Küche hast.

»Das ist eine abgeschlossene Wohnung. Ich will möglichst unabhängig bleiben. Trotzdem bin ich nie allein.«

Dieses Haus ist einfach toll. Es ist schön, wenn man so viel Platz für die Familie hat.

»Hast du Geschwister?«

Nein. Bei mir sind die Familienverhältnisse etwas komplizierter.

Es war das erste Mal, dass er sein Privatleben ansprach. Johanna musste sich bremsen, um ihn nicht mit mehreren neugierigen Fragen zu überfallen. Sie entschied sich für die einfachste.

»Wieso?«

Meine Mutter ist genau genommen meine Tante. Meine leiblichen Eltern sind bei einem Unfall gestorben, als ich noch ein kleines Baby war. Ich saß mit im Auto und habe als Einziger überlebt.

»Wie traurig!«

Ich habe mir damals eine schwere Kopfwunde zugezogen. Seitdem bin ich gehörlos.

Sie nickte, sagte jedoch nichts. Was hätte sie auch erwidern sollen? Manche Dinge ließ man besser unkommentiert.

Meine richtigen Eltern habe ich nie vermisst, auch wenn dieser Satz für Außenstehende herzlos klingen muss. Aber ich habe sie ja nie kennengelernt. Heute weiß ich, dass ich trotz allem Glück gehabt habe. Denn bessere Eltern als Julian und Helen kann ich mir gar nicht vorstellen.

Immer noch schwieg Johanna. Sie kämpfte mit dem dringenden Wunsch, ihn in den Arm zu nehmen, und mit einem plötzlichen Anflug von Befangenheit.

Felix warf ihr einen prüfenden Seitenblick zu.

Was ist los? Soll ich dir ein Taschentuch holen? Du siehst aus, als ob du gleich losheulen würdest.

»Wundert dich das? Deine Geschichte ist ganz schön heftig.«

Ja, das ist sie. Zum Glück kann ich mich an nichts erinnern.

»Sei froh! Für Julian und Helen war diese Zeit sicherlich furchtbar. Ich möchte nicht wissen, was sie durchgemacht haben.«

Felix' Miene verfinsterte sich. Er presste die Lippen zusammen und blickte zum Fenster hinaus. Es schien, als ob er über seine nächste Antwort zuerst einmal gründlich nachdenken müsste.

Seine Reaktion überraschte sie. Er hatte doch sicherlich schon oft mit seinen Eltern über den Unfall und die Folgen gesprochen. Warum wirkte er dann ausgerechnet jetzt so geistesabwesend?

Vorsichtig berührte sie seine Hand. Normalerweise reagierte er auf diese Geste blitzschnell, heute jedoch dauerte es eine Weile, bis er seine Aufmerksamkeit auf ihr Gesicht richtete.

»Habe ich etwas Falsches gesagt?«

»Nein. Nicht du.«

»Wer dann?«

»Es ist mein … und deine … sie sind …«, begann Felix.

Seine Stimme überschlug sich fast, Johanna hatte Mühe, ihn zu verstehen. Doch dann brach er plötzlich ab, schüttelte den Kopf und atmete ein paar Mal tief durch.

»Nicht so wichtig.«

Doch. Es war wichtig, das spürte sie.

Offensichtlich wollte er aber nicht darüber sprechen. Das musste sie akzeptieren, auch wenn sie ihm liebend gern geholfen hätte.

»Können wir das Thema wechseln?«

»Natürlich. Wenn dir das lieber ist.«

Er lächelte dankbar.

Gestern habe ich unsere Hotelzimmer um eine weitere Woche verlängert.

Schlagartig vergaß Johanna ihr ungutes Gefühl. »Ihr bleibt noch hier? Wie schön!«

Eine weitere Woche mit Felix!

Ich habe zwar noch Termine in der Umgebung, aber diese Orte kann ich alle bequem mit dem Auto erreichen.

»Warum hast du das gemacht? Gefällt es dir hier so gut?«

Sie musste diese Fragen einfach stellen, auch auf die Gefahr hin, dass er wieder nicht antworten würde.

Doch Felix zuckte mit den Achseln.

Mein Vater will gern bleiben. Und ich finde es cool, noch mehr Zeit mit dir zu verbringen. Wir beide sind noch nicht fertig miteinander, findest du nicht?

Johanna errötete.

Sie war sich nicht sicher, wie seine letzte Bemerkung zu verstehen war. Doch Gott sei Dank tippte er bereits weiter und ersparte ihr damit eine Antwort.

Deshalb sollten wir jetzt mit der Arbeit beginnen.

»Gut.« Sie erhob sich. »Von mir aus. Aber erst mal, Lukas Podolski …« Mit dem Finger fuhr sie den Schriftzug auf seinem T-Shirt nach. »Möchtest du noch ein Glas Limonade?«

»Ich muss dir etwas zeigen«, begann sie, als sie sich wieder zu ihm an den Tisch setzte.

Mit einem frechen Grinsen zog Felix eine Augenbraue hoch. »Noch mehr? Da sage ich nicht nein.«

»Das meine ich nicht!« Sie errötete. »Aber wenn du meinen peinlichen Auftritt von vorhin schon ansprichst, kann ich mich auch gleich dafür entschuldigen.«

»Wieso? Besser hätte es doch für mich gar nicht laufen können. Es ist ja erst unser …« Er unterbrach sich und zählte an seinen Fingern ab. »… unser viertes Date, und schon stehen wir beide halb nackt im Dunkeln vor deiner Schlafzimmertür. Was will ich mehr?«

»Das hier ist kein Date.« Sie schluckte. »Oder doch?«

Amüsiert schüttelte Felix den Kopf.

»Natürlich nicht. Ein Date geht anders.«

»Tja, da bin ich nicht so die Expertin.«

»Es scheint länger her zu sein, dass du eins hattest, kann das sein?«

Johanna nickte. »Die letzte richtige Verabredung hatte ich neun Monate vor Maries Geburt. Jetzt kannst du gern deine eigenen Schlüsse ziehen.«

»Was ist eigentlich aus Maries Vater geworden?«

»Eine Zeile auf meinem Kontoauszug, mehr nicht. Er zahlt regelmäßig und pünktlich seinen Unterhalt, aber das war es dann auch. Mittlerweile wohnt er in Erfurt und meldet sich nicht einmal mehr zu Weihnachten.«

»So ein Idiot!«

Johanna winkte ab. »Ich bin froh, dass ich ihn los bin, auch wenn das bedeutet, dass ich derzeit kaum ein Privatleben habe. Ruhig wird es bei mir erst, wenn Marie abends im Bett liegt.«

»Und was machst du dann so?«

»Lesen. Fernsehen. Freundinnen einladen. Oder Computer spielen. Meine Freizeit ist nicht besonders spannend. Meistens bin ich zu müde, um noch irgendetwas zu unternehmen. Und eine Verabredung stand bislang noch nicht wieder auf meinem Plan. Wer will schon mit jemandem ausgehen, der bei romantischem Kerzenschein am Tisch einschläft?«

Felix musterte sie nachdenklich.

»Vielleicht sollten wir beide das mal versuchen. Bei mir bleiben die Kerzen aus und das Licht an. Sonst sehe ich ja nicht, was du sagst.«

»Klingt okay für mich.«

Das war die Untertreibung des Jahrhunderts!

»Für mich auch«, entgegnete er lächelnd. »Ich habe mich noch nie mit einer Hörenden verabredet.«

»Warum nicht?«

»Das hat sich bislang nicht ergeben.«

Bislang.

Johannas Herz klopfte wie wild. Sie konnte spüren, dass Felix sie beobachtete. Das tat er eigentlich immer, aber gerade jetzt lag etwas Neues in seinem Blick. Neugier? Interesse?

Es fehlte nicht viel, und sie hätte den Kopf über sich selbst geschüttelt. Was saß sie hier eigentlich herum und wälzte Probleme wie ein unreifer Teenager? Sie war nicht besser als ihre kleine Schwester!

»Gut. Dann versuchen wir also beide mal etwas anderes«, meinte sie. »Nachdem das geklärt ist, sollten wir jetzt aber wirklich arbeiten.«

»Okay.« Felix nickte.

»Darf ich?« Sie rückte ein Stück näher zu ihm heran, öffnete das Internet und suchte die Website der Bundesgartenschau heraus.

»Hier! Schau mal! Diesen Vortrag über die ›Grüne Küche‹ muss ich am Freitag halten.«

Er las die Ankündigung durch und klickte dann zurück ins Textprogramm.

Wo ist das Problem?

»Das Problem ist, dass ich es hasse, vor so vielen Leuten zu sprechen. Außerdem habe ich noch keinen einzigen Satz für den Vortrag geschrieben. Hilfst du mir dabei?«

Was ist die Grüne Küche? Davon habe ich leider noch nie etwas gehört.

»Das macht nichts. Den Inhalt des Vortrags hab ich im Kopf, du musst mir nur beim Formulieren helfen.«

Geht klar. Warte mal! Premnitz? Das sagt mir etwas.

Er bewegte die Computermaus und wählte sich in seinen Kalender ein. Johanna schielte ihm über die Schulter.

»Am Freitag«, wiederholte er, die Augen immer noch auf den Bildschirm gerichtet. Mit ein paar raschen Klicks verschob er mehrere Textboxen und nickte dann zufrieden.

»Ich komme mit.«

»Wohin?«, erkundigte sich Johanna erstaunt.

»Nach …« Er brach ab und begann zu tippen.

Nach Premnitz. Ich muss dort sowieso Fotoaufnahmen von der Uferpromenade machen. Das war zwar erst für Anfang nächster Woche geplant, aber ich kann das locker verschieben.

»Du willst mich begleiten? Warum?« Johanna biss sich auf die Lippe. Was für eine dumme Frage! Was sollte er denn jetzt darauf antworten?

Doch Felix lächelte nachsichtig.

Weil du ein wenig Unterstützung vertragen kannst. Wenn ich schon deine Rede schreiben soll, dann kann ich mir auch anschauen, was du daraus machst. Das lässt sich doch super mit meinem Fotoauftrag verbinden.

»Ich weiß nicht recht. Ich muss über Nacht bleiben. Ich bin eingeladen.« Mit dem Finger tippte sie auf den Bildschirm. »Lies das mal! Großes Rieslingdinner mit Grüner Küche im Anschluss an den Vortrag.«

Seine Augen überflogen das Abendprogramm.

Schon wieder Grüne Küche. Das muss ja echt was Tolles sein. Kostenloses Essen und guter Wein klingen gut. Gilt die Einladung auch für zwei Leute?

»Äh…du meinst das wirklich ernst, oder?«

Johanna konnte es kaum glauben. Dieser Abend entwickelte sich immer abenteuerlicher. Sie hatte sich schon lange nicht mehr so unbeschwert und lebendig gefühlt. Irgendwie gefiel ihr das.

Sehr sogar

Natürlich meine ich das ernst. Damit haben wir doch schon unser erstes Date klargemacht! Kümmerst du dich um die beiden Hotelzimmer? Du hast doch bestimmt Kontakt zu den Veranstaltern.

Sie nickte und fragte sich im Stillen, ob sie erleichtert oder enttäuscht darüber sein sollte, dass er zwei getrennte Zimmer erwähnt hatte.

Wir nehmen mein Auto, okay? Dann muss ich meine Fotoausrüstung nicht umladen. Wann möchtest du losfahren?

Johanna überdachte ihre Zeitplanung. »Der Vortrag ist zwar erst für sieben Uhr abends angesetzt, aber ich möchte schon nachmittags dort sein.«

Das passt! Im Nachmittagslicht kann ich die besten Fotos machen. Danach komme ich zu deinem Vortrag.

»Prima! Jetzt muss ich nur noch meinen Vater überreden, auf Marie und Franziska aufzupassen.«

Dann ist ja alles klar. Zeigst du mir bitte mal die Themen, die du in dem Vortrag ansprechen möchtest? Bis Freitag kriegen wir locker einen Text hin. Und was das Reden vor so vielen Leuten betrifft …

»Ja?«

… das kannst du auf der Hinfahrt üben. Ich verspreche auch, nicht zu lauschen!

»Von wem hast du das Trikot?«, wollte Julian wissen, als Felix gegen halb elf Uhr zurück ins Hotel kam.

»Von wem schon?« Felix zog einen Stuhl heran und setzte

sich zu seinem Vater. »Das steht doch in großen Buchstaben vorne drauf.«

Die kleine Gaststube war um diese Uhrzeit fast menschenleer. Nur noch ein weiterer Tisch war besetzt, an dem fünf Geschäftsleute über ihre Unterlagen gebeugt saßen und halblaut miteinander diskutierten.

»Und die hübsche Jogginghose? Ist die auch von Lukas Podolski?«

»Nein. Die habe ich von einer Wäscheleine geklaut, weil sie mir so gut gefallen hat.«

»Sehr witzig!« Stirnrunzelnd musterte Julian seinen Sohn. Felix schien extrem gut gelaunt zu sein. »Und was ist wirklich passiert?«

»Vorhin bei dem Gewitter bin ich nass geworden, und Johanna hat mir trockene Wäsche besorgt. Das ist in ihrem Haushalt etwas schwierig, wir mussten improvisieren.«

»Soso, Johanna.«

Die Sorgenfalten auf Julians Stirn vertieften sich.

Es war ihm schon aufgefallen, dass Felix ungewohnt entspannt wirkte, wenn er abends ins Hotel zurückkehrte. Bislang hatte er das auf die interessante Arbeit und die viele frische Luft geschoben. Jetzt jedoch wurde es ihm schlagartig klar, dass es eventuell noch einen anderen Grund für diese neue Ausgeglichenheit geben konnte.

Doch seine plötzliche Erkenntnis behagte ihm überhaupt nicht.

»Du verstehst dich offenbar blendend mit ihr.«

»Ja, das tue ich.«

Eine Kellnerin brachte zwei Bier und eine Schüssel mit Erdnüssen.

»Ist es was Ernstes?«, wollte Julian wissen.

Felix verdrehte die Augen. »Papa, bleib locker! Nicht alle,

die in den Spreewald kommen, suchen hier ihre große Liebe.«

»Dann lass besser die Finger von ihr. Sie ist Kathrins Tochter!«

»Na und? Die Entscheidung, mit wem ich was anfange oder nicht, musst du schon mir überlassen.«

»Möchtest du das denn?« Julian schluckte. Er wollte sich lieber nicht ausmalen, was Kathrin zu dieser Geschichte sagen würde. Oder – noch schlimmer! – Helen.

»Das geht dich nichts an.«

»Doch, das tut es. Johanna ist keine Frau für eine schnelle Affäre. Sie hat ein Kind.«

»Das weiß ich.«

»Dann geh lieber ein wenig auf Abstand!«

»Zu spät.« Felix lächelte schuldbewusst. »Wir fahren am Freitag gemeinsam nach Premnitz auf die Bundesgartenschau. Ich muss Fotos machen, und sie wird dort einen Vortrag halten.«

»Wenigstens seid ihr beide beschäftigt und könnt nicht auf dumme Ideen kommen.«

»Wir werden dort übernachten. Abends findet ein größerer Empfang statt, zu dem sie eingeladen ist.«

Julian verschluckte sich an seinem Bier. »Übernachten? Gemeinsam? In einem Hotel?«, gestikulierte er hustend.

»Ja, wo denn sonst? Auf einer Parkbank?«

»In getrennten Zimmern, hoffe ich.«

»Natürlich schlafen wir getrennt. Du könntest ein bisschen mehr Vertrauen haben.« Felix' Blick wirkte amüsiert, aber aufrichtig. »Johanna und ich, wir wollen nur mal etwas ausprobieren. Ganz freundschaftlich und völlig harmlos. Bist du jetzt zufrieden?«

»Ja.« Etwas ruhiger als zuvor lehnte Julian sich in seinen

Stuhl zurück und beobachtete seinen Sohn dabei, wie dieser sich über die Schüssel mit Erdnüssen hermachte.

»Ich bin am Freitag auch nicht hier«, begann er, als Felix wieder aufschaute.

»Wo willst du denn hin?«

»Ich fliege nach Kopenhagen.«

»Wieso? Ist Kathrin Bahrenbeck etwa nach Dänemark geflüchtet?«

»Nein. Mama ist in Kopenhagen.«

»Oh«, machte Felix. Sein eben noch belustigter Gesichtsausdruck verwandelte sich in eine besorgte Miene. »Du ziehst das also tatsächlich durch.«

Julian nickte.

»Verdammt! Ich hatte trotz allem gehofft, du überlegst es dir noch mal. Soll ich mitkommen?«

»Nein. Bei dieser Sache brauche ich keine Unterstützung.«

»Aber Mama vielleicht.«

»Die erst recht nicht. Oder glaubst du wirklich, dass sie dir ihr Herz ausschüttet?«

»Weiß sie, dass du kommst?«

»Ja, ich habe vorhin mit ihr telefoniert.«

Kurz und knapp hatte Julian Helen mitgeteilt, dass er sie am Freitagmittag besuchen würde. Er kannte ihren Zeitplan und wusste, dass sie an diesem Tag keinen Vortrag halten musste. Ein früherer Termin wäre ihm zwar lieber gewesen, denn nun war er gezwungen, noch weitere Tage untätig herumzusitzen. Doch das war wohl leider nicht zu ändern.

Deshalb hatte er Helens Protest geflissentlich überhört und auf ein Treffen bestanden.

»Das passt mir gar nicht, aber wenn es sein muss«, hatte sie schließlich nachgegeben. Es war typisch für Helen, dass sie ihn nicht näher nach dem Grund für seinen Besuch gefragt hatte.

Sein »Ich muss dir etwas Wichtiges sagen« hatte völlig ausgereicht. Helen verschwendete ihre Zeit nicht mit so etwas Profanem wie Neugierde.

»Das wird ein ganz schöner Schock für sie werden«, meinte Felix jetzt.

»Für mich wird das Gespräch auch nicht gerade leicht.«

Sein Sohn lachte spöttisch. »Ich hoffe, du erwartest kein Mitleid von mir.«

»Nein. Nur ein wenig Verständnis.«

»Daran arbeite ich noch.«

»Gut. Dann hast du ja am Freitagabend etwas zu tun und kommst nicht auf dumme Gedanken.«

Felix ignorierte Julians letzte Bemerkung. »Wann bist du zurück aus Kopenhagen?«

»Noch am Abend. Ich nehme den letzten Flug und miete mir dann in Tegel ein Auto.«

»Du verschwendest wirklich keine Zeit.«

»Ich versuche nur, meine Zeit richtig zu nutzen. Wer weiß, wann Kathrin wieder hier in Lübben vor der Tür steht?«

»Samstag in einer Woche.«

Interessiert beugte Julian sich vor. »Johanna hat dir das erzählt, nicht wahr? Hat sie noch etwas gesagt? Über Kathrin, meine ich ...«

»Nein. Und selbst wenn, würde ich es nicht verraten. Ich bin nicht dein Spion. Ich habe sowieso schon ein schlechtes Gefühl, weil ich dir zuliebe einiges vor Johanna geheim halte.«

»Es ist ja alles nur noch eine Frage der Zeit.«

»Trotzdem. Ich bin nicht ganz ehrlich zu ihr. Hoffentlich nimmt sie mir das nicht irgendwann schrecklich übel.«

15

Die Zeit heilt keine Wunden.
Man lernt lediglich, mit dem Schmerz zu leben.
(Verfasser unbekannt)

»Du liebe Güte! Auf dieses Wetter hätte ich heute gern verzichtet«, seufzte Edith Kowalski und zog den Regenumhang noch fester um ihre Schultern.

»Ach, ich finde das gar nicht so schlimm. Wir können den Regen gut gebrauchen«, widersprach Kathrin.

Sie saß neben Edith im Strandkorb, dessen Verdeck sie mit vereinten Kräften so weit wie möglich nach vorn geklappt hatten. Unablässig fielen dicke Tropfen vom Himmel, Wolken jagten am Horizont vorbei, und der Wind trieb große, schäumende Wellen an Land.

Beide Frauen waren in Regenkleidung und dicke Jacken gewickelt, Kathrins neue Gummistiefel leuchteten in knalligem Pink gegen das regnerische Grau an.

Eigentlich, so stellte sie jetzt fest, war dieser Mittwochnachmittag trotz des Wetters sehr angenehm. Während draußen über dem Meer der Sturm peitschte, saß sie mit Edith geschützt und halbwegs gemütlich im Trockenen. Außerdem hatten sie den Strand heute beinahe für sich allein. Nur wenige Menschen waren unterwegs.

»Du findest den Regen also nicht schlimm?«, wiederholte Edith spöttisch. »So etwas kann nur eine Landwirtin behaupten.«

Sie prostete Kathrin zu.

Heute hatten sie auf die übliche Portion Vanilleeis verzichtet und stattdessen eine Flasche Sekt geöffnet. »Eine reine Notfallmaßnahme«, war Ediths trockener Kommentar gewesen. »Wir müssen uns das Wetter schöntrinken.«

Die Flasche war mittlerweile fast leer.

»Entweder finde ich den Regen tatsächlich so gut, weil ich Landwirtin bin«, sagte Kathrin grinsend, »oder die Aktion mit dem Sekt hatte den gewünschten Erfolg.«

»Egal, Hauptsache, wir haben Spaß«, gluckste Edith und verteilte den restlichen Sekt auf beide Gläser. »Was mache ich nur, wenn du nach Hause fährst?«

»Na ja, noch bin ich ja hier. Danach musst du eben allein trinken. Und sobald dein Urlaub zu Ende ist, kommst du mich besuchen.«

»Das mache ich, auf jeden Fall. Ich will doch den Rest deiner Familie kennenlernen.«

»Falls es dir hier auf Usedom ohne mich zu langweilig werden sollte, dann kannst du dich auch gern um meinen Vater kümmern.«

»Nein, lass mal! Mit Männern bin ich durch. Ich bin 82 und muss mir meine Kräfte langsam einteilen.«

Kathrin lachte. »Das klingt so, als ob du gleich mehrere gehabt hättest.«

»Was? Männer?« Edith schüttelte den Kopf. »Nein, ich hatte nur einen, mein Leben lang.« Ihre Stimme wurde sanfter. »Nur einen«, wiederholte sie leise. So, wie sie es sagte, war Kathrin sofort klar, dass sie auch nur diesen einen gewollt hatte.

»Magst du mir von ihm erzählen?«

»Willst du dir das wirklich antun? Die Erinnerungen einer alten Frau können ganz schön langweilig sein.«

»Du bist alles andere als langweilig.«

»Danke! Wenn du jetzt auch noch behauptest, dass ich nicht alt bin, dann erkläre ich dich sofort zu meiner besten Freundin.«

»Von mir aus gern.« Kathrin hob ihr Glas und stieß mit Edith an. »Auf beste Freundinnen und eine schöne Liebesgeschichte, die ich unbedingt hören möchte.«

»Ach, da gibt es eigentlich gar nicht viel zu erzählen. Walter und ich, wir sind als Nachbarskinder mitten im Krieg groß geworden. Im Jahr 1945 – wir waren beide erst zwölf Jahre alt – ist er mit seiner Familie in den Westen gegangen, während wir in der Nähe von Dresden geblieben sind. Danach haben wir uns aus den Augen verloren. Doch dann, zehn Jahre später, sind wir uns zufällig in Berlin wiederbegegnet. Er studierte dort an der Technischen Universität, und ich habe als Zahnarzthelferin im Ostteil der Stadt gearbeitet.«

»Konnte man damals denn noch problemlos zwischen Ost und West hin- und herwechseln?«

»Nein, das ging nicht. Aber Walter hatte eine Sondergenehmigung zum Grenzübertritt, weil er nebenbei für einen Kurierdienst gearbeitet hat. Deshalb konnte er auch das Konzert in der neuen Deutschen Staatsoper besuchen, bei dem wir uns begegnet sind.«

»Habt ihr euch sofort wiedererkannt?«

»Nein, aber wir saßen zufällig nebeneinander im Zuschauerraum, und irgendwann hat er mich gefragt, ob ich mal durch sein Opernglas schauen wollte. Ich hatte meines nämlich vergessen. Dadurch sind wir ins Gespräch gekommen, und wenig später haben wir dann entdeckt, dass wir uns eigentlich schon ewig kennen. Was haben wir uns gefreut! Wir wären fast aus dem Saal geflogen, weil wir mit unserem Getuschel die Aufführung gestört haben.«

Edith lächelte versonnen.

»Und seitdem wart ihr ein Paar?«, wollte Kathrin wissen.

Die alte Dame schüttelte den Kopf. »Wo denkst du hin? Das war Berlin im Jahre 1955. Damals ging das nicht so schnell wie heute.« Sie nippte an ihrem Sektglas. »Wir waren beide schrecklich schüchtern und haben uns nicht getraut, eine weitere Verabredung zu treffen. Es hat noch mehrere Monate und einen zweiten Zufall gebraucht, bevor wir uns wiedergesehen haben. Zu dem Zeitpunkt hatte ich die Hoffnung schon fast aufgegeben, Walter noch einmal zu treffen. Doch dann stand er kurz nach Weihnachten auf einmal vor mir in der Zahnarztpraxis.«

»Hatte er Zahnweh?«

»Nein, er hatte ein Paket für meinen Chef. Lauter falsche Zähne.« Edith kicherte wie ein junges Mädchen. »Als er mich am Empfang sitzen sah, hat er behauptet, dass die Gebisse im Karton vor Freude mit ihm lachen würden. Ob ich das Klappern nicht hören könnte.«

»Und was hast du gesagt?«

»Ich habe allen Mut zusammengenommen und ihm geantwortet, dass ich auf alle falschen Zähne der Welt gern verzichten würde, wenn er mich dafür zu einem Kaffee ausführt.«

»Das hat er dann hoffentlich auch gemacht.«

»Ja, das hat er. Ein Jahr später haben wir geheiratet.«

»Wie habt ihr denn das Grenzproblem gelöst?«

»Mit viel Geschick, Vorsicht und den richtigen Freunden an den richtigen Stellen. Und ein wenig Glück war natürlich auch dabei.»

Ediths Augen hatten einen sehnsüchtigen Glanz angenommen. Sie schien weit weg zu sein.

»Ja, so kann man das zusammenfassen«, murmelte sie. »Ein wenig Glück. Fast sechzig Jahre lang. Fünf Kinder. Sechs Enkel. Ein kleines Häuschen mit Garten in Charlottenburg. Und Walter und ich immer mittendrin. Glaub mir, es ist ein wunderbares Gefühl, wenn man miteinander alt werden darf.«

Kathrin drückte Edith an sich. »Was für eine schöne Geschichte! Genau das, was man an so einem grauen Tag hören will.«

Edith antwortete nicht, doch Kathrin konnte spüren, dass sich die alte Dame über die Umarmung freute. Eine Weile lang saßen die beiden Frauen schweigend nebeneinander und starrten in den Regen. Edith schien mit offenen Augen zu träumen, sie lächelte zerstreut und spielte mit ihrem schmalen goldenen Ehering.

Auch Kathrin war mit den Gedanken weit weg. Sie grübelte über Ediths Worte nach. *Es ist ein wunderbares Geschenk, wenn man miteinander alt werden darf.*

Alt werden?

Mit diesem Thema hatte sie sich bislang nur wenig beschäftigt. Sie stand ja auch mitten im Leben, wurde gebraucht und war umgeben von Menschen, die sie liebten.

Doch irgendwann würde das anders sein. Ihre Familie wäre dann immer noch an ihrer Seite, da war sie sich sicher.

Aber diesen einen geliebten Menschen, mit dem sie das Alter gemeinsam erleben durfte – den gab es nicht.

Außer vielleicht Julian.

Schon wieder … wieder mal … wie so oft … Julian.

Sie bekam ihn einfach nicht aus ihrem Kopf!

Es brauchte nicht viel Fantasie, um sich ein Leben mit ihm auszumalen. Sie hatte das oft genug getan. Mit ihm klang Altwerden nicht wie eine Drohung, sondern wie ein Versprechen.

Aber Julian würde nicht bei ihr sein …

»Zehn Pfennig für deine Gedanken!« Edith knuffte sie sanft in die Seite.

Seufzend lenkte Kathrin ihre Aufmerksamkeit zurück in den Strandkorb. Es musste am Sekt liegen oder vielleicht auch an Ediths rührender Geschichte, dass sie jetzt keine Ausflüchte erfand, sondern tatsächlich aussprach, was sie gerade gedacht hatte.

»Ich habe festgestellt, dass der einzige Mensch, mit dem ich alt werden möchte, für mich unerreichbar ist.«

»Woher willst du das wissen?«

»Weil er verheiratet ist. Das ist ein guter Grund, findest du nicht?«

»Hm.« Edith stellte ihr Glas auf den Boden. »Und warum denkst du trotzdem ständig an ihn?«

»Wie kommst du darauf, dass ich an ihn denke?«

»Ach, meine Kleine, ich bin doch nicht blind. Ich habe fünf Kinder großgezogen und weiß, wie Liebeskummer aussieht. Magst du mir nicht erzählen, was dich bedrückt?«

Kathrin zögerte.

»Kummer ist wie ein fieser Stachel in einer Wunde«, meinte Edith. »Solange du nichts dagegen unternimmst, wird es schlimmer statt besser.«

»Aber das Rausziehen tut weh.«

»Danach kann die Wunde verheilen.« Edith tätschelte Kathrins Hand. »Man braucht dann nur noch ein wenig erste Hilfe und ein paar tröstende Worte. Ich bin übrigens in beidem sehr gut.«

Kathrin lächelte gerührt. Das Bedürfnis, sich endlich einmal auszusprechen, wurde übermächtig. Deshalb stellte sie ihr Glas in den nassen Sand und richtete sich auf.

»Meinst du, der Kiosk neben dem Strandpavillon hat noch geöffnet?«

»Ich denke schon. Warum? Willst du ein Eis?«

»Nein. Ich hole noch eine Flasche Sekt. Das, was ich dir zu

erzählen habe, wird länger dauern. Und danach brauche ich mehr als nur ein kleines Trostpflaster.«

»Tja …«, sagte Edith eine Stunde später gedehnt. »Ich habe ja schon viel gehört in meinem Leben, aber deine Liebesgeschichte ist an Tragik kaum zu überbieten.«

»Verstehst du jetzt, warum ich nicht mehr an ein Happyend glaube?«

»Ich wäre nicht ganz so pessimistisch. Immerhin hat auch euch das Schicksal wieder zusammengeführt.«

Kathrin winkte ab. »Das war purer Zufall.«

»Das Leben besteht nun mal aus einer Ansammlung von Zufällen, und die Liebe ist der größte Zufall von allen. So etwas trifft nicht jeden.«

»Hast du nicht gehört, was ich dir erzählt habe? Er ist verheiratet.«

»Nun, das scheint ihn ja neulich weniger gestört zu haben als dich. Vielleicht würde er seine Frau sogar für dich verlassen.«

»Daran will ich nicht einmal denken.«

»Trotzdem. Ich glaube, das Schicksal ist noch nicht fertig mit euch beiden.«

»Doch, das ist es! Das muss es sein!«, widersprach Kathrin heftiger als beabsichtigt. »Ich kann das nicht alles noch einmal durchstehen.«

Edith nickte verständnisvoll. »Es hat dich damals sehr viel Kraft gekostet, diesen Julian zu vergessen, nicht wahr?«

»Jeden Tag, fast ein Jahr lang hab ich gekämpft. Und ich habe es auch nur geschafft, weil Maik mir geholfen hat.«

»Du hast deinen Mann doch hoffentlich nicht nur aus Dankbarkeit geheiratet?«

»Nein, natürlich nicht. Irgendwann habe ich tatsächlich geglaubt, dass ich ihn liebe. Er war von Anfang an für mich da, so stark und ruhig und verlässlich. Ich habe gedacht, dass ich mir nur Mühe geben müsste, dann würde es funktionieren. Aber so einfach war das leider nicht.«

»Immerhin habt ihr drei Kinder miteinander, ihr könnt euch also nicht nur gestritten haben.«

»Wir haben uns nie gestritten, mit Maik kann man sich überhaupt nicht streiten. Er ist der beste Vater und Ehemann, den man sich vorstellen kann. Deshalb hat es ja auch zwei Anläufe gebraucht, bis ich den Mut aufgebracht habe, mich von ihm zu trennen.«

»Gleich zwei?«

»Ja.« Gedankenverloren zupfte Kathrin ein paar Fäden aus ihrem Handtuch. »Zunächst war alles gut. Unsere ersten beiden Kinder sind recht schnell nach der Hochzeit gekommen. Damals hatten wir alle Hände voll zu tun, denn zur gleichen Zeit haben wir auch die Gurkenproduktion erweitert. Unser Alltag hat mich so stark beansprucht, dass ich gar nicht viel zum Nachdenken gekommen bin.«

»Arbeit ist nicht immer die beste Medizin«, warf Edith kritisch ein. »Manchmal verlängert sie nur das Leiden.«

»Es hat Jahre gedauert, bis ich mir eingestanden habe, dass das mit Maik und mir nicht funktioniert. Dass ich ihn zwar brauchte, aber nicht liebte. Und dass ich ihm die Chance auf echte Liebe verwehrte, wenn ich ihn noch länger festhielt. Also habe ich mir ein Herz gefasst und mit ihm geredet.«

»Wie hat er es aufgenommen?«

»Er war am Boden zerstört. Doch irgendwann, nach endlosen Diskussionen, hat er eingesehen, dass ich recht hatte. Aber noch bevor wir einen gemeinsamen Entschluss fassen konnten, ist plötzlich meine Mutter gestorben.«

»Oje!« Edith seufzte. »Ich kann mir denken, was jetzt kommt.«

»Wieder brauchte ich Trost, und natürlich war Maik zur

Stelle. Neun Monate später kam unsere dritte Tochter zur Welt.«

»Danach wurde es sicherlich noch schwieriger, sich zu trennen.«

»Ja, aber wir haben es trotzdem durchgezogen. Und zwar so, dass wir uns heute mit ruhigem Gewissen in die Augen schauen können.«

»Seid ihr noch befreundet?«

»So würde ich das nicht nennen, aber wir bemühen uns um einen normalen Umgang. Immerhin haben wir eine gemeinsame Familie, um die wir uns kümmern müssen. Unsere Kinder sollen uns als Einheit betrachten, nicht als ewig streitende Gegner.«

»Ihr habt meinen Respekt, wenn euch das gelingt!« Edith nickte anerkennend. »Wie ging es nach der Scheidung bei dir weiter?«

»Ich habe mich wie üblich in die Arbeit gestürzt, unseren Gutshof renoviert, meine drei Töchter großgezogen und das Unternehmen ausgebaut.«

»Alles auf einmal? Wie hast du das geschafft?«

»Das weiß ich nicht. Ich nehme an, die Liebe zu meiner Familie und zu meiner Arbeit hat mich stark gemacht.«

»Du kannst wirklich stolz auf dich sein.«

Kathrin lächelte. »Das bin ich auch. Stolz und glücklich. Meistens jedenfalls. Ich meine, ich habe alles, was ich brauche. Und trotzdem …« Sie brach ab.

»Trotzdem hat dich das Wiedersehen mit Julian völlig aus der Bahn geworfen«, vervollständigte Edith den Satz.

»So ist es. Leider. Wie kann es sein, dass dieses kurze Treffen mich in ein derartiges Gefühlschaos gestürzt hat?«

»Na, ganz einfach: Du liebst ihn immer noch, nach all den Jahren.«

»Und was kann ich dagegen tun?«

»Nichts. Warum solltest du auch? Lass diese Gefühle doch einfach zu!«

»Aber das ist völlig sinnlos.«

»Muss denn immer alles im Leben einen Sinn ergeben?«

»Für mich schon. Bislang konnte ich mir den Luxus von Hirngespinsten nicht leisten.«

»Dann wird es dringend Zeit dafür.«

»Das macht mich auch nicht glücklicher.«

»Oh, doch, das tut es. Mein Walter wird auch nicht wiederkommen, ganz egal, wie sehr ich ihn vermisse. Aber das ist kein Grund, nicht weiter in Liebe an ihn zu denken. Und sei es auch nur deshalb, um mich für ein paar Minuten wieder jung und unbeschwert zu fühlen.«

»Ich glaube, ich kann das nicht.«

»Dann musst du es lernen. Denk einfach nur an das Schöne, was ihr gemeinsam hattet!«

»Tja, weißt du … leider lande ich garantiert früher oder später wieder bei derselben hässlichen Szene.«

»Du bist echt ein hoffnungsloser Fall.« Edith erhob sich und zog Kathrin mit zum Meer. »Trotzdem gebe ich nicht auf und werde dir jetzt mal demonstrieren, wie das mit dem positiven Denken geht.«

»Muss das sein?« Kathrin stülpte sich ihre Kapuze über. »Es regnet immer noch.«

»Regen ist ein gutes Stichwort!«

Edith ließ ihre Hand los, stellte sich in den Sand und deutete auf den Himmel, wo sich immer noch mächtige Wolkenberge auftürmten.

»Was siehst du?«

»Graue Wolken.«

»Ja, so kann man das auch beschreiben. Ich aber sehe wunderschöne Luftschlösser, die der Wind in den Himmel gemalt hat. Eines großartiger als das andere.«

Kathrin kniff die Augen zusammen und schaute noch einmal nach oben. Feine Regentropfen benetzten ihr Gesicht. »Ich glaube, die heißen wissenschaftlich korrekt Nimbostratus-Wolken.« Als sie Ediths bösen Blick spürte, berichtigte sie sich. »Okay, von mir aus kann man auch Luftschlösser daraus machen. Mit viel Fantasie vielleicht …«

»… und mit ein wenig gutem Willen.«

Edith breitete die Arme aus. Sofort erfasste der Wind die Ärmel ihrer Jacke.

Die alte Dame lachte und drehte sich ein wenig hin und her. Ihre Haare waren nass und zerzaust, aber ihre Augen strahlten.

»Spürst du das? Diese intensive Kraft? Als was würdest du das bezeichnen?«

»Als einen Sturm?«, entgegnete Kathrin vorsichtig. Sie ahnte bereits, dass Edith etwas anderes im Sinn hatte.

»Das ist kein Sturm. Das ist eine Aufforderung, im Regen zu tanzen.« Ihre Freundin streckte die Arme in den Himmel und tat so, als wolle sie die Regentropfen auffangen. Bei jedem Windstoß schloss sie die Augen und atmete tief durch.

»Das ist wunderbar. Los, mach mit!«

Unschlüssig sah Kathrin sich um. Noch hatte niemand Ediths seltsames Treiben bemerkt. Der Strand war Gott sei Dank fast menschenleer.

»Nun komm schon! Trau dich einfach! Hier kennt dich doch keiner.«

Kathrin zog ihre Kapuze noch ein wenig tiefer ins Gesicht und machte widerwillig ein paar langsame Tanzschritte.

»Du musst dabei nach oben gucken. Schau mal, so!«, rief Edith und reckte das Gesicht in den Himmel. Ihre Fröhlichkeit wirkte ansteckend. Oder vielleicht war es auch der viele Sekt, der Kathrin glücklich stimmte. Sie begann zu tanzen.

Zögernd zuerst, dann aber immer schneller wirbelte sie ihre Hände durch die Luft, atmete den Wind ein und ließ sich nass regnen. Ab und zu wagte sie sogar einen kurzen Hüpfer Richtung Wellen. Jedes Mal, wenn das Wasser ihre Gummistiefel umspülte, kreischte sie auf. Lachend und übermütig. Immer lauter. Immer schneller.

Ja, so sah Lebensfreude aus.

Luftschlösser statt grauem Himmel. Regentanz statt Wolkenbruch.

Was hatte Edith vorhin gesagt?

Immer nur an das Schöne denken …

16

Man ist einander nie so nahe
wie im Augenblick der Trennung.
(August Strindberg)

Seit einer Viertelstunde schwieg Helen.

Sie stand mit dem Rücken zu Julian an einem der bodentiefen Fenster ihres Hotelzimmers. Von hier aus, aus dem zwölften Stock eines modernen Gebäudes mitten in der Kopenhagener Innenstadt, bot sich eine atemberaubende Aussicht auf das Meer, den Hafen und die alten Kaufmannshäuser. Jetzt, am Freitagmittag, wimmelte es in der Fußgängerzone von Menschen, die durch die Straßen hasteten.

Aber Helen achtete nicht auf das lebhafte Treiben am Wasser, sondern blickte geradeaus in den wolkenverhangenen Himmel, die Arme fest vor der Brust verschränkt.

Sie hatte immer schon schmale Schultern gehabt. Ihre momentane Körperhaltung jedoch ließ ihre Gestalt im Gegenlicht noch viel zarter erscheinen. Verstärkt wurde der zerbrechliche Eindruck auch durch die Tatsache, dass sie keine hochhackigen Schuhe trug, sondern lediglich flache Sandalen zu Jeans und Hemdbluse.

Nervös trat Julian von einem Bein auf das andere.

Er hatte nach seinem Geständnis nicht ernsthaft mit einem dramatischen Gefühlsausbruch gerechnet. Helen verachtete impulsives Verhalten. Aber die Stille, die seit fünf Minuten herrschte, war trotzdem kaum auszuhalten. Auf keinen

Fall jedoch durfte er die Geduld verlieren und als Erster sprechen.

Um sich von der Spannung im Raum abzulenken, betrachtete er das Bild an der Wand. Ein bunter Wochenmarkt irgendwo im Süden. Kräftige Farben, naive Malerei. Alle Menschen waren dick gezeichnet und grinsten sich gut gelaunt und mit viel zu großen Augen an. Julian fragte sich, ob man beim Anblick dieser schrillen Idylle vor dem Einschlafen nicht automatisch Alpträume bekam.

»Ich habe es von Anfang an gewusst«, sagte Helen plötzlich in die Stille hinein.

»Wie bitte?« Er glaubte, sich verhört zu haben.

»Ich wusste, dass du eine andere Frau kennengelernt hattest. Vom ersten Moment an, als ich dich damals in Hamburg wiedergesehen habe.« Sie drehte sich um. »Dein schlechtes Gewissen stand dir förmlich ins Gesicht geschrieben.«

Julian trat einen Schritt zurück und ließ sich auf ein kleines Ledersofa fallen. Mit dieser Antwort hatte er nicht gerechnet.

»Warum hast du dann nie etwas gesagt?«

»Aus Egoismus. Oder Berechnung. Nenn es, wie du willst. Auf jeden Fall habe ich dich gebraucht und war nicht gewillt, dich gehen zu lassen. Du warst damals der einzige Mensch, auf den ich mich verlassen konnte.« Sie lachte ein wenig zu schrill. »Welche Ironie, findest du nicht auch? Du hattest mich betrogen, und trotzdem habe ich dir meine Zukunft anvertraut.«

Müde rieb Julian sich über sein Gesicht. So viele Jahre. So viele Heimlichkeiten.

»Wieso?«

Helen setzte sich neben ihn, achtete jedoch darauf, ihn nicht zu berühren.

»Weil du Felix geliebt hast.«

Betroffen sah er auf. Mit dieser Antwort hatte sie ihm sämtliche Gegenargumente genommen.

»In dem Moment, als du ihn zum ersten Mal gesehen hast, habe ich die Liebe in deinen Augen erkannt«, fuhr Helen mit leiser Stimme fort. »Da war alles andere plötzlich unwichtig. Ich wusste zwar, dass sich deine Gefühle mir gegenüber geändert hatten. Aber wenn ich deine Liebe schon nicht für mich selbst haben konnte, dann sollte wenigstens Felix sie bekommen. Er hat sie damals dringender gebraucht als jeder andere Mensch auf dieser Welt.«

»Aber ... aber du? Wie konntest du mit dem Wissen leben, dass ich eine andere Frau liebte?«

»Ich habe es verdrängt. Für Felix hätte ich jedes Opfer gebracht.«

»Opfer?«, wiederholte er ungläubig. »So denkst du darüber? Meine Güte, Helen! Weißt du eigentlich, wie viele Jahre wir verschenkt haben?«

Ihre Lippen wurden schmal. »Wir haben nichts verschenkt. Oder würdest du im Rückblick irgendetwas anders machen?«

»Ich weiß es nicht.«

»Siehst du? Außerdem haben wir doch bislang gut damit leben können. Du warst all die Jahre mein bester Freund und Ratgeber. Unsere Ehe hat funktioniert.«

»Aber klar«, murmelte er. »Wie ein Schweizer Uhrwerk. Perfekt, präzise und vorhersehbar.«

»Aber verlässlich.« Sie fegte einen unsichtbaren Krümel von ihrer Jeans. »Eine Beziehung, die auf solchen Werten basiert, ist nicht die schlechteste Alternative.«

»Ich kann das nicht mehr.«

»Gut. Dann soll es wohl so sein.«

Erneut wartete er auf einen Wutanfall oder wenigstens eine kurze Gefühlsregung, aber ihr Gesichtsausdruck blieb ruhig.

»Und jetzt?«, sagte er.

»Was jetzt?«

»Das frage ich dich. Wo bleiben deine Vorwürfe? Oder dein Ärger?«

»Keine Sorge, diese Blöße gebe ich mir nicht, nicht einmal dir gegenüber.«

»Es wäre mir aber wohler dabei. Dann würde ich mich nicht so fühlen wie ein Angestellter, der nach langen Jahren Betriebszugehörigkeit gekündigt hat und jetzt sein Vertragsende abwickelt.«

»Glaubst du wirklich, dass es mir so leichtfällt?« Zum ersten Mal hörte er etwas wie Bitterkeit aus ihrer Stimme heraus.

»Nein. Du spielst deine Gelassenheit nur.«

»Ich spiele dir nichts vor. Ich unterscheide nur zwischen nützlichen und überflüssigen Gefühlen. Keiner von uns beiden hat etwas davon, wenn ich dich anbrülle oder gar ausflippe. Stattdessen sollten wir uns benehmen wie zwei Erwachsene. Ich für meinen Teil kann das.«

»Wie immer perfekt«, bemerkte er.

Es hätte spöttisch klingen sollen, doch er konnte es nicht verhindern, dass auch Bewunderung in seiner Stimme lag.

Sie registrierte das natürlich sofort. »Danke!«

»Wenn du trotzdem irgendwann mal den Wunsch verspürst zu schreien, weißt du ja, wo du mich finden kannst. Ich werde nicht einfach aus deinem Leben verschwinden.«

»Gut zu wissen.« Sie erhob sich und öffnete den Kleiderschrank.

»Ich muss mich frisch machen«, sagte sie, während sie einen Hosenanzug heraussuchte und sich auf den Weg ins Bad machte. »Ich bin zum Mittagessen verabredet.«

»Mit wem denn?«

Sie blieb stehen. »Ich glaube kaum, dass dich das jetzt noch etwas angeht«, erwiderte sie, ohne sich umzudrehen.

Julian nickte. »Wahrscheinlich nicht. Das war die Macht der Gewohnheit. Entschuldige!« Er erhob sich, nahm seine Jacke vom Stuhl und wandte sich zur Tür. »Dann gehe ich jetzt wohl besser.«

»Warte! Eine Frage habe ich noch.« Jetzt drehte sie sich doch zu ihm um.

»Ja?«

»Glaubst du wirklich, dass diese andere Frau …« Helen biss sich auf die Lippe.

»Kathrin?«

»Ja, Kathrin. Glaubst du wirklich, dass sie dich einfach so wieder in ihr Leben lässt?«

Er zuckte mit den Schultern. »Das werde ich bald erfahren.«

»Wenn sie es tut, ist sie entweder dumm oder sie liebt dich tatsächlich immer noch.« Helen blickte zu Boden. »Oder beides«, flüsterte sie kaum hörbar.

Julian kannte sie gut genug, um zu wissen, dass das einem Geständnis gleichkam. Hilflos machte er einen Schritt auf sie zu. »Helen, ich …«

»Schon gut!«

Sie hob die Hand, um ihm zu signalisieren, dass er nicht näher kommen sollte. In Sekundenschnelle war der winzige Anfall von Schwäche vorüber. Energisch drückte sie die Schultern durch und räusperte sich. Ihr Blick wirkte jetzt wieder kühl und distanziert.

»Wer ist eigentlich Johanna?«

»Äh … wie bitte?« Der plötzliche Themenwechsel verwirrte ihn.

»Johanna«, wiederholte Helen gleichmütig. »Den Nachnamen kenne ich leider nicht.«

Julian zögerte. Er hatte Helen bislang nichts von Kathrins

Familie erzählt. »Johanna ist eine Kundin von Felix«, formulierte er vage.

»Ah!« Sie spitzte die Lippen und nickte bedächtig. Das tat sie immer, wenn sie etwas zu wissen glaubte, was er selbst noch nicht ahnte. »Ich vermute, es steckt mehr dahinter.«

»Wie kommst du denn auf die Idee?«

»Erstens hat Felix mir recht schnell den Namen dieser Frau verraten. Das hat er noch nie gemacht, schon gar nicht bei einer Kundin. Und zweitens erwähnt er sie andauernd, wenn er mir schreibt. Das ist garantiert mehr als ein geschäftliches Verhältnis.«

»Hat er dir das etwa gestanden?«

»Seit wann diskutiert ein erwachsener Mann so etwas mit seiner Mutter?« Helen schüttelte den Kopf. »Natürlich hat er mir nichts verraten. Aber ich kann zwischen den Zeilen lesen, ich bin ja nicht dumm.«

Nein, bestimmt nicht. Helen hatte immer schon den richtigen Riecher gehabt.

»Und was hast du zwischen den Zeilen entdeckt?«, fragte Julian.

»Zum Beispiel, dass diese Johanna ihn ohne Probleme versteht. Er scheint sich sehr viel mit ihr zu unterhalten. Für ein Kundengespräch ist das eher ungewöhnlich.«

»Das kommt auf die Situation an. Wenn gerade kein PC in der Nähe ist …«

»Seit wann geht er ohne seine geliebten elektronischen Geräte in eine geschäftliche Besprechung?«

»Eigentlich nie«, musste Julian zugeben. »Wie hast du das herausgefunden?«

»Ich habe ihn, wie üblich, an seine Sprachübungen erinnert. Und da hat er zurückgeschrieben, dass er momentan mit Johanna genug spricht und deshalb nicht noch zusätzliche Übungen braucht. Anscheinend sind zeitweise auch noch mehr Leute bei ihren Treffen dabei, mit denen er sich unterhält. Ein kleines Kind und ein Teenager. So ganz blicke ich nicht durch.«

Julian schluckte.

Wenn sich Helens Verdacht bestätigte, dann hing an dieser Geschichte noch viel mehr, als sie jetzt ahnte. Aber er hütete sich davor, sie aufzuklären. Das konnte warten, bis sich ihre Vermutung tatsächlich bestätigte. Noch glaubte er nicht daran.

»Mir hat Felix am Dienstag versichert, dass zwischen Johanna und ihm nichts läuft.«

Helen lächelte süffisant. »Dann hat er dich entweder angelogen, oder er weiß noch gar nicht, was gerade mit ihm passiert.«

»Also wirklich, Helen! Du solltest wissen, dass man keine Ferndiagnosen stellt.« Das Thema war ihm unangenehm, er wollte es schnellstens beenden. »Was machen wir hier überhaupt? In unserer Situation gibt es wichtigere Probleme als das Liebesleben unseres Sohnes.«

Sie zuckte mit den Achseln. »Nun, es fällt mir leichter, über Dinge zu sprechen, die uns verbinden, als über diejenigen, die uns trennen. Außerdem sind wir mit dem anderen Thema doch fürs Erste durch, oder? Ich wüsste nicht, was wir noch zu bereden haben.«

Julian schielte auf seine Armbanduhr. Noch fünf Stunden bis zum Rückflug. Bei seiner Reiseplanung hatte er bewusst genügend Zeit eingeplant, um seiner Frau die Möglichkeit zur Aussprache zu geben. Dass sie die Gelegenheit jedoch gar nicht nutzen wollte, hatte er nicht bedacht. Jetzt saß er erst einmal fest und musste den Nachmittag in dieser verregneten, windigen Stadt verbringen.

Helen war seinem Blick gefolgt. »Wann geht dein Flug?«

»Erst heute Abend.«

»Ich würde dich ja bitten, mich ins Restaurant zu begleiten.

Aber nach unserer unerfreulichen Unterhaltung bin ich mir nicht sicher, ob mir das Essen dann noch schmeckt.«

»Tut mir leid.«

»Schon gut, das ist jetzt nicht mehr zu ändern.«

Er streifte seine Jacke über. »Dann gehe ich jetzt wohl besser …«

»Ja.« Sie lächelte. Zum ersten Mal an diesem Tag gab sie sich keine Mühe mehr, ihre Traurigkeit zu verbergen.

17

Liebe ist kein Solo. Liebe ist ein Duett.
(Albert von Chamisso)

Die erste offizielle Verabredung von Felix und Johanna am Freitagabend drohte zu einer riesigen Enttäuschung zu werden – dabei hatte der Tag so schön begonnen.

Am Mittag hatte er sie abgeholt und ihr im Auto einen Ausdruck des Vortrags über Grüne Küche in die Hand gedrückt.

»Das mit dem Proben war ernst gemeint«, hatte er gesagt und gleich darauf den Motor gestartet.

Im Laufe der zweistündigen Fahrt hatte er ihr mehrmals einen Seitenblick zugeworfen, so als ob er kontrollieren wollte, ob sie auch tatsächlich übte. Beim vierten Mal hatte sie ihm die Zunge rausgestreckt, woraufhin beide in Gelächter ausgebrochen waren. Gut gelaunt waren sie in Premnitz angekommen und hatten ihre Hotelzimmer bezogen.

Danach waren sie getrennte Wege gegangen. Felix hatte fotografiert, während Johanna sich mit den Organisatoren der Bundesgartenschau getroffen hatte, um das Programm zu besprechen.

Rechtzeitig zu ihrem Vortrag war Felix wieder ins Hotel zurückgekehrt. Ihr war sein bewundernder Blick nicht entgangen, als sie ihn in einem weißen, enggeschnittenen Sommerkleid an der Zimmertür begrüßte.

Sie hatte sich die Haare zu einem französischen Zopf gebunden und an den Seiten ein paar Locken herausgezupft. Dazu trug sie lange Ohrringe mit schwarzen Kristallperlen und farblich passende Pumps mit hohen Absätzen.

Auch er hatte sich umgezogen und T-Shirt und Shorts gegen ein schwarzes Hemd und eine dunkle Jeans getauscht.

Wie selbstverständlich hatte er ihre Hand genommen und war mit ihr in den Vortragssaal gegangen. Es war ungewohnt für Johanna, einen Mann so nah an ihrer Seite zu haben. Ungewohnt, aber aufregend. Und einfach nur großartig.

Während ihrer Rede waren ihre Augen immer wieder zu Felix gewandert. Er hatte jedes Mal aufmunternd zurückgelächelt. Als nach dem Vortrag begeisterter Applaus erklang und er sofort wieder ihre Hand nahm, fühlte sie sich wie auf Wolke sieben. Jedoch nur einen winzigen Moment lang.

Denn dann begann der Ärger.

»Frau Dohmann!«

Mit großen Schritten kam einer der Organisatoren der Ausstellung auf sie zu, ein junger blonder Mann im dunkelblauen Nadelstreifenanzug. Johanna war ihm heute schon einmal begegnet, erinnerte sich aber nicht mehr an seinen Namen.

»Glückwunsch! Das war ein sehr interessanter, intelligenter und wunderbar präsentierter Vortrag.« Er streckte seine Hand aus.

»Danke!« Notgedrungen musste Johanna Felix' Hand jetzt loslassen.

Ihr Gegenüber strahlte über das ganze Gesicht und präsentierte dabei eine Reihe perfekt gewachsener weißer Zähne. »Haben Sie die Rede selbst geschrieben? Sie haben Talent, das Publikum war begeistert.«

»Nein, ich hatte Hilfe.« Johanna deutete auf Felix, der immer noch neben ihr stand und die Szene abwartend beobachtete. Sie drehte ihren Kopf so, dass Felix ihre Lippen sehen konnte, und wiederholte die letzte Bemerkung.

»Mein Name ist Tom Dehner«, stellte Herr Dehner sich vor, ohne darauf zu achten, was Johanna gerade tat. »Gern nur Tom.«

»Er heißt Tom«, sagte Johanna zu Felix. Danach überließ sie ihm das weitere Gespräch.

»Ich bin Felix Albrecht«, begann er. »Und ich bin gehörlos.« Er wählte absichtlich kurze Sätze und machte viele Pausen, damit sein Gegenüber sich an die undeutliche Aussprache gewöhnen konnte. »Ich lese von den Lippen ab. Bitte schauen Sie mich an, wenn Sie mit mir sprechen.« Wieder eine kleine Pause, verbunden mit einem freundlichen Lächeln. »Und fragen Sie ruhig nach, wenn Sie etwas nicht verstanden haben!«

Tom Dehner räusperte sich verlegen. »Was hat er gesagt?«, wollte er von Johanna wissen.

»Das sollten Sie ihn selbst fragen.«

Sie wollte sich nicht einmischen, denn es war bestimmt nicht das erste Mal, dass Felix in solchen Situationen mit anfänglichen Problemen zu kämpfen hatte. Er würde sich schon zu helfen wissen.

»Mein Name ist Felix Albrecht«, wiederholte Felix auch sofort geduldig. »Ich bin gehörlos.«

»Aha«, sagte Tom Dehner.

Johanna war sich ziemlich sicher, dass er wieder kein Wort verstanden hatte.

»Es freut mich, Sie kennenzulernen«, redete Herr Dehner trotzdem unbeirrt weiter, ganz der routinierte Gastgeber. »Ich hoffe, Sie fühlen sich wohl bei uns.«

»Leider kann ich nicht sehen, was Sie sagen«, versuchte Felix es noch einmal. »Ich glaube, wir verständigen uns lieber schriftlich.« Er holte sein Handy heraus.

»Ja, ja«, antwortete Tom Dehner und lachte verlegen. Er wartete gar nicht ab, bis Felix das Smartphone eingeschaltet hatte, sondern beugte sich zu Johanna vor. Genau jetzt hielt er den Kopf tatsächlich so, dass Felix seine Lippen sehen konnte.

»Kann er nur nicht sprechen, oder ist er auch sonst … äh … etwas behindert?«, fragte er mit leiser Stimme.

Johanna schnappte nach Luft.

Sie wusste nicht, was schlimmer war: ihre eigene Empörung oder die Befürchtung, dass die unüberlegte Äußerung Felix verletzt haben könnte. Aber noch bevor sie etwas entgegnen konnte, spürte sie Felix' Finger, die beruhigend über ihren Handrücken streichelten.

»Egal, was du sagen willst, behalte es für dich!«, sagte er und drückte kurz ihre Hand. »Du bist zum Feiern hier, nicht zum Streiten.«

Sie nickte.

»Ich gehe besser schon mal rüber in den Speisesaal und warte dort auf dich.«

»Okay.«

»Benimm dich!« Er warf ihr einen warnenden Blick zu und verschwand in der Menge, ohne sich von Tom Dehner zu verabschieden. Johanna musste sich zusammenreißen, um ihm nicht sofort nachzulaufen.

»Tja, weg ist er«, kommentierte Tom Dehner Felix' Abgang. »Habe ich etwas Falsches gesagt?«

Kurzzeitig überlegte sie, ob sie ihn nicht doch zur Rede stellen sollte. Aber vermutlich würde das Gespräch, so verärgert wie sie war, tatsächlich in einen Streit ausarten. War es das wert?

Dies hier sollte ein schöner Abend mit Felix werden, und jedes Wort, das sie mit diesem unsensiblen Typen wechselte, war ein Wort zu viel.

»Nein«, entgegnete sie deshalb nur. »Aber ich gehe trotzdem mal lieber nachschauen, wo er ist.«

»Darf ich vorher noch ein Selfie von uns machen?«

Ohne eine Antwort abzuwarten, holte Tom Dehner sein Smartphone heraus und legte einen Arm um Johannas Taille. »Jetzt bitte mal lächeln!«

Sie brachte ein hässliches Grinsen zustande, von dem sie hoffte, dass es auf dem Foto genauso verächtlich aussah, wie sie es in diesem Moment beabsichtigte.

»Sehr schön!« Tom Dehner schien immer noch nichts von ihrer Verstimmung zu bemerken. »Wir sehen uns sicherlich später noch einmal. Meine Kollegen haben ein längeres Rahmenprogramm zusammengestellt. Zwar etwas altmodisch, aber so etwas kann ja auch ganz nett sein. Bis dahin, amüsieren Sie sich gut!«

Felix schaute von der Speisekarte auf, als Johanna an den Tisch kam.

»Bitte entschuldige!« Sie zog einen Stuhl zu sich heran und setzte sich so dicht neben Felix, dass ihre Beine sich berührten.

»Wieso? Du hast doch gar nichts gemacht.«

»Ich fühle mich trotzdem mies. Sollen wir gehen?«

»Nein, wir bleiben. Der Abend hat doch gerade erst angefangen.«

Sie holte tief Luft, um sich zu beruhigen. Vergeblich. Der Ärger kam sofort wieder hoch.

»Wie kann er nur so dumm sein?«

»Er weiß es nicht besser.«

»Ich bin so was von wütend auf diesen arroganten Idioten! Ich hätte ihm am liebsten zum Abschied eine geknallt! Aber was mache ich? Ich posiere sogar noch für ein dämliches Foto mit ihm. Hoffentlich zerstört mein böser Blick seine SIM-Card!« Die Worte kamen ganz von selbst aus ihr herausgesprudelt, eines aufgebrachter als das andere.

Amüsiert beobachtete Felix ihren Wutanfall. »Langsam! Sonst verstehe ich dich nicht.«

»Oh, super! Das fehlte mir noch zu meinem Glück.«

»Beruhige dich. So ein Missverständnis passiert nun mal ab und zu. Vermutlich hatte er noch nie mit einem Gehörlosen zu tun gehabt.«

»Na und? Das hatte ich auch nicht, bevor ich dich getroffen habe.«

»Du bringst aber die richtige Portion Interesse und Einfühlungsvermögen mit. Nicht jeder kann das so perfekt.«

»Ich? Ich bin alles andere als perfekt.«

»Du bist die klügste, aufmerksamste und warmherzigste Person, die ich kenne.«

»Du hast mich anscheinend noch nie wütend erlebt.«

»Stimmt, bis jetzt gerade. Eine sehr witzige Erfahrung.« Er lächelte ihr aufmunternd zu. »Dieser kleine Vorfall ist den Ärger nicht wert.«

»Für mich bist du jede Anstrengung und jeden Ärger wert«, widersprach sie heftig.

Erst als sie den Satz beendet hatte, dämmerte es ihr, was sie sich da gerade eingestanden hatte. Und damit natürlich auch ihm. Ach, im Grunde war es gleichgültig. Vermutlich ahnte er sowieso längst, wie viel er ihr bedeutete.

Felix' überraschter Gesichtsausdruck ließ jedoch darauf schließen, dass ihm diese Tatsache in ihrer ganzen Tragweite bislang entgangen war. Sein Blick war so durchdringend, dass Johannas Herz zu klopfen begann.

Doch er schwieg.

»Sollen wir nicht doch irgendwo anders hingehen?«, schlug sie vor. »Hier ist es so voll und unruhig. Mich machen die vielen Leute nervös. Dich nicht?«

»Mich macht momentan nur ein einziger Mensch nervös.«

Noch ein intensiver Blick.

Noch mehr Herzklopfen.

Johanna senkte den Kopf.

»Bitte sehr, die Vorspeise!«

Mit Schwung stellte ein junger Ober zwei Teller auf den Tisch.

Erschreckt fuhren Johanna und Felix auseinander.

»Einen guten Appetit!«, wünschte der Kellner.

»Danke«, murmelte Johanna, obwohl sie sicher war, dass sie kaum etwas herunterbekommen würde.

Auch Felix betrachtete das Arrangement aus Krabben und grünem Spargel mit skeptischem Blick.

»Ich fürchte, das wird ein schweigsames Essen.«

»Das muss es nicht«, sagte Johanna. »Wir wechseln einfach das Thema.«

»Das ist lieb von dir, aber darum geht es gar nicht.« Felix nahm sein Besteck zur Hand. »Hast du mal die Menükarte gelesen?«

Eine Stunde später wusste Johanna, welches Problem Felix mit der Speisenfolge hatte.

Die Krabben mussten gepellt werden, der Rucola mit Speckstreifen geschnitten und die Spaghetti Pesto gewickelt. Das Essen beschäftigte also nicht nur Hände und Mund, sondern auch die Augen.

Eine Unterhaltung war kaum möglich. Stattdessen warf Felix ihr zwischen zwei Gängen immer mal wieder ein kurzes Lächeln zu und signalisierte ihr auf diese Weise, dass es ihm schmeckte.

Johanna jedoch musste sich zu jedem Bissen zwingen. Sie war erleichtert, als endlich der Nachtisch, Joghurt-Creme mit Kiwischaum, serviert wurde.

Inzwischen fragte sie sich, ob es eine gute Idee gewesen war, ausgerechnet ein festliches Bankett mit über hundert Leuten als Startpunkt für ihre erste Verabredung zu wählen. Die Schwierigkeiten waren praktisch vorprogrammiert.

Andererseits – Felix hatte sich ja quasi selbst eingeladen und hartnäckig darauf bestanden, sie zu begleiten. Sicherlich hatte er um die Probleme gewusst, die sich ergeben konnten. Das war schließlich Alltag für ihn. Vielleicht hatte er sie sogar ganz bewusst damit konfrontieren wollen.

Na, wie auch immer, sie grübelte schon wieder zu viel!

Das nächste gemeinsame Abendessen würde sie lieber selbst kochen. Irgendetwas Einfaches, bei dem man nicht ständig auf den Teller schauen musste, und das sich mit dem Löffel essen ließ. Brei, Pudding oder …

»Suppe!«, sagte sie in dem Moment, als Felix sein Besteck zur Seite legte und ihr einen kurzen Seitenblick zuwarf. Er runzelte die Stirn, vermutlich überlegte er, ob er das Wort richtig verstanden hatte.

»Hast du gerade Suppe gesagt?«

»Ja, habe ich. Willst du wissen, warum?«

»Auf jeden Fall.«

»Suppe kann man mit dem Löffel essen. Da muss man nicht lange auf den Teller starren, sondern kann die Augen oben lassen. Das ist doch das perfekte Essen für unser nächstes Date, und ich …« Sie brach ab und biss sich auf die Zunge.

Mist, jetzt hatte sie sich schon wieder verplappert! Von der nächsten Verabredung war noch gar nicht die Rede gewesen. »Also, ich meine … falls wir uns noch mal treffen wollen. Nur, wenn du willst.«

»Und ob ich will.« Er beugte sich vor. »Ich fürchte, ich kann gar nicht anders …«, begann er, doch der Rest seiner Worte ging in einer tosenden Fanfare unter.

Entschuldigend zuckte Johanna mit den Schultern und deutete auf die Lautsprecherboxen und dann auf ihre Ohren.

Gleich darauf verdunkelte sich das Licht im Saal, und eine Stimme verkündete: »Meine Damen und Herren! Wir hoffen, das Essen hat Ihnen geschmeckt. Damit Sie diese Kalorien gleich wieder verbrennen können, ist die Tanzfläche ab sofort geöffnet. Wir spielen heute alles, Oldies, Pop, Rock, Schlager und Aktuelles. Viel Spaß!«

Eine glitzernde Diskokugel zauberte flackerndes Licht, und schon erklang das erste Lied. Modern Talking mit *You're my heart, you're my soul*. Gut gelaunt strömten die ersten Gäste auf die Tanzfläche.

Johanna seufzte und blickte mit entnervtem Augenrollen zu Felix hinüber. Er saß mit gesenktem Kopf da und tippte etwas in sein Handy ein. Na toll! Jetzt hatte er sich gedanklich wohl endgültig von diesem Abend verabschiedet.

Kurz darauf vibrierte ihr Telefon. Fieberhaft überprüfte sie den Posteingang. Die drei unbeantworteten Anrufe ihrer Schwester Laura hatte sie bereits vor dem Abendessen gesehen. Das konnte warten, bis sie wieder zu Hause war. Neu waren jedoch die beiden Fotos von Franziska. Eines zeigte ein Schulzeugnis und war unterschrieben mit *Endlich Ferien!* Auf dem anderen winkte Marie in die Kamera. *Gute Nacht, Mama!* stand unter dem Bild. Rasch schickte sie drei rosa Herzchen zurück.

Und dann sah sie die Nachricht von Felix.

Was ist los? Du siehst aus, als ob dir die Musik nicht gefällt.

Johanna brauchte nur ein paar Sekunden, um zu antworten.

Das Lied ist schrecklich. Genauso wie der bisherige Abend. Lass uns endlich irgendwo anders hingehen!

Nicht so schnell! Ich war noch nie beim Tanzen.

Da hast du nichts verpasst.

Ist die Musik wirklich so schlimm?

Schlimmer.

Johanna überlegte.

Wie konnte sie Felix begreiflich machen, was sie hörte? Ihr Blick fiel auf den leeren Dessertteller, den der Kellner gerade abräumte, und auf einmal hatte sie eine Idee.

Im Grunde ist es mit der Musik so wie mit dem Essen.

???

Dieses Lied zum Beispiel: Stell dir einfach einen knallig bunten Wackelpudding vor. Man hat ihn schon tausend Mal gegessen, er ist zuckersüß und leicht bekömmlich, aber man fühlt sich nach dem Essen nicht wirklich satt.

Felix schmunzelte beim Lesen der Nachricht und warf ihr danach einen anerkennenden Blick zu.

Cooler Vergleich! So anschaulich hat mir das noch niemand erklärt.

Johanna freute sich über das Kompliment.

Die Musik wechselte zu Helene Fischer und *Atemlos durch die Nacht*. Immer mehr Gäste kamen auf die Tanzfläche und sangen mit.

Das ist ein neues Lied, nicht wahr?

Ja, aber immer noch Wackelpudding. Von einer hübschen Köchin mit super Figur, blonden Haaren und langen Beinen. Deshalb ist der Song sehr beliebt, vor allem bei Männern.

Felix wandte den Blick nicht vom Handy, aber wieder zuckten seine Mundwinkel.

Du bist echt super im Beschreiben! Nehmen wir mal was Schwierigeres. Wie wäre es mit Mozart?

Dieses Mal musste Johanna etwas länger überlegen.

Schmeckt nach Sahnetorte. Hat in der Herstellung viel mehr Mühe gemacht als der künstliche Wackelpudding. Deshalb aber auch sehr lecker, sehr luftig, und man kann ruhig mehrere Stücke davon essen.

Beethoven?

Buttercreme. Komplizierte Zusammensetzung, aber toller Geschmack. Allerdings kann man sie nicht unbegrenzt genießen, sonst wird einem irgendwann übel.

Weihnachtslieder?

Wie Lebkuchen und Spekulatius. Im Dezember stopft man sich voll damit, nach den Feiertagen schmecken sie nicht mehr. Komischerweise freut man sich im nächsten Jahr aber doch wieder darauf.

Langsam fand auch Johanna Gefallen an diesem Spiel. Eine Weile ging es hin und her.

Dann wechselte die Musik erneut.

Das ist zur Abwechslung mal ein Lied, das mir gefällt. ›Stay with me‹ von Sam Smith.

Das sieht viel ruhiger aus.

Felix schaute zur Tanzfläche, wo sich inzwischen viele Paare gefunden hatten.

Und auch kuscheliger.

Johanna folgte seinem Blick und ließ die Musik auf sich wirken.

Ja, dieser Song ist definitiv anders.

Ich warte auf deine Beschreibung …

Hast du eine Lieblingsschokolade?

Ja. Ich liebe Nougat.

Dann stell dir vor, du hast eine edle, zart schmelzende Nougatpraline im Mund und lässt sie langsam auf der Zunge zergehen. Und jetzt stell dir noch vor, dass du die Schokolade nicht allein genießt, sondern zusammen mit einem Menschen, den du sehr magst.

Sie zögerte. In ihrem Kopf hatte sie den nächsten Satz, eine Frage, bereits formuliert. Sollte sie es wagen, die Frage zu stellen? Warum eigentlich nicht?

Dieser Abend war sowieso schon so gut wie gelaufen, da kam es auf eine weitere Peinlichkeit auch nicht mehr an. Sie fasste sich ein Herz.

Fällt dir jemand ein?

Bevor sie es sich wieder anders überlegen konnte, drückte sie auf Senden.

Felix las. Einmal. Zweimal. Dann hob er den Blick von seinem Smartphone, fixierte eine Zeitlang ihr Gesicht und nickte. Langsam zuerst, doch als er das Strahlen in ihren Augen sah, immer entschlossener.

Johannas Finger zitterte vor Aufregung, als sie weitertippte.

Schmeckst du die knusprige Hülle? Die cremige Süße? Spürst du den warmen Schokoladenatem? Dann hast du exakt das Feeling dieser Musik im Blut.

Sie schaute auf und versank erneut in seinen Augen.

Jedes weitere Wort, ob gesprochen oder getippt, war jetzt überflüssig.

»Darf ich bitten?«

Plötzlich stand Tom Dehner direkt vor Johanna.

Sie bemerkte ihn kaum.

»Hallo? Frau Dohmann?«, fragte Herr Dehner, nun schon etwas lauter, und berührte sie leicht an der Schulter. »Haben Sie Lust auf einen Tanz mit mir?«

»Nein.« Felix erhob sich. »Das ist mein Tanz.«

»Wie bitte? Was hat er gesagt?«, wollte Tom Dehner wissen.

Johanna lächelte und ergriff Felix' Hand.

»Er hat gesagt, dass es Zeit für Schokolade ist.«

Auf der Tanzfläche beobachtete Felix die anderen Paare und legte dann beide Arme um Johannas Oberkörper.

Sie reichte ihm nur bis zum Kinn.

Behutsam schmiegte sie ihre Wange an sein Hemd. Es störte sie nicht im Geringsten, dass weder Felix noch sie den Takt einhielten. Sie fanden, wie selbstverständlich, ihren ganz eigenen

Rhythmus. Das Einzige, was für Johanna in diesem Augenblick zählte, war die Nähe zu Felix.

Natürlich, sie hatten auch zu Hause vor dem Computer immer sehr dicht beieinandergesessen. Aber das hier – das glitzernde Licht, die sanfte Musik und Felix' Hände auf ihrem Rücken – war etwas völlig anderes. Spürte er es auch?

Sie hob den Blick und schaute direkt in seine Augen.

Mit einem für ihn untypischen schüchternen Lächeln zog er sie noch ein wenig fester an sich. Sein Kinn sank auf ihre Haare, sie konnte seine Bartstoppeln durch die Kopfhaut spüren. Sein Atem pustete regelmäßig kleine Wellen über ihre Stirn.

Johanna schloss die Augen.

Sie hätte ewig so weitermachen können. Doch leider war Sam Smith inzwischen am Ende seines Liedes angelangt, und gleich darauf sang Abba von der *Dancing Queen*. Die umstehenden Paare lösten sich voneinander und begannen, schneller zu tanzen.

Auch Johanna wollte einen Schritt zurücktreten, doch Felix hielt sie fest und schüttelte kaum merklich den Kopf. Sein Mund streifte dabei wie zufällig über ihre Wange.

Lass uns weitermachen, sollte das wohl heißen.

Vielleicht sogar noch ein wenig mehr als das ...

Sie nickte und bemühte sich gleichzeitig darum, seine Lippen nicht von ihrer Haut zu vertreiben. Vorsichtig drehte sie ihr Gesicht zur Mitte, so dass sein Mund plötzlich ganz nahe an ihrem war.

Sein Kuss war sanft, fast zögernd, und er schmeckte nach mehr. Johanna stellte sich auf Zehenspitzen und zog seinen Kopf zu sich hinunter. Sie konnte spüren, wie seine Lippen sich zu einem Lächeln verzogen.

Dann wurde der Kuss intensiver.

»You can dance«, sang Abba immer noch.

Nein, dachte Johanna, das galt bestimmt nicht für Felix und sie. Trotzdem tanzten die beiden küssend weiter. Denn sie hörten ihr eigenes Lied.

Eines, das wie süßer, zart schmelzender Nougat schmeckte.

Irgendwann später landeten sie vor Johannas Zimmertür.

»Tja, also …«, sagte sie, ohne seine Hand loszulassen.

Felix schien ebenfalls keine Lust zu haben, sich von ihr zu trennen. Er stand einfach nur da und schaute sie an.

Auf einmal verspürte sie eine gewisse Scheu und blickte verlegen zu Boden. Sie wusste, dass sie jetzt eine Entscheidung treffen musste.

Sollte sie vernünftig sein? Oder lieber ihrem Herzen folgen?

»Ich weiß nicht … also … äh … einerseits … ich habe nicht viel Erfahrung … aber ich will nicht aufhören …«, stammelte sie und brach ab. Wie sollte er sie denn verstehen, wenn sie nach unten schaute und außerdem nur dummes Zeug redete?

Sie konnte hören, wie er tief einatmete.

»Johanna.«

Zum ersten Mal sprach er ihren Namen aus. Sie hob den Kopf, verzaubert vom Klang seiner Stimme.

»Johanna.« Noch einmal formten seine Lippen diese drei Silben.

Sie hatte noch nie etwas Schöneres gehört. Vergessen waren alle Zweifel.

Das hier war Felix. *Ihr* Felix.

Und er schien genauso durcheinander zu sein wie sie selbst.

»Was machen wir hier?«, fragte er.

Sein Blick senkte sich in ihren, zärtlich und ratlos zugleich. Die sonst übliche heitere Sorglosigkeit war aus seiner Miene verschwunden. Er meinte es ernst, sehr ernst – und schien darüber selbst am meisten überrascht.

»Sag mir, dass ich gehen soll!«, sagte er.

Sie schüttelte den Kopf. Langsam, aber bestimmt.

Nein! Nicht gehen!

»Ich kann nicht mehr … denken.« Er war kaum zu verstehen.

»Dann lass es bleiben!« Entschlossen nahm sie seine Hand und zog ihn in ihr Zimmer.

Vor dem Bett blieb sie stehen. Fahles Mondlicht fiel durch die Lücken der Vorhänge. Es war dunkel im Raum, man konnte nur die Umrisse der Möbel und ihre eigenen Schatten erkennen. Als Felix nach dem Schalter der Nachttischlampe tastete, hielt sie seinen Arm zurück.

Nein, kein Licht! Es gab keinen Grund zu reden. Sie wollte ihn spüren.

Vorsichtig schob sie eine Hand unter sein Hemd und ließ sie auf seinem Brustkorb liegen. Felix hielt den Atem an und stand einen Moment lang völlig reglos vor ihr. Dann nickte er und zog sie an sich.

Ja, er hatte verstanden. Es ging auch ohne Worte.

Ein ungeduldiger Stups mit den Fingern, als er sich ihrer Meinung nach viel zu lange mit dem Aufknöpfen ihres Kleides aufhielt.

Weiter!

Die Berührung ihrer Wangen, als er zärtliche Küsse auf ihrer Schulter verteilte und dabei mit dem Mund langsam Richtung Hals wanderte.

Das ist schön!

Seine Lippen auf ihren.

Endlich!

Ein leichter, auffordernder Händedruck, als seine Finger über ihren Bauch streichelten.

Nicht aufhören!

Sein warmer Atem auf ihrer Haut, als er sich an sie presste, um ihr so nahe wie möglich zu sein.

Näher! Noch näher!

Und dann, als sie beide ineinander verschlungen in die weichen Kissen sanken, kamen ihr die drei wichtigsten Worte in den Sinn.

Doch auch diese sprach sie nicht laut aus. Weil sie hoffte, dass er sie trotzdem spüren konnte.

Ich liebe dich!

18

Erstens kommt es anders, zweitens als man denkt.
(Deutsches Sprichwort)

»Was geht eigentlich gerade zu Hause ab?«

Laura stellte diese Frage am Telefon erst, als Kathrin das Gespräch schon wieder beenden wollte.

Ihre Tochter hatte sie bereits gegen acht Uhr an diesem Samstagmorgen aus dem Bett geklingelt. Aufgeregt und voller Stolz hatte Laura von den Theaterproben berichtet und Kathrin den Termin für die Premiere mitgeteilt.

»Ich gehe davon aus, dass ihr alle kommt«, hatte sie gesagt, und ihr Tonfall hatte keinen Widerspruch geduldet. Kathrin hatte über so viel Energie und Beharrlichkeit lächeln müssen. Sie war wieder einmal sehr stolz auf das Mädchen.

Jetzt jedoch, nach Lauras letzter Bemerkung, erhielt ihre gute Laune einen Dämpfer.

»Wie meinst du das?«, wollte sie wissen.

»Na ja, zuerst verschwindest du in einer Nacht-und-Nebel-Aktion mit Opa, und jetzt ist scheinbar auch Johanna abgehauen. Ich versuche seit gestern Mittag, sie zu erreichen, aber sie ignoriert meine Anrufe.«

»Ach so!« Erleichtert atmete Kathrin auf. Sie wusste, dass Laura zum Dramatisieren neigte, aber einen Moment lang hatte sie sich tatsächlich Sorgen gemacht. Sie war jetzt schon seit fast zwei Wochen weg. Wer weiß, ob zu Hause nicht tatsächlich alles drunter und drüber ging?

»Johanna hat gestern einen Vortrag auf der Bundesgartenschau in Premnitz gehalten«, erklärte sie Laura. »Sie ruft dich bestimmt zurück, wenn sie Zeit hat.«

»Ich weiß, ich habe mittlerweile mit Franzi gesprochen. Dieses Gespräch war übrigens sehr aufschlussreich. Aber Franzi war ja immer schon wesentlich mitteilsamer als Johanna.«

»Inwiefern?«

»Wusstest du, dass meine liebe große Schwester in Begleitung eines Journalisten nach Premnitz gefahren ist? Und dass die beiden dort auch übernachtet haben?«

»Nein, das wusste ich nicht. Ich vermute, dass das der Mann ist, der für uns arbeitet. Was ist daran so schlimm?«

»Frag mal Franzi! Die war davon überhaupt nicht begeistert. Ich glaube, sie hat sich bis über beide Ohren in diesen Typen verliebt.«

»Franzi? Verliebt?« Dieser Gedanke war neu für Kathrin. Bislang hatte ihre Tochter nämlich nur Fußball, Fernsehen und natürlich ihr Smartphone im Kopf gehabt. »Aber der ist doch sicherlich zu alt für sie.«

»Natürlich. Zu alt für sie, aber genau richtig für Johanna. Franzi befürchtet das Schlimmste.«

»Ach, Blödsinn! Johanna ist viel zu vernünftig.«

»Wie du meinst. Ich wiederhole ja auch nur, was ich gehört habe. Er muss ein richtig cooler Typ sein, und immerhin ist Johanna schon mal auf so einen reingefallen.«

In Kathrin regte sich jetzt doch leise Besorgnis. »Was hat Franzi denn noch über diesen Mann erzählt?«

»Nichts. Sie macht ein großes Geheimnis um ihn und hat mir die Ohren vollgeheult, weil Johanna sich mit ihm vergnügt und sie und Marie zu Papa abgeschoben hat.«

»Die beiden Mädchen sind bei Papa?«

»Na ja, sie können ja schlecht allein zu Hause bleiben. Das würde Mord und Totschlag geben.«

»Johanna kommt aber doch heute zurück, oder?«

»Was weiß ich? Sie geht ja nicht ans Telefon.«

»Vielleicht sollte ich mal bei Papa anrufen.«

»Versuche es lieber gleich bei Franzi, die freut sich, wenn ihr einer beim Heulen zuhört!«

»Gut, dann mache ich das. Bei der Gelegenheit kann sie mir dann auch gleich von ihrem Zeugnis erzählen.«

»Das muss sehr gut sein. Deshalb gibt es heute Mittag bei Papa eine Feier.«

»Was du alles weißt!«

»Du darfst dich nicht beschweren. Das kommt davon, wenn man so ein albernes Kontaktverbot ausspricht.«

»Das ist ab sofort aufgehoben. Mir scheint, ich habe einiges verpasst.«

»Dann weißt du bestimmt auch nicht, dass Papa einen Jugendfreund zu Besuch hat, den er ewig nicht gesehen hat.«

Einen Jugendfreund?

Kathrin runzelte die Stirn. Sie war mit Maik zur Schule gegangen und kannte jeden seiner ehemaligen Schulkameraden. Ihr Exmann hätte ihr sicherlich erzählt, wenn einer dieser Freunde seinen Besuch angekündigt hätte.

Oder war es gar kein Schulfreund?

Dann wäre die Auswahl sehr begrenzt. Maik hatte nicht viele Bekannte außerhalb der Schule gehabt, und die meisten dieser Leute wohnten noch in Lübben.

Außer vielleicht …

Eine Ahnung schoss durch Kathrins Kopf. Zu flüchtig und zu schnell, um sie zu greifen.

Und viel zu unrealistisch. Trotzdem …

»Weißt du, wer das ist?«, fragte sie ihre Tochter.

»Kein Plan. Oder doch ... das ist der Vater von diesem göttlichen Journalisten, mit dem Johanna sich vergnügt. Franzi sagt, der Typ ist zwar schon etwas älter, sieht aber aus wie Brad Pitt. Aus Düsseldorf. Oder Köln. Oder war es Frankfurt?«

Dieses Mal war die Ahnung greifbar. Aber Kathrin weigerte sich, den Gedanken zu Ende zu denken.

»Ich glaube, ich rufe jetzt mal bei Franzi an«, murmelte sie stattdessen.

»Tu das! Und denk an die Premiere! Ich verlasse mich auf euch.« Damit beendete ihre Tochter das Gespräch.

Kathrin starrte auf ihr Telefon und versuchte zu verstehen, was sie gerade gehört hatte.

Die Fakten waren einfach. Johanna und Franzi hatten sich anscheinend in denselben Mann verliebt, und Maik hatte Besuch von einem alten Freund.

Also nichts Schlimmes.

Doch sie konnte es drehen und wenden, wie sie wollte, ein mulmiges Gefühl blieb.

Konnte das wirklich sein?

Hastig wählte sie Franziskas Nummer.

»Hallo?«, meldete sich eine helle Kinderstimme. »Wer ist da?«

Kathrin seufzte.

»Marie? Hier ist die Oma.«

»Hallo, Omi!«

»Warum gehst du an Franziskas Handy?«

»Weil Franzi unter der Dusche ist.«

Das konnte erfahrungsgemäß bis zu einer halben Stunde dauern. Aber so lange wollte Kathrin nicht warten. »Ist der Opa in der Nähe?«

»Nein. Der ist mit Steffi zum Einkaufen gefahren.«

Kathrin seufzte. Jetzt blieb ihr wohl nichts anderes übrig, als sich mit Marie zu unterhalten.

Die Kleine schien das ähnlich zu sehen. »Du kannst mit mir telefonieren«, sagte sie begeistert. »Ich gucke gerade Fernsehen und esse Schoko…«

Sie stockte, weil ihr vermutlich klargeworden war, dass diese Art der Beschäftigung am frühen Morgen eigentlich nicht erlaubt war. Normalerweise wäre Kathrin jetzt auch eingeschritten, doch mit solchen erzieherischen Notwendigkeiten hielt sie sich heute nicht auf.

»Wann kommt die Mama zurück?«, fragte sie stattdessen.

»Später. Das hat sie vorhin dem Opa am Telefon gesagt. Sie will noch ein wenig mit Felix spazieren gehen.«

Felix. Ein weiteres Puzzlestückchen, das ins Bild passte.

»Wer ist Felix?«, fragte sie trotzdem nach, obwohl sie die Antwort bereits zu kennen glaubte.

»Mein allerbester Freund.«

Das war nicht die Entgegnung, die sie erwartet hatte. Und auch keine, die sie beruhigte.

Marie war unterdessen ins Schwärmen geraten. »Er kann Geschichten schreiben. Für Erwachsene aber nur. Und er kann Fotos machen. Er hat schon ganz viele von Mama und mir gemacht. Aber leider kann er nichts hören. Dafür kann er aber die Bärensprache, und die zeigt er mir.«

Bärensprache! Eine schwache Erinnerung an das letzte Telefongespräch mit Marie … Hatte sie das vor einer Woche nicht schon mal erwähnt? Kathrin stöhnte auf.

»Felix kann also nichts hören«, wiederholte sie zur Sicherheit noch einmal. »Und er ist gestern mit Mama weggefahren?«

»Ja. Aber der Julian kommt gleich.«

Der Julian.

Marie sprach mit kindlicher Natürlichkeit, wie sie auch über einen Jungen aus ihrem Kindergarten berichten würde. Trotzdem fuhr die Erwähnung seines Namens Kathrin durch Mark und Bein.

Das, was sie befürchtet hatte, wurde nun zur Gewissheit.

»Julian sagt, er ist dein Freund.«

Kathrin brachte als Antwort lediglich ein erneutes Stöhnen zustande.

Marie schien das als Aufforderung zu verstehen, weiterzuplappern. »Er ist auch Opas Freund. Und meiner. Er kommt gleich und bringt Kuchen mit.«

»Was?« Ihre Erwiderung kam schnell und viel zu laut.

»Schrei nicht so!«, protestierte Marie deshalb auch sofort. »Jetzt tut mir mein Ohr weh.«

»Julian kommt heute zu euch und bringt Kuchen mit?«, rief Kathrin, ohne auf Maries Einwand zu achten.

»Ja. Er hat gesagt, das ist für Franzis Zeugnis und ...« Marie verstummte kurz. »Oma? Jetzt fängt die Sesamstraße an. Kannst du später wieder anrufen?«

Kathrin atmete tief durch. »In Ordnung. Ich melde mich.« Die weitere Unterhaltung mit Marie würde sowieso keine neuen Erkenntnisse bringen.

Was sie jetzt brauchte, war ein wenig Zeit zum Nachdenken.

Und dann ein schnelles Auto.

Sie erreichte Lübben gegen Mittag.

Es hätte nicht viel gefehlt, und sie hätte mit ihrem Mietwagen einen neuen Geschwindigkeitsrekord aufgestellt. Während der gesamten Fahrt hatte sie auf das Gaspedal gedrückt und nebenbei versucht, sich innerlich für eine erneute Begegnung mit Julian zu wappnen.

Jetzt war sie bereit – und fast ein wenig enttäuscht darüber, dass er nicht vor dem Gutshof auf sie wartete. Denn als sie den

Wagen durch den Vorgarten steuerte, lag das Haus einsam und verlassen da. Offensichtlich war niemand zu Hause.

Eigentlich kein Wunder, schließlich hatte sie ihr Kommen ja nicht angekündigt. Sie wusste ja zudem, dass alle bei Maik waren.

Kathrin parkte das Auto im Schatten hinter der Garage, stieg aus und atmete einmal tief durch. Der Anblick ihres Zuhauses, der süße Duft der Blumen im Garten und das vertraute Geräusch des Windes hoch oben in den Baumkronen ließen sie schlagartig ruhiger werden.

Vermutlich war es ganz hilfreich, dass ihr noch ein Moment allein vergönnt war. Zwar wollte sie die Situation so schnell wie möglich klären, aber sie hatte auch nichts gegen eine erfrischende Dusche und eine Kleinigkeit zu essen. Verschwitzt und hungrig wollte sie Julian auf keinen Fall gegenübertreten.

Der Abschied aus Usedom war schnell und überhastet gewesen. Ihren Vater hatte sie persönlich gesprochen, für Edith hatte sie eine schriftliche Nachricht hinterlassen. Beiden hatte sie mehr oder weniger das Gleiche mitgeteilt: dass sie leider einen dringenden geschäftlichen Termin wahrnehmen müsse, der keinen Aufschub dulde.

Jürgen Bahrenbeck hatte nur bedauernd den Kopf geschüttelt. »Schade um die letzte Ferienwoche. Aber knapp zwei Wochen sind schon mehr, als ich zu hoffen gewagt hatte.«

Was Edith von der Geschichte hielt, würde sich noch zeigen. Kathrin ahnte, dass sie der alten Dame nicht so leicht etwas vormachen konnte, schon gar nicht nach ihrem Geständnis vom letzten Mittwoch.

Sie stellte ihre Handtasche und den Koffer im Schlafzimmer ab. Dann durchstöberte sie den Kühlschrank und nahm zwei Scheiben Salami und einen Trinkjoghurt mit ins Bad. Dort gönnte sie sich eine kühle Dusche und schlüpfte danach in ein leichtes Sommerkleid. Barfuß lief sie die Treppen hinab in ihr Büro, öffnete ein Fenster und überflog die Post.

Nichts Wichtiges.

Neben der Tastatur lag jedoch ein Stapel Papiere, der ihre Aufmerksamkeit weckte. Fein säuberlich hatte Johanna dort Texte und Fotokopien abgeheftet, die Überschriften trugen wie »Für Internetauftritt« oder »Für Presseinfo«. Kathrin schlug eine Mappe auf und überflog den ersten Ausdruck. »Wie alles begann« lautete der Titel, der dazugehörige Text las sich flüssig, informativ und kurzweilig. Wer auch immer das verfasst hatte, verstand etwas vom Schreiben.

Ihr Blick fiel auf den rechten unteren Rand des Papiers.

(c) Felix Albrecht, Agentur Bacher, Juli 2015 stand dort in kursiver, kleiner Schrift.

Stöhnend ließ sie sich auf ihren Bürostuhl sinken. Jetzt hatte sie es schwarz auf weiß.

Felix Albrecht schrieb an der Firmengeschichte der Bahrenbecks. Was er darüber hinaus noch alles für ihre Familie »erledigte«, würde sich bald zeigen. Ihre jüngste Tochter war angeblich in ihn verliebt. Ihre Älteste war sogar mit ihm verreist und hielt es nicht für nötig, schnell zurückzukommen.

Was für ein Durcheinander!

Und dann war da ja auch noch Felix' Vater. Julian.

Er war wieder da und hatte sich offensichtlich auch gleich in ihre Familie eingeschlichen. Und – was noch schlimmer war: Ihre Verwandtschaft hatte ihn mit offenen Armen empfangen.

Was hatte das alles zu bedeuten? Sie musste dringend mit Johanna sprechen!

Aber noch bevor sie zu ihrem Telefon greifen konnte, fuhr draußen ein Auto vor.

19

Man kann vieles unbewusst wissen,
indem man es nur fühlt, aber nicht weiß.
(Fjodor Michailowitsch Dostojewski)

»Darf ich bleiben?«, fragte Felix, als er den Wagen vor dem Gutshof geparkt hatte.

Dieselbe Frage hatte er schon gestern Nacht gestellt, als Johanna erschöpft in seinen Armen gelegen hatte und vor Glück am liebsten geheult hätte. Sie hatte nicht gewusst, dass es *so* sein konnte.

So schön. So intensiv.

Wortlos hatte sie die Bettdecke hochgezogen, sich unter dem Laken eng an Felix geschmiegt und ihm damit ihre Antwort gegeben.

»Ja«, sagte sie auch jetzt.

Sie wusste nicht, ob er mit seiner Frage die nächste Stunde, den nächsten Tag oder ihr ganzes Leben gemeint hatte. Doch ihre Antwort wäre sowieso jedes Mal dieselbe gewesen.

Ja! Bleib!

Er lächelte. Dann stieg er aus, lief um das Auto herum und öffnete ihre Tür. Sobald sie den ersten Fuß nach draußen gesetzt hatte, zog er sie in seine Arme und küsste sie.

»Das wollte ich schon die ganze Fahrt über machen«, sagte er.

Johanna ging es ähnlich.

»Lass uns reingehen«, erwiderte sie nach einer gefühlten Ewigkeit und ergriff seine Hand.

»Warte!« Er zögerte. »Willst du nicht Marie abholen?«

»Später.«

Sie wollte noch etwas Zeit allein mit ihm verbringen. Nur eine Stunde, in der gar nichts weiter passieren musste als die Fortsetzung des Wunders, das gestern Abend so vielversprechend begonnen hatte. Um ihre Absicht zu bekräftigen, schlüpfte sie mit den Händen unter sein T-Shirt und vergrub ihr Gesicht an seinem Hals.

»Johanna?«

Sie würde sich wohl nie daran gewöhnen, wie sorgfältig und intensiv er ihren Namen aussprach. Am liebsten hätte sie sich noch enger an ihn gedrückt, aber dann wäre eine Unterhaltung unmöglich gewesen.

»Ich hatte nur ein einziges ... du weißt schon ... eines habe ich immer in der Brieftasche«, fuhr er fort, als sie einen Schritt zurücktrat und ihn anschaute. Er war tatsächlich ein wenig rot geworden. »Aber mehr nicht.«

»Kein Problem.«

»Ich dachte, du hättest auch nur eins in deiner Handtasche gehabt.«

»Aber ich habe noch viel mehr oben im Bad.«

»Echt?« Amüsiert zog er eine Augenbraue in die Höhe. »Ist ja interessant.«

»Bei meiner Vorgeschichte ist das nicht nur interessant, sondern dringend notwendig.«

»Wie viele sind es? Zwanzig? Fünfzig?«

»Felix Albrecht! Wir wollen es doch nicht gleich übertreiben.«

»Wie viele?«, wiederholte er und trat direkt vor sie.

Sie musste den Kopf in den Nacken legen, um in seine Augen sehen zu können.

»Acht minus eins.«

»Ich hasse ungerade Zahlen.« Grinsend hob er sie hoch und trug sie ins Haus. »Ab ins Bad!«

Kathrin war hinter den Vorhang am Fenster gehuscht, als sie das Auto kommen hörte.

Von hier aus konnte sie die Auffahrt gut überblicken. Allerdings hatte sie schon nach wenigen Sekunden genug gesehen. Rückwärts stolperte sie zum Schreibtisch, ließ sich auf den Stuhl fallen und schlug stöhnend die Hände vors Gesicht.

Durch das geöffnete Fenster drangen die Stimmen der beiden jungen Leute weiter zu ihr herein. Sie musste sich nicht einmal anstrengen, um ihre Tochter zu verstehen. Johanna sprach über Themen, von denen Kathrin gar nichts hören wollte. Sie schwankte zwischen schlechtem Gewissen und blankem Entsetzen.

Sie sollte nicht hier sitzen und lauschen! Es war allein Johannas Angelegenheit, was sie machte – und mit wem. Allerdings lag die Sache in diesem Fall etwas anders. Denn der Mann an ihrer Seite war Felix Albrecht, wie Johannas amüsierter Ausruf ihr soeben bestätigte.

Felix.

Der kleine Junge, dem das Schicksal vor 25 Jahren so übel mitgespielt hatte. In einer einzigen Sekunde hatte sich nicht nur sein Leben für immer verändert, sondern auch ihr eigenes und das von Julian. Mühsam hatten sie sich danach in den Alltag zurückgekämpft, jeder auf seine Art.

Und jeder für sich.

Es war nicht richtig, dass sich ihre Wege erneut kreuzten! Felix hatte hier nichts zu suchen!

»Komisch«, hörte sie Johanna jetzt sagen. »Die Tür war gar nicht abgeschlossen.«

»Vielleicht hast du das gestern vergessen.« Er war wesentlich schlechter zu verstehen, Kathrin musste genau hinhören. »Könnte doch sein, dass du abgelenkt warst.«

»Angeber!«

Die Eingangstür quietschte, als sie ins Haus traten. Anscheinend hatte keiner von beiden das fremde Auto und das geöffnete Fenster bemerkt.

Trotzdem beschloss Kathrin, ihr Versteckspiel sofort zu beenden. Sie verspürte nicht die geringste Lust, sich heimlich wieder aus dem Haus zu schleichen oder – noch schlimmer! – alles Weitere mit anhören zu müssen.

Deshalb öffnete sie die Tür zur Eingangshalle, räusperte sich lautstark und begrüßte ihre Tochter mit einem fröhlichen: »Hallo! Nicht erschrecken, ich bin etwas früher zurückgekommen!«

Johannas Augen weiteten sich verblüfft. Sie stand auf der zweiten Treppenstufe und hatte ihre Hände in Felix' Haaren vergraben, während er gerade dabei war, den obersten Knopf ihrer Bluse zu öffnen.

Doch offensichtlich hatte er ein gutes Gespür für Stimmungsschwankungen, denn nach einem kurzen Blick auf Johannas Gesicht drehte er sich blitzschnell um. Kathrin registrierte flüchtig, dass er sich dabei schützend vor Johanna stellte. Wenn sie nicht so durcheinander gewesen wäre, hätte ihr diese fürsorgliche Geste vermutlich sogar gefallen.

Seine Körperhaltung entspannte sich, als Johanna eine Hand auf seine Schulter legte, aber sein Blick blieb wachsam und distanziert. Kathrin hätte schwören können, dass er wusste, wer sie war.

Dass er die alte Geschichte mit Julian kannte. Und dass er sie nicht mochte.

Aber warum eigentlich nicht? Ihre Affäre war doch längst Vergangenheit.

Sie starrte zurück, ebenso reserviert, aber auch ebenso aufmerksam.

Er sah gut aus. Mit seinen dunklen Haaren und den braunen Augen war er das perfekte Gegenstück zu seinem blonden, blauäugigen Vater.

Ob er sich wohl gerade fragte, was Julian damals an ihr, Kathrin, gefunden hatte? Oder ob er sie sogar insgeheim mit seiner Mutter verglich? Nun, dabei würde sie vermutlich schlecht abschneiden. Diese Helen war ja anscheinend eine Heilige. Musste sie sich diesen abschätzigen Blick gefallen lassen?

Wut stieg in ihr auf, weil sie nicht verstand, was hier vorging. Wieso war Julian zurückgekehrt? Welche Rolle spielte Felix dabei? Und wusste ihre Tochter überhaupt über alles Bescheid?

»Mama! Das ist aber eine Überraschung. Was machst du denn schon hier? Ist was mit Opa?«

»Nein. Ihm geht es gut. Überhaupt, alles ist gut. Ich fand nur, dass zwei Wochen Urlaub genug sind.« Sie konnte selbst hören, wie gekünstelt das klang.

Auch Johanna schien die Misstöne zu bemerken. Nervös rückte sie ihre Bluse zurecht, hüpfte die beiden Treppenstufen hinab und drehte sich zu Felix um.

»Das ist meine Mutter.«

»Ich bin sicher, das weiß er.« Kathrins Stimme klang frostiger als beabsichtigt.

»Na ja, wer sollst du auch sonst sein?« Immer noch sprach Johanna in Felix' Richtung. Sie nahm seine Hand und verschränkte ihre Finger in seinen. Über Felix' Gesicht huschte der Anflug eines Lächelns.

»Das ist Felix«, fuhr Johanna fort. »Er ist … äh … mein Freund.«

»So?« Kathrin verschränkte die Arme vor der Brust.

Johanna runzelte die Stirn. Vermutlich konnte sie die kühle

Reaktion ihrer Mutter nicht nachvollziehen. »Er ist der Journalist, von dem ich dir am Telefon erzählt habe.«

»Aha«, machte Kathrin und trat einen Schritt auf die beiden zu. »Und was weißt du sonst noch über ihn?«

»Er ist gehörlos. Du musst ihn beim Reden anschauen, sonst kann er nicht von deinen Lippen lesen.«

Kathrin schüttelte den Kopf. »Etwas dünn, diese Informationen, findest du nicht?«

»Mama! Was soll das?«

»Hast du ihn mal gefragt, warum er wirklich bei uns ist? Und bei der Gelegenheit vielleicht auch, was sein Vater hier so treibt?«

»Julian? Was hat der denn damit zu tun?«

Das Mädchen hatte tatsächlich keine Ahnung! Kathrin brach in hysterisches Gelächter aus.

Sie wusste, wie ungerecht und kindisch ihr Verhalten war. Sie sollte hier nicht stehen und den beiden eine Szene machen. Mit Sicherheit hatte Felix Johanna nicht die ganze Wahrheit erzählt. Aber es gab trotzdem keinen Grund, an seiner Aufrichtigkeit zu zweifeln. Denn die Art und Weise, wie er Johanna anschaute, sprach dafür, dass es mehr war als nur ein kurzes Abenteuer.

Aber sie konnte nicht anders, ihre Wut musste heraus. Und zwar genau jetzt.

»Vielleicht solltest du deinen neuen Freund mal fragen, warum er dich angelogen hat!«

Johanna verstand überhaupt nichts mehr.

Noch vor wenigen Minuten war alles gut gewesen, so gut wie schon lange nicht mehr. Eigentlich sogar noch besser. Denn sie hatte den wunderbarsten Mann der Welt getroffen und war bis über beide Ohren verliebt.

Doch dann war auf einmal wie aus dem Nichts ihre Mutter

vor ihnen aufgetaucht und hatte eben diesem wunderbaren Mann – Felix – vorgeworfen, sie zu belügen.

Ausgerechnet ihre Mutter, die Felix doch überhaupt nicht kannte! Und warum wehrte der sich nicht, sondern stand nur da und musterte Kathrin feindselig? Was hatten die beiden bloß für ein Problem?

Fassungslos beobachtete sie das Blickduell.

Immer noch hielt Felix ihre Hand, doch sie konnte spüren, dass er zu schwitzen begonnen hatte. Ihre Mutter senkte als Erste den Kopf und setzte sich auf die unterste Treppenstufe. Seufzend vergrub sie ihr Gesicht in den Händen.

»Kann mich mal jemand aufklären?«, forderte Johanna.

Felix zögerte, dann wandte er sich ab. Ein sicheres Zeichen dafür, dass er einen Moment für sich haben wollte. Als er sich wieder umdrehte, streifte sein Blick Kathrin.

»Es geht um meinen Vater«, begann er. »Also um Julian. Er hat vor 25 Jahren hier im Spreewald gelebt und dabei deine Mutter kennengelernt.«

»Das weiß ich längst.«

»Sie wurden sehr schnell ein Paar und …«

»Was? Julian und meine Mutter?«

»Ja. Ihre Beziehung muss sehr intensiv gewesen sein.«

Intensiv? Johanna musste sich zwingen, ihn nicht schon wieder zu unterbrechen. Seine Worte fielen ihm offensichtlich auch so schon schwer genug.

»Mein Vater wollte sogar seine Verlobung mit Helen lösen«, fuhr Felix fort. »Er hatte sich längst für deine Mutter entschieden, als es passierte … der Unfall … Danach hat er dann seine Pläne geändert. Aus Verantwortungsgefühl, nehme ich an. Er hat Helen geheiratet und mich adoptiert.«

»Das ist … wow!«

Johanna setzte sich neben ihre Mutter.

Sie brauchte einen Moment, um die neuen Fakten zu verarbeiten. Die Geschichte war heftig, keine Frage. Aber sie war längst Vergangenheit, und Johanna störte sich nur an einem winzigen Detail: Felix hatte ihr vor ein paar Tagen nicht die ganze Wahrheit über die Ereignisse nach seinem Unfall erzählt.

Warum nicht? Es hätte doch kaum etwas zwischen ihnen geändert.

Ein tiefer Seufzer ihrer Mutter riss sie aus ihren Gedanken.

»Das war nicht nur eine normale Beziehung zwischen uns«, murmelte Kathrin in ihre Hände. »Das war viel mehr. Julian Albrecht war meine erste und einzige große Liebe.«

»Sie sagt, dass dein Vater ihre große Liebe war«, wiederholte Johanna für Felix.

»Sie ist es immer noch.«

Johanna konnte spüren, wie viel Überwindung ihn dieser Satz kostete.

»Eigentlich wollte er ihr das selbst sagen. Ich sollte mich gar nicht einmischen.« Er warf Johanna einen entschuldigenden Blick zu. »Aber ich glaube, ich habe schon zu lange geschwiegen.«

Kathrin schüttelte den Kopf. »Dass Julian behauptet, mich zu lieben, ändert gar nichts.«

Da sie immer noch in ihre Hände sprach, konnte Felix wieder nicht erkennen, dass sie etwas gesagt hatte. Dieses Mal verzichtete Johanna darauf, die Worte ihrer Mutter zu wiederholen. Stattdessen ließ sie Felix weiterreden.

»Seit ihrem letzten Treffen ist mein Vater wild entschlossen, zu deiner Mutter zurückzukehren.«

»Zu mir zurück?« Kathrin hob den Kopf.

Johanna war sich nicht sicher, ob ihre Mutter Felix schlecht verstanden hatte oder ob sie seine Worte lediglich nachsprechen musste, um sie glauben zu können. Doch zu ihrer großen Überraschung wirkte Kathrin dabei alles andere als glücklich. Im Gegenteil, sie sah ziemlich wütend aus.

»Was glaubt er eigentlich, wer er ist?« Sie sprang auf. »Hat er mein Nein vor zwei Wochen nicht verstanden? Er kann doch nicht plötzlich herkommen und glauben, dass ich sofort eine Affäre mit ihm beginne. So eine bin ich nicht!«, brüllte sie Felix ins Gesicht.

»Bitte! Nicht aufregen. Es ist alles ganz anders.« Er hielt tapfer dagegen. »Mein Auftrag bei Ihnen war reiner Zufall. Als mein Vater davon erfuhr, hielt er das wohl für ein Zeichen und hat beschlossen, mich zu begleiten.«

»Wann war das?«

»Vor knapp zwei Wochen. Er hat sich das überhaupt nicht überlegt. Das kam völlig spontan.«

Kathrin stemmte ihre Arme in die Hüften und blinzelte Felix böse an. »Seit wann hat Julian Albrecht keinen gut durchdachten Plan? Das können Sie mir nicht erzählen! Ich wette, es ist sogar Teil seiner Strategie, dass Sie mit meiner Tochter rummachen. Wie praktisch, sich gleich zu zweit in einer Familie bedienen zu können! Und wie gut, dass wir so weit weg von Köln wohnen! Auf diese Weise wird Ihre Mutter nie etwas erfahren. Ab und zu ein kleiner Vater-Sohn-Ausflug in den Spreewald –«

»Das reicht jetzt!« Auch Johanna erhob sich und zog Kathrin entschlossen ein Stück zur Seite.

Sie hatte nicht nur Mitleid mit Felix – sie wollte auch nicht weiter zuhören, wie ihre Mutter eine schlimme Vermutung nach der anderen aufstellte.

»Lass deine Wut bitte am Richtigen aus!«, forderte sie mit ruhiger Stimme und fragte sich gleichzeitig, wie sie es schaffte, so gelassen zu klingen.

»Gute Idee!« Kathrins Zorn war noch nicht verraucht. Sie stürmte zu einer kleinen Kommode und schnappte sich ihren Autoschlüssel. »Genau das werde ich jetzt tun!«

»Du hast keine Schuhe an«, gab Johanna zu bedenken. Doch sie wusste, dass ihre Mutter sich dadurch nicht aufhalten lassen würde.

»Ich kann barfuß fahren.«

»Du weißt doch gar nicht, wo Julian ist.«

»Doch, das weiß ich.« Kathrin sah auf ihre Uhr. »Er sitzt genau jetzt gemütlich bei einer Tasse Kaffee und einem Stück Kuchen im Kreise *meiner* Familie.«

Als die Tür hinter Kathrin ins Schloss gefallen war, drehte Johanna sich zu Felix um.

Er lehnte am Treppengeländer, die Hände in den Hosentaschen vergraben, seine Haare zerzaust. War es wirklich erst wenige Minuten her, dass sie ihn im Arm gehalten hatte?

Der Blick, den er ihr zuwarf, wirkte unsicher.

»Ich habe deine Mutter leider fast gar nicht verstanden. Aber ich glaube, dass sie viele Dinge gesagt hat, die nicht stimmen. Du darfst das nicht glauben!«

Sie machte ein paar Schritte auf ihn zu. »Etwa, dass Julian dich gezwungen hat, mit mir etwas anzufangen? Keine Angst, so dumm bin ich nicht.«

Sie wusste, dass Felix seine Zuneigung nicht spielte. Sie konnte es deutlich spüren. Sogar jetzt, wo er vor ihr stand und nicht wagte, sie zu berühren.

Trotzdem. Ein fader Beigeschmack blieb.

»Also ... dein Vater und meine Mutter«, meinte sie und schüttelte den Kopf. »Das ist ganz schön krass. Warum hast du mir nicht erzählt, wie es wirklich war?«

»Ich weiß es doch auch erst seit ein paar Tagen.«

Sein Gesichtsausdruck erinnerte sie plötzlich an Marie. Die Kleine konnte ähnlich trotzig gucken, wenn sie etwas angestellt hatte, es aber nicht zugeben wollte. Da half nur hartnäckiges Nachfragen.

»Wir hatten seitdem genug Gelegenheiten zum Reden. Wieso hast du es nicht früher erwähnt?«

»Mein Vater hatte mich gebeten zu schweigen, bis er mit deiner Mutter geredet hat.«

»Machst du immer, was dein Vater sagt?«

»Nein. Aber es schien ihm wirklich wichtig zu sein, also habe ich es ihm versprochen. Er ist immerhin mein Vater.«

Sein letzter Satz versetzte ihr einen feinen Stich.

»Und ich? Was bin ich für dich?«

»Ich weiß es nicht.« Felix schüttelte den Kopf und schaute zu Boden. »Aber darüber denke ich seit gestern ununterbrochen nach. Und ich finde keine Antwort. Du bist etwas völlig Neues. So etwas habe ich bislang noch nie erlebt. Ich ... das ist alles so anders für mich ... so kompliziert. Ich hasse das ...« Er brach ab.

Mit dieser hilflosen Entgegnung hatte Johanna nicht gerechnet. Schlagartig verschwand ihr Ärger und machte Platz für ein viel intensiveres Gefühl.

Liebe.

Spürte er das denn nicht? Sie stieg eine Treppenstufe hinauf, umfasste sein Gesicht mit den Händen und drehte es so, dass sie ihm direkt in die Augen sehen konnte.

»Nichts ist kompliziert.«

»Ach, Johanna ...« Sanft befreite er sich aus ihrem Griff. »Das glaubst du doch selbst nicht, oder? Schau dir doch nur mal unsere Leben an. Da passt gar nichts. Ich wohne in Frankfurt. Ich bin die Hälfte der Zeit beruflich unterwegs. Und nicht zu vergessen: Ich bin gehörlos.«

»Was du nicht sagst! Was wird das? Ein Wettbewerb über unsere Besonderheiten?«

»Nein. Aber ich will, dass du die Realität siehst.«

»Na gut. Ich habe auch einiges an Realität zu bieten: ein Kind, das ich allein erziehe. Ein Zuhause, das ich mit meiner Familie teilen muss. Und einen Job, der mich an den Spreewald bindet ... Ich würde sagen, damit liegen wir gleichauf in der Punktewertung!«

Er versuchte ein Lächeln, was ihm jedoch nicht besonders gut gelang. »Siehst du? Keine guten Voraussetzungen.«

Ja, das wusste sie selbst. Und sie hatte tatsächlich nicht die geringste Ahnung, wie sie diese Probleme lösen konnten. Aber sie war noch nie vor Schwierigkeiten davongelaufen.

»Wir finden einen Weg.«

»Vielleicht.« Er nahm ihre Hand und verschränkte ihre Finger in seinen. »Und wenn nicht?«

An so etwas wollte sie nicht denken. »Dann suchen wir weiter.«

»Du bist echt unglaublich. Ich ...«

»Ja?«

»Ach, nichts.« Er hob resigniert die Schultern. »Wenn ich vor dir stehe, kann ich nicht mehr klar denken.«

»Dann solltest du jetzt besser gehen und dir Zeit zum Nachdenken nehmen.« Es kostete Johanna einiges an Überwindung, diesen Vorschlag zu machen. Aber sie spürte, dass Felix ein wenig Ruhe brauchte.

Die letzten vierundzwanzig Stunden waren für sie beide die reinste Achterbahnfahrt gewesen. Nur mit dem Unterschied, dass sie, Johanna, heute Morgen bereits wusste, was sie wollte. Ihm schien das noch nicht klar zu sein.

»Ja, vielleicht.« Er nickte, zögerte und schüttelte gleich darauf den Kopf. »Oder lieber nein?«

Herrje, er war wirklich völlig durcheinander!

Aber es half wohl nichts. Sie musste hart bleiben und ihn wegschicken. Und dann darauf hoffen, dass er freiwillig zurückkam.

»Du musst dich entscheiden, was du willst.«

»Ich weiß.«

Sie kramte ihren Schlüssel aus der Hosentasche und schob ihn zur Tür. »Ich bringe dich noch zum Auto. Und dann fahre ich meiner Mutter hinterher. Sonst gibt es ein Massaker am Kaffeetisch.«

20

Es ist schwierig, nicht ungerecht zu sein, gegen das, was man liebt.
(Oscar Wilde)

»Aua, das tut so weh!«

Schluchzend saß Marie auf Maiks Schoß unter dem gelben Sonnenschirm und drückte ihr tränennasses Gesicht in sein Jeanshemd. Anklagend hielt sie ihren rechten Zeigefinger in die Höhe.

»So eine blöde Wespe!« Maik umarmte seine Enkelin und wiegte sie tröstend hin und her.

Steffi, Maiks Freundin, erhob sich und strich der Kleinen liebevoll über ihre verweinten Wangen. Sie war eine tatkräftige und immer gut gelaunte mollige Frau mit kurzen roten Haaren und einer modischen Nickelbrille. »Ich hole dir Eis, mein Mäuschen.«

»Eis?« Marie hob den Kopf und wischte mit der linken Hand ihre Tränen ab.

»Zum Kühlen.« Steffi lächelte. »Oder vielleicht auch zum Naschen? Magst du mit reinkommen, und wir schauen mal gemeinsam nach, ob ich nicht zufällig ein Schokoladeneis im Kühlfach habe?«

»Sie hat doch gerade erst Kuchen gegessen«, mischte sich Franziska in die Unterhaltung ein. »Wenn ihr sie weiter so vollstopft, dann kotzt sie Johanna heute Abend das Bett voll. Nicht, dass mich das irgendwie stören würde …« Ihre Miene sprach Bände.

Julian hatte Mühe, seine Belustigung zu verbergen.

Es war ihm schon aufgefallen, dass Franziska momentan überhaupt nicht gut auf ihre Schwester zu sprechen war und ihren Ärger nun an Marie ausließ. Ständig erzog sie an der Kleinen herum. Doch Marie wusste sich zu wehren, und so hatte es heute bereits einige laute Wortwechsel zwischen den beiden Mädchen gegeben.

Ruhig, aber sehr bestimmt hatte Maik ihrem Streit jedes Mal ein Ende gesetzt. Einmal hatte er Julian dabei einen verzweifelt-komischen Blick zugeworfen. Frauen!, schien sein Gesichtsausdruck zu sagen.

Verständnisvoll hatte Julian zurückgelächelt und sich einen weiteren Bissen vom Streuselkuchen in den Mund geschoben. Mittlerweile war er beim dritten Stück angelangt.

Gestern Abend noch, bei seiner Rückkehr aus Kopenhagen, hatte er geglaubt, aus schlechtem Gewissen nie wieder etwas essen zu können. Und an Schlaf war auch erst einmal nicht zu denken gewesen. Heute jedoch, bei Sonnenschein, sah die Welt schon wieder freundlicher aus.

Er hatte es geschafft. Der wichtigste Schritt in ein neues Leben war getan.

Seine Ehe mit Helen war beendet. Aus und vorbei.

Er war nicht so naiv zu glauben, dass der Rest, der jetzt noch geklärt werden musste, ähnlich ruhig und problemlos über die Bühne gehen würde, denn dazu waren zu viele Emotionen und Interessen im Spiel. Doch vielleicht gelang es ihnen, einen nervenaufreibenden Rosenkrieg zu vermeiden. Bislang waren sie schließlich immer ein gutes Team gewesen. Warum sollten sie das nach ihrer Trennung nicht auch hinbekommen?

»Hat dich auch eine Wespe gestochen?«, wollte Marie jetzt wissen und berührte vorsichtig das Pflaster an Julians Ringfinger.

»Nein. Da habe ich mir die Haut eingeklemmt.«

Das war nur die halbe Wahrheit, doch den Rest der Geschichte wollte Julian lieber für sich behalten.

Noch auf dem Rückflug hatte er nämlich seinen Ehering ablegen wollen, um auch symbolisch die Trennung von Helen zu besiegeln. Aber leider hatte sich der Ring nur mit Gewalt vom Finger ziehen lassen, und die Spuren dieser Anstrengungen hatte er heute Morgen mit einem Pflaster verdeckt.

Maries grüne Augen schimmerten mitleidig. »Hat es geblutet?«

»Nur ein wenig.«

»Dann kriegst du auch ein Eis.« Marie rutschte vom Schoß ihres Großvaters. »Komm mit!«

»Geh ruhig!« Maik lachte. »Vorher gibt sie sowieso keine Ruhe.«

Julian erhob sich, und eine kleine, klebrige Hand schob sich in seine. Gerührt schaute er auf das Mädchen hinab. Er hatte fast vergessen, wie schön kindliches Vertrauen sein konnte.

Er fühlte sich wohl inmitten dieser lebhaften und bunt zusammengewürfelten Runde, zu der neben Maik, Steffi und den beiden Mädchen auch noch der schmächtige blonde Junge gehörte, der Franziska schon am letzten Samstag begleitet hatte.

»Möchtest du auch ein Eis, Jan-Marc?«, fragte Steffi ihn in dem Moment.

»Nein, danke. Ich bin wirklich pappsatt.« Der Junge schob seinen Teller zurück. »Ich glaube, ich kann nie wieder was essen.«

»Spätestens heute Abend hast du wieder Hunger, ich kenne dich doch«, entgegnete Franziska amüsiert. »Ich finde …«

Was sie noch sagen wollte, ging in lautem Motorgeräusch unter.

Ein roter Corsa kam durch die Einfahrt geschossen und

bremste äußerst knapp vor den Mülltonnen. Gleich darauf wurde die Tür auf der Fahrerseite aufgestoßen, und eine Frau im bunten Sommerkleid stieg aus. Sie wirbelte herum und ließ ihren Blick grimmig über die Kaffeegesellschaft schweifen, bis er schließlich auf Julian verharrte.

Er glaubte, sein Herz müsse stehenbleiben.

Kathrin!

Sie war es. Unfassbar wütend. Aber auch unfassbar schön.

Der Urlaub hatte ihr gutgetan. Ihre Haut war gebräunt und voller Sommersprossen. Ihre Haare, noch leicht feucht, kringelten sich im Nacken. Das Kleid erinnerte ihn an ein ähnliches Modell, das sie vor vielen Jahren getragen hatte. Damals, am Briesener See. An dem Tag, als er erkannt hatte, dass er sich in sie verliebt hatte. Rettungslos und unsterblich.

An diesem Gefühl hatte sich bis heute nichts geändert – auch wenn sie ihm momentan ziemliche Angst einjagte.

»Was fällt dir ein?«, schrie sie und kam rasch näher.

Ihre Augen blitzten, ihr Mund war zu einem dünnen Strich verzogen, und ihre ganze Körperhaltung verriet unbändigen Zorn. Es schien sie nicht im Mindesten zu stören, dass alle Anwesenden sie anstarrten und vor Überraschung kein Wort herausbrachten.

Alle, außer Marie.

»Hallo, Oma!«, rief sie fröhlich. »Du hast keine Schuhe an.«

»Ich weiß.« Inzwischen hatte Kathrin den Tisch erreicht und baute sich vor der Kaffeegesellschaft auf. Stirnrunzelnd musterte sie ihre Enkelin. Hastig ließ Julian die Hand der Kleinen los.

»Du hast hier nichts zu suchen!«

Er hielt ihrem Blick stand.

»Ich habe auf dich gewartet –«, begann er und hoffte, dass sie ihn ausreden ließ. Vergeblich.

»Wie schön!«, unterbrach sie ihn mit samtweicher Stimme, in der jedoch ein gefährlicher Unterton mitschwang. »Das wäre doch nicht nötig gewesen. Hast du mir denn auch ein Stück Kuchen aufbewahrt?«

»Äh … nein … so habe ich das nicht gemeint.«

»Ich auch nicht!«, brüllte sie. »Aber wenn wir schon mal bei dieser hübsch gedeckten Kaffeetafel sind: Lass gefälligst meine Familie in Ruhe!«

»Ich sitze doch nur hier und –«

»Was?«, fiel sie ihm erneut ins Wort. »Was tust du, während du hier sitzt? Dich einschleimen? Lass es! Das ist überflüssig und sinnlos.«

»Ich verstehe nicht …«

»Und deinen Sohn kannst du auch gleich zurückpfeifen!«, fuhr Kathrin fort, ohne auf seinen Einwand zu achten.

»Felix? Was hat der denn damit zu tun? Der ist doch gar nicht hier!«

»Was für ein Zufall!« Sie sah sich übertrieben sorgfältig um und schüttelte dann den Kopf. »Komisch, Johanna auch nicht.«

Julian wusste sofort, was sie meinte. Stöhnend schlug er die Hände vors Gesicht. »Bitte nicht!«

»O doch!«

»Johanna … und Felix? Im Ernst?«, fragte Maik. Anscheinend hatte er sich vom ersten Schreck erholt und begann jetzt, die Zusammenhänge zu begreifen.

»Moment mal«, mischte sich nun auch Franziska ein. Sie war sehr blass geworden. In Zeitlupentempo erhob sie sich von ihrem Stuhl. »Stimmt das?«

Kathrin lachte bitter. »Sieht ganz so aus.«

»Was ist mit Mama und Felix?« Ungeduldig zupfte Marie an Kathrins Kleid.

»Die hatten einen sehr schönen Abend miteinander und sind

jetzt beste Freunde. Ich habe sie gerade zu Hause überrascht.« Über Maries Kopf hinweg blinzelte Kathrin Julian böse an.

»Dazu kann ich wirklich nichts«, versuchte er sich zu rechtfertigen.

»Ich fasse es nicht.« Franziska kämpfte mit den Tränen.

»Hä? Du etwa auch?« Langsam schien Maik zu dämmern, dass er nicht die geringste Ahnung vom Gefühlsleben seiner Töchter hatte.

Julian wünschte sich in diesem Moment ganz weit weg. *So* hatte er sich das Wiedersehen mit Kathrin nicht vorgestellt. Er hatte auf eine ausführliche Aussprache gesetzt, vielleicht sogar an einem ruhigen, stimmungsvollen Ort. Zum Beispiel am Waldsee. Dort hätte er ihr in Ruhe von seiner Trennung erzählt, ihr seine Liebe gestanden, und danach hätten sie gemeinsam Pläne für ihre Zukunft schmieden können.

Jetzt erkannte er, wie wenig durchdacht und naiv dieser Plan gewesen war. Kathrin war mit ihren Überlegungen mal wieder wesentlich schneller als er, auch wenn sie die völlig falschen Schlüsse zog.

Er spürte Steffis Blick. Neugierig, aber auch ein wenig mitleidig. Sie nickte ihm aufmunternd zu und lächelte dann in die Runde.

»Wie war das mit dem Eis? Ich würde sagen, dass ich jetzt mal dringend mit ein paar Leuten in die Küche verschwinden muss. Einverstanden?«

Ohne eine Antwort abzuwarten, nahm sie Marie auf den Arm und schob Franziska vor sich her.

»Ich glaube, ich könnte auch noch ein Eis vertragen.« Jan-Marc folgte ihnen, offenbar sehr erleichtert darüber, dass er der heftigen Auseinandersetzung entfliehen konnte.

Jetzt waren sie nur noch zu dritt: Julian, Maik und Kathrin.

»Also … unsere Johanna und Julians Sohn?«, nahm Maik den

Gesprächsfaden wieder auf, nachdem er sich neben Julian gestellt und diesem aufmunternd auf die Schulter geklopft hatte.

»Ja.« Kathrin nickte, ohne Julian aus den Augen zu lassen.

»Und … äh … wie finden wir das?«, erkundigte sich Maik vorsichtig. »Ich kenne den Jungen ja kaum. Er war nur einmal mit Julian hier und hat ein Bier getrunken. Da war er eigentlich ganz nett.«

Kathrin stöhnte. »Es geht doch gar nicht um Felix und Johanna. Jedenfalls nicht nur.«

»Um wen denn noch? Etwa um Felix und Franziska?«

»Maik, bitte! Denk doch erst mal nach, bevor du sprichst.«

»Guter Tipp«, warf Julian ruhig ein. »Warum beherzigst du das nicht selbst?«

Kathrin kniff die Augen zusammen. »Ich *habe* nachgedacht. Die ganze Fahrt von Usedom nach Lübben.«

»Das war wohl nicht sehr erfolgreich.«

»Wage es ja nicht –«

»Warum bist du überhaupt schon zurück?«, fiel Maik ihr eilig ins Wort. Offenbar hasste er laute Szenen genauso sehr wie Julian. »Du wolltest doch drei Wochen bleiben. Und woher wusstest du, dass wir alle hier sind?«

»Ich habe heute Morgen mit Marie telefoniert. Die Kleine war so nett, mich über eure Gartenparty aufzuklären.«

»Das hat sie uns gar nicht gesagt.«

»Nun, das scheint ja auch in dieser Familie inzwischen das übliche Verhalten zu sein: Bloß nichts erzählen!«

»Wieso? Du und dein Vater, ihr habt doch damit angefangen! Du hast uns allen erklärt, dass du auf Usedom nur die wirklich wichtigen Anrufe empfangen möchtest.«

Wütend deutete Kathrin auf Julian. »Das hier *ist* wirklich wichtig!«

»Ach ja?« Julian machte noch ein paar Schritte auf sie zu.

»Vorhin hast du noch gesagt, mein Besuch sei überflüssig und sinnlos.«

Sie wich keinen Zentimeter zurück, auch als er direkt vor ihr stand. Herausfordernd sah sie ihm in die Augen. »Ich warne dich, Julian. Ich bin nicht in der Stimmung für solche Wortklaubereien.«

»Ich auch nicht.«

Am liebsten hätte er sie einfach in seine Arme gerissen. Sein Gesicht in ihren Haaren vergraben. Und ihren Protest mit einem Kuss erstickt. Aber das wäre momentan wohl das falsche Signal.

»Du bist mir eine Erklärung schuldig«, zischte sie.

»Die bekommst du. Wenn du mich mal ausreden lässt.«

»Ich glaube nicht, dass du in der Position bist, Bedingungen zu stellen.«

»Warum nicht? Was habe ich denn verbrochen?«

»Äh...hört mal, Leute!« Maiks Augen huschten eifrig zwischen Julian und Kathrin hin und her. »Wollt ihr euch nicht ein ruhiges Plätzchen für euren ... äh ... Streit suchen? Am besten dort, wo euch keiner stören kann. Ich meine ja nur ...«

Er deutete mit dem Kopf Richtung Küchenfenster, hinter dem sich Steffi, Franziska und Marie versammelt hatten. Jan-Marc war nirgends zu sehen. Als die drei bemerkten, dass sie entdeckt worden waren, traten sie hastig einen Schritt zurück.

Kathrin kniff die Augen zusammen. »Von mir aus.«

»Wollen wir dein Auto nehmen?«, schlug Julian vor.

»Vergiss es!«

»Warum nicht? Wir könnten irgendwo hinfahren.«

»Wir fahren nirgendwo hin. Wir erledigen das hier.« Sie wandte sich ab und streckte auffordernd eine Hand aus. »Maik, gib mir mal bitte deinen Werkstattschlüssel!«

Maiks Werkstatt entpuppte sich als großer, penibel aufgeräumter Raum.

Die blauen Metallschränke an den Wänden waren ordentlich verschlossen, und in den Regalen lagen, fein säuberlich sortiert, Werkzeuge und Ersatzteile. Julian entdeckte ein Schweißgerät, mehrere Druckluftanschlüsse und eine Batterie-Ladestation. Lauter Dinge, um die er normalerweise einen großen Bogen machte. Zwischen Kabeln, Wagenhebern und Benzinkanistern hatte er sich noch nie wohl gefühlt. Kein guter Ort für eine Aussprache!

Als er den ersten Schritt in die Werkstatt machte, knirschte es unter seinen Sohlen. Er blieb stehen, so dass Kathrin, die direkt hinter ihm lief, gegen ihn prallte.

»Was ist?« Rasch trat sie einen Schritt zurück.

»Vorsicht!« Er hielt sie fest. »Hier liegen irgendwelche spitzen Teile auf dem Boden.«

»Na und?« Sie schüttelte seine Hand ab.

»Du bist barfuß.«

»Lieber Himmel! Was habt ihr eigentlich alle? Es ist doch allein meine Entscheidung, ob ich Schuhe trage oder nicht.«

»Nicht unbedingt.« Er schlüpfte aus seinen Turnschuhen und stellte sie vor Kathrins Füße. »Du sagtest vorhin, ich soll dir etwas erklären. Und nicht, ich soll dich mit blutenden Füßen ins Krankenhaus fahren.«

»Und du? Bluten deine Füße nicht?«

»Ich trage Sportsocken. Die halten einiges aus. Und jetzt zieh bitte die Schuhe an!«

Man konnte ihr deutlich ansehen, dass sie seine Fürsorge für übertrieben hielt. Doch zu seinem Erstaunen tat sie, was er verlangte, und stieg in seine Schuhe.

»Die sind mir viel zu groß.«

Täuschte er sich, oder hatten ihre Mundwinkel gerade für

einen winzigen Augenblick gezuckt? Er beschloss, kein Wort über seine Beobachtung zu verlieren.

Kathrin schlurfte in eine Ecke des Raums, blieb vor einem Regal stehen und betrachtete ausführlich die dort liegenden Schraubenschlüssel.

»Warum bist du nach Lübben gekommen?« Sie drehte sich nicht um, als sie diese Frage stellte, sondern starrte weiter ins Werkzeugregal.

»Ich wollte dich wiedersehen.«

»Ich dachte, ich hätte dir nach der Preisverleihung deutlich zu verstehen gegeben, dass ich das nicht möchte.«

»Ja, ich weiß. An diesem Abend ist einiges falsch gelaufen. Das tut mir leid.«

»Einiges falsch gelaufen?«, wiederholte sie spöttisch und drehte sich endlich zu ihm um. »Ich für meinen Teil habe alles richtig gemacht, finde ich.«

»Ja, ja …« Erneut musste er sich entschuldigen. Sie ließ ihm wirklich keine Chance! »Sorry, so meinte ich das nicht.«

»Wie dann?«

»Herrgott, Kathrin, ich war ein Idiot. Ich habe dich angemacht, ohne nachzudenken. Natürlich weiß ich, dass man mit einem Ehering am Finger keine neue Beziehung beginnen sollte.«

»Gut erkannt.«

»Deshalb habe ich den Ring abgelegt.« Er hob seine Hand. »Und Helen verlassen.«

Überrascht blickte sie von seinen Fingern auf. »Wirklich? Wann?«

»Gestern.«

»Und? Wie hat sie es aufgenommen?«

»Ruhig und souverän. Wie immer. Helen macht niemals eine Szene.«

»Wie schön für dich.« Ihre Liebenswürdigkeit war gespielt,

und das machte ihn nervös. Außerdem hatte er schon wieder das Gefühl, etwas Falsches gesagt zu haben.

»Dein Sohn hat mir vorhin erzählt, dass ihr schon seit knapp zwei Wochen hier seid.«

»Ja, das ist richtig.« Er wusste nicht, worauf sie mit diesem plötzlichen Themenwechsel hinauswollte.

»Also hast du hier viel Zeit verbracht.« Hinter ihrer Stirn arbeitete es. »Was hast du denn Nettes gemacht?«

Dich vermisst, hätte er am liebsten gesagt. Aber dazu war es wohl noch zu früh. Sie sah nicht aus, als ob sie schon wieder bereit war für eine Liebeserklärung.

»Ich habe in Erinnerungen geschwelgt. Die Arbeit am Gutshof bewundert. Und natürlich deine Familie kennengelernt.«

»Ich nehme an, dein Urteil ist positiv ausgefallen.« Sie schlurfte zurück zu ihm. Mit einem Gesichtsausdruck, der schwer zu deuten war. »Ich habe einiges erreicht.«

»O ja, das hast du!«

»Nachdem du festgestellt hast, wie schön es hier ist, fiel dir der Abschied von Helen sicherlich nicht so schwer.«

»Was? Wieso?« Er verstand nicht, worauf sie mit ihren Äußerungen hinauswollte. Aber er ahnte, dass hier gerade etwas völlig falsch lief.

»Du wusstest ja jetzt, worauf du dich einlassen würdest: ein erfolgreiches Unternehmen. Ein schickes Zuhause. Eine nette Familie. Und obendrein fühlt sich dein Sohn praktischerweise bei uns auch sehr wohl.« Sie lachte bitter. »Tja, wir sind eben sehr gastfreundlich.«

Jetzt dämmerte es ihm. »Du kannst doch nicht im Ernst glauben, dass ich zuerst getestet habe, wie du lebst, bevor ich mit Helen Schluss gemacht habe?«

»Bevor man sich ins gemachte Bett legt, muss man doch wissen, wie weich die Matratze ist.«

»Kathrin! Das ist geschmacklos und obendrein eine völlige Verdrehung der Tatsachen!«

»Wie lautet denn deine Fassung?«

Er musste sie nur anschauen, um zu wissen, dass er nicht viel Zeit für seine Version der Ereignisse haben würde. Sie sah aus, als ob sie jeden Moment explodieren würde. Also beschränkte er sich auf das Nötigste.

»Felix' Auftrag war ein Wink des Schicksals für mich. Sozusagen der Tritt in den Hintern, den ich gebraucht habe, um mein bisheriges Leben hinter mir zu lassen. Seit unserem Treffen bei der Preisverleihung konnte ich sowieso an nichts anderes mehr denken als an dich. Also bin ich mit ihm gefahren. Aber du warst nicht hier. Ich war am Boden zerstört, denn ich hatte fest damit gerechnet, dich zu sehen.«

»Was hättest du denn getan, wenn du mich angetroffen hättest?« Ihre Stimme war gefährlich leise geworden. Offenbar holte sie Luft für den nächsten Wutanfall.

Hastig dachte Julian über eine Antwort nach. Er musste jetzt irgendetwas sagen, womit sie nicht rechnete. Wenn er sie nur einen Moment lang aus der Fassung bringen konnte, dann ließ sie vielleicht besser mit sich reden.

»Nun, ich hätte dich zum Beispiel gefragt, warum du die Gurkendeckel im Wohnzimmer aufgehängt hast«, entgegnete er deshalb und bemühte sich um einen gleichmütigen Gesichtsausdruck.

Wie erhofft stutzte Kathrin. Doch leider viel zu kurz.

»Das geht dich nichts an«, blaffte sie gleich darauf und verschränkte die Arme vor der Brust. »Ist *das* etwa das Problem, das du als Erstes geklärt hättest?«

»Warum nicht?«

Verdammt! Die günstige Gelegenheit war schon wieder vorüber.

Das hier lief falsch, völlig falsch!

»Darf ich vielleicht noch mal antworten?«, bat er sie.

»Nur zu!«

Die nächsten Sätze waren wichtig, das wusste Julian. Deshalb versuchte er, alle seine Gefühle in seine Stimme zu legen.

»Ich hätte dir noch gesagt, dass ich dich liebe. Die ganzen letzten 25 Jahre lang habe ich nichts anderes getan, als dich zu lieben. Jetzt tue ich nichts anderes ... und auch in Zukunft werde ich dich lieben.«

Tränen traten in ihre Augen. Doch es waren keine Tränen der Rührung. »Aber sicher!«, rief sie. »Gut, dass dir das noch eingefallen ist. Eine schöne, auswendig gelernte Liebeserklärung, und schon lässt Kathrin Bahrenbeck alles stehen und liegen. Was denkst du eigentlich, wer du bist?«

»Dass ... ich ... ich denke gar nichts. Und das war nicht auswendig gelernt, mir ist das gerade erst eingefallen.«

»Ich will es nicht hören!«

»Kathrin, bitte!«

»Ich habe mich einmal auf dich eingelassen und hätte die Trennung fast nicht überlebt. Das passiert mir kein zweites Mal, das habe ich mir geschworen.«

»Aber ...«

»Geh!« Sie schleuderte die Schuhe von ihren Füßen. »Geh und nimm deine blöden Schuhe mit!«

»Was genau ist eigentlich dein Problem?«, brüllte er plötzlich zurück. Innerhalb weniger Sekunden hatten sich Liebe und Hoffnung in Wut und Verzweiflung verwandelt. »Bist du sauer, weil etwas passiert ist, das du nicht kontrollieren kannst? Willst du nicht glauben, dass ich es ernst meine? Siehst du denn nicht, dass uns das Schicksal eine riesengroße zweite Chance einräumt?«

»Nein!« Sie sackte in sich zusammen und wirkte plötzlich

unendlich traurig. »Ich kann das nicht noch einmal, Julian. Ich glaube nicht an zweite Chancen.«

Er widerstand seinem Drang, sie in die Arme zu nehmen und sie zu trösten. Ihr zu sagen, dass alles gut werden würde. Denn das Leben hatte beide gelehrt, dass das äußerst selten der Fall war.

»Wir hatten ja nicht einmal eine richtige erste Chance«, murmelte er stattdessen und rieb sich müde die Augen.

Er musste hier raus. Brauchte eine Pause. Konnte ihren Anblick nicht mehr ertragen.

Schweigend hob er seine Schuhe auf und ging zur Tür.

Ihre Stimme hielt ihn zurück. »Julian?«

»Ja?« Er verfluchte den kleinen Anflug von Hoffnung, der sofort in ihm aufkeimte.

»Warte!«

Auf Zehenspitzen kam sie zu ihm gelaufen und schaute ihn an. Dann berührte sie vorsichtig sein Gesicht. Nur ganz leicht – trotzdem musste er ein Seufzen unterdrücken. Er konnte spüren, dass auch ihre Hände zitterten.

»Seit wann ist dein Bart ab?«

»Seit dem Morgen nach der Preisverleihung.«

»Warum?«

»Ich fand, es war an der Zeit für eine Veränderung.«

»Oh.« Sie runzelte die Stirn und zog ihre Hand zurück.

Julian wandte sich ab.

Es kostete ihn Überwindung, jetzt zu gehen. Er sehnte sich danach, ihre Hand zu nehmen und wieder auf sein Gesicht zu legen. Nähe zu spüren und Nähe zu geben – darum ging es, und mehr wollte er gar nicht.

Kathrin musste doch wissen, dass alles, was er in den letzten Wochen getan hatte – und mochte es auch noch so dumm gewesen sein , nur für sie gewesen war.

Selbst die Rasur dieses blöden Vollbarts!

Aber vielleicht würde gerade dieses völlig nebensächliche Detail sie zum Nachdenken bringen. Vielleicht würde sie ihren verdammten Stolz jetzt endlich mal vergessen und gründlich nachdenken. Vielleicht gab es doch noch eine klitzekleine zweite Chance!

21

Familie ist dort, wo man –
wenn man etwas ausgefressen hat –
nicht hinausgeworfen wird.
(unbekannter Verfasser)

»Darf ich das noch mal zusammenfassen?«, fragte Edith. »Ich bin ja schon alt und brauche immer etwas länger, um alles zu begreifen.«

Ihre Stimme klang durch das Telefon ungewohnt laut und schrill, die Verbindung war nicht die beste. Kathrin hielt ihr Handy vorsichtshalber noch ein Stück weiter vom Ohr entfernt.

Obwohl es erst vier Uhr am Nachmittag war, hatte sie sich ins Bett verkrochen und es sich dort gemütlich gemacht. Auf ihrem Nachttisch stand eine Tasse Milchkaffee, auf der Bettdecke lagen eine Schachtel Pralinen und eine Packung Kekse, und der kleine Fernseher im Bücherregal war eingeschaltet. Bunte Zeichentrickfiguren tanzten über den Bildschirm, es lief immer noch das Kinderprogramm.

Aber das störte Kathrin nicht. Hauptsache, sie war abgelenkt!

Nach ihrem Streit mit Julian hatte sie sich so schnell wie möglich von Maik und Steffi verabschiedet und war nach Hause gefahren. Sie hatte es Johanna überlassen, Franzi und Marie einzusammeln.

Ihre älteste Tochter hatte nicht besonders glücklich ausgesehen, als sie bei Maik und Steffi eingetroffen war. Irgendetwas war zwischen Felix und ihr vorgefallen, und Kathrin befürchtete, dass sie nicht ganz schuldlos an dieser Situation war. Doch Johanna hatte nur abgewinkt, als Kathrin sie darauf ansprach.

»Ich will jetzt nicht darüber reden«, war ihre kurze Antwort gewesen. Insgeheim hatte Kathrin aufgeatmet. Sie hätte nicht die Kraft für eine weitere Auseinandersetzung gehabt.

Leider jedoch hatten ihre Probleme sie zu Hause wieder eingeholt. Denn kaum hatte sie es sich im Bett gemütlich gemacht, klingelte das Telefon.

Edith.

»Ein dringender geschäftlicher Termin am Samstagnachmittag? Das kannst du deiner Oma erzählen!«, hatte sie Kathrin begrüßt und dann nicht eher Ruhe gegeben, bis diese ihr von den neuesten Entwicklungen berichtet hatte.

»Also, ich wiederhole das mal«, sagte die alte Dame jetzt. »Dieser Julian ist bereit, alle Zelte hinter sich abzubrechen. Er hat seine Frau verlassen und will in deiner Nähe sein. Und du glaubst, er macht das alles nur aus Berechnung?«

»Ich weiß es nicht …«

Mit ein wenig zeitlichem und räumlichem Abstand erschien ihr ihre eigene Theorie plötzlich absurd. Die Aufregung hatte sich gelegt, die Wut war verraucht. Geblieben war der dringende Wunsch nach Ruhe und Frieden. Denken und Handeln – das konnte bis morgen warten.

Und doch gingen ihr die Momente der Nähe in der Werkstatt nicht aus dem Kopf.

Julian hatte ihr ohne zu zögern seine Schuhe überlassen und sie damit an den fürsorglichen jungen Mann von einst erinnert, der ihr am Briesener See sein teures Designerjackett umgehängt hatte.

Und er hatte nur mit Mühe eine Reaktion unterdrücken können, als sie ihn über das Kinn gestreichelt hatte. Ob er gespürt hatte, dass diese Berührung sie ebenfalls nervös gemacht hatte?

»Hast du mal daran gedacht, dass er all das aus Liebe getan haben könnte?«, unterbrach Edith ihre Überlegungen.

»So viel Glück habe ich nicht.«

»Das ist ja nicht zu fassen! Kaum zu Hause, schon fällst du in alte Denkmuster zurück.«

»Ich würde eher sagen, ich bin auf dem Boden der Realität angekommen.«

»Ach, Kindchen!« Die alte Dame seufzte. »Ich habe es schon mal gesagt, und ich sage es gern noch einmal: Du bist ein hoffnungsloser Fall. Warum siehst du zur Abwechslung nicht mal das Schöne und Gute in Julians Verhalten?«

»Weil mir seine Liebe in der Vergangenheit nur Kummer und Schmerz gebracht hat. Deshalb.«

»Es nutzt nichts, mit Verbitterung auf Vergangenes zurückzublicken. Was war, kannst du nicht ändern. Konzentriere dich lieber auf die Gegenwart. Habe ich dir denn neulich gar nichts beigebracht? Denk an die Luftschlösser und den Regentanz!«

»Edith! Wir sind hier nicht beim Yoga.«

»Verzeih ihm einfach.« Ihre Freundin achtete gar nicht auf ihren Einwurf, sondern fuhr unbeirrt fort, gute Ratschläge zu erteilen. »Er mag etwas überstürzt gehandelt haben. Na und? Wenn wir etwas aus Liebe tun, heißt das noch lange nicht, dass wir keine Fehler machen. Aber wenn du nichts riskierst, wirst du niemals wissen, ob eure Liebe nicht doch noch eine Chance hat.«

»Mit dir kann man heute nicht vernünftig reden.«

Edith lachte. »Mit dir auch nicht. Ruf mich einfach an, wenn du wieder bessere Laune hast!«

Erleichtert legte Kathrin das Handy beiseite und griff zur Fernbedienung. Doch bevor sie umschalten konnte, flog die Tür auf und Marie stand an ihrem Bett. Sie hatte ihren Pinguin unter den Arm geklemmt und einen Waschlappen um den rechten Zeigefinger gewickelt. Mit großen Augen schaute sie zwischen Kathrins Bett und dem Fernseher hin und her.

»Willst du schon schlafen?«

»Nein. Ich will fernsehen.«

»Die Hexe Lilli!« Aufgeregt deutete Marie auf den Fernseher und kletterte zu ihrer Großmutter ins Bett. »Sollen wir zusammen gucken?«

»Warum nicht?« Kathrin schaltete den Ton lauter und kuschelte sich näher an das kleine Mädchen. Eine Zeitlang lauschte sie den witzigen Dialogen im Kinderkanal und lächelte über das fröhliche Kichern ihrer Enkelin.

»Marie?«

»Hm?«

»Warum hast du einen Waschlappen am Finger?«

»Den hat Mama mir gegeben. Eine Wespe hat mich gestochen.«

»Du Arme!«

»Der Julian hat auch was am Finger.«

Schon wieder Julian!

Stöhnend richtete sich Kathrin auf. Jetzt sollte sie sich dringend mit einer Praline und einem Schluck Milchkaffee trösten.

»Kriege ich auch ein Stück Schokolade?«, fragte Marie, ohne die Augen vom Fernseher zu nehmen.

»Klar, warum nicht? Heute ist ein Schokoladen-Fernseh-Bett-Tag.«

»Echt?« Marie nahm sich gleich drei Pralinen auf einmal. »Toll!«, murmelte sie mit vollem Mund.

»Was macht ihr denn hier?« Johanna war von beiden unbemerkt ins Zimmer getreten und betrachtete kopfschüttelnd das Arrangement auf dem Bett.

»Oma sagt, heute ist ein Schoko … Schoko-Bett … Bett-Fernseh-Tag.« Marie rückte ein Stück zur Seite. »Willst du mitmachen?«

Zu Kathrins großer Überraschung nickte Johanna, streifte ihre Schuhe ab und kroch unter die Bettdecke. Dort ließ sie sich auf ein Kissen sinken und seufzte leise.

»Alles in Ordnung?« Kathrin musterte ihre Tochter sorgenvoll.

»Ja. Alles prima.«

»Schokolade?« Sie hielt ihr die Pralinenschachtel hin.

»Gern. Was ist das für eine Sorte?«

»Nougat.«

Johanna hatte bereits eine Hand ausgestreckt, jetzt jedoch zog sie ihre Finger zurück. »Dann lieber nicht.«

»Aber du magst doch Nougat.«

»Können wir das Thema wechseln?«

»Psst!«, machte Marie. »Ich verstehe nichts.«

Johanna lächelte traurig, zog ihre kleine Tochter an sich und vergrub die Nase in Maries Locken. Dann strich sie ihr zärtlich eine Haarsträhne aus dem Gesicht und drückte ihr einen Kuss auf die Wange.

Nachdenklich nippte Kathrin an ihrem Kaffee. Sie war offensichtlich heute nicht die Einzige, die Trost brauchte.

»Mama?«, kam Franziskas Ruf aus dem Treppenhaus.

»Ich bin hier, in meinem Bett.«

»Psst!«, machte Marie wieder.

»Wo ist mein Podolski-T-Shirt? Ich will es morgen beim Turnier anziehen.« Überrascht blieb Franziska in der Tür stehen. »Was, bitte schön, ist *das* denn? Eine spontane Orgie?«

»Wir haben alle ein wenig Erholung nötig«, erklärte Kathrin und klopfte einladend auf die Bettdecke. »Du kannst dich gern zu uns legen.«

»Warum sollte ich? Läuft doch alles prima bei mir.« Franziska vermied es, Johanna anzuschauen.

»Dein T-Shirt ist bei Felix«, erklärte diese mit müder Stimme. »Ich habe es ihm neulich geliehen, als es so geregnet hat und wir beide nass geworden sind. Er bringt es dir sicherlich noch zurück.«

»Du verleihst einfach meine Sachen?«, regte Franziska sich auf. »Du hättest fragen müssen.«

»Ich weiß. Tut mir leid.«

»Aber was Felix betrifft, nimmst du dir ja sowieso alles ungefragt!«

»Psst!«, machte Marie zum dritten Mal.

»Ich habe mir nichts genommen, was er mir nicht freiwillig gegeben hätte«, entgegnete Johanna gleichmütig.

»Ach ja?«, schrie Franziska und stampfte mit dem Fuß auf. »Ich kann mir schon denken, was das bedeutet. Und ich hasse dich dafür!«

»Hallo?«, ging Kathrin dazwischen.

»Ich verstehe kein Wort, wenn ihr so schreit«, jammerte Marie und krabbelte ans Fußende des Bettes.

Kathrin deutete auf die frei gewordene Stelle unter der Bettdecke. »Johanna, du rutschst zu mir durch. Und du, Franzi, kommst jetzt sofort zu uns, und wir klären das gemeinsam. Aber leise bitte!«

»Wieso?«, maulte Franziska, senkte ihre Stimme aber sofort, als die den bösen Blick ihrer Mutter bemerkte. »Marie kriegt doch sowieso nichts mit, wenn sie fernsieht.«

»Das weiß man nie«, brummte Johanna.

»Also.« Abwartend blickte Kathrin von einer Tochter zur anderen. »Ich möchte, dass ihr euch wieder vertragt. Dieser Streit ist dumm und überflüssig.«

»Apropos dumm und überflüssig«, zischte Franziska. »Zuerst könntest du uns mal erklären, welches Problem du mit Julian hast. Dein Auftritt vorhin war ja wohl oberpeinlich.«

»Lass Mama in Ruhe!«, flüsterte Johanna.

»War ja klar, dass du auf ihrer Seite stehst. Vermutlich weißt du auch längst, worum es geht.«

»Nur grob. Wir hatten noch nicht viel Zeit zum Reden.«

»Schon gut.« Kathrin seufzte resigniert. »Gleich erzähle ich euch alles.« Sie würde sowieso nicht um ein klärendes Gespräch herumkommen. Das hatte sie sich mit ihrem öffentlichen Wutanfall selbst eingebrockt. »Aber zuerst will ich, dass ihr euch wegen Felix einigt.«

»Sie hat ihn mir weggenommen«, fauchte Franziska.

»Sei nicht albern!«, entgegnete Johanna. »Er ist fast zehn Jahre älter als du.«

»Ich bin zwar noch jung, aber ich habe trotzdem Gefühle.«

»Er hat nie etwas von dir gewollt. Er weiß ja nicht mal, dass du für ihn schwärmst.«

»Trotzdem hättest du fragen können, ob es okay für mich ist, dass ihr zusammen seid!«

»Also wirklich, Franzi. Sie muss dich doch nicht um Erlaubnis bitten«, warf Kathrin ein.

»Schon gut, Mama!« Obwohl Johanna mit leiser Stimme sprach, konnte man ihre Traurigkeit deutlich heraushören. »Wer weiß, ob es jemals dazu kommt?«

»Was soll das denn heißen?« Franziska war so verblüfft, dass sie vergaß, zu flüstern. »Ich dachte, ihr habt schon längst alles klargemacht?«

»Nein, haben wir nicht.« Johanna schüttelte den Kopf. »Er weiß noch nicht, was er will.«

»Für mich sah das aber vorhin im Treppenhaus ganz anders aus«, warf Kathrin ein. Auch sie gab sich keine Mühe mehr, leise zu sprechen.

»Tja, Mama, dann hast du dich wohl getäuscht.«

»Habt ihr euch gestritten?«

»Nein.« Mehr schien Johanna nicht preisgeben zu wollen. Oder vielleicht konnte sie auch nichts mehr sagen, ohne in Tränen auszubrechen. Ihre Augen schimmerten verdächtig feucht.

»Was ist das denn für ein Mistkerl?«, regte Franziska sich auf. »Stürzt nacheinander alle ins Unglück!« Sie rückte ein Stück näher an ihre Schwester heran und legte einen Arm um deren Schultern. »Und dann ist da auch noch sein Vater, der Mama übel aufgeregt hat. Kein Wunder, dass ihr hier liegt und sinnlos Pralinen in euch reinstopft!« Sie ließ ihren Blick über die Bettdecke wandern. »Sinnlos, aber irgendwie auch total gechillt. Soll ich uns noch Chips und Cola besorgen?«

Kathrin unterdrückte ein Schmunzeln.

Sie wusste, dass sich ihre Probleme nicht auf das reduzieren ließen, was Franziska gerade mit ihren anschaulichen Bemerkungen daraus gemacht hatte. Es würden noch einige klärende Gespräche notwendig sein. Doch das konnte warten bis morgen. Fürs Erste reichte es ihr, dass die beiden Mädchen wieder Frieden geschlossen hatten.

»Was gucken wir eigentlich?«, wollte Franziska wissen, als sie mit einem Tablett voller Gläser, einer Flasche Cola und einer Tüte Chips in Kathrins Schlafzimmer zurückkehrte.

»Die Hexe Lilli«, antwortete Marie.

»Ich habe dir Kopfhörer mitgebracht.« Franziska stöpselte das Kabel am Fernseher ein.

In diesem Moment ging irgendwo draußen ein Telefon.

»Das ist meins«, sagte Johanna. »Marie, kannst du mal schnell meine Handtasche holen? Sie liegt im Flur.«

»Ja, mache ich.« Die Kleine sprang vom Bett und hüpfte zur Tür hinaus.

Überrascht starrte Johanna ihr hinterher. »Was ist das denn jetzt? Ich hatte mit Protest gerechnet. Ihre Sendung läuft ja noch.«

»Tja«, erklärte Franziska mit verschmitztem Lächeln, »es gibt eine Sache, die deine Tochter noch viel besser findet als Fernsehen.« Sie machte eine kunstvolle Pause. »Nämlich ein Smartphone.« Wieder eine kleine Pause. »Meine kleine Nichte wird mal eine würdige Nachfolgerin für mich sein.«

»Hallo?« Maries Ruf war deutlich zu hören. »Wer ist da?«

»Weiß sie etwa auch schon, wie man so ein Ding bedient?«, wunderte sich Johanna.

Ihre Schwester nickte. »In Grundzügen. Wir üben noch.«

»Ich dachte, du lässt keinen an dein Handy heran.«

»Marie hält sich leider nicht an mein Verbot. Also habe ich gedacht, wenn ich es nicht verhindern kann, dann kann ich es ihr genauso gut erklären.«

Johanna schüttelte resigniert den Kopf. »Sie wird die erste Fünfjährige sein, die sich ein Telefon zum Geburtstag wünscht.«

»Mir geht es gut«, versicherte Marie inzwischen draußen dem unbekannten Anrufer.

Dann kam sie mit dem Smartphone am Ohr wieder ins Zimmer und kletterte zurück ins Bett. »Was wir machen? Wir liegen alle bei Oma im Schlafzimmer. Ich gucke Fernsehen. Und Oma, Mama und Franzi flüstern miteinander und streiten sich dabei … Warum? Mama und Franzi wollen beide Felix für sich haben, aber der weiß noch nicht, mit wem er alles klarmachen soll. Und Oma war oberpeinlich zu Julian –«

»Wer ist das?« Johanna riss ihrer Tochter das Telefon aus der Hand. »Hallo?«

»Ist ja hochinteressant«, begrüßte eine bekannte Stimme sie.

Johanna atmete auf. »Es ist Laura«, teilte sie den anderen mit.

»Schön, dass du meinen Anruf endlich entgegennimmst, liebes Schwesterherz.«

»Ich war … beschäftigt.«

»O ja, ich weiß auch schon, womit. Oder sollte ich besser sagen, mit wem? Liegt dieser sagenhafte Felix mit im Bett? Vielleicht sogar zwischen Franzi und dir? Kann ich ihn mal sprechen?«

»Nein. Und noch mal nein.« Ihre Schwester hatte ja keine Ahnung, wie sehr »nein« das alles war!

»Schade! Aber wieso ist Mama wieder bei euch? Und wer ist Julian?«

»Mich würde es erst einmal interessieren, woher du von Felix weißt.«

»Ach, das hat mir ein kleines Vögelchen gezwitschert.«

»Franziska!« Johanna warf ihrer Schwester einen bösen Blick zu, den das Mädchen ungerührt erwiderte.

»Ich habe dann gleich heute Morgen bei Mama nachgefragt, was eigentlich bei euch los ist«, erklärte Laura. »Die war aber anscheinend noch schlechter informiert als ich. Immerhin wollte sie danach sofort in Lübben anrufen.«

Langsam wurde Johanna klar, wie die Ereignisse des heutigen Tages zusammenhingen.

»Und jetzt wüsste ich gern, was ich verpasst habe«, fuhr Laura fort. »Ich habe bei Maries Erzählung nur Bahnhof verstanden, aber ich bin sicher, ihr werdet mich aufklären. Also … fangen wir mal mit der spannendsten Frage an: Wer ist Felix? Und was treibst du mit ihm?«

»Gar nichts.«

Johanna spürte, wie eine feine Röte ihr Gesicht überzog. Glücklicherweise übertönten die Geräusche vom Fernseher Lauras Stimme am Telefon, und so hatten ihre Mutter und ihre Schwester die letzte Frage nicht verstanden. Kathrin saß, an ihr

Kissen gelehnt, am Kopfende des Bettes, und Franziska stand immer noch vor dem Bett und entwirrte das Kabel der Kopfhörer.

»Und warum ist Mama oberpeinlich?«

»Wegen Julian. Ich glaube, du kennst ihn schon. Er hat ihr neulich den Preis für die Unternehmerin des Jahres überreicht.«

»Der war das? Hat Franzi nicht gesagt, er sieht aus wie Brad Pitt?« Laura schnaubte. »Das Mädchen ist ja so was von ahnungslos. Das kommt davon, wenn man nur Fußball im Kopf hat. Sie muss dringend mal wieder *Bunte* oder *Gala* lesen …«

»Ja, ja. Schon gut!«, versuchte Johanna, den Redeschwall ihrer Schwester zu unterbrechen. »Hast du ein wenig Zeit für uns?«

»Ich bin erst in zwei Stunden zum Essen verabredet. Warum?«

»Mama wollte uns gerade erzählen, woher sie Julian kennt und was sie mit ihm erlebt hat.«

»Wie langweilig! Da müsst ihr euch doch nur noch mal meinen Film von der Preisverleihung anschauen.«

»Nein, es steckt viel mehr dahinter. Sie kennen sich schon seit über 25 Jahren.«

»Echt? Und wieso hat sie mir das nicht gesagt? Sie hätte doch während des ganzen Essens beim Unternehmerball Zeit dafür gehabt!«

»Keine Ahnung. Aber das wird sie uns sicherlich gleich erklären.«

»Klingt nach großem Kino.«

»Ich stelle dich jetzt auf laut, okay?«

»Meinetwegen. Sollte ich mich vielleicht lieber setzen?«

»Auf jeden Fall.« Johanna wandte sich an Franziska. »Kannst du Marie die Kopfhörer geben? Wir wollen lieber keine weiteren Missverständnisse riskieren.«

Franziska nickte.

»Hallo, mein Schatz!«, rief Kathrin.

»Hallo Mama«, ertönte Lauras Stimme durch den Lautsprecher. Sie war klar und deutlich zu verstehen. »Liegt ihr wirklich alle gemeinsam im Bett?«

»Ja, das tun wir.«

»Ist ja krass! Warum bin ich nicht bei euch?«

»Wir können das gern wiederholen, wenn du zu Hause bist.«

»Ich bitte darum!«

»Gut.« Kathrin lächelte. »Seid ihr alle bereit? Dann fange ich jetzt mal an mit meiner Geschichte. Es war Juli 1990, der Tag nach der Währungsunion …«

22

Das Herz hat seine Gründe, die der Verstand nicht kennt.
(Französisches Sprichwort)

Felix war der einzige Gast im Aufenthaltsraum, als Julian am Nachmittag ins Hotel zurückkehrte. Eigentlich hatte er momentan überhaupt kein Bedürfnis nach Gesellschaft. Er wollte sich lieber in sein Zimmer einschließen und seinen Kummer über den vorausgegangenen Streit mithilfe der kleinen Flasche Obstbrand ersäufen, die Maik ihm vorhin noch in die Hand gedrückt hatte.

»Kommt aus der Brennerei von Steffis Vater und tut echt gut. Besonders, wenn es dir dreckig geht«, hatte er gemurmelt und dabei mitfühlend gelächelt.

Dankbar hatte Julian das Geschenk entgegengenommen. Er war erleichtert gewesen, dass Maik sich offenbar kaum über die letzten Entwicklungen aufregte.

»Ist alles nicht mein Ding«, hatte er nur gemeint. »Ihr seid erwachsen und könnt das selbst regeln. Johanna übrigens auch.«

Maiks letzte Bemerkung war der Grund dafür, dass Julian jetzt zögerte, kommentarlos in sein Zimmer zu verschwinden. Wenn man Kathrins wütenden Worten Glauben schenken konnte, war zwischen Felix und Johanna irgendetwas vorgefallen.

Nun jedoch saß Felix allein hier am Tisch und hatte seinen Laptop vor sich aufgeklappt. Neben dem Computer lag sein Fotoapparat, und ein leeres Wasserglas stand auf einem Stapel Papiere.

Ob er arbeiten musste? Sein Sohn saß mit dem Rücken zur Tür und hatte ihn noch nicht bemerkt. Neugierig trat Julian einen Schritt näher und spähte Felix über die Schulter.

Auf dem Monitor war eine Schwarzweißfotografie zu sehen. Sie zeigte Johanna und Marie. Johanna saß auf der Eingangstreppe des Gutshauses, ihre Tochter stand eine Stufe höher direkt hinter ihr. Das kleine Mädchen hatte die Arme um die Schultern seiner Mutter gelegt und drückte dieser einen dicken Kuss auf die Wange. Beiden standen die Fröhlichkeit und die Leichtigkeit dieses schönen Moments deutlich ins Gesicht geschrieben. Und Felix hatte den Augenblick perfekt eingefangen.

Aber warum starrte er jetzt so intensiv auf dieses eine Bild? Seine Körperhaltung wirkte alles andere als glücklich, sondern eher gedankenvoll. Er hatte den Kopf in die Hände gestützt, ließ die Schultern hängen und seufzte ab und zu.

Was war da los?

»Setz dich!«, signalisierte Felix plötzlich, ohne dass er sich zu seinem Vater umdrehte.

Trotz seiner trüben Stimmung musste Julian schmunzeln. Dem Jungen entging so gut wie nichts! Er stellte die Flasche auf den Tisch und rutschte gehorsam auf die Eckbank gegenüber von seinem Sohn.

Felix schob seinen Laptop zur Seite. »Wenn du mich erschrecken willst, musst du das schlauer anstellen. Dein Gesicht hat sich die ganze Zeit auf dem Bildschirm gespiegelt.«

»Ich wollte dich nicht erschrecken, ich wollte nur wissen, was du machst.«

»Ich schaue meine Fotos an.«

Julian verkniff sich die Bemerkung, dass es sich eigentlich nur um ein einziges Foto handelte.

»Du lebst ja noch«, stellte Felix fest.

»Gerade so eben.«

»War es schlimm in Kopenhagen?«

Kopenhagen?

An Helen hatte Julian in der letzten Stunde kaum gedacht. Jetzt bekam er prompt ein schlechtes Gewissen. Eigentlich war es nur logisch, dass Felix diese Frage zuerst stellte, schließlich war die Trennung seiner Eltern für ihn viel wichtiger als die Sache mit Kathrin.

»So ein Abschied ist nie schön. Aber wir haben uns beide bemüht, sachlich zu bleiben. Ich glaube, das ist uns gelungen.« Er merkte selbst, wie nichtssagend seine Schilderung klang.

Felix schüttelte enttäuscht den Kopf. »Mama hat mir ungefähr das Gleiche geschrieben. Lauter leere Phrasen.«

»Tut mir leid. Aber was erwartest du? Wir werden dich sicherlich nicht noch mehr in diese Geschichte hineinziehen. Das ist ganz allein unsere Sache. Du hängst sowieso schon viel zu tief mit drin.«

»Das hättest du dir vorher überlegen sollen. Jetzt muss ich wohl oder übel mit dir zusammen da durch.«

»Ich nehme an, du hast Kathrin vorhin kennengelernt. War sie wenigstens nett zu dir?«

»Nein, das kann man nicht behaupten. Sie hat Johanna und mich im Gutshof überrascht und mir sehr unangenehme Fragen gestellt. Danach wurde sie schrecklich wütend.«

»Es tut mir leid, dass du das als Erster ausbaden musstest.« Julian öffnete die Schnapsflasche und nahm einen großen Schluck. »Ich habe den Rest abbekommen, und das war ganz schön heftig.«

»Was trinkst du da?«

»Keine Ahnung.« Julian schüttelte sich. »Obstbrand oder so ähnlich. Schmeckt ekelhaft.«

»Darf ich?« Felix wartete die Antwort gar nicht ab, sondern schenkte sich ein Glas ein, probierte und verzog das Gesicht. »Stimmt!«

Beide Männer tranken noch einmal.

»Drei Gläser von dem Zeug, und ich sehe deine Handzeichen doppelt«, scherzte Julian.

Felix winkte ab. »Macht nichts. Drei Gläser von dem Zeug, und ich kann meine Finger sowieso nicht mehr kontrollieren.«

»Prost!« Erneut hob Julian die Flasche.

Felix' Hand umschloss das Glas, doch er ließ es auf dem Tisch stehen. Sein Blick huschte zurück zum Bildschirm.

Julian wartete einen Moment, doch Felix machte keine Anstalten, die Unterhaltung fortzusetzen. Stattdessen starrte er weiter das Foto an. Schließlich verlor Julian die Geduld und tippte mit den Fingern auf den Laptop.

»Was ist?« Wiederwillig hob Felix den Blick.

»Hast du mir etwas zu erzählen?«

»Ich wüsste nicht, was.«

»Kathrin hat gesagt, es läuft was zwischen Johanna und dir. Stimmt das?«

Sein Sohn nickte – ohne das typische, leicht selbstgefällige Grinsen, das er sonst immer aufsetzte, wenn es um seine Affären ging. Heute wirkte seine Miene ratlos.

»Und was genau läuft?«

»Ich wollte, ich wüsste es.«

»Wieso bist du dann nicht bei ihr und findest es heraus?«

»Sie hat mich weggeschickt.«

Weggeschickt? Damit war Johanna vermutlich das erste Mädchen, das seinen Sohn auflaufen ließ. Julians Respekt vor der jungen Frau wuchs.

»Ich soll nachdenken«, fuhr Felix fort.

»Worüber?« Julian nahm einen weiteren Schluck.

Felix ging nicht auf die Frage seines Vaters ein. »Kann ich dich mal was fragen?«, signalisierte er stattdessen.

»Klar.«

»Gab es schon mal was, was du unbedingt haben wolltest? Ohne das du nicht mehr glücklich sein konntest? Und alles, aber auch wirklich alles, hat dagegen gesprochen?«

Julian nickte.

»Aber sag jetzt bitte nicht ›Kathrin‹, denn diese Geschichte hatten wir schon«, fuhr Felix hastig fort. »Denk an was anderes!«

»Von mir aus.« Julian überlegte..«Als Kind wollte ich immer einen Hund besitzen. Aber meine Eltern haben es verboten.«

»Einen Hund?« Felix runzelte die Stirn. Offenbar hatte er Mühe, Johannas Bild auf einen Vierbeiner zu übertragen. »Sagen wir mal, du hast einen passenden Hund gefunden«, fuhr er schließlich fort. »Du bist inzwischen auch erwachsen und musst deine Eltern nicht mehr fragen. Alles könnte perfekt sein. Doch dann stellst du fest, dass du in deiner Wohnung keine Hunde halten darfst.«

»Dann ziehe ich um.«

»Und dass dein Tagesablauf gar nicht zu dem eines Hundes passt.«

»Dann ändere ich ihn.«

»Der Hund …« Felix ließ seine Hände sinken. Sein Blick streifte den Laptop, nachdenklich und sehnsüchtig zugleich. »Sie … Johanna … und ich … wie soll das denn gehen? Wir leben in zwei völlig verschiedenen Welten.«

Julian ließ sich die Überraschung über den plötzlichen Themenwechsel nicht anmerken. Stattdessen zuckte er nur mit den Schultern. »Na und? Man kann sich sein Leben nicht immer so zurechtschnitzen, wie man es gern haben möchte. Man muss es nehmen, wie es ist.«

»Das hast du mir früher auch schon gesagt.«

»Dann will ich dir jetzt mal die Fortsetzung verraten.«

»Deine Ratschläge kommen in Fortsetzungen?«

»Nur die wichtigen. Also ...« Er nahm noch einen Schluck Schnaps. Inzwischen schmeckte ihm der Alkohol gar nicht mehr so schlecht. »Wo war ich? Ach ja ... man kann sich sein Leben nicht zurechtschnitzen. Aber wenn man großes Glück hat, dann findet man sein passendes Gegenstück. Und nur weil dieses Gegenstück vielleicht aus ganz anderem Holz geschnitzt ist als man selbst, sollte man es nicht leichtfertig wegwerfen.«

»Sondern?«

»Es festhalten. Sich beim Schicksal bedanken. Und einen Platz finden, wo beide leben können. Oder ... in eurem Fall alle drei.«

»Ich dachte immer, so ein Gerede ist spießig. Dabei kann ich mir gerade jetzt nichts Schöneres vorstellen.«

»Warum überlegst du dann noch?«

»Weiß ich auch nicht.« Felix nahm sein Glas und trank es in einem Zug aus.

»Langsam!«, warnte Julian.

Mit einem glückseligen Lächeln stellte sein Sohn das Glas wieder auf den Tisch. »Aber genug von mir. Wie ist es denn bei dir gelaufen? Alles gut?«

»Würde ich dann hier sitzen und mit dir saufen?«

»Nein, wohl eher nicht.«

Julian schenkte Felix nach und nahm selbst noch einen Schluck. »Kathrin hat mich bei Maik erwischt und mir vor versammelter Familie eine Szene gemacht. Sie war unglaublich böse, weil sie alles falsch verstanden hat. Sie glaubt, ich will mich ins gemachte Bett legen.« Nach und nach berichtete er Felix von seinem Streit.

»Alles, was sie mir vorgeworfen hat, klingt logisch und einleuchtend. Ich hätte an ihrer Stelle vermutlich das Gleiche gedacht. Aber trotzdem liegt sie damit natürlich völlig daneben«, schloss er seine Erzählung.

»Dumm gelaufen.« Felix schüttelte den Kopf.

»Oh, ja!« Julian lachte bitter. »Ich frage mich inzwischen, ob es in meinem Leben noch irgendetwas gibt, das *nicht* dumm läuft.«

»Und?«

»Mir ist noch nichts eingefallen.«

»Was willst du jetzt machen?«

»Keine Ahnung. Ich werde wohl auf ein Wunder hoffen müssen.«

»Guter Plan!«

»Hast du einen besseren?«

Felix antwortete nicht. Er saß eine Weile lang mit gerunzelter Stirn da, als müsse er überlegen. Dann zog er seinen Laptop zu sich heran und tippte auf der Tastatur herum. Julian konnte nicht sehen, was er machte, doch nach wenigen Minuten nickte sein Sohn zufrieden und erhob sich.

»Hat Johanna dir etwa per Mail einen Liebesbrief geschrieben, und ihr seid gleich auf ihrem Balkon verabredet?« Julian grinste.

»Nein.« Der Alkohol zeigte inzwischen auch bei Felix Wirkung. Er schwankte leicht und lehnte sich zur Sicherheit an die Wand. »In diesem Zustand kann ich weder Auto fahren noch Liebesgeständnisse machen. Schon gar nicht, wenn ich sie laut aussprechen muss.«

»Wo willst du dann hin?«

»Nach oben. Ich habe zu tun. Oder … vielleicht auch nicht. Bei mir dreht sich alles.«

»Soll ich hier etwa allein weitertrinken?«

»Das kannst du gern machen.« Felix deutete auf die leere Schnapsflasche. »Aber dazu musst du dir erst mal neuen Alkohol besorgen!«

23

Liebeskummer ist eine Krankheit wie Masern:
sie fällt einen jeden an, früher oder später,
aber kaum einer stirbt daran.
(Verfasser unbekannt)

»Alte Gewohnheiten legt man nicht so schnell ab, was?«

Mit einem amüsierten Lächeln stand Maik am Sonntagmittag auf einmal vor Kathrin.

»Ich habe mir schon gedacht, dass ich dich hier im alten Kuhstall finde.«

»Hast du mich gesucht?«

»Nö. Ich wollte mir den Traktor ansehen.« Er deutete auf die große Werkzeugtasche in seiner Hand. »Johanna sagt, er bockt schon wieder.«

Nach dem Tod ihrer Großeltern hatte Kathrin die Kühe abgeschafft, um sich ganz auf den Gurkenanbau zu konzentrieren. Seitdem wurde das Stallgebäude als Garage für landwirtschaftliche Geräte genutzt.

Aber immer noch zog sie sich gern hierher zurück, wenn sie allein sein wollte. Sie hatte sogar absichtlich ein paar Strohballen im hinteren Teil des Stalls liegen lassen, auf denen man es sich gemütlich machen konnte.

Auch jetzt saß sie dort, die Knie angewinkelt und den Rücken an die Wand gelehnt, und genoss die friedliche Stimmung, die dieser Ort schon immer ausgestrahlt hatte. Irgendwo im Stroh raschelten ein paar Mäuse, und die Schwalben flogen aufgeregt zwischen den geöffneten Fenstern und ihren Nestern hin und her.

»Johanna sagt auch, dass du heute Morgen nicht gefrühstückt hast.« Maik setzte sich neben Kathrin auf einen Strohballen und stellte die Tasche vor seine Füße.

»Ach das!« Sie winkte ab. »Ich war einfach früher wach als die Mädchen und wollte nicht auf sie warten. Du weißt doch, dass sie am Sonntag gerne lang im Bett sind.«

Er brauchte ja nicht wissen, dass sie schon seit sechs Uhr morgens hier saß und vor sich hin grübelte.

»Hast du gut geschlafen?«, fragte er, während er den Reißverschluss der Tasche öffnete und eine Thermoskanne herausholte.

»Ja, klar.«

Eigentlich nicht. Sie hatte stundenlang wach gelegen. Aber auch das würde sie ihm nicht auf die Nase binden.

Maik schraubte den Verschluss seiner Thermoskanne ab. Sofort wehte ihr der köstliche Duft von heißem Kaffee in die Nase, und sie bemerkte überrascht, wie hungrig sie war. Er goss Kaffee in einen kleinen Plastikbecher und kramte danach einen Schokoladenriegel aus seiner Hosentasche. Beides reichte er an Kathrin weiter.

Dankbar lächelte sie ihn an. Der Kaffee war dünn und ohne Milch und der Schokoriegel schon halb geschmolzen. Trotzdem ließ sie es sich schmecken.

Maik schwieg, während sie ihr improvisiertes Frühstück genoss. Erst als Kathrin den leeren Becher auf den Boden stellte und die Finger an ihrer Jeans abwischte, räusperte er sich.

»Johanna sah heute Morgen nicht besonders glücklich aus«, stellte er fest.

»Ich befürchte, das ist sie auch nicht.«

»Hast du nicht gestern gesagt, sie ist mit diesem Felix zusammen?«

»Ich weiß es nicht.«

Kathrin waren Johannas ständige Blicke auf ihr Smartphone nicht entgangen. Offenbar hatte ihre Tochter auf eine Nachricht von Felix gehofft. Doch das Handy hatte gestern Abend kein einziges Mal vibriert. Entweder brauchte der junge Mann noch ein wenig Zeit zum Nachdenken, oder er hatte ihr nichts mehr zu sagen. Kein Wunder, dass Johanna so bedrückt wirkte!

»Nicht richtig. Noch nicht. Oder vielleicht auch nicht mehr. Keine Ahnung.«

»Hä? Das verstehe ich nicht. Was denn jetzt?« Maik war noch nie ein Freund von Wortspielen gewesen. Er redete lieber Klartext.

»Na ja, sie müssen wohl erst noch einige Probleme lösen«, erklärte Kathrin ihm deshalb. »Johanna muss zum Beispiel an Marie denken. Für eine kurze Affäre ist sie nicht zu haben. Aber wie soll das gehen, wenn Felix so weit weg wohnt? Und will er überhaupt was Festes?«

»Ich hoffe, sie kriegen das hin. Ich mag den Jungen.« Maik runzelte die Stirn und dachte eine Weile über ihre Worte nach. Dann entspannte sich sein besorgter Gesichtsausdruck wieder. »Ach, Johanna macht das schon!« Er klopfte Kathrin beruhigend auf die Schulter. »Um unsere Große müssen wir uns keine Sorgen machen. Die hat schon ganz andere Sachen geschafft.«

Kathrin war nicht ganz so optimistisch wie Maik. Sie litt und hoffte mit ihrer Tochter, aber sie kämpfte auch immer noch mit der Tatsache, dass es sich bei Johannas großer Liebe ausgerechnet um Felix Albrecht handelte. Als wäre ihr Leben nicht schon kompliziert genug!

»Willst du noch einen Kaffee?«

»Ja, bitte!«

»Was zu essen habe ich leider nicht mehr. Nur noch Erdbeer-Kaugummi.«

»Stehst du etwa immer noch auf diesen ekligen Geschmack? Das kannst du gern behalten, danke!«

Maik lachte nur.

»Darf ich dich noch was fragen?«, erkundigte er sich, nachdem er die Thermoskanne wieder verschlossen hatte. »Es geht mich zwar nichts an, aber wissen würde ich es trotzdem gern.«

»Was denn?«

»Wie geht es mit Julian und dir weiter?«

Kathrin ließ ihren Becher sinken.

Diese Frage hatte sie sich seit gestern Nachmittag selbst immer wieder gestellt, jede mögliche Antwort in Erwägung gezogen und gleich darauf verworfen.

Weil sie zu unrealistisch war.

Oder zu hoffnungsvoll.

Oder einfach undenkbar.

Geblieben war nur eine einzige, nüchterne Alternative.

»Gar nicht, nehme ich an.«

»Das wäre aber sehr schade«, brummte Maik.

»Warum?«

»Ach, komm schon, Kathrin! Ihr zwei seid füreinander geschaffen.«

»Woher willst du das wissen?«

»Ich habe schließlich Augen im Kopf.«

»Ich weiß nicht, ob ich ausgerechnet mit dir über dieses Thema reden will«, murmelte sie.

Er grinste gutmütig. »Keine Angst, ich habe nicht vor, den schwierigen Exmann zu spielen. Was vorbei ist, ist vorbei. Über unsere Ehe ist alles gesagt, denke ich.«

»Aber?«, hakte sie nach.

»Ich fühle mich noch immer für dich verantwortlich. Und deshalb muss ich dir leider sagen: Du kannst froh sein, wenn du Julian gestern nicht vertrieben hast. Du hast dich nämlich aufgeführt wie ein alberner, hormongesteuerter Teenager. Der arme Kerl war nach eurem Streit völlig fertig. Das hat er nicht verdient.«

Dass sich ausgerechnet Maik zum Fürsprecher für Julian entwickelte, überraschte Kathrin.

»Warum verteidigst du ihn?«

»Weil ich ihn in den letzten Tagen beobachten konnte. Er ist viel ernster und reifer als früher. Das Leben ist nicht spurlos an ihm vorbeigegangen. Genauso wenig wie an uns.«

Sie pikste ihn mit dem Finger in die Seite. »Wenn das jetzt eine Anspielung auf meine Falten sein soll …«

Maik lächelte. »Nö. Eher ein Hinweis darauf, dass wir alle uns verändert haben.«

»Und was soll ich deiner Meinung nach jetzt tun?«

»Gib ihm noch eine Chance! Er meint es ehrlich.«

»Dass gerade du so etwas sagst, finde ich bemerkenswert.«

»Na ja, ich bin schließlich nicht nur dein Exmann und Freund, ich bin zufällig auch Mechaniker. Deshalb weiß ich immer sofort, wann jemand Starthilfe benötigt.«

»Aber was ist, wenn ich ihn gestern tatsächlich vertrieben habe?«, murmelte sie. »Wenn er einfach wegfährt?«

»Tja …« Er kratzte sich am Hinterkopf. »So weit habe ich leider noch nicht gedacht. Eigentlich … äh … wollte ich meine Nase sowieso nicht zu tief in dein Privatleben stecken.«

»Zu spät!«

»Na gut.« Verlegen knetete er seine Hände. »Dann sag ich mal … es wird nicht dazu kommen, dass Julian dich nicht will. Glaub mir! Und wenn doch …« Seine grauen Augen blitzten schelmisch auf.

Trotz ihrer Nervosität musste Kathrin lächeln. Ob er wusste, wie ähnlich er Franziska in diesem Moment sah?

»... dann treffen wir uns eben zur Lagebesprechung wieder hier im Stall.«

»Versprochen?«

»Versprochen!«

Schon seit einer Viertelstunde starrte Johanna auf das Display ihres Telefons.

Immer wieder las sie die Nachricht, die Felix ihr an diesem Sonntagmittag geschickt hatte.

Hi! Kannst du deine Mutter fragen, ob sie morgen früh gegen 9 Uhr für mich Zeit hat? Ich möchte einige Fotos von ihr machen.

Kurz und geschäftsmäßig. Er hatte weder die Diskussion vom Vortag erwähnt noch ihr einen Hinweis darauf gegeben, ob er überhaupt noch darüber nachdachte.

Vielleicht wurde ihm ja alles zu viel, und er wollte den Auftrag so schnell wie möglich hinter sich bringen und dann verschwinden.

Jetzt, nachdem sie alle Hintergründe kannte, hätte sie sogar Verständnis für diese Entscheidung aufgebracht. Wer würde schon gern mit der Tochter der Frau zusammen sein, die die Geliebte des eigenen Vaters war?

Und nicht nur das.

Kathrin war wohl auch der Grund dafür, dass sich Felix' Eltern vor ein paar Tagen getrennt hatten. Johanna brauchte nicht viel Vorstellungskraft, um sich ein weiteres Horrorszenario auszumalen. Denn falls sie – wider Erwarten – doch noch mit Felix zusammenkam, würde sie irgendwann seiner Mutter begegnen müssen. Und die hatte jetzt sicherlich mehr als einen guten Grund, sie zu hassen.

Komplizierter ging es kaum noch!

Sie seufzte.

Wenn sie dann noch die Argumente bedachte, die Felix ihr gestern genannt hatte, konnte seine Antwort eigentlich nur negativ ausfallen.

Stöhnend legte sie ihre Stirn auf die Tischplatte.

»Ist jemand zu Hause?«

Aus den Augenwinkeln heraus sah sie, wie ihre Mutter um die Ecke kam und vor dem Küchentisch stehen blieb.

»Was ist los, mein Schatz? Gibt es Probleme?«

»Diese Frage meinst du hoffentlich nicht ernst«, brummte sie in die Tischdecke.

»Wie geht es dir?«

»Mit viel Fantasie könnte es noch schlimmer sein, danke der Nachfrage!«

»Na, wenigstens hat dein Humor nicht gelitten.« Kathrin setzte sich zu Johanna und strich ihr sanft über die Haare. »Wo sind Marie und Franzi?«

»Franzi ist mit Jan-Marc unterwegs, und Marie schläft.«

»Gut. Dann haben wir ja jetzt ein wenig Zeit zum Reden.«

»Ich will nicht reden. Lass mich in Ruhe!«

»Warum lässt du dir nicht mal zur Abwechslung von mir helfen, statt alles mit dir allein auszumachen?«

»Ich bin erwachsen.«

»Ich auch. Trotzdem bedeutet das nicht, dass man seinen Kummer in sich hineinfressen muss.«

Johanna blickte auf. »Soll ich etwa deinem guten Beispiel folgen, zu Felix fahren und ihn in Grund und Boden brüllen?«

»Wenn es dir hilft, dann mach das!«

»Das hat er nicht verdient. Außerdem würde das bei ihm wenig nutzen.«

»Stimmt auch wieder.« Ihre Mutter legte einen Arm um sie. »Kann ich denn gar nichts tun?«

»Nein. Es sei denn, du weißt ein gutes Mittel gegen Liebeskummer.«

»Leider nicht.« Kathrin lächelte versonnen. »Deine Großmutter hat mir vor vielen Jahren mal gesagt, dass Liebe vor allem glücklich machen soll. Von Kummer war da nicht die Rede.«

»Nach dem Abend in Premnitz war ich eigentlich auch der glücklichste Mensch auf Erden.«

»Und dann ist deine doofe Mutter gekommen und hat alles kaputtgemacht.«

»Na ja, ganz so schlimm war es nicht. Du hast nur etwas beschleunigt, was sowieso irgendwann passiert wäre.«

»Hat er sich denn heute schon bei dir gemeldet?«

Johanna nickte. »Er hat mir eine kurze Nachricht geschrieben und will wissen, ob du morgen gegen neun Uhr für ihn Zeit hast. Wegen der Fotos.«

»Mehr schreibt er nicht?«

»Nein.«

»Immerhin wendet er sich an dich, nicht an mich.«

»Wie sollte er auch? Es bleibt ihm doch gar nichts anderes übrig. Deine Handy-Nummer hat er nicht, und er kann ja schlecht bei uns im Büro anrufen.«

»Das ist eine einleuchtende, aber nicht unbedingt die richtige Begründung.« Kathrins Blick schweifte in die Ferne, dann lächelte sie aufmunternd. »Versuchen wir doch einfach mal, positiv an diese Sache heranzugehen! Warum sollten wir uns immer nur von unserer Vernunft leiten lassen?«

Erstaunt musterte Johanna ihre Mutter.

Kathrin sah aus, als hätte sie gerade eine Erleuchtung gehabt. Sie strahlte über das ganze Gesicht. »Wir betrachten jetzt mal nur das Schöne«, meinte sie. »Das ist gar nicht so schwierig, ich habe es neulich erst gelernt. Lass uns Luftschlösser suchen!«

»Wie bitte?«

Kathrin achtete nicht auf Johannas Einwand. »Mal sehen«, sagte sie. »Ah, ich weiß etwas! Was sagst du immer zu Marie, wenn sie hingefallen ist und weint?«

»Das ist halb so schlimm. Es wird alles wieder gut«, entgegnete Johanna. Sie konnte sich immer noch keinen Reim auf die Bemerkungen ihrer Mutter machen.

»Und was macht Marie dann?«

»Sie hört auf zu weinen, steht wieder auf und holt sich einen Kuss ab.«

»Schön! Genauso machen wir das jetzt auch.«

»Äh … Mama?« Johanna wusste nicht so recht, was sie von diesem seltsamen Gespräch halten sollte. »Ich bin kein kleines Mädchen mehr.«

»Das weiß ich. Und es ist nicht dein Knie verletzt, sondern dein Herz. Aber egal, ob Knie oder Herz bluten, Trost tut immer gut.« Kathrin drückte ihre Tochter an sich und küsste sie auf die Stirn. »Wie war das noch? Kopf hoch! Alles wird gut!«

»Wenn du es sagst …«

»Du siehst es zwar noch nicht, aber hinter jeder grauen Wolke steckt ein wunderschönes Luftschloss. In deinem Fall sogar mit Märchenprinz. Da bin ich mir ganz sicher.«

»Danke«, sagte Johanna leise.

»Gern geschehen. Schließlich braucht jeder mal ein wenig Starthilfe.«

»Starthilfe?« Schon wieder wusste sie nichts mit den Worten ihrer Mutter anzufangen.

»Ach, schon gut.« Kathrin ging zur Tür und drehte sich dort noch einmal um. »Schreib Felix zurück! Der Termin passt. Er soll herkommen. Aber wehe, er macht noch mal eins von meinen Mädchen unglücklich. Dann kriegt er es mit mir zu tun«, fügte sie mit einem kleinen Lächeln hinzu.

Draußen, am Weiher, wartete bereits die nächste Aufgabe auf Kathrin. Denn als sie auf die Terrasse trat, fiel ihr Blick auf Franziska. Das Mädchen hockte auf einem kleinen Steg, ließ ihre Füße ins Wasser baumeln und warf Kieselsteine. In hohem Bogen flogen die Steine durch die Luft, tauchten unter und hinterließen kleine Kreise an der Oberfläche des Sees, die sanfte Wellen erzeugten.

Die Bewegungen ihrer Tochter waren fahrig und unkonzentriert. Das war bei Franziska ein sicheres Zeichen für schlechte Laune. Kurz entschlossen machte Kathrin sich auf den Weg zum Weiher.

Eigentlich war sie ganz froh darüber, dass sie erneut Mutterpflichten zu erfüllen hatte. Denn solange sie sich um die Probleme der Mädchen kümmern musste, war sie abgelenkt von ihren eigenen Angelegenheiten.

»Ist neben dir noch Platz?«

Wortlos rückte Franzi ein Stück zur Seite.

Kathrin zog die Schuhe aus, setzte sich neben ihre Tochter und tauchte vorsichtig ihre Zehen ins Wasser.

»Das tut gut«, murmelte sie und bewegte die Füße langsam hin und her.

Franziska nickte nur und fuhr fort, Kiesel zu werfen.

»Ich dachte, du bist mit Jan-Marc unterwegs«, meinte Kathrin, nachdem sie dem Mädchen eine Weile zugeschaut hatte.

»Das war ich auch.« Wieder platschte ein Stein ins Wasser. »Aber er ist vorhin nach Hause gegangen, weil er gemerkt hat, wie mies ich drauf bin. Ich glaube, er hat Angst davor, dass ich genauso ausflippen könnte wie du. Noch so einen krassen Wutanfall verkraftet er nicht.«

»Was ist denn los?«

»Ich will nicht darüber sprechen.«

»Ach, Kind! Du bist wie Johanna.«

»Bin ich nicht. Bestimmt nicht!«

»Du frisst auch deine Probleme in dich hinein. Genauso wie sie.«

»Ich habe kein Problem. Nur ein gebrochenes Herz.«

»Ich dachte, das hätten wir gestern geklärt?«

Franziska warf ihr einen vernichtenden Blick zu. »Wie schnell, glaubst du, kommt man über so etwas hinweg?«

»Das dauert«, musste Kathrin zugeben. »Und es wird leider auch nicht das einzige Mal bleiben, dass du so traurig bist.«

»Na, vielen Dank für diese nette Aussicht!« Wütend schleuderte das Mädchen den nächsten Kiesel ins Wasser.

Kathrin beschloss, ihrer Tochter eine kurze Denkpause zu gönnen. Franziska neigte zu heftigen Gefühlsausbrüchen, aber ebenso schnell beruhigte sie sich wieder.

Sie lehnte sich gegen einen Holzbalken, schloss die Augen und ließ ihr Gesicht von der warmen Nachmittagssonne bescheinen. Ein leichter Wind fuhr durch die Blätter der alten Bäume. In der Ferne waren Kirchenglocken zu hören, und das regelmäßige, schnelle Platschen verriet ihr, dass Franzi noch immer Steine warf.

Dann jedoch verstummte das Geräusch. Neugierig öffnete Kathrin ihre Augen wieder.

»Wegen Felix«, begann Franzi und biss sich verlegen auf die Unterlippe. »Da war ich ganz schön naiv, nicht wahr?«

»Mag sein. Aber du bist ja auch noch sehr jung.«

»Ich weiß inzwischen, dass er zu alt für mich ist.«

»Das wollte ich damit gar nicht sagen.«

»Sondern?«

»Dass man die Spielregeln der Liebe erst lernen muss. Niemand erwartet von einer Fünfzehnjährigen, dass sie diese auf Anhieb beherrscht. Schau mich an! Ich bin fast fünfzig und kann längst noch nicht alle.«

»Welche Regel habe ich denn missachtet?«, wollte Franziska wissen.

»Einige.« Kathrin lächelte. »Zum Beispiel, dass man die Liebe nicht herbeireden kann, schon gar nicht einseitig. Du kannst Felix nicht befehlen, wen er zu lieben hat. Wenn er Johanna will, dann musst du das akzeptieren. Das ist so ähnlich wie beim Fußball.«

»Wie kommst du denn darauf?«

»Auch da kannst du einem Spieler nicht vorschreiben, für welchen Verein er sich entscheidet.«

»Und … gibt es für diesen Regelverstoß jetzt die gelbe oder gleich die rote Karte?«

»Gar keine. Ich sagte doch, du bist noch jung. Spiel dich erst mal durch die Jugendmannschaften, dann sehen wir weiter.«

»Ich hasse mein Leben.« Franziska nahm einen besonders großen Stein und warf ihn ins Wasser.

»Nein, das tust du nicht. Du hasst nur die Erkenntnis, dass deine erste große Liebe nicht erwidert wird.«

»Für mich fühlt sich das alles gleich bescheuert an.«

Kathrin zog ihre Tochter in die Arme, und zu ihrer großen Überraschung ließ Franzi die Umarmung zu. Ein schönes Gefühl.

»Du wirst das überleben. Und glaub mir, es wird sich noch sehr oft etwas total bescheuert anfühlen.«

»Wenn das so ist, will ich nie erwachsen werden.«

»Ich hätte gar nichts dagegen, wenn du noch eine Weile mein kleines Mädchen bleibst.«

»Mache ich.«

»Und dann, eines Tages, wirst du dich doch wieder neu verlieben.«

»Niemals!«

24

Was du liebst, lass frei. Kommt es zurück,
gehört es dir – für immer.
(Konfuzius)

Es war ein typischer Montagmorgen.

Johanna war genau die fünf Minuten zu lang im Bett geblieben, die ihr nun beim Frühstück fehlten. Hastig kippte sie ihren Kaffee hinunter, während sie Marie zur Eile trieb.

An ihrer weißen Spitzenbluse fehlte der oberste Knopf, der Toast verbrannte, und zu guter Letzt stieß Marie ihr Glas mit Orangensaft um und musste noch einmal umgezogen werden.

Damit war der Stress aber leider noch nicht zu Ende.

Denn im Kindergarten wurde sie mit den Worten begrüßt: »Wo ist denn der Kuchen, Frau Dohmann?«

Verdammt!

Über die Ereignisse des Wochenendes hatte Johanna ihren Beitrag zum Kindergarten-Sommerfrühstück völlig vergessen. Um ihren Fehler wiedergutzumachen, fuhr sie zum Bäcker Kruse und besorgte ein Tablett mit Streuselkuchen. Abgehetzt und verschwitzt kam sie schließlich zwanzig Minuten zu spät im Büro an. Dort ließ sie sich erschöpft auf ihren Stuhl fallen.

Zum wiederholten Male fragte sie sich, warum sie sich diesen Stress eigentlich jeden Tag antat. Vermutlich hätte ihre Mutter an diesem Morgen gern auf Marie aufgepasst und die Kleine später mitgenommen, wenn sie sich auf den Weg in die Gurkenfelder machte.

Als Tochter der Inhaberin erwartete sicherlich auch niemand von Johanna, dass sie jeden Morgen um Punkt acht Uhr im Büro stand und sich penibel an die Tagesplanung hielt.

Trotzdem – sie hatte schon immer den Ehrgeiz gehabt, alles, was sie sich vornahm, auch perfekt zu schaffen.

Es hatte sie nie gestört, dass dieser Entschluss sie einsam gemacht hatte. Viele Pflichten bedeuteten auch viel Arbeit, da blieb kaum Zeit für ein Privatleben. Natürlich hatte sie immer auf ihre Familie und ihre Freunde zählen können. Doch darüber hinaus war sie allein geblieben. Einen Mann hatte es seit Maries Geburt nicht gegeben.

Doch dann hatte sie Felix getroffen.

Wie selbstverständlich hatte er sie mitgenommen in seinen Alltag und ihr dabei gezeigt, wie schön und fröhlich das Leben trotz aller Schwierigkeiten sein konnte. Und auf einmal hatte Johanna bemerkt, wie viel Platz in ihrem Herzen noch frei war.

Für ihn.

Noch nie hatte sie sich etwas so sehr gewünscht wie jetzt. Sie wollte, dass er blieb. Für immer.

Aber wollte er das auch?

Sicherheitshalber prüfte sie den Posteingang ihres Smartphones. Keine neuen Nachrichten.

»Frau Dohmann?« Gabi Breuer, die Sekretärin, steckte ihren Kopf durch die Tür zu Johannas Büro. »Die Herren sind alle im Besprechungszimmer versammelt.«

»Ich komme.«

Johanna stopfte das Handy in ihre Hosentasche. Auf dem Weg zum Besprechungsraum überflog sie die Tagesordnung. Das Montagmorgen-Meeting würde dieses Mal länger dauern als üblich, weil Herr Schildknecht, der Produktionsleiter, ein neues Fertigungskonzept vorstellen wollte.

Er war ein älterer, mürrisch wirkender Mann, der zu weitschweifenden Erklärungen neigte. Schon nach seinen ersten einführenden Worten langweilte sich Johanna zu Tode. Um solche praktischen Themen kümmerte sich normalerweise ihre Mutter.

»... und die neue Sortiermaschine ordnet die Rohware noch besser in unterschiedliche Größen«, erläuterte Herr Schildknecht in dem Moment, als ihr Handy zu vibrieren begann.

Johanna legte den Stift zur Seite und zog das Telefon aus ihrer Hosentasche. Eigentlich war es unhöflich, mitten im Vortrag den Posteingang zu überprüfen. Aber sie konnte nicht anders.

Möglichst unauffällig schob sie das Handy unter den Tisch und hielt es so, dass sie den kleinen Bildschirm sehen konnte.

Können wir uns gegen elf Uhr treffen?, hatte Felix geschrieben.

»Oh!«, sagte Johanna überrascht, und alle Mitarbeiter am Tisch blickten auf. Sogar Herr Schildknecht unterbrach seinen Vortrag.

»Entschuldigung!«, murmelte sie verlegen.

Herr Schildknecht lächelte gequält und nahm den Gesprächsfaden wieder auf.

Johanna schaute auf das Display. Sie wusste nicht, welche Reaktion sie von Felix erwartet hatte. Doch mit so einer knappen Frage hatte sie nicht gerechnet. Andererseits waren alle seine Äußerungen, ob schriftlich oder mündlich, meistens kurz und präzise.

Was sollte sie denn jetzt zurückschreiben?

Den ersten Versuch, ein unpersönliches *Termin geht klar,* löschte sie gleich wieder. Es gab keinen Grund, so förmlich zu sein. Ein weniger sachliches *Okay* erschien ihr zu nichtssagend. Schließlich entschied sie sich für eine freundliche, aber unverbindliche Entgegnung.

Ja, das kann ich einrichten. Wo treffen wir uns?

Sie konnte sehen, dass er sofort online ging, nachdem ihre Nachricht seinen Posteingang erreicht hatte. Für seine Antwort ließ er sich jedoch Zeit.

Johanna wartete zehn Minuten. Zehn lange Minuten, in denen sie Herrn Schildknecht dabei zuhören musste, wie er über Rohwarenaufbereitung und Befüllung referierte. Dann endlich vibrierte ihr Handy.

Ich bin gerade bei euch zu Hause, wegen der Fotos von deiner Mutter. Ich warte hier auf dich.

Abwägend schaute Johanna in die Runde.

Herr Schildknecht redete und redete, und die anderen Gesprächsteilnehmer hörten mehr oder weniger interessiert zu. Es würde also nicht weiter auffallen, wenn sie noch eine Weile heimlich Nachrichten verschickte.

Alles klar. Ich werde dort sein.

Sorry, dass ich dich gestern nicht treffen konnte. Ich habe den schrecklichsten Kater meines Lebens hinter mir.

Ich wusste nicht, dass du trinkst.

Tue ich auch normalerweise nicht. Aber am Samstag war mir danach. Und der Sonntag war dann leider gelaufen.

Tut mir leid.

Das muss es nicht. Übrigens schaut mich deine Mutter gerade sehr böse an. Sie weiß ja nicht, mit wem ich hier schreibe. Ich muss aufhören (ich habe nämlich ein bisschen Angst vor ihr). Bis später!

»Frau Dohmann?«

»Ja?« Hastig schob Johanna das Handy unter ihren Schreibblock.

»Möchten Sie uns in die Produktionshalle begleiten?«, wollte Herr Schildknecht wissen. »Wir kommen jetzt zum praktischen Teil meines Vortrags.«

»Ich glaube, diesen Bereich überlasse ich lieber meiner Mutter. Sie ist ja aus dem Urlaub zurück und kommt heute Nachmittag ins Büro.« Entschuldigend lächelnd deutete sie auf ihre Armbanduhr. »Ich habe leider einen dringenden Termin und muss jetzt los.«

Bis später, hatte Felix geschrieben. Doch plötzlich war Johanna sicher, dass sie keine Sekunde länger warten konnte.

Sie musste nach Hause. Zu Felix.

Ich finde, dass ich auf dem Foto vor dem alten Küchenbuffet am besten getroffen bin. Kann ich das noch mal sehen?

Kathrin zog ihre Finger zurück und überließ Felix die Tastatur. Sie saßen zusammen an ihrem alten Schreibtisch im Büro des Gutshauses. Beide schauten auf den Bildschirm seines Computers, auf dem er ihr gerade die Ergebnisse seiner Arbeit präsentiert hatte.

Die Aufnahmen waren überraschend schnell und problemlos entstanden. Felix hatte mehrere typische Motive gewählt, aber auch einige ungewöhnliche Perspektiven ausprobiert.

Dabei hatte er nur das Nötigste geredet und ihr mit einfachen Handzeichen zu verstehen gegeben, wie sie sich stellen oder setzen sollte. Auch während der Pausen zwischen zwei Aufnahmen hatte er meistens geschwiegen, sein Handy herausgeholt und darauf herumgetippt.

Keine besonders gute Basis für eine erfolgreiche Zusammenarbeit. Doch das Ergebnis der letzten Stunde konnte sich sehen lassen. Kathrin war von den Aufnahmen begeistert.

»Sie sind ein toller Fotograf«, lobte sie jetzt.

Da er seine Augen nach wie vor am Bildschirm hatte, bekam er diese anerkennenden Worte gar nicht mit.

»… und ich eine miserable Gesprächspartnerin«, setzte sie unzufrieden hinzu. Die Kommunikation mit ihm war wirklich mühsam!

Mal abgesehen davon, dass er sowieso so gut wie nichts sagte, stellte sie sich auch selbst sehr ungeschickt an. Bislang hatte sie beim Sprechen nur selten den richtigen Moment getroffen. Johanna hatte ihr eingeschärft, dass sie warten sollte, bis er sie anschaute und von ihren Lippen ablesen konnte. Aber Kathrin redete entweder zu früh oder zu spät. Warum schaffte Johanna das problemlos?

Wahrscheinlich, weil die beiden jungen Leute eine tiefe Verbindung zueinander hatten. So etwas war einfach da – oder auch nicht.

Seufzend lenkte sie ihre Aufmerksamkeit zurück auf den Bildschirm. Felix hatte inzwischen das gewünschte Foto gefunden. Fragend sah er auf.

Sie nickte.

»Okay.« Er machte sich entsprechende Notizen.

Durch das geöffnete Fenster waren Motorgeräusche zu hören. Das klang eindeutig nach Johannas Toyota. Erstaunt schaute Kathrin auf die alte Wanduhr. Warum kam ihre Tochter jetzt schon zurück? Sie erhob sich und schob die Vorhänge des Fensters ein Stück beiseite.

Draußen hastete Johanna die Treppen hinauf. Sie hatte ihre Schuhe ausgezogen und lief barfuß. So schnell, wie das ihre elegant geschnittene Hose zuließ. Ein Teil ihrer Haare hatte sich aus dem Zopf gelöst. Mit einer ungeduldigen Geste schob die junge Frau die Strähnen hinter die Ohren. Dann kramte sie einen Schlüssel aus ihrer Handtasche und wandte sich zur Tür. Dabei entdeckte sie ihre Mutter.

Kathrin machte Anstalten, ihrer Tochter zuzuwinken, doch Johannas warnender Blick hielt sie zurück. Sie deutete auf Felix' Polo, der vor der Treppe geparkt war, und legte den Finger auf den Mund.

Kathrin verstand. Johanna wollte ihn überraschen.

Dann sollte sie selbst wohl zusehen, dass sie so schnell wie möglich verschwand. Sie setzte eine unbeteiligte Miene auf und ging zurück zum Schreibtisch.

Fragend sah Felix ihr entgegen.

Um ihre Tochter nicht zu verraten, ließ Kathrin sich eine Ausrede einfallen und tippte die Nachricht im Stehen ein.

Ich habe ein Auto gehört. Aber das war nur der Briefträger.

Wollen wir weitermachen?

Ich dachte, wir sind fertig?

Fast.

Er deutete auffordernd mit der Hand auf den leeren Stuhl neben sich. Gehorsam setzte sie sich.

Na gut, dann würde Johanna sich noch etwas gedulden müssen. Kathrin konnte hören, dass die junge Frau in der Eingangshalle herumlief. Doch die Schritte kamen nicht näher. Vielleicht war es ihrer Tochter ja ganz recht, dass sie noch ein paar Minuten Zeit hatte, um sich frisch zu machen. Wenn sie damit fertig war, würde sie sich schon melden.

Ich möchte Ihnen noch etwas zeigen. Ein paar Bilder, die ich im Laufe der letzten zwei Wochen gemacht habe.

Felix drückte eine Taste.

Gleich darauf schnappte Kathrin überrascht nach Luft. Sie hatte Aufnahmen vom Gutshof erwartet, vielleicht auch ein Motiv der Fabrik oder ein paar Schnappschüsse von der Arbeit auf den Gurkenfeldern.

Stattdessen erblickte sie ein Foto vom Briesener Waldsee.

Vorne, auf der Wiese, lag Julian ausgestreckt im Gras und blickte in den wolkenlosen Himmel. Er hatte die Arme hinter dem Kopf verschränkt und kaute auf einem langen Grashalm. Im Hintergrund waren ein paar Tannen zu sehen, und das Seewasser schimmerte im Licht der Nachmittagssonne blaugrün.

»Weiter?« Felix sah sie abwartend an.

Kathrin nickte.

Das nächste Foto war eine Nahaufnahme. Es zeigte Julian mit Fridolin dem Fünften im Arm. Er hatte sein Gesicht an das Fell des Kaninchens geschmiegt und lächelte versonnen. Auch das folgende Bild war bei Maik zu Hause aufgenommen worden. Ihr Exmann und Julian saßen gemeinsam in der alten Hollywoodschaukel. Beide hatten eine Flasche Bier in der Hand und grinsten entspannt in die Kamera.

Felix wechselte ins Textprogramm.

Das war alles am letzten Sonntag. Mein Vater hat mich einen Tag lang durch sein früheres Leben geführt. Da kannte ich einen großen Teil seiner Geschichte noch gar nicht. Aber ich habe schon beim Fotografieren gespürt, wie viel ihm das alles bedeutet.

Einen Augenblick lang schwebten Felix' Finger über den Tasten. Er schien sich seine nächsten Worte genau überlegen zu müssen.

Und doch hat ihm etwas gefehlt. Jemand. Er hat sich ständig suchend umgeschaut, so als ob er auf etwas wartet. Ich schätze mal, das waren Sie, und ich glaube …

»Stopp!« Kathrin sprang auf.

Sie konnte den Anblick der Bilder kaum ertragen. Und sie wollte auch nicht wissen, was Felix dachte. Höchstwahrscheinlich wollte er sowieso nur sichergehen, dass sie Julian auch tatsächlich wieder nach Hause schicken würde.

Zu Helen.

»Bitte!« Wieder klopfte Felix auf den Stuhl. »Wir sind gleich fertig.«

»Mach ruhig, was er sagt, Mama. Aber dreh dich bitte nicht um!«, hörte Kathrin eine andere Stimme sagen. Johanna musste sich inzwischen unbemerkt ins Büro geschlichen haben. »Ich stehe hinter der Tür.«

Kathrin nickte unmerklich und nahm wieder Platz. Sie erwartete, dass Felix jetzt mit seinen schriftlichen Ausführungen fortfahren würde, doch stattdessen wählte er ein weiteres Foto aus.

Es zeigte die alte Trauerweide auf dem Friedhof im Gegenlicht der Sonne. Julians Gestalt war nur als Schatten zu erkennen. Er stand mit gesenktem Kopf vor Renates Grab und schien stumme Zwiesprache zu halten.

Kathrins Augen füllten sich mit Tränen, und sie schlug die Hand vor den Mund, um nicht laut aufzuschluchzen.

Er wollte unbedingt zum Grab Ihrer Mutter. Natürlich wusste er nicht, dass ich ihn dabei fotografiert habe. Das hätte er bestimmt nicht zugelassen. Aber als er so dastand, habe ich geahnt, dass ich einen ganz entscheidenden Moment eingefangen habe.

Betroffen ließ Kathrin ihre Augen über das Bild wandern. Immer und immer wieder.

Kurz danach hat er mir alles erzählt. Dass er Sie liebt, schon sein ganzes Leben lang. Und dass ich der Grund war, warum er Sie damals verlassen hat.

Felix klickte auf das nächste Bild.

Es war ein Portraitfoto eines kleinen Jungen mit braunen Haaren und ebenso braunen, lebendigen Augen, aus denen Fröhlichkeit und Schalk hervorblitzten.

Mein Vater hat sich vor 25 Jahren für mich entschieden, und mir damit die schönste Kindheit geschenkt, die man sich vorstellen kann. Vermutlich hat er jetzt das Recht, nur an sich zu denken. Er wünscht sich nichts sehnlicher, als bei Ihnen zu sein.

Kathrin wartete, bis Felix aufblickte.

»Warum machen Sie das?«, flüsterte sie.

»Für meinen Vater«, kam es schlicht zurück. »Und vielleicht auch, weil Sie Johannas Mutter sind.«

»Und was ist mit Ihrer eigenen Mutter?«

»Mit ihr muss ich auch noch sprechen.« Seine Miene verfinsterte sich. »Bald schon, fürchte ich.«

Kathrin verspürte plötzlich Mitleid mit Helen.

Niemand wurde gern allein gelassen. Aber in das Familienleben der Albrechts würde sie sich nicht einmischen. Das war allein Julians und Felix' Angelegenheit.

»Wo ist Ihr Vater jetzt?«

»In seinem Hotelzimmer. Seit Samstag. Er ist am Boden zerstört.«

»Geschieht ihm recht.«

»Das finde ich auch.«

Für einen kurzen Augenblick huschte ein schiefes Grinsen über Felix' Gesicht, und Kathrin ahnte, was Johanna an Felix so faszinierend fand.

Schüchtern lächelte sie zurück. Die Wendung, die dieses Gespräch genommen hatte, überraschte sie. Eigentlich hatte sie den morgendlichen Fototermin so schnell wie möglich hinter sich bringen wollen. Stattdessen fand sie sich plötzlich in einer Diskussion über Julian wieder. Noch dazu mit ihrer Tochter als heimliche Lauscherin.

Am meisten jedoch erstaunte es sie, dass sie dieses Gespräch ausgerechnet mit Felix führte. Der junge Mann schien sie förmlich zu ihrem Glück zwingen zu wollen. Seine Hartnäckigkeit berührte sie. Aber noch waren ihre Zweifel nicht beseitigt.

»Julian und ich – das würde niemals funktionieren. Er weiß doch gar nicht, worauf er sich einlässt. Mein Leben ist schon ohne ihn kompliziert genug.«

»Wir beide sind uns viel ähnlicher, als ich dachte.« Felix' Blick huschte kurz über seine Schulter, bevor er wieder Kathrin anschaute. »Aber mir hat neulich jemand gesagt, dass es immer einen Weg gibt. Man muss nur lange genug suchen.«

»Das klingt nach Johanna.«

Er grinste.

Plötzlich war sich Kathrin sicher, dass dieses Lächeln nicht ihr galt. Felix wusste längst, dass Johanna in der Nähe war. »Ich muss jetzt wirklich gehen«, sagte sie deshalb.

»Das macht nichts.« Er erhob sich. »Wir sind fertig. Mehr wollte ich Ihnen gar nicht zeigen.«

»Ja, dann ... danke für alles!«

Kathrin ergriff Felix' Hand. Ihre Geste war vielleicht ein wenig zu steif und ungelenk. Es würde noch eine Weile dauern, bis sie dem jungen Mann herzlicher begegnen konnte. Aber das hier war immerhin ein Anfang.

Er erwiderte ihren Händedruck. Genauso unbeholfen, aber auch genauso aufrichtig. Einen Moment lang schauten sie sich in die Augen, dann lächelten beide versöhnlich.

Das Schicksal wählte oft seltsame Wege, dachte Kathrin, während sie sich umdrehte und zur Tür ging. Nicht immer konnte man die Richtung bestimmen.

Aber manchmal kam man auch auf Umwegen zum Ziel.

Johanna tauschte einen kurzen Blick mit ihrer Mutter, bevor Kathrin das Zimmer verließ. Dann war sie mit Felix allein.

Immer noch hatte er ihr den Rücken zugedreht. Sie stand nur ein paar Schritte von ihm entfernt und sah zu, wie er seine Unterlagen wegräumte und das Kabel des Laptops aufwickelte.

Er trug das gleiche olivgrüne T-Shirt, das er vor zwei Wochen bei ihrer ersten Begegnung angehabt hatte. Sein Nacken war ein wenig von der Sonne verbrannt, und wie üblich standen seine Haare in alle Himmelsrichtungen ab. Jetzt legte er das Kabel zur Seite, nahm sein Handy und begann zu tippen.

Gleich darauf erhielt Johanna eine Textnachricht.

Wie lange willst du noch dastehen und mich anstarren?

Sie lächelte ertappt. Er musste von Anfang an gespürt haben, dass sie im Raum war. Bei Gelegenheit würde sie ihn fragen, wie er das machte. Jetzt aber gab es Wichtigeres zu klären.

Langsam ging sie auf ihn zu und legte ihre Hand auf seine Schulter. Er drehte sich um, verschränkte seine Finger mit ihren und drückte einen Kuss auf ihre Hand.

»Nur, dass das für die Zukunft klar ist«, sagte er lächelnd, »du kannst dich nicht an mich heranschleichen. Ich werde immer schneller und wachsamer sein als du.«

Johanna schnappte nach Luft. *Für die Zukunft*, hatte er gesagt. Und *immer*.

»Wie viel hast du mitgehört?«, wollte er wissen.

»Alles.« Johanna versuchte, einen zerknirschten Gesichtsausdruck zu machen. Doch es gelang ihr nicht, dazu war sie viel zu glücklich. »Ich habe auch die Fotos gesehen. Nur was du geschrieben hast, konnte ich nicht entziffern.«

»Gut. Die Worte waren nämlich für deine Mutter bestimmt, nicht für dich.«

»Ich glaube, du hast ihr einiges zum Nachdenken gegeben.«

»Das hoffe ich.«

»Du warst einfach unglaublich. Ich habe jetzt noch Gänsehaut.«

»Danke!« Seine Augen funkelten amüsiert. »Es ist das erste Mal, dass mir das jemand sagt, der noch vollständig bekleidet ist.«

»Na ja.« Sie blickte an sich hinunter. Ihr Zopf hatte sich mittlerweile aufgelöst, ihre Silberkette hatte sich im oberen Knopfloch ihres Kragens verfangen, und der Rest der Bluse war über die Hose gerutscht. »Immerhin sind meine Füße nackt.«

»Das ist doch schon mal ein Anfang«, meinte er und zog sie an sich. Für einen kleinen Moment standen sie einfach nur da und genossen die Nähe des anderen. Dann schob er sie wieder ein kleines Stück von sich. »Dir habe ich übrigens auch einiges zu sagen.«

»Deshalb bin ich hier.«

»Ein bisschen zu früh.«

»Soll ich vor der Tür warten, bis es elf ist?«

»Bloß nicht!« Sein Griff um ihre Taille wurde fester. »Bleib einfach stehen und hör mir zu.«

»Ich glaube, ich weiß schon, was du sagen willst.«

»Ich will es aber laut aussprechen.« Er nahm ihre Hand und legte sie auf seine Brust. Durch das T-Shirt hindurch fühlte Johanna, wie schnell sein Herz klopfte.

»Nervös?«

»Und wie!«

Sie schlang ihre Arme um ihn und streichelte vorsichtig über seinen verbrannten Nacken. »Ich bin es doch nur.«

»Ja«, wiederholte er. »Du bist es. Nur du.«

Es klang, als würde er das vor allem zu sich selbst sagen. Ernst und feierlich. Dabei sah er sie mit einem Blick an, der eigentlich jedes weitere Wort überflüssig machte.

Doch Johanna ließ ihn reden, weil sie wusste, wie wichtig es ihm war.

»Du hast mir am Samstag gesagt, ich soll nachdenken«, begann er. »Und das habe ich getan. Ich habe mich gefragt, ob ich bereit für eine feste Beziehung bin. Dann habe ich überlegt, ob ich dir meinen Alltag überhaupt zumuten darf. Und ob ich damit leben kann, dich mit einem kleinen Mädchen und ihrem Pinguin zu teilen.« Er warf ihr einen kurzen Blick zu, um sich zu versichern, dass sie ihn verstanden hatte.

Sie lächelte aufmunternd.

»Aber es gab noch andere Dinge, an die ich denken musste. Was ist zum Beispiel mit der übrigen Familie?«, fuhr er fort. »Will ich sehen, was deine Mutter mit meinem Vater macht? Würdest du dich mit meiner Mutter treffen wollen?«

Wieder glitten seine Augen forschend über ihr Gesicht.

»Ganz schön viele Fragen«, flüsterte Johanna.

Sie war sich nicht sicher, ob er ihre Entgegnung überhaupt gesehen hatte, denn seine Augen waren fest auf ihre gerichtet.

Aber eigentlich war es gleichgültig. Es kam einzig und allein darauf an, was *er* sagte und machte. Und das hörte und fühlte sich unglaublich gut an. Denn gerade jetzt nahm er ihr Gesicht in beide Hände und begann wieder zu sprechen.

»Im Grunde muss ich nur eine einzige Frage beantworten. Eine, die alle anderen Fragen überflüssig macht.«

»Und die wäre?«

»Ob ich dich liebe.«

»Und? Tust du das?« Johanna wagte kaum zu atmen.

Eine kleine Ewigkeit lang schaute Felix sie nur an. Nachdenklich und eindringlich. So ernst hatte sie ihn noch nie erlebt, nicht einmal an ihrem Abend in Premnitz.

Sie blickte ebenso entschlossen zurück.

Und dann sagte er es. Ein einziges Wort. Zwei Buchstaben, die ihre Welt für immer verändern sollten.

»Ja.«

25

Die Liebe ist das einzige Märchen,
das nicht mit ES WAR EINMAL beginnt,
sondern damit endet.
(Hans Lohberger)

Julian hatte sein Hotelzimmer seit Samstagabend nicht mehr verlassen.

Seit zwei Tagen lebte er vom Zimmerservice und von dem, was sein Sohn ihm brachte. Die meiste Zeit seiner selbst verordneten Auszeit verbrachte er im Bett vor dem Fernseher. Auf Duschen und Zähneputzen verzichtete er zwar nicht, darüber hinaus jedoch war ihm sein Äußeres herzlich egal. Bis auf Felix und dem Hotelpersonal begegnete er sowieso keinem, und für seine Telefongespräche brauchte er weder Kamm noch Rasierer.

Gott sei Dank lief im Büro alles ruhig. So ruhig, dass er manchmal befürchtete, dass er dort tatsächlich bald überflüssig war. Helen hatte mit ihrer Vermutung von vor zwei Wochen recht behalten: Es war völlig unerheblich, von wo aus er die Firma leitete.

Mit seiner Frau telefonierte er täglich. Seit Freitag waren ihre Gespräche zwar nicht unbedingt herzlicher geworden, dafür aber länger und inhaltsreicher. Anscheinend machte Helen sich bereits Gedanken über den Ablauf der Trennung, und mit der ihr üblichen Effektivität hakte sie einen offenen Punkt nach dem anderen ab.

Über Felix und Johanna verlor sie zu Julians Erleichterung

kein Wort. Er hatte nicht vor, sich in dieses Thema einzumischen. Das musste sein Sohn selbst mit Helen ausmachen, sobald er sich mit Johanna einig war – was nach Julians Vermutung nur noch eine Sache von Stunden sein konnte.

Er schielte auf seine Armbanduhr. Kurz nach drei. Felix war seit heute Morgen auf Gut Tarnow. War es ein gutes Zeichen, dass er sich bislang noch nicht gemeldet hatte?

Julians Magen knurrte. Verdammt, er hatte vergessen, sich ein Mittagessen zu bestellen! Die Küche im Hotel hatte nur bis zwei Uhr geöffnet. Jetzt musste er entweder bis zum Abendessen hungern oder sich aufraffen und in die Stadt gehen. Missmutig machte er sich auf die Suche nach frischer Kleidung.

In diesem Moment klopfte es. Ob Felix endlich zurück war? Er eilte zur Tür, öffnete – und erstarrte.

Denn vor ihm stand nicht, wie erwartet, sein Sohn. Es war auch nicht eines der Zimmermädchen.

Sondern Kathrin.

Sie trug ein schlicht geschnittenes, ärmelloses braunes Kleid und passende Sandalen. Ihre Haare waren zerzaust und ihre Wangen gerötet. Entweder war sie alle vier Stockwerke hinaufgelaufen – oder das plötzliche Zusammentreffen mit ihm machte sie nervös und verlegen.

Die zweite Möglichkeit gefiel ihm wesentlich besser. Ihm ging es nämlich genauso. Seine Knie zitterten, und sein Herz raste. Sicherheitshalber trat er einen Schritt zurück und lehnte sich gegen eine Kommode.

Alles, was er seit Samstag zu verdrängen versucht hatte – jeder Gedanke, jedes Gefühl und jede Erinnerung –, nahm in diesem Moment wieder Gestalt an. Er konnte nichts dagegen tun.

Aber noch wusste er nicht, warum sie hier war. Er beschloss, abzuwarten und ihr das erste Wort zu überlassen.

Sie sagte jedoch nichts. Stattdessen zog sie spöttisch eine

Augenbraue in die Höhe und musterte ihn von oben bis unten. Er folgte ihrem Blick. Außer einer Jeans und einem fleckigen weißen T-Shirt trug er nur noch graue Socken, aus denen auf der einen Seite der große Zeh herausschaute. Kein besonders attraktiver Anblick!

Ihre Augen wanderten zurück zu seinem Gesicht.

»Du lässt dir doch hoffentlich nicht wieder einen Bart wachsen?«

Er räusperte sich und hoffte, dass seine Stimme ihn nicht im Stich ließ. »Bist du hergekommen, um mich ausgerechnet *das* zu fragen?«

»Nein. Aber ich will es trotzdem wissen.«

»Ich lasse mir keinen Bart wachsen. Ich bin heute nur noch nicht zum Rasieren gekommen.«

Sie schielte an ihm vorbei Richtung Bett, wo seine Kleidung vom Vortag lag, zusammen mit einer leeren Tüte Chips und der zerknitterten Tageszeitung.

»Was hattest du denn so Dringendes zu erledigen?«

Er fixierte sie mit einem verärgerten Blick. »Was wird das? Willst du mir wieder eine Szene machen? Dieses Mal vielleicht, weil ich mein Zimmer nicht aufgeräumt habe?«

Die Worte brachen aus ihm heraus, ohne dass er es verhindern konnte, und er bereute sie, kaum dass er sie ausgesprochen hatte.

Es gab so viel, was er ihr sagen wollte. So viel, das wesentlich wichtiger gewesen wäre. Doch nichts davon kam über seine Lippen. Stattdessen machte er ihr Vorwürfe. Vermutlich würde dieser Besuch im Streit enden, und er würde nie erfahren, warum sie wirklich hergekommen war.

Doch überraschenderweise blieb sie ruhig. »Ich möchte mit dir reden.«

Er trat einen Schritt zur Seite. »Dann komm doch rein!«

Sie schüttelte den Kopf. »Komm du lieber raus.«
So, wie er jetzt aussah? Unmöglich!
»Wenn du nichts dagegen hast, mache ich mich zuerst ein wenig frisch.«
»Ich bitte darum!«
»Ich brauche fünf Minuten.«
»Du kriegst auch zehn, wenn du dich dafür noch rasierst.«
»Okay.«
»Und pack bitte deine Zahnbürste und Kleidung zum Wechseln ein.« Sie wandte sich ab. »Ich warte draußen im Auto.«

Hatte sie gerade Zahnbürste und Kleidung zum Wechseln gesagt? Während Julian sich rasierte, ging er alle möglichen Gründe für diese Bemerkung durch. Viele waren es nicht. Sein Magen krampfte sich vor Aufregung zusammen.
»Entweder bin ich ein unverbesserlicher Optimist«, sagte er zu seinem Spiegelbild. »Oder einfach nur ein alter Trottel.«
Rasch wusch er den Schaum ab, schlüpfte in ein frisches T-Shirt und packte ein paar Sachen zusammen. Dann machte er sich auf den Weg zum Parkplatz.
Als er nach draußen kam, erlebte er gleich zwei Überraschungen. Zum einen parkte ein grauer Trabi direkt vor dem Eingang. Auch ohne Kathrin hinter dem Steuer hätte Julian den Wagen sofort erkannt. Das alte Auto der Bahrenbecks!
Die zweite Überraschung war, dass Kathrin nicht allein im Wagen saß. Denn kaum hatte er die Beifahrertür geöffnet, wurde er vom Rücksitz mit »Hallo, Julian!« begrüßt.
Marie strahlte ihn aus ihrem bunten Kindersitz an. Neben ihr lagen ein winziger, rosafarbener Rucksack und eine Papiertüte vom Bäcker Kruse.
»Da ist Kuchen für uns drin«, erklärte die Kleine. »Ganz viel.«

»Das trifft sich gut. Ich habe nämlich riesigen Hunger«, entgegnete Julian fröhlich. Irgendetwas hatte das Mädchen an sich, was ihn immer zum Lächeln brachte.

»Willst du zu einem Geburtstag?«, wollte er wissen, während er seine Sachen nach hinten legte.

»Nein. Bei uns im Kindergarten war Sommerfest, und von unserem Kuchen ist ganz viel übriggeblieben.«

»Wieso das denn?«

»Weil er nicht selbst gebacken ist. Deshalb stand er gar nicht mit auf dem Tisch.«

»Na, dann bleibt jetzt wenigstens mehr für uns«, tröstete er Marie. »Ich liebe Kuchen vom Bäcker Kruse.«

»Nicht jede Mutter hat Zeit, sich stundenlang in die Küche zu stellen«, brummte Kathrin. »Was glauben die eigentlich ...«

Der Rest ihres Gemurmels ging in Motorgeräuschen unter, denn sie hatte das Auto gestartet und fuhr nun Richtung Straße.

Julian lehnte sich zurück und sah sich um. Die unbequemen, hellbraunen Sitzbezüge, das schmale Lenkrad, der kleine Schalthebel und das offene Handschuhfach – das war alles noch wie früher.

»Sind das etwa Lakritzstangen? Ich wusste nicht, dass es die heute noch zu kaufen gibt.«

»Die gibt es auch nicht mehr überall, die muss man im Internet bestellen«, sagte Kathrin. »Du darfst dich gern bedienen.«

»Nein danke, ich habe mir gerade die Zähne geputzt.«

Trotzdem nahm er die Tüte mit den Süßigkeiten in die Hand und studierte die Inhaltsstoffe. Auf diese Weise konnte er seine Verlegenheit überspielen. Sie hatte ihn befallen, seit er sich daran erinnerte, bei welcher Gelegenheit er zum letzten Mal Lakritzstangen gegessen hatte. Und was gleich danach passiert war.

Er schielte zu Kathrin hinüber. Sie starrte geradeaus auf die Straße und schien sich völlig auf den Verkehr zu konzentrieren. Oder vielleicht war sie ähnlich nervös wie er und täuschte ihre Aufmerksamkeit nur vor.

»Mein Finger tut gar nicht mehr weh«, meldete sich Marie von der Rückbank. »Und deiner?«

»Auch nicht.« Er betrachtete seine ringlose Hand. »Alles gut.«

»Franzi schläft heute bei Jessie«, fuhr Marie im Plauderton fort. »Und Mama und Felix machen einen Ausflug.«

»So?« Fragend blickte Julian zu Kathrin, doch es war wieder Marie, die antwortete.

»Oma sagt, sie haben sich ganz doll lieb und wollen ein bisschen allein sein.«

»Ich habe Johanna gesagt, sie kann Marie ruhig bei mir lassen«, ergänzte Kathrin, ohne den Blick von der Straße zu nehmen. »Felix und Johanna wollen einen Ausflug nach Berlin machen und kommen erst morgen zurück. Deshalb werden wir beide heute Abend auf Marie aufpassen.«

Vor Überraschung ließ Julian beinahe die Lakritztüte fallen.

Wir beide.

»Wir beide?«

»Gewöhn dich schon mal dran!«

Wie meinte sie das? Würde das in Zukunft häufiger vorkommen?

Natürlich, warum nicht? Immerhin würde Felix vermutlich irgendwann mit Johanna und Marie zusammenziehen. Da war es nur mehr als wahrscheinlich, dass er, Julian, ab und zu als Babysitter einspringen durfte.

Aber es gab ja auch noch eine zweite Möglichkeit. Denn wenn er mit Kathrin zusammenkam, wäre er so etwas Ähnliches wie Maries Stief-Opa.

Tja. Wenn …

»So schnell kommt man zu einem Enkelkind«, versuchte er zu scherzen.

»Herzlichen Glückwunsch!«

»Es scheint mein Schicksal zu sein, sehr plötzlich Vater oder Großvater zu werden.«

Ein nachdenklicher Blick aus Kathrins grünen Augen traf ihn. »Stimmt. Und in dieser Rolle bist du wirklich gut, das muss man dir lassen.«

Vier Stunden später war sich Julian nicht mehr ganz so sicher, was seine Qualifikation als Opa betraf.

Marie hatte ihn nämlich völlig geschafft. Sie hatte ihn den restlichen Nachmittag über in Beschlag genommen. Gleich nach der Ankunft hatte sie ihm ihr Baumhaus gezeigt. Dann war er mit der Kleinen durch die Wälder gestreift und hatte Eichhörnchen beobachtet. Später hatten sie Fangen und Verstecken gespielt, ihre Puppen gebadet und die Hexe Lilli im Fernsehen bewundert.

Jetzt, nach dem Abendessen, saß er auf ihrem Bett und schaute zusammen mit ihr ein Märchenbuch an. Inmitten einer flauschigen Wolke aus rosa Bettwäsche, rosa Vorhängen und einer gleichfarbigen Tapete mit kleinen bunten Schmetterlingen kam er sich ein wenig deplatziert vor.

Deplatziert, aber gleichzeitig auch merkwürdig zufrieden. Marie hatte sich an ihn gekuschelt, ihren Stoffpinguin fest im Arm. Ihre Miene wirkte bereits ein wenig schläfrig, doch sie lauschte der Geschichte mit großen Augen und offenem Mund.

»Ich will auch eine echte Krone«, murmelte sie, als Julian das Buch schließlich zuklappte.

»Dann musst du wohl einen Prinzen heiraten.«

»Das mache ich. Einen ganz reichen.«

»Kennst du denn schon einen?«, fragte er, während er ihr sanft über den Kopf streichelte und ihre Decke ein Stück höher zog.

»Nein.« Sie kicherte. »Die laufen doch nicht einfach hier herum. Aber irgendwann kommt bestimmt einer mit einer tollen Kutsche. Den nehme ich.«

»Dann halte ihn bloß fest!«, kam Kathrins Stimme von der Tür. Überrascht schaute Julian auf. Wie lange stand sie schon dort?

»Märchenprinzen verirren sich nämlich nicht sehr oft in den Spreewald«, fuhr sie fort und setzte sich auf die andere Seite von Maries Bett. »Die kommen nur alle 25 Jahre mal vorbei.«

Ihr plötzliches Erscheinen hatte Julian aus dem Konzept gebracht. Ihr sanfter Tonfall, der scheue Blick und ihre letzte Bemerkung verwirrten ihn jetzt noch mehr.

Bis jetzt hatte er kein einziges Wort allein mit Kathrin reden können. Sie hatte sich den Nachmittag über rar gemacht und Marie weitgehend ihm überlassen. Nur zum Abendessen hatte sie mit am Tisch gesessen. Es war ihm jedoch nicht entgangen, dass sie ihn beobachtet hatte. Sehr nachdenklich und sehr gründlich. So, als ob sie eine Entscheidung treffen müsste.

»Hast du schon mal einen Prinzen gesehen?«, wollte Marie wissen.

Kathrin lächelte wehmütig und nickte.

»Mit einer schönen Kutsche?«

»Na ja, außergewöhnlich schön war die Kutsche nicht. Aber ich hatte so etwas vorher noch nie gesehen, also war es zumindest neu und interessant für mich.«

Vor Julians geistigem Auge tauchten plötzlich Bilder aus der Vergangenheit auf: ein aufgemotzter Golf mit Fuchsschwanz und breiten Reifen. Ein weißes Albino-Kaninchen. Der alte Hof der Bahrenbecks. Und ein Mädchen in Jeans und Gummistiefeln.

Die Gurken-Prinzessin. *Seine* Gurken-Prinzessin.

Ob Kathrin an das Gleiche dachte?

»Und wo ist der Prinz jetzt, Oma?« Marie gähnte und drückte ihren Stoffpinguin an sich.

»Er ist gar nicht so weit weg.«

»Zeigst du ihn mir? Vielleicht kann ich ihn heiraten.«

»Das glaube ich nicht, dazu bist du noch zu klein. Er ist mehr so … äh … mein Alter.«

»Dann heirate *du* ihn doch!«

»So einfach ist das nicht.« Kathrin errötete.

»Das verstehe ich nicht. Man muss doch nur fragen. Hast du etwa Angst vor ihm?«

»Ein bisschen. Ich war nämlich nicht sehr nett zu ihm.« Sie presste ihre Lippen zusammen. Entweder, um ihre Verlegenheit zu überspielen, oder um ein Lächeln zu verbergen, das konnte Julian so schnell nicht ausmachen.

»Du kannst dich entschuldigen«, schlug Marie vor. »Dann hat er dich bestimmt wieder lieb. Meinst du nicht?«

Julian schmunzelte in sich hinein. Marie stellte ohne es zu ahnen genau die Fragen, mit denen er sich selbst schon den ganzen Tag beschäftigt hatte. Erwartungsvoll schaute er zu Kathrin hinüber.

Für den Bruchteil einer Sekunde trafen sich ihre Blicke, und er sah das gleiche sehnsüchtige Leuchten auch in ihren Augen. Doch dann senkte sie den Blick.

Aber dieser eine Moment reichte ihm. Er wusste jetzt, was er wissen musste.

»Genug für heute.« Kathrin küsste ihre Enkelin auf die Wange und erhob sich. »Schlaf gut, mein Liebling!«

»Gute Nacht, Oma.« Marie drehte sich zu Julian um. »Gute Nacht, Julian. Bist du morgen früh noch hier?«

Jetzt war es an Julian, zu erröten. Hilfesuchend wandte er sich an Kathrin, aber die zuckte nur geheimnisvoll lächelnd mit den Schultern.

»Ich … äh … ich denke schon«, entgegnete er leise.

»Toll! Dann basteln wir uns Kronen!«

26

Die Reise ist zu Ende, wenn zwei Liebende sich finden.
(William Shakespeare)

»Warte!« Kathrin hielt Julian zurück, als er sich vor dem Kinderzimmer Richtung Treppe wandte.

»Wollen wir nicht hier oben bleiben? Dann sind wir näher bei Marie, falls sie noch einmal ruft. Außerdem möchte ich dir sowieso noch etwas zeigen.«

Er nickte und folgte ihr durch den langen Flur zum Bücherzimmer. Wie vor 25 Jahren zögerte Kathrin auch jetzt einen kurzen Moment, bevor sie die Tür öffnete.

Der Raum war noch genauso schön wie früher, stellte Julian fest. Die große Fensterfront bot eine fantastische Aussicht auf den kleinen Weiher, den Wald und die angrenzenden Gurkenfelder. Die Sonne stand bereits tief am Horizont und warf die letzten warmen Strahlen auf die vollgestopften Bücherregale. Eine breite Matratze mit vielen, bequem aussehenden Kissen und Decken lag vor einem der Fenster.

Leise schloss er die Tür und lehnte sich mit dem Rücken dagegen. »Hier ist alles noch so, wie ich es in Erinnerung hatte.«

Kathrin nickte. »Es gab keinen Grund, etwas zu verändern.«

»Wenigstens eine Sache, die die Zeit unbeschadet überstanden hat.«

»Zum Glück.«

Sie fuhr mit den Fingerspitzen über ein Regal. Mehrere Male. Es sah aus, als ob sie nicht recht weiterwüsste.

Er musste sich beherrschen, ruhig stehen zu bleiben. Am liebsten wäre er zu ihr gegangen und hätte sie in den Arm genommen. Doch das traute er sich nicht. Noch nicht.

»Das Brett mit den Gurkendeckeln …«, begann sie, brach jedoch wieder ab.

»Ja?«

»Das war die einzige sichtbare Erinnerung an dich, die ich mir gestattet habe.«

»Aha.« Er wusste nicht, was er darauf erwidern sollte.

»Das wolltest du doch wissen.« Sie errötete.

Er nickte.

»Dein Sohn ist ein bemerkenswerter junger Mann.«

Felix? Was hatte der denn damit zu tun? Julian runzelte die Stirn. Ihre ständigen Themenwechsel verwirrten ihn.

»Ja, das weiß ich. Aber wie kommst du ausgerechnet jetzt darauf?«

»Er hat mir heute Morgen Bilder gezeigt.«

»Dafür wird er schließlich von euch bezahlt.«

»Es ging nicht nur um meine eigenen Fotos, sondern auch um welche von dir.« Während sie sprach, studierte sie die vor ihr stehenden Buchtitel, als ob sie diese auswendig lernen wollte.

»Was waren das denn für Aufnahmen?«

»Er hat sie in den letzten zwei Wochen gemacht. Zum Beispiel du mit Fridolin auf dem Arm, mit Maik in der Hollywoodschaukel, am See und auf dem Friedhof«, zählte sie auf. Jetzt endlich beendete sie ihre Bücherschau und drehte sich zu ihm um. »Lauter Motive, die etwas zu bedeuten haben. Felix hat das sofort erkannt. Das war beeindruckend.« Sie machte drei zögernde Schritte auf ihn zu.

Julian war froh, dass er die Tür im Rücken hatte, denn ihre plötzliche Nähe brachte ihn aus der Fassung. Sie standen sich jetzt so dicht gegenüber, dass er ihre Wärme spüren konnte. Ein vertrautes, unglaublich schönes Gefühl. Er wollte mehr davon.

»Diese Bilder haben mich überzeugt«, fuhr sie leise fort. »Ich weiß jetzt, dass du am Samstag die Wahrheit gesagt hast.«

»Ich habe dich noch nie belogen.«

Sie schaute zu Boden. »Für mich wäre eine Lüge aber viel leichter zu akzeptieren gewesen. Darin habe ich Übung. Ich habe mir schließlich jahrelang vorgemacht, dass ich ohne dich besser dran bin.«

Behutsam schob er seine Hand unter ihr Kinn und hob ihren Kopf an, so dass er ihr in die Augen sehen konnte. »Dann solltest du es vielleicht mal *mit* mir probieren. So schnell wirst du mich nämlich nicht wieder los.«

»Wenn du wüsstest, wie viel Angst mir diese Vorstellung macht!«

»Schsch«, flüsterte er und zupfte ihr eine Haarsträhne aus dem Gesicht. »Vor mir musst du doch keine Angst haben. Ich bin's doch nur, dein Märchenprinz aus Westdeutschland ...«

»Aber du kommst mit einer Kutsche voller Probleme daher. Wie sollen wir die denn alle bewältigen?«

»Gemeinsam. Wie sonst? Und zur Not können wir immer noch die gute Fee rufen.«

»Die kommt nicht, wenn man sie braucht.«

»Dann müssen wir es wohl ohne Zauberei schaffen«, murmelte er und zog Kathrin an sich.

»Ist mir sogar lieber so«, brummte sie, nur Millimeter von seinem Gesicht entfernt. »Zauberkräfte wirken nämlich nicht ewig.«

»Wie bitte? Hast du mir etwa gerade zu verstehen gegeben, dass du ein ›Ewig‹ willst?«

Jetzt lachte sie, laut und unbeschwert. »Wenn schon, denn schon.«

»Na dann, Prinzessin: Auf immer und ewig«, wiederholte er glücklich.

Und dann tat er das, was er schon die ganze Zeit machen wollte – er küsste sie. Vorsichtig zuerst, doch ihre Lippen fühlten sich so herrlich warm und vertraut an. Deshalb verstärkte er den Kuss. Seine Berührungen wurden leidenschaftlicher.

Und Kathrin? Sie schlang die Arme um seinen Hals, lehnte sich an ihn und erwiderte den Kuss. Genauso behutsam, dann aber auch genauso stürmisch.

Noch nie hatte er sich so angekommen gefühlt wie in diesem Moment. Und auch noch nie so sehnlichst erwartet. Es war, als ob er nach einer ewig langen Reise endlich heimgekehrt war.

Jetzt gab es nur noch sie beide. Ihn und diese schöne, temperamentvolle und liebenswerte Frau. Jede Sekunde war kostbar.

»Woran denkst du?«

Kathrin lag mit dem Kopf auf Julians Brust und genoss das beruhigende Gefühl, seinen Atem und seinen regelmäßigen Herzschlag so nahe zu spüren.

»Ich habe mir gerade überlegt, dass manchmal Dinge passieren, die man nicht geplant hat«, antwortete sie schläfrig.

»Wie bitte?« Er richtete sich auf, um ihr besser ins Gesicht sehen zu können. »Soll das etwa heißen, du hattest nicht geplant, mich ins Bücherzimmer zu locken und dann über mich herzufallen?«

Sie lächelte. »Nicht unbedingt.«

»Dann ist das vielleicht alles meine Schuld?« Grinsend deutete er auf die Kleidungsstücke, die neben der Matratze auf dem Boden lagen.

»Keine Ahnung, wessen Idee das ursprünglich war«, murmelte sie. Sie spürte, dass ihre Wangen zu glühen begannen.

»Auf jeden Fall war es unfassbar schön und intensiv«, fügte sie leise hinzu.

Unfassbar schön und intensiv – eine bessere Umschreibung für das, was gerade passiert war, fiel ihr nicht ein.

Es war anders gewesen als früher. Die Zeit hatte bei beiden ihre Spuren hinterlassen. Kathrin war nicht mehr das junge Mädchen von einst, und auch Julian nicht mehr der Mann, in den sie sich vor vielen Jahren verliebt hatte. Sie waren ruhiger geworden. Behutsamer.

Und sie hatten sich Zeit gelassen. Zeit für einen Scherz. Zeit für ein Lachen. Zeit für einen tiefen Blick.

25 Jahre lang waren sie getrennt gewesen. Das war mehr als ihr halbes Leben. Und doch hatten sie sofort wieder zueinander gefunden.

»Du träumst schon wieder.« Sanft zwickte er sie in die Wange.

Sie gähnte. »Gönn mir noch ein paar Minuten!«

»Von mir aus können wir die ganze Nacht so liegen bleiben.« Er ließ sich zurück in die Kissen sinken und zog sie noch näher an sich.

»Können wir nicht.«

»Schmeißt du mich raus?«

»Ich nicht. Aber Marie schläft nebenan.«

»Wir haben doch die Tür verschlossen.«

»Wir müssen sie aber gleich wieder aufmachen. Marie wacht nämlich öfter mal nachts auf und bekommt Angst. Dann kriecht sie zu Johanna ins Bett. Und weil Johanna heute nicht da ist, wird sie zu mir wollen.« Kathrin schmunzelte. »Ich fürchte, es wird ihr dann herzlich egal sein, wer neben mir liegt.«

Julian lachte. »Sie macht das öfter, sagst du? Der arme Felix!«

»Er wird sich wohl oder übel damit arrangieren müssen. Johannas Alltag ist nun mal nicht einfach.«

»Seiner aber auch nicht.«

»Ich weiß«, seufzte sie. »Das mit den beiden kann sehr schnell sehr schiefgehen.«

»Oder auch nicht. Vielleicht stellen sie ja fest, dass ihre Welten perfekt zueinander passen.«

»Du bist ein unverbesserlicher Optimist. Glaubst du wirklich daran?«

»Ich möchte es zumindest hoffen.«

»Gut.« Sie kuschelte sich noch näher an ihn. »Dann lass uns gemeinsam hoffen, dass alles gut wird.«

»Am Ende wird immer alles gut. Und wenn es nicht gut wird, ist es noch nicht das Ende«, zitierte er. »Das ist mein Lieblingsspruch. Er stammt von Oscar Wilde.«

»Ich weiß, ich kenne ihn.«

»Das dachte ich mir. Hast du eigentlich das rote Ringbuch noch?«

Sie nickte. »Es steht oben im Regal, wo du es hingestellt hast. Siehst du?«

Sein Blick wanderte hinauf zu den dicken Büchern von Tolstoi. »Tatsächlich.«

»Ich habe nie wieder hineingeschaut.«

»Warum denn nicht?«

»Ich habe in all den Jahren nie jemanden gefunden, mit dem ich meine Lieblingszitate teilen wollte.«

»Nicht mal mit Maik?«

»Du kennst doch Maik! Er war noch nie ein Freund von schönen Worten.« Sie lachte belustigt.

»Weißt du noch, wie wir vereinbart haben, dass wir die Sprüche lesen, wenn uns wieder danach ist?«

»Natürlich.« Wie hätte sie das vergessen können? »Leider ist uns das Leben dazwischengekommen.«

»Jetzt wäre ein guter Zeitpunkt, findest du nicht?«

»Es sind aber ziemlich viele Sprüche.«

»Macht nichts. Ich habe ja auch vor, ziemlich lange bei dir zu bleiben.«

Er sagte das so ernsthaft, dass Kathrin vor Rührung die Tränen kamen. Hastig schluckte sie den Kloß in ihrem Hals hinunter.

»Wieso hast du nicht mal den Einband ausgetauscht? Dieses knallige Rosarot ist fürchterlich.«

»Wieso sollte ich? Rot ist doch die Farbe der Liebe.«

»Finde ich nicht.«

Er stützte sich auf einen Arm und schaute zärtlich auf sie hinab. »Für mich ist die Liebe schon immer grün gewesen.«

Kathrin schüttelte den Kopf. »Grün ist die Hoffnung.«

»Ich würde sagen, Liebe und Hoffnung gehören zusammen.« Behutsam wickelte er eine ihrer Haarsträhnen um seinen Finger und schob sie hinter ihr Ohr. »Aber der eigentliche Grund für meine Farbwahl sind deine Augen.« Sanft küsste er sie auf beide Augenlider. »Dieses wunderschöne Grün hat mich vom ersten Moment an irritiert. Dann hat es mich interessiert, und zwar mehr, als es mir lieb war. Schließlich hat es mich so sehr fasziniert, dass ich gar nicht mehr wegschauen konnte.«

»Wie furchtbar.«

»Hast du eine Ahnung!« Sein Blick wurde ernster. »Diese Farbe hat mich 25 Jahre lang verfolgt. Ich habe gedacht, ich würde sie nie wieder sehen. Und jetzt …« Er lächelte. »Jetzt sehe ich sie und kann gar nicht genug davon kriegen.«

»Du erwartest aber hoffentlich nicht, dass ich dich den ganzen Tag lang anstarre, oder? Ich habe noch andere Dinge zu tun.«

»Ich auch. Und ein paar davon werden nicht besonders angenehm sein. Aber solange ich morgens neben dir aufwachen darf und das Erste, was ich sehe, deine Augen sind, ist mir alles andere egal.«

»Na dann«, flüsterte sie mit erstickter Stimme. »Dann wird ja doch noch alles gut.« Schon wieder verspürte sie einen dicken Kloß im Hals. Daran war natürlich Julian schuld. Er und seine verrückten, aber auch ebenso bezaubernden Bemerkungen über ihre Liebe. Nun stiegen ihr endgültig Tränen in die Augen. Aber manchmal ... manchmal konnten Tränen auch schön sein. Nämlich dann, wenn sie vor lauter Glück flossen!

Epilog

Kurz vor ihrem sechzehnten Geburtstag beschloss Franziska Dohmann, sich nie wieder zu verlieben.

Dieses Gefühl brachte nur Kummer und Schmerz mit sich, das hatte sie am eigenen Leib erfahren müssen. Natürlich hatte sie nicht ernsthaft damit gerechnet, dass Felix ihre Liebe erwidern würde. Aber dass sich ausgerechnet ihre langweilige, spießige Schwester diesen coolen Typen geangelt hatte, wurmte sie.

Andererseits musste sie zugeben, dass die beiden füreinander bestimmt zu sein schienen. Johanna wirkte absolut glücklich, wenn Felix in ihrer Nähe war. Und seine Augen ruhten die ganze Zeit fasziniert auf ihrem Gesicht, egal, ob sie etwas sagte oder nicht. Ständig suchten sie die Nähe des anderen, hielten Händchen oder umarmten sich.

So viel Verliebtheit war ja kaum auszuhalten!

»Sie ist sein perfektes Gegenstück. Der ruhende Pol, den er so dringend gebraucht hat«, hörte Franziska Julian einmal sagen.

»Und Felix bringt Johanna zum Strahlen«, hatte ihre Mutter geantwortet und dabei versonnen gelächelt. »Wir sollten also das Hoffen nicht aufgeben.«

Hoffen? Welches Hoffen?

Und überhaupt – Julian und ihre Mutter. Noch so ein schrecklich glückliches Paar!

Die beiden begegneten sich so vertraut, als ob sie bereits ihr halbes Leben miteinander verbracht hätten. Was ja auch irgendwie stimmte, schließlich hatten sie sich wohl in all den Jahren nie völlig vergessen können.

Und jetzt machten sie genau dort weiter, wo sie vor 25 Jahren aufgehört hatten: Sie verbrachten Tag und Nacht zusammen, tuschelten, tauschten verliebte Blicke aus, lasen sich gegenseitig aus einem Buch vor und lachten viel.

Es war dieses gemeinsame Lachen, das Franziska am meisten beeindruckte. In solchen Momenten spürte sie ganz deutlich die tiefe Verbundenheit zwischen den beiden. Und kam ins Grübeln.

Vielleicht war Liebe ja doch nicht so schlecht?

»Mich darfst du nicht fragen, ich weiß das nicht«, brummte Opa Jürgen, als sie seine Meinung wissen wollte. Doch seine Augen waren dabei zu der Fotografie auf dem Regal gewandert, die Oma Renate in Großaufnahme zeigte, und er hatte sehnsüchtig geseufzt.

»Liebe? Spinnst du?«, war alles, was Jan-Marc dazu sagte, und gleich darauf versteckte er sein hochrotes Gesicht hinter den riesigen Torwarthandschuhen.

»Ich liebe derzeit nur meinen Beruf und konzentriere mich ausschließlich auf meine Karriere«, behauptete ihre Schwester Laura am Telefon. »Und irgendwann, wenn ich berühmt bin, suche ich mir einen passenden Mann.« Franziska hatte nicht den geringsten Zweifel, dass Laura ihr Vorhaben in die Tat umsetzen würde.

Marie schließlich versicherte ihr, dass sie ihren Pinguin am liebsten auf der Welt hätte, knapp gefolgt von ihrer Mama, ihrer Oma, ihrem Opa und natürlich Felix. »Dich mag ich auch. Aber nur ein bisschen«, fügte sie ernsthaft hinzu.

Daraufhin kam Franziska zu dem Schluss, dass Liebe in vielen Variationen daherkam. Sie konnte leidenschaftlich sein, melancholisch, allumfassend, partnerschaftlich, heimlich, mütterlich, freundschaftlich oder auch platonisch. Und sie konnte jeden treffen, egal ob alt oder jung.

Vorerst mussten ihr diese Erkenntnisse reichen.

Und wenn sie irgendwann mal mehr wissen wollte, konnte sie immer noch in das Bücherzimmer ihrer Mutter gehen und dort Liebesromane lesen. *Romeo und Julia* zum Beispiel, *Die Dornenvögel, Vom Winde verweht* oder *Anna Karenina*. Alles Geschichten, die ihre Mutter ihr wärmstens empfohlen hatte.

Nach dieser Lektüre würde sie wenigstens in der Theorie wissen, wie die Liebe funktionierte.

Glaubte sie zumindest …

Danke!

Es war einmal … An einem kalten Winterabend Ende November 2014 saß ich nach einer Lesung aus der »Weibernacht« mit Simone und Uwe Page in einer Weinstube im schönen Kaufbeuren zusammen. Irgendwie kam die Sprache auf den Mauerfall, auf Wessis und Ossis und auf 25 Jahre deutsche Einheit. Und schon war die Idee für dieses Buch geboren.

Simone und Uwe haben mich in den folgenden Monaten tatkräftig mit Informationen unterstützt. Beide kommen ursprünglich aus Ostdeutschland und waren meine Experten für alle Fragen rund um Trabi, Ketwurst und Grilletten. Simone war zudem noch eine meiner Probeleserinnen. Liebe Simone, lieber Uwe – ganz herzlichen Dank für eure Hilfe!

Für alle Wessi-Fragen konnte ich mich an meine Freundin Marion R. wenden. Sie war eine der Ersten, die vor 25 Jahren als Aufbauhelferin Ost in die ehemalige DDR gegangen ist. Bei diversen Treffen zum Frühstück bei IKEA haben wir Fotoalben gewälzt, Reiseführer betrachtet und alte Zeitungsausschnitte gelesen. Liebe Marion, du bist nicht nur meine dienstälteste Freundin, sondern auch eine tolle Unterstützung beim Schreiben. Danke dafür! Und viele Grüße an Jan-Marc …

Jeder Autor erlebt mal, dass eine Figur, die ursprünglich gar nicht so groß angelegt war, plötzlich über ihre Bestimmung hinauswächst. Genau das ist mir mit Felix Albrecht passiert. Er sollte eigentlich nur eine kleine Rolle spielen. Doch irgendwie war er wohl anderer Meinung und hat sich heimlich in die Geschichte eingeschlichen.

Dass es mir gelungen ist, seinen Alltag so realitätsnah zu schildern, habe ich vor allem einer tollen Frau zu verdanken: Judith Harter, die seit mehreren Jahren einen Gehörlosenblog betreibt und mir für jede (wirklich jede!) noch so blöde Frage zur Verfügung stand.

Dürfen Gehörlose Auto fahren? (Ja, klar.) Können sie flüstern? (Nicht so gut.) Und kriegt man vom vielen »Gebärden« Muskelkater? (Nein, nicht wirklich.)

Liebe Judith, du hast mir jede dieser Fragen geduldig und ausführlich beantwortet. Ich bin so froh, dass wir uns kennengelernt haben! Vielen Dank für die vielen Anregungen und Geschichten aus deinem Leben. Darüber könnte man ein eigenes Buch schreiben.

Wer neugierig geworden ist auf den Alltag von Gehörlosen, dem empfehle ich Judiths Blog
(www.gehörlosblog.de).

Es lohnt sich!

Bedanken möchte ich mich auch noch

- bei den Menschen, die dafür sorgen, dass aus meiner Fantasie ein gedrucktes Buch geworden ist: Petra Hermanns, Gisela Klemt, Marion Vazquez und allen anderen Damen und Herren vom Ullstein Verlag. Ihr macht einen tollen Job, seid immer ansprechbar und habt außerdem wahnsinnig viel Geduld mit mir.
- bei meiner lieben Verlagskollegin Kerstin Hohlfeld und ihrer Schwester Angela Stoye für die ausführlichen Informationen zu ihrem Leben in der ehemaligen DDR. Es war

bestimmt nicht einfach, sich an jede Kleinigkeit zu erinnern.

- bei Sabine, Silke und Kerstin fürs Testlesen. Ihr bekommt immer die ursprüngliche Version zu lesen, noch bevor sie ins Lektorat geht, und ihr haltet tapfer durch, trotz mancher Stilblüten, schnulziger Übertreibungen und unschöner Formulierungen. Macht bitte weiter so!
- bei meiner Familie und meinen Freundinnen. Ihr lebt damit, dass ich neun Monate im Jahr untertauche und nur manchmal an der Oberfläche erscheine. Trotzdem werde ich umsorgt, bekocht, über den neuesten Klatsch auf dem Laufenden gehalten, um Rat gefragt oder einfach nur mal besucht, um »Hallo« zu sagen. Ich kann euch gar nicht sagen, wie froh ich bin, dass ich euch habe!
- und last but not least bei all meinen Leserinnen. Für euch schreibe ich, oft nächtelang.

Und es macht mir immer noch großen Spaß!

Heike Wanner, im Januar 2016

Der gute Streuselkuchen vom Bäcker Kruse

Zutaten

Für den Boden
250 g Butter
250 g Zucker
1 Packung Vanillinzucker
4 Eier
250 g Mehl
1 TL Backpulver

Für die Streusel
400 g Mehl
200 g Zucker
250 g Butter
1 Prise Salz

Die Zutaten für den Boden vermischen und auf ein mit Backpapier ausgelegtes Backblech streichen.
Die Zutaten für die Streusel krümelig kneten und auf dem Teig verteilen.

Bei 175 °C 20–30 Minuten backen. Aus dem Backofen nehmen und den noch heißen Kuchen mit 1–2 Bechern süßer Sahne (je 200 ml) begießen. Dann den Kuchen über Nacht in den erkalteten Ofen stellen und bei geschlossener Ofentür durchziehen lassen.

Mein Tipp:

Einen frischgebackenen Kuchen mit flüssiger Sahne zu begießen hört sich seltsam an und sieht zunächst auch nicht besonders gut aus. Aber dafür schmeckt der Kuchen am nächsten Tag, wenn er richtig schön durchgezogen ist, wunderbar sahnig und knusprig!

Gurken nach Spreewälder Art

Zutaten

2 kg rohe Gewürzgurken
Salz
kaltes Wasser

Für die Marinade
750 ml Wasser
500 ml Essig (am besten Kräuteressig)
40 g Salz
70 g Zucker

Als Beigabe in die Gurkengläser
300 g fein geschnittene Frühlingszwiebeln
5 Lorbeerblätter
3 Zweige Thymian
3 Zweige Dill
3 Knoblauchzehen
15 Pfefferkörner

Die Gurken waschen, die Enden abschneiden und mit Zahnstochern mehrmals einstechen. In einer Schüssel mit 2 bis 3 Esslöffeln Salz bestreuen und vollständig mit kaltem Wasser bedecken. Über Nacht durchziehen lassen und danach mit klarem Wasser abspülen.

Die Zutaten für die Marinade aufkochen lassen.

Die Gewürze kleinschneiden und mit den Gurken auf die Gurkengläser verteilen. Mit der noch heißen Marinade auffüllen. Fest verschrauben und auf den Kopf stellen. Drei Wochen durchziehen lassen.

Mein Tipp:

Wenn die Gurken sauber abgefüllt wurden, halten sie mehrere Monate.

Birnenkompott von Oma Elli

Zutaten

Für den Sud
400 ml Wasser
1 Gewürznelke
1 Zimtstange

Für das Kompott
1 Kilo geschälte und geputzte Birnen, in mundgerechte Stücke geschnitten
150 g Zucker
gemahlene Vanille (aus zwei Schoten)

Die Zutaten für den Sud 10 Minuten aufkochen lassen. Wer möchte, kann die Schalen und das Kerngehäuse der Birnen mitkochen und den Sud danach durch ein Sieb streichen – das gibt einen noch feineren Geschmack.

Die Zutaten für das Kompott 5 Minuten zusammen mit dem Sud aufkochen lassen. Danach noch heiß in saubere Einmachgläser füllen, gut verschließen und auf den Kopf stellen – oder gleich frisch genießen.

Meine Tipps:

Gut verschlossen und sauber abgefüllt ist das Kompott einige Monate haltbar.

Je länger die Birnen kochen, umso mehr zerfallen sie. Aber auch als Mus schmecken sie sehr gut.

Bahrenbecks Schmorgurken

Zutaten

1 kg Gurken, geschält, entkernt und in kleine Stücke geschnitten
50 g durchwachsener Speck
1 Zwiebel
etwas Margarine
1 EL Zucker
1 EL Mehl
¼ l Gemüsebrühe
Pfeffer, Salz, Essig
2 Zweige Dill, kleingehackt

Die Zwiebel würfeln und mit dem Speck in der Margarine in einer Pfanne anbraten. Dann die Gurkenstückchen hinzugeben und etwa 20 Minuten glasig dünsten.

In einer weiteren Pfanne den Zucker und das Mehl in etwas Margarine anbräunen und mit der Gemüsebrühe auffüllen. Mit Pfeffer, Salz und Essig abschmecken und zu den geschmorten Gurken geben. Dann den Dill darüberstreuen, alles umrühren und noch kurz durchziehen lassen.

Zu den Schmorgurken schmecken Salzkartoffeln.

Mein Tipp:

Wer es gern kalorienreicher möchte, kann noch Sahne an die Soße geben. Auch Senf verfeinert das Gericht. Beides kann je nach Geschmack hinzugegeben werden, eventuell muss man dann noch mal mit Salz, Pfeffer und Brühe nachwürzen.

Limettenlimonade mit Minze

Zutaten

Eine gute Handvoll frischer Minzblätter
½ l kochendes Wasser
5 EL Honig
Saft von 2 Limetten
1 l Mineralwasser

Die Minzblätter in einem Krug oder einem Topf mit dem kochenden Wasser übergießen und 10 Minuten ziehen lassen. Dann durch ein Sieb gießen. Mit dem Honig abschmecken und abkühlen lassen.

Vor dem Servieren den Saft der Limetten, das Mineralwasser und eine Handvoll frische Minzblätter hinzufügen.

Mein Tipp:

Schmeckt besonders erfrischend, wenn man noch ein paar Spritzer Zitronensaft hinzufügt und das Getränk mit Eiswürfeln und Zitronen- oder Limettenschnitzen serviert.

Kim Wright

Die Canterbury Schwestern

Roman.
Taschenbuch.
Auch als E-Book erhältlich.
www.ullstein-buchverlage.de

Neun Frauen, fünf Tage, ein gemeinsamer Weg

Che kann es nicht fassen: Sie ist mit acht anderen Frauen auf dem Weg von London nach Canterbury.
Es war der letzte Wunsch ihrer Mutter, dass Che dort ihre Asche verstreut. Aber eigentlich hat sie gar keine Lust auf einen als Pilgerreise getarnten Selbstfindungstrip. Und was interessieren sie die Lebensgeschichten der anderen Frauen, die traditionell auf dem Weg nach Canterbury erzählt werden? Doch zu Ches Überraschung berühren die unterschiedlichen Geschichten ihrer Mitreisenden sie tief. Und obwohl Che unterwegs ist, hat sie das Gefühl, angekommen zu sein.

Ein großer, berührender Frauenroman über die Bedeutung von Freundschaft, späte Trauer und die Frage, was Wanderschuhe und das Leben gemeinsam haben …

ullstein

Nina Blazon

Liebten wir

Roman.
Taschenbuch.
Auch als E-Book erhältlich.
www.ullstein-buchverlage.de

Manchmal muss man auf eine Reise gehen, um anzukommen.

Verstohlene Blicke, versteckte Gesten, die Abgründe hinter lächelnden Mündern: Fotografin Mo sieht durch ihre Linse alles. Wenn sie der Welt ohne den Filter ihrer Kamera begegnen soll, wird es kompliziert. Mit ihrer Schwester hat sie sich zerstritten, von ihrem Vater entfremdet. Umso mehr freut sich Mo auf das Familienfest ihres Freundes Leon. Doch das endet in einer Katastrophe. Mo reicht es. Gemeinsam mit Aino, Leons eigensinniger Großmutter, flieht sie nach Finnland. Eine Reise mit vielen Umwegen für die beiden grundverschiedenen Frauen. Als Mo in Helsinki Ainos geheime Lebensgeschichte entdeckt, ist sie selbst ein anderer Mensch.

ullstein

Claudia Thesenfitz

Sylt oder Selters

Ein Glücksroman.
Taschenbuch.
Auch als E-Book erhältlich.
www.ullstein-buchverlage.de

***»Ein Buch zum Schmunzeln, Abtauchen und Wohlfühlen!«** Nena*

Kein Spaß bei der Arbeit, keinen Kerl im Bett, keine Kohle auf dem Konto – so kann es nicht weitergehen für Nina Mertens. Die eigensinnige und temperamentvolle Hamburgerin fasst einen Plan, der es in sich hat: Sie wird sich einen attraktiven Millionär angeln. Und zwar auf Sylt, wo die Millionärsdichte am höchsten ist. Ein Ferienhaus ist unbezahlbar. Also campen in Kampen! Kaum angekommen, visiert Nina potentielle Kandidaten an und stellt fest, dass nicht alles glänzt, was Gold ist. Gut, dass ihr Elli, ihre 83-jährige Zeltplatznachbarin, zur Seite steht. Aber ist im echten Monopoly wirklich das Glück zu finden?

ullstein